—

진양 장편소설

꽃길, 꿈길
ⓒ진양 2016

초판1쇄 인쇄	2016년 10월 5일
초판2쇄 발행	2016년 11월 4일
지은이	진양
펴낸이	박대일
편집	이문영 · 임유리 · 박현주 · 신지연 · 전보라
교정	김필균
마케팅	송재진 · 임유미
디자인	김은총
펴낸곳	파란미디어
출판등록	2004년 9월 14일 제313-2004-00214호
주소	04072 서울시 마포구 성지1길 32-36 (합정동)
전화	02.3141.5589 영업부 070.4616.2012 편집부
팩스	02.3141.5590
전자우편	paranbook@gmail.com
카페	http://cafe.naver.com/paranmedia
페이스북	http://www.facebook.com/paranbook
ISBN	978-89-6371-349-6(03810)

꽃길, 끝길

진양 장편소설

파란

프롤로그

성광成光 11년, 덕창진.

덕창진은 척박한 양계 땅에서는 드물게 경작지로 개간할 수 있는 평야가 펼쳐진 곳이었다. 호족들 등쌀에 쫓기듯 이주해 온 궁핍한 고려인들과 망국의 유민들이 꾸역꾸역 모여들었고, 그들의 빈곤마저 수탈하려 흑수여진 출신의 도적 떼가 들끓는 곳이었다. 황제의 명으로 요새를 구축했지만 제국의 끄트머리에서 간신히 연명하는 백성들의 삶은 하루하루가 전쟁이었다.

이러한 국경의 긴장과 혼돈은 태생이 돗가비인 그의 성정과 궁합이 맞았다.

"스물하나, 스물둘, 스물셋⋯⋯."

지후는 일일이 세기 귀찮을 정도로 그 수가 많다는 사실에 흡족해하며 세기를 그만두었다. 그가 손가락을 짚어 가며 세던 것은 도적 패에게 사로잡힌 망국 발해의 유민들이었다.

가진 것 없이 근근이 살아가는 유민들에게서 더 이상 빼앗아 올 것이 없자 도적 패는 유민들의 몸뚱이마저 도둑질하기 시작했다. 공공연하게 인신매매가 이루어져도 나라 잃은 자들은 누구에게 이 억울한 사정을 고해야 하는지조차 몰랐다. 망국의 남은 백성들의 명운이자 비극이었다.

"이보시오."

불퉁스레 부르는 지후의 목소리가 허공에서 맴돌다 바람을 타고 사라졌다.

거 듣고 있소? 게 있는 거요? 나무로 치면 뿌리를 잃었고, 새라고 치면 날개를 잃은 꼴로도 그대 원망 한 줌 하지 않고 이리 공덕 쌓으려 노력하는 내 노고를 좀 생각해 주오. 나도 숨 좀 트고 살 수 있게 이번에는 제대로 된 신통력 하나 되돌려 달란 말이오.

"아녀자들은 배로 쳐 주오."

고목나무에 아슬아슬하게 엉덩이를 걸치고 앉아 있던 지후는 킬킬 웃음을 터트렸다. 한 줄기 서리 낀 바람이 불어와 그 웃음소리를 도적 패의 소혈로 머금어 갔다.

"누구냐!"

포로들을 남녀노소로 나누어 선별하고 있던 도적 패는 그들의 은밀한 산채에 홀연히 나타난 침입자의 기척에 일사불란했다. 일부는 포로들을 빼돌렸고 또 다른 일부는 산채를 방어하듯 진을 쳤다.

"먹고사는 일에는 귀천이 없지."

지후는 가벼운 몸놀림으로 훌쩍 뛰어내렸다.

"웬 놈이냐!"

해사하고 호리호리한 공자 하나가 비단옷을 나풀거리며 다가오자 도적 사내들의 긴장이 일순간 풀리고 대오가 흩어졌다.

"허나 인간 주제에 인간을 사고파는 건방을 떨었으니 그 죗값은 치러야 하지 않겠나들."

장난스럽게 꾸짖는 지후의 말투에 누군가는 검을 내려놓고 비웃음을 터트리기도 했다.

"내 그 죗값을 아주 싼값에 쳐 주마."

도적들 앞으로 들썩이며 내딛는 걸음걸이가 한판 춤사위처럼 흥겹고 경쾌했다.

"네놈들이 도적질하여 광에 쌓아 놓은 재물이면 나는 족하다. 어떠냐. 목숨 값치고는 헐값에 가깝지 않아?"

깜빡 잊었다는 듯 지후는 이마를 탁 치며 다시 말을 이었다.

"아, 네놈들은 사람도 잡아 와 재물처럼 사고파니 당연히 그들도 풀어 줘야지."

"네놈이 살기를 포기하고 이곳에 발을 들여놓았구나."

도적 하나가 기합과 함께 날카로운 검을 치켜들고 지후를 향해 달려들었다. 쯧쯧, 혀를 차긴 했지만 지후의 얼굴에는 여전히 장난기가 머물고 있었다.

"그 반대다, 요놈아."

코앞에서 번쩍이며 휘둘러지는 검날 앞에서도 지후는 눈 한 번 깜빡하지 않았다.

"내 죽기를……."

검을 상대의 목에 깊숙이 찔러 넣은 도적 사내는 사방으로 튀는 피를 예상하고 고개를 살짝 비틀었다.

"포기했지."

핏방울은커녕 생채기 하나 생기지 않은 고운 목덜미를 손바닥으로 스윽 쓰다듬은 뒤 지후는 다시 뒷짐을 지고 거드름을 피웠다.

"돗, 돗."

산채 안은 순식간에 아수라장이 되었다.

"도, 도, 돗돗가비다!"

도망치거나 오금을 못 쓰고 주저앉은 치들이 절반, 호기롭게 검을 치켜들고 지후를 향해 달려드는 치가 절반쯤 되었다. 베이고, 차이고, 졸리면서도 고통의 기색과 흔들림 하나 없이 두 다리로 땅 위에 서 있는 침입자의 형상은 이미 인간의 것이 아니었다.

이태쯤 되었나. 무심히 집어 들었던 찻잔이 부서져 가루가 되어 흩날렸다. 집채만 한 바윗덩어리도 손쉽게 들어 올렸던 과거의 기괴한 힘이 어느 순간 돌아와 있었다. 하지만 괴력 따위, 인간 앞에 선 지후에게는 아무 짝에도 쓸모없는 신통력이 아니던가. 자칫 힘을 잘못 놀려 인간을 해하기라도 한다면 10년 쌓은 공덕이 날아갈 것이 자명한 일, 당하는 인간이 아니라 행하는 그에게 두려운 힘일 뿐이었다.

이번에는 천 리 길을 단숨에 가로지르는 축지縮地나 돌려주오. 내 이 거북이보다 못한 인간 걸음으로 다니는 게 10년이 지나도 영 익숙해지지가 않으니, 원.

이 몸 하나 기껍게 던져 줄 터이니 어디 지칠 때까지 해 보아라, 천연스레 히죽대던 지후의 눈썹이 순간 꿈틀거렸다. 산채 가옥 한구석에 놓여 있던 고리버들 키가 살그머니 움직이는 것이 그의 눈에 들어왔다.

인간 아이다. 어쩌다 무리에서 떨어진 유민의 아이가 이 기괴한 싸움판에서 낡은 키를 방패 삼아 둘러쓰고 몸을 떨고 있었다. 바람을 타고 고스란히 전해져 오는 아이의 공포와 떨림이 지후를 미묘하게 자극했다.

도적 패 사내가 검을 치켜들고 아이에게 다가갔다. 힘을 쓰면 도적 사내가 죽고, 아이를 모른 체하면 아이가 죽는다. 허나 아이는 내 손으로 죽이는 것이 아니니 10년 쌓은 공덕이 한 번에 무너지지 않으려면 모른 체하는 것이 답이다.

"보고 계시오?"

내가 저 아이를 구하길 원하시오? 천만의 말씀이외다. 나는 내 탑 내 손으로 무너뜨리는 짓은 못 해. 부러 저 아이를 구하진 않을 거란 말이야. 허나 어차피 내게 잡기 하나쯤 되돌려줄 참이라면 말이오. 이왕지사 저 아이를 구할 수 있는 것이 좋지 않겠소?

키를 쓰고 있는 아이를 향해 도적 사내가 검을 치켜들었다. 그와 동시에 지후의 입에서 기이한 신음 소리가 터지기 시작했다.

"이 강만 건너면 곧 덕창진입니다."

뱃사공의 말에 은복은 고요하게 흐르는 강 너머를 바라보았다. 태어나 한 번도 개경을 떠나 본 적 없었던 그녀에게 이번 여정은 처음으로 마주한 개경 밖 넓은 세상이었다. 한미한 신분이나 개경 황궁에서 자란 그녀였다. 북방의 날카로운 바람과 메마른 땅, 사람들의 거친 말투와 초라한 행색, 빈궁한 촌락의 생김생김이 어찌 모두 호감일 수 있을까마는 웬일인지 싫지 않았다. 날카롭지만 상쾌한 바람이 그랬고, 메말랐지만 단단한 흙이 그랬다. 투박하지만 호쾌한 사람들이 그랬고, 가난하지만 활기찬 촌락들이 그랬다.

무엇인가 가슴을 틀어막고 있는 것 같아 빈번하게 소갈증이 일던 증상도 이번 여정에서는 한 번도 느낄 수 없었다.

"전하, 이 강이 무슨 강인지 아십니까?"

내관 충수가 연에게 묻는 목소리를 듣고 뱃머리에 서 있던 은복이 돌아섰다.

평민의 옷으로 변복을 한 연과 내관 충수, 은복을 비롯한 용호군 산하의 황궁 무사 세 명으로 이루어진 이들은 제국의 태자 일행이라 믿기지 않을 만큼 소박했다.

"살수라 부르는 강입니다."

은복은 쌀쌀한 강바람이 걱정되어 두꺼운 포를 꺼내 연의 어깨에 둘러 주었다.

"300년 전 을지 장군이 수나라 양제의 100만 병사를 이 강에서 수장시켰지요. 이후 수장된 100만 군대로 말미암아 패국의 길을 걷게 된 수나라를 떠올리며 그 어떤 대국도 함부로 이 땅을 침략할 수 없었습니다."

여독이 쌓인 연의 얼굴은 파리했다. 황제의 첫 번째 태자로 태어나 손발이 되어 주는 내관들에게 둘러싸여 곱게만 살았던 연에게 이것은 고되기 그지없는 순람이었다.

"하오나 지금 우리 고려는 이 강의 백성들을 지켜 주지 못하고 있습니다, 전하."

제대로 된 군대가 주둔하지 못한 양계의 요새는 무용지물이었다.

"부디 백성을 지키고 살피는 군주가 되시옵소서, 전하."

주색잡기를 좋아하는 황궁의 탕아로 개경 바닥에서 이름을 떨치는 이 발칙한 태자가 과연 정윤의 자리에 어울리는지에 대하여 호족들은 끊임없이 의문을 제기하고 황제를 압박했다. 황위 계승은 적자 적손을 원칙으로 하되 장자가 불초할 때에는 인망 있는 자가 대통을 잇게 하라, 태조의 10훈은 호족들의 훌륭한 구실이 되어 주었다. 장자의 원칙이 깨지면 호족들은 자신의 집안 출신 황후의 태자를 정윤으로 세우려 피 터지는 전쟁을 치를 것이 자명했다.

자신을 이 척박하고 혼란스러운 땅으로 암행을 보낸 황제의 의중을 연은 알고 있었다. 황제는 그의 첫 번째 태자가 얼마나 백성과 나라의 안위를 생각하는 군주의 재목인지 호족들에게 보여 주어야 했고 정윤 책봉 직전, 연이 양계에 주둔하고 있는 주진군을 정찰하고 돌아오는 것이 시기적으로 적당하다 생각했다.

"정윤이라는 자리가 참으로 거창하구나, 복아."

"만백성의 어버이가 되실 자리인데 어찌 가벼울 수 있겠습니까."

연은 짧은 한숨을 내쉬었다.

"오로지 하나, 정윤이 되어서 유쾌할 일이 있긴 하지."

은복은 눈을 가늘게 뜨고 연을 바라보았다.

"왜요. 그냥 태자가 아니라 정윤 전하가 되면 더 따르는 궁녀가 많을 듯싶습니까?"

연의 눈동자에 장난기가 어렸다.

"아, 그것은 두 번째로 하자꾸나."

"그럼 무엇입니까?"

"내 정윤 책봉이 되면 황궁 서고에서 네 아비에 관한 기록을 찾아볼 거야."

예상하지 못했던 연의 말에 순간 은복은 할 말을 잃었다.

"제국을 위하여 그 목숨을 다한 것은 명백한 일이나 그 세세한 연유가 어떠한지 궁금하다 하지 않았느냐."

몇 해 전 마음이 쓸쓸해지고 소갈증이 더욱 깊어졌던 어느 밤, 넋두리처럼 했던 그 말을 연이 기억하고 있었을 줄은 꿈에도 생각하지 못했다.

"태자 전하……."

고마운 마음을 미처 말로 전하기도 전에, 태자 일행이 탄 작은 나룻배는 어느새 강나루에 닿았다.

명현은 강나루가 한눈에 내려다보이는 여각의 2층 누각에 앉아 찻잔을 집어 들었다. 첩첩산중의 길목, 나룻가의 저잣거리는 개경의 화려함과 사뭇 달랐다. 백성들의 옷차림은 남루했고, 그들이 파는 물건도 초라했다. 그 초라한 물건마저 사고파는 이보다 구걸하는 사람이 더 많았다.

후우 불어 뜨거운 차 한 모금을 입안에 머금었을 때, 명현의 눈에 저자를 가로질러 달리는 사내가 들어왔다. 사내는 도망치고 있었고, 그 뒤를 잘 차려입은 공자 하나가 뒤쫓았다. 가로막는 사람을 밀치며 난전을 뒤엎는 난동에 여기저기서 비명 소리가 터졌다. 뜬금없는 구경거리에 명현의 눈빛에는 호기심이 일었다.

"도련님."

국이 부르는 소리에 고개를 돌린 명현은 쫓기던 사내가 여각 안으로 뛰어 들어오는 것을 보지 못했다.

"소용 일행이 도착했습니다."

명현과 국은 여각 깊숙한 밀실로 향했다. 소용은 측근만을 데리고 이미 밀실 안에서 그를 기다리고 있었다. 소용은 요나라 황후 소 씨의 오라비로 요나라 조정 대신들과 두루두루 친분이 두터운 자였다. 그의 탐욕스러운 눈빛이 국의 손에 들린 큰지막한 오동 함으로 향했다.

"오랜만에 뵙습니다, 소 대인. 황후 마마께서도 강녕하시지 요?"

소용이 데리고 온 발해 출신 통역사가 명현의 말을 전했다.

"모두 평안하시다 합니다."

통역사의 말에 미소 짓는 명현의 입꼬리가 살짝 비틀렸다. 황제 야율경의 폭정으로 하루가 멀다 하고 요나라 황궁에 피바람이 부는 것은 공공연하게 알려진 바였다.

"국아."

명현의 부름에 국은 들고 있던 오동 함을 탁자 위에 올려놓았다.

"소 대인께서 앞으로도 요나라 조정에 바람을 잘 잡아 주실 거라 믿으며 드리는 성의의 표시입니다."

뚜껑을 열어 속에 든 황금을 눈으로 확인한 소용이 흡족한 얼굴로 고개를 끄덕였다. 기분이 좋아진 소용이 거란족의 말을 높고 빠르게 쏟아내기 시작했다. 경멸을 교묘하게 숨긴 채 통역을 기다리던 명현이었다.

국이 갑자기 돌아서서 방 한쪽에 놓인 열 폭짜리 병풍으로 향하자 명현의 한쪽 눈썹이 치켜 올라갔다. 국은 몸가짐이 가벼운 사람이 아니었다. 그의 갑작스러운 행동으로 명현의 눈동자에 불안이 스쳤다.

국은 병풍을 거칠게 젖혔다. 바닥에 쓰러져 있는 우묵하게 파인 고리버들 키를 내려다보는 국의 어깨에서 순간 긴장이 풀려 나갔다. 의아하게 바라보는 소융을 향해 명현은 아무 일도 아니라는 듯 쓴웃음을 지어 보였다.

소융을 남겨 두고 명현과 국은 먼저 밀실을 나섰다. 아마도 소융은 그 자리에서 오동 함을 뒤집어 황금을 일일이 세어 본 뒤에야 자리를 떠날 터였다.

"곧장 개경으로 가실 생각이십니까?"

"그래야지."

여각은 값싼 탁주로 배를 채운 취객들로 떠들썩했다.

"서경을 지납니다."

여각을 가로질러 나가던 명현의 걸음이 순간 멈칫했다.

"아직 돌아갈 때가 아니야."

명현은 일부러 목소리를 높이며 화제를 돌렸다.

"아까는 무슨 일이었어? 자객이라도 든 줄 알았다."

국이 머쓱하게 웃으며 대답했다.

"병풍이 움직이는 것 같았는데, 아마도 제가 잘못 보았나 봅니다. 송구합니다, 도련님."

"네가 실수를 다 할 때가 있구나."

흔한 일은 아닌지라 명현은 국의 실수가 오히려 즐거운 듯했다. 하지만 여각 한쪽 탁자에 앉은 태자 일행을 발견하고 명현의 얼굴에서 웃음기가 사라졌다. 황궁 행사 때 의관을 갖춘 모습만을 보았다고 하나, 평복의 연을 알아보지 못할 리 없었다. 그것은 연도 마찬가지일 터였다. 명현은 고개를 숙이며 기둥 뒤로 몸을 숨겼다.

"왜 그러십니까, 도련님?"

"연 태자다."

"연 태자라면 곧 정윤 책봉을 앞둔 첫 번째 태자가 아닙니까. 어찌 이곳에⋯⋯."

자신이 요나라 중신과 은밀히 만나고 있음을 연 태자가 알게 된다면, 지금껏 해 왔던 모든 노력이 물거품이 될 수도 있었다. 명현의 뺨 근육이 긴장과 적의로 꿈틀거렸다.

"속히 이곳을 벗어나자."

"곧 해가 질 터이니 오늘 밤은 이곳을 침소로 삼으시지요, 전하."

거친 음식과 불편한 잠자리가 고역스러울 것이 분명한데, 불평 한마디 하지 않는 연을 바라보는 은복의 눈빛이 따뜻했다.

"난전을 오가는 사람들도, 심지어 술집을 드나드는 사람들도, 개경을 떠나 여기까지 오며 마주한 사람들은 어찌하여 모두들 이토록 남루한지 모르겠다."

개경 저잣거리의 다채로운 유흥과 화미한 사람들에게 익숙한 연에게 비루한 백성들의 모습은 충격에 가까웠다.

"백성들은 한 번도 곤궁하지 않은 적이 없습니다. 가난하게 태어났고, 가난하게 자라며, 가난하게 죽습니다."

충수의 말을 들으며 깊고 슬퍼지는 연의 눈빛이 은복은 마음에 걸렸다. 그를 기분 좋게 해 줄 만한 것이 없는지 주변을 둘러보던 그때, 그녀의 눈에 들어온 것이 비단옷으로 잘 차려입은 공자였다.

"모두 그런 것이 아닙니다, 전하. 저기 보십시오. 저기……."

커다란 키를 오랏줄로 묶어 바닥에 끌고 가는 우스꽝스러운 공자의 모습에 은복은 차마 말을 잇지 못했다.

"저자가 끌고 가는 것이 무엇이냐?"

여각 안의 사람들이 모두 공자를 바라보며 손가락질하며 비웃었다.

"키라고 하는 것입니다. 백성들이 곡식에서 쭉정이를 걸러내는 농기구지요. 저런 비단옷 입은 공자님과는 어울리지 않는 물건인데, 아마도 정신이 온전치 못한 사람인 듯합니다."

재미있는 구경거리에 연의 얼굴 위로 웃음기가 번졌다. 그제야 은복은 한결 가벼워진 마음으로 다시 공자를 돌아보았지만, 이미 그는 여각을 빠져나간 후였다. 투룩투룩 죄인처럼 오랏줄에 묶인 키가 바닥에 끌리는 소리만이 희미하게 남아 들려왔다.

성광成光 15년, 개경.

칼끝처럼 날 선 엄동의 바람이 잦아들고 얼었던 땅이 녹기 시작한 정월 보름, 불덕을 찬양하고 풍년을 바라는 마음으로 백성들은 등을 밝혔고 그 기원을 담은 연등으로 뒤덮여 온 고려 땅이 대낮같이 환한 밤이었다.

굳게 닫혔던 황궁 문이 활짝 열렸고 백관들과 호족들은 연등회 연회에 참석하기 위해 끊임없이 모여들었다. 신봉문에서 시작된 연등은 북쪽으로 길게 이어져 창합문을 지나 회경전 아래 넓은 뜰, 연회장까지 눈부시게 밝히고 있었다. 양부의 악관들은 당악과 향악을 번갈아 가며 연주했고 백희 해아들은 흥을 돋우기 위해 쉼 없이 춤을 추었다.

"전하, 의관을 갖추셔야 합니다."

목소리를 조금 더 높여 은복은 연에게 다시 말했다.

"곧 황제 폐하께 하례를 올리셔야 합니다."

연은 교방에서 뽑혀 온 무희들과 연회에 참석한 귀족 처녀들에게 시선을 던지느라 바빠 대꾸조차 하지 않았다. 은복은 목구멍으로 욕지거리가 불끈 치미는 것을 간신히 참았다.

"그래. 참아야 한다, 복아."

굳이 돌아보지 않아도 그녀가 무슨 생각을 하는지 알고 있다는 듯 연의 목소리에는 웃음기가 섞여 있었다.

"나는 너를 누이로 생각한다만 황궁 안 다른 치들은 그리 너 그렇지 않다는 걸 너도 알고 있지 않느냐. 네가 나에게 험한 소리를 지껄이는 순간 내관들이 너를 묶어 놓고 매질을 할 게다."

아니나 다를까. 내관들은 은복을 흘겨보며 매서운 눈초리를 보냈다. 그의 말이 맞았다. 바로 곁에서 호위한다는 미명 아래 연의 특별한 측근으로 위치하기는 했지만, 어차피 그녀는 일개 무사일 뿐이었다. 불손한 언행 때문에 은복은 걸핏하면 좌춘궁 내관들에게 치도곤을 당했다.

"말로만 누이, 누이 하시지 말고 정녕 저를 누이로 생각하신다면 제발 제 말 좀 들어주십시오."

"내가 언제 말로만 누이라 했어?"

그제야 돌아서서 은복을 바라보는 연의 눈동자에 장난기가 가득했다.

"오늘 내가 그것을 행동으로 보여 주마."

은복은 손짓으로 내관을 부르는 연을 미심쩍게 바라보았다.
내관은 고이 접은 비단옷을 은복에게 내밀었다.

"이게 무엇입니까?"

"저 여인들을 봐라."

연이 가리킨 등롱 아래에 귀족 집안의 처녀들이 가득했다.
그들은 그들이 가진 가장 아름다운 옷을 차려입고, 가장 화려
한 장신구를 붙인 채 서로를 견제하는 눈빛을 주고받았다. 처
녀들 사이의 날 선 경계와 팽팽한 긴장감은 무사들이 검술을
겨룰 때의 그것에 비해 모자람이 없었다.

"저 여인들이 꾸밈을 자랑하는 것이 마치 전쟁을 치르듯 치
열한데, 네 꼴은……."

연의 손가락을 따라 은복은 자신의 푸른 철릭을 내려다보
았다.

"호위 무사가 무사 복장을 하고 있는 것이 무어 문제란 말입
니까? 게다가 저 아씨들은 그, 뭐라더라."

은복은 궁녀들이 하던 말을 더듬으며 기억해 냈다.

"목석 공자인가 하는 분, 그분의 눈길 한번 끌어 보려 저 난
리랍니다. 저와는 아무 상관없는 일이지요."

은복의 말을 듣는 둥 마는 둥 하며 연은 내관의 손에서 비단
옷을 빼앗아 그녀의 품 안에 내던지듯 안겼다.

"어쨌건 갈아입고 오너라."

"안 됩니다. 전하 곁을 지켜야지요."

"호위 무사가 너뿐이냐? 너처럼 무예가 형편없는 아이가 없

다 해도 하나 아쉬울 게 없다. 도처에 용호군과 응양군 무사들이 철통같이 이 황궁을 지키고 있는데 무얼."

자존심이 상한 듯 은복은 콧방귀를 뀌었다.

"왜 이러십니까? 이래 봬도 용호군에서 중간은 합니다."

"자랑이다, 녀석아. 잔말 말고 내 말 들어."

연의 팔이 불쑥 자신에게로 향하자 은복은 순간 흠칫했다. 부드러운 손길로 은복의 어깨를 감싸며, 연은 달콤한 목소리로 속삭이듯 말했다.

"오늘은 호위 무사가 아니라 나의 누이로 이 연등회를 즐기도록 내 특별히 허락하마."

"안 됩니다."

"안 되긴! 내가 된다 하면 그것은 되는 것이다. 이 황궁 안에서 내가 된다 한 것을 아니 된다 말할 수 있는 사람은 황제 폐하뿐이시지."

연은 장난 섞인 거드름을 피웠다. 두 사람 사이에 대거리가 벌어질 때면 연은 은복의 또랑또랑한 기세에 졌고, 은복은 연의 다정함에 졌다. 이번에는 그 다정함에 비단 여인 옷의 보드라운 촉감까지 더해 은복이 질 수밖에 없는 대거리였다.

은복을 특별히 여기는 연의 행동이 마음에 들지 않는 내관들의 못마땅한 시선을 뒤로하고 그녀는 옷을 품 안에 소중히 안고 처소로 뛰어왔다. 익지 않은 손길로 옷을 갈아입은 뒤에도 은복은 한참 동안 그 어색함에 옷매무새를 여러 번 단속했다. 이쯤이면 되었나 싶을 때 마지막으로, 은복은 항상 품 안에 간직했던 아버지의 향낭을 허리춤에 달았다. 옥색 비단옷에 어울리지 않는 낡은 향낭이었지만 대롱거리는 그 모습이 못내 뿌듯했다.

쑥스럽고 부끄러운 마음은 둘째 치고 바닥에 끌리는 치맛자락이 어려운 은복이었다. 여섯 살 이후 치마저고리는 처음이다. 한 걸음 한 걸음 떼어 내는 발걸음이 조심스러웠다.

안절부절못하는 내관들의 모습이 눈에 들어오자 은복은 치맛자락을 틀어쥐고 달려왔다.

"정윤 전하께서는 어디 계십니까?"

"그것이, 그것이 조금 전까지 예 계셨는데 갑자기 없어지셨다. 용호군 무사들이 찾고 있지만 곧 하례식이 시작될 텐데 이를 어쩌나. 이를 어째!"

이 비단옷 따위, 나를 따돌리려던 수작이라는 걸 눈치챘어야 했는데! 은복은 입술을 잘근 씹은 뒤 연을 찾기 위해 뛰기 시작했다. 연등회에 참석한 사람들로 인산인해인 연회장에서 그의 모습을 쉽게 찾을 수 없었다.

"주 공자께서 분명 신봉문으로 드신 것을 보았는데!"

"도대체 어디 계신 거야?"

한 무리의 처녀들이 은복의 앞길을 막고 길을 터 주지 않았다. 풍문으로만 들었던 목석 공자를 찾는 사람들이었다. 그러고 보니 주위 모든 여인들의 눈길이 누군가를 찾는 것처럼 분주했다.

"정윤 전하……."

요즈음 연이 좌춘궁의 궁녀 하나와 자주 눈이 마주치는 것을 은복은 알고 있었다. 그 궁녀를 꾀어내고 있음이 분명하다는 생각이 스치자 은복은 연회장을 빠져나와 금원에 들어섰다.

황궁 안에서도 가장 아름다운 정원, 그 고상한 기품이 오로지 황제에게만 허락된다 하여 누구도 함부로 출입할 수 없다는 금원, 해서 연에게는 되레 눈을 피해 궁녀와의 밀회를 즐길 수 있는 탁월한 장소였다.

떠들썩한 연회장과는 달리 금원은 고즈넉했다. 연못 옆 정자에 누군가가 있었다. 바람에 나부끼는 푸른 비단 장유가 가볍게 아른거렸다. 어둠 속의 기골과 풍모로 보아 연이 분명했다. 궁녀와 함께 있지 않은 것을 내심 다행이라 여기며 은복은 냉큼 그에게 다가갔다.

"한참 찾았습니다! 도대체 여기서 무엇 하는……."

달빛 아래 드러난 남자의 얼굴은 연이 아니었다. 은복은 황급히 한 걸음 뒤로 물러나며 허리를 숙였다.

"송구합니다. 어두워 사람을 잘못 보았습니다."

무심하게 자신을 내려다보는 사내의 얼굴에 은복은 저도 모르게 마른침을 삼켰다. 그저 자신을 물끄러미 바라볼 뿐인데 그 눈길 하나만으로도 얼굴이 붉어질 만큼 고운 얼굴의 사내였다.

"그런데 이곳은 함부로 출입하시면 안 되는 곳입니다."

그때 연회장에서 목석 공자를 찾아다니던 여인들이 금원에 왁자지껄 들어섰다. 조금 전 아무나 드나들 수 없다 말했던 은복과 사내의 눈이 마주쳤다. 책망에 가까운 그의 시선에 은복의 얼굴이 더욱 빨갛게 달아올랐다.

"정, 정말 아무나 드나들 수 없는 곳인데……."

이유 없이 밀려드는 수줍은 마음에 어찌할 바를 모르는 은복과 달리 사내는 여전히 말없이 눈썹을 찌푸리더니 정자 기둥 뒤로 몸을 숨겼다. 그러곤 멀뚱히 서서 그의 행동을 의아하게 지켜보는 은복을 잡아채어 곁에 두었다.

"잠시면 됩니다."

조용하고 나직한 목소리였다.

"그저 사람들 눈을 피하고 싶을 뿐입니다."

은복은 그제야 그가 여인들이 열렬히 찾아다니는 목석 공자, 주명현임을 깨달았다. 귀족 처녀들은 물론이거니와 궁 밖 출입을 자유로이 하지 못하는 궁녀들마저도 단지 그의 얼굴을 볼 수 있기 때문에 연등회와 팔관회를 기다린다 하기에 은복도 자못 궁금해했던 바로 그 소문의 미남 공자였다.

그를 이리 가까이에서 보게 되다니, 과연 궁녀들이 소곤대던 대로 망국 신라의 요사스러운 미모의 화랑 미생공이 울고 갈 정도로 반듯한 얼굴이었다. 그를 찾는 처녀들을 응시하는 차가우면서도 무심한 눈동자는 빠져들 듯 깊고 깊었다.

"그런데……."

잠시 그 얼굴을 감상하느라 넋이 나갔던 은복은 명현의 목소리에 퍼뜩 정신을 차렸다. 명현이 가만히 공기 중의 향기를 맡으며 눈을 살짝 감았다가 떴다.

"소저, 향낭을 쓰십니까?"

은복은 고개를 끄덕였다. 태어나서 처음으로 여인의 호칭으로 대접을 받자 어쩐지 발가락 끝이 오그라드는 것 같았다. 하지만 소저, 과히 나쁘지는 않은 말이다. 향기를 더욱 상밀히 맡아 보려는 듯 명현이 고개를 그녀 가까이 숙였다.

"저, 저는……."

이리 지척에서 사내와 가까이 선 것은 연을 제외하고는 처음이었다.

"이럴 시간이 없습니다."

붉어진 얼굴이 들킬까 봐 은복은 서둘러 그에게서 멀찌감치 떨어졌다.

"죄송합니다. 아씨들께 들키지 않도록 조용히 움직이겠습니다."

연을 까맣게 잊고 있었다. 하례식에 정윤이 나타나지 않는 초유의 사태가 벌어질지도 모르는 상황에 낯선 사내와 마주하며 얼굴이나 붉히다니. 자책하며 은복은 여인들의 눈을 피해 정원을 가로질렀다.

문득 머릿속에 스친 생각에 은복은 금원 구석에 자리 잡은 전각을 바라보았다. 가느다란 불빛이 새어 나오고 있었다. 연이 분명했다. 궁녀를 꾀어 전각으로 간 것이다. 안도와 분노가 번갈아 찾아왔다. 그때였다. 자신보다 한 발 앞서는 처녀들의 움직임에 은복의 심장이 덜컥 내려앉았다. 전각으로 향하는 그녀들의 모습에 연에 대한 분노는 순식간에 절박함으로 바뀌었다.

"저기!"

은복은 자신도 모르게 처녀들 앞으로 달려가 전각을 가로막
고 섰다. 무엇이든 해야 했다. 어떻게든 그들의 발길을 돌리게
할 방법을 생각해 내야 했다.

"목석, 아니 주 공자님을 보았습니다!"

말을 뱉고서 은복은 흠칫 놀랐다.

"정말이오?"

"어디 계셔요? 어디에?"

이미 엎질러진 물이었다. 은복은 손가락으로 정자를 가리
켰다.

"정자에 계십니다. 제가 보았습니다."

은복은 처녀들을 전각에서 몰아내듯 걸음을 재촉했다. 긴
치맛자락 때문에 몇 번이나 넘어질 뻔했지만 다행히 처녀들을
전각에서 떨어뜨려 놓는 것에는 성공했다.

"저기 정자 기둥 뒤에 계십니다."

처녀들이 정자로 몰려가는 것을 지켜보며 은복은 그제야 뒷
걸음질 치기 시작했다. 애써 몸을 숨긴 목석 공자의 노력을 헛
되이 만든 것이 송구스러워 차마 그를 마주할 수 없었다. 은복
은 전각으로 뛰어 들어갔다.

"복아!"

연이 가슴을 쓸어내렸다. 그 곁에는 반쯤 옷을 풀어헤친 궁
녀가 옷매무새를 가다듬으려 애를 썼다.

"저 처녀들이 이쪽으로 오는 줄 알고 얼마나 간장을 졸였는지! 네 덕분에 살았다."

"당장 나오십시오!"

마음 같아서는 분통을 터트리고 싶었지만 그럴 여유가 없었다.

"서두르셔야 합니다. 하례식이 얼마 남지 않았습니다. 좌춘궁으로 가시어 의관을 갖추십시오."

궁녀를 남겨 두고 전각을 나오던 은복은 처녀들에게 둘러싸인 명현을 애써 모른 척했다.

금원을 완전히 빠져나왔을 때에야 그녀는 허리춤에 있어야 할 향낭이 사라졌음을 눈치챘다. 하지만 돌아갈 수 없었다. 하례식이 끝나고, 저 떠들썩한 여인들과 목석 공자가 돌아가고 나면 다시 금원으로 가서 향낭을 찾을 다짐을 하며 은복은 떨어지지 않는 무거운 발걸음을 옮겼다.

2

습기를 품은 밤바람은 후끈하고 끈적끈적했다. 한낮에 달구
어진 초가삼간에서 빠져나온 사람들로 저잣거리는 북적거렸
고, 그들을 위해 전방의 장사꾼들은 등을 밝혔다. 잘 차려입은
공자들은 길 걷는 처녀들을 향해 향 부채를 부쳐 유혹했고, 얼
굴을 가린 몽수 비단 틈으로 스며든 그 향에 처녀들의 볼은 잘
익은 석류처럼 달아올랐다.

주가의 논다니 호객꾼들은 유희를 찾아 헤매는 어린 탕아들
을 향해 음란한 말을 던졌다. 홑옷 안으로 비치는 자신의 젖가
슴에서 시선을 떼지 못하는 소년들의 모습에 논다니들이 터트
리는 교태 어린 웃음이 골목골목 흘렀고, 어떤 논다니는 달큼
시큼한 탐색전이 끝난 공자와 어린 미소년의 손을 잡고 골목
어둠 속으로 사라지기도 했다.

열락의 거리에서도 유난히 눈에 띄는 청년이 노소 막론한 여인들의 시선을 사로잡았으니, 예성강 하구에 상단을 둔 상인 정지후였다. 화려한 비취색 비단옷은 귀공자의 넓은 어깨를 감싸고 있었고 가죽신을 신고 걷는 몸가짐은 고상하고 우아했다.

"덥지도 않수? 그놈의 비단옷. 하기야 더울 때 더운 걸 알고 추울 때 추운 걸 알면 그건 사람이지, 암. 그게 인간이지."

"인간이든 돗가비든 이 맵시라는 것이 얼마나 중한 것인지 너 같은 썩고 못생긴 나무 방망이 따위가 알 리 없지."

한때는 한 몸처럼 가지고 다니던 돗가비 방망이였다. 지후가 신통력을 잃은 후 10년이 넘도록 광 한쪽에 쓰러져 있던 썩은 나무 방망이를 인간의 모습으로 살려 놓을 수 있게 된 것은 겨우 4년 전, 덕창진에서 되찾게 된 잡기 전형轉形 덕분이었다.

지후는 부채를 살랑살랑 부쳤다.

"암, 그것을 알면 이 개경 바닥에서 너처럼 산도야지같이 하고 다닐 수는 없지."

모시옷을 훌렁 벗어 어깨에 걸친 방맹이가 부채 대신 두툼한 손바닥으로 바람을 일으켜 보지만 벌름거리는 콧속으로는 미지근하고 습한 바람만 비집고 들어왔다.

"산 이야기가 나와서 말인데, 요즘 내가 모를 새에 산에 다니고 그러우?"

"뭐?"

뜬금없이 무슨 소리냐는 듯 지후의 뺨이 실룩거렸다.

"요즘 저잣거리에 흉측한 소문이 돈단 말이오. 저기 덕물산에 돗가비가 나타난대. 그냥 나타나 사람 놀래키는 정도가 아니라 붙잡아서 갈기갈기 찢고 뜯어 먹는다잖아."

지후는 구역질이 날 것 같다는 표정으로 되물었다.

"나 참, 하늘 아래 산해진미 다 놔두고 그걸 왜 먹어?"

"그건 그렇지. 저 깔끔 떠는 성격에 왕궁 같은 집 놔두고 한데 찾아 산속 헤매고 다닐 리도 없고. 또⋯⋯."

인간 목숨 건드렸다가 이 꼴 된 처지인데, 다시 그런 짓을 벌일 리는 없고. 방맹이는 그 말은 목구멍 안으로 쑥 삼켰다.

"하여간 그 소문 때문에 덕물산에 인적이 뚝 끊겼다잖수."

관심 없다는 듯 지후는 어깨를 으쓱거렸다.

"그럼 그 사람 잡아먹는다는 덕물산 돗가비는 곧 굶어 죽겠구먼. 뭔 걱정이야?"

옥신각신하던 지후와 방맹이는 어느새 청하관에 도착했다. 황제의 거처보다 더 화려하다는 고려 제일의 주점 청하관의 기와 끝은 하늘 높은 줄 모르고 치솟아 있었다. 6척 장신의 청하관 문지기들은 지후를 알아보고 멈칫거렸다. 주인이 원하지 않는 손님인 것을 알지만, 어찌 된 일인지 몸싸움에서 이 호리호리한 공자에게 이겨 본 적이 없었다. 또 쥐어박힐 생각을 하니 육중한 몸이 부끄러울 정도로 움츠러들지만 제 몸이 어찌 되든 문지기들은 주인의 명을 따르고 봐야 했다.

"어허, 어서 길을 트지 않고 무엇 하느냐."

문지기들이 문을 막고 비켜 주지 않자 지후가 뒷짐을 진 채 호통을 쳤다. 그러자 한 문지기가 용감하게 나섰다.

"주인께서 상단주 나리의 출입을 금하라 하셨소."

지후는 능글맞은 미소를 지어 보였다.

"걱정 마라. 내 오늘은 네 주인과 미리 약조하고 왔으니."

지후의 천연덕스러운 목소리에 방맹이마저도 고개를 설레설레 흔들었다. 그의 거짓말은 문지기도 익숙했다.

"나리께서 그 날짜를 착각하신 모양이오. 주인께서는 중요한 손님과 독대 중이시고 아무도 방해하지 말라 하셨소."

"나의 어여쁜 백녀가 다른 사내를 만나고 있다니."

지후는 과장스럽게 손으로 가슴을 움켜잡았다. 그의 눈빛에 장난기와 악의가 미묘하게 뒤섞였다.

"내 마음이 너무 아파서 지금 너희들과 이렇게 노닥거릴 여유가 없구나."

지후를 막아서려던 문지기는 그가 휘두른 부채질 한 번에 거짓말처럼 나가떨어졌다. 이내 또 다른 문지기의 육중한 몸도 허공을 가르며 훌쩍 저만치 날아간 뒤 딱딱한 땅 위로 곤두박질쳤다.

"아이고 아이고, 그렇게 다치기 전에 비켜섰으면 서로서로 좋았잖아아. 저놈이 저리 얼굴은 계집처럼 곱상해도 고약한 성질머리 하나는 고려에서 손가락에 꼽힐 정도로 지랄 맞단 말이야. 약 오르면 힘 조절을 못 한다고."

콧노래를 부르며 문 안으로 사라진 지후를 뒤따르던 방맹이는 문지기들을 돌아보며 혀를 찼다.

쾌락과 유희를 위한 극락이 있다면 바로 이 청하관을 이르는 말이었다. 뜰 가운데 지어진 사방 뚫린 초막 안에서는 눈이 먼 악사들이 당악을 연주했다. 그 주위로 늘어선 정자에서는 크고 작은 술판들이 벌어졌고 푹푹 찌는 열대야를 핑계로 헐벗은 남녀들이 희롱과 술잔을 주고받았다. 어느 여인은 쏟아지는 음탕한 시선에도 아랑곳하지 않고 해금 소리에 맞춰 원을 그리 듯 춤을 추었고, 술에 취한 자들은 사방이 트인 곳에서 정을 통하면서도 부끄러움을 몰랐다.

"새 나라가 창업된 지 100년이 되었나, 200년이 되었나. 무슨 망조가 들어 밤바람이 이처럼 말세야?"

비아냥거리면서도 방맹이는 꾸역꾸역 그 끈적한 술판 사이로 파고들었다.

지후는 청하관 본채의 가장 깊은 곳, 백녀의 방을 향해 성큼성큼 다가가 잠긴 문을 가볍게 열어젖혔다. 비단 천이 드리워진 침상 위에서 해사한 얼굴의 소년이 나신으로 펄쩍 뛰어올랐다.

"뭐, 뭐야! 뭐 하는 놈이냐!"

지후는 여유로운 손길로 부채를 부치며 천천히 침상으로 다가갔다.

"나?"

지후의 입가에는 여유 있는 미소가 떠올랐지만 섬뜩하리만치 차갑고 날카로운 눈빛에 소년은 저도 모르게 한 발자국 뒤로 물러섰다.

"누구긴 누구야, 네 목숨 줄 쥐고 있는 은인이지."

지후의 부채 끝이 소년의 뺨에 닿았다. 가볍게 뺨을 쓸어내리는 작은 움직임이었지만 묘한 흥분과 공포가 소년의 몸을 휘감았다. 지후는 고개를 살짝 숙여 소년의 귓가에 달큰하게 속삭였다.

　"지금 당장 이 방에서 나가지 않으면 내가 너의 목숨을 거둘 테니."

　목소리는 장난스러웠으나 귀에 닿은 입김은 살벌한 냉기를 품고 있었다. 실오라기 하나 걸치지 않은 소년의 살갗 위로 소름이 돋았다. 냉기는 소년의 귀를 파고들어 몸 구석구석으로 퍼져 나갔다. 살고 싶으면 도망쳐라, 지후가 실제로 그 말을 입 밖으로 꺼냈는지 아니면 환청인지 모를 만큼 기묘한 공포감이 몸 안 가득히 차오르는 것을 느낀 순간, 소년은 바들바들 떨리는 다리로 방을 뛰쳐나갔다.

　"하나 쓸모라고는 없는 문지기들."

　침상 위를 덮고 있던 붉은 천이 스르륵 바닥으로 미끄러지더니, 소년과 마찬가지로 늘씬하고 새하얀 나신을 드러내며 백녀가 투덜거렸다.

　"괜한 사람들 잡지 마. 질투에 눈이 먼 잘생긴 공자의 앞을 누가 막을 수 있겠어?"

　"질투 좋아하네. 나 좋은 꼴 못 보는 네놈의 고약한 성정 때문이지."

　지후는 빙그레 웃으며 침상으로 다가가 붉은 천으로 몸을 감싸는 백녀 곁에 가까이 앉았다.

"중요한 손님을 만나고 있다기에 탕아로 소문난 정윤쯤은 되는 줄 알았더니, 고작 저런 꼬맹이였던 게야?"

"이제 막 즐거워지려던 참이었는데 너 때문에 다 망쳤어."

"그 즐거움, 내가 주지."

백녀는 콧방귀를 뀌며 새하얀 어깨 속살을 간질이는 치렁치렁한 머리칼을 무심히 쓸어 넘겼다.

"얼음장 같은 돗가비 한기 따위로 배를 채울 바에야 내 굶어 죽는 게 낫지."

지후는 백녀의 손목을 잡아 멈춘 뒤, 남은 다른 손으로 그녀의 머리칼을 귀 뒤로 부드럽게 넘겨 주었다.

"이렇게 쏘아 대도 예쁘고, 내가 질색하는 붉은 천을 휘감고 있어도 고운 우리 백녀, 말이나 좀 예쁘게 하면 딱 좋을 텐데."

"내 몸에 손대지 마."

추운 건 질색이야, 백녀는 지후의 손을 쳐냈다.

"아무리 귀찮게 굴어도 네놈과 야합할 일은 없을 테니까 이제 그만 찾아와."

분명 부정의 말인데도 요염한 유혹이 느껴지는 것은 무엇일까.

"아까 그 겁먹은 불쌍한 아이는 내 새로운 몸종일 뿐이야. 진짜 중요한 손님을 맞이해야 하니 내가 돌아왔을 땐 네놈 그 잘생긴 낯짝이 이 방에 없었으면 좋겠어."

백녀가 침상에서 일어나 방을 가로질러 나갔다. 그녀의 발끝에서 떨어져 바닥에 끌리는 붉은 비단 천을 물끄러미 바라보다 지후 역시 그 방을 빠져나왔다.

"이리 빨리 나오는 걸 보니 오늘도 그 백여우와의 운우지락에는 실패하셨나 보오."

이 사람에게 한 잔 술, 저 사람에게 두 잔 술 얻어 마시며 풍악에 몸을 들썩이던 방맹이가 뜰로 나온 지후에게 다가섰다.

"백여우 따위, 이제 곧 내 발아래에 무릎 꿇고 한 번만 안아 달라 애원하게 될 게야."

"퇴박당한 주제에 무슨 자신감?"

방맹이는 입방정을 떨다 결국 부채로 한 대 쥐어박혔다.

"예성강 포구에 다녀오너라."

"이 야심한 밤에 포구까지 무엇 하러?"

"곧 예성강에 도착하는 후주의 상단이 있어. 한쪽 눈동자는 파랗고 나머지 한쪽 눈동자는 새하얀 서역 상인이 상단에 섞여 있을 테니, 그를 찾아 내가 보내서 왔다 말하고 물건을 하나 받아 오면 된다."

"아니 무슨 사람 눈깔이 그렇……."

방맹이는 말을 멈추고 손바닥으로 자신의 이마를 따악 쳤다.

"그렇지. 돗가비와 이 시간에 물건을 사고파는 놈이 어디 사람이겠어? 그런데 지금 꼭 가야 하오? 어차피 후주 상단은 포구에 머물 것이고 내일 예성강 우리 상단에서 만나면 될 것 아니야?"

"그 치는 해가 하늘에 떠 있을 때는 모습을 드러내지 못하고 잠만 자는 희한한 돗가비라더군. 물건을 받은 후에 포구에 묶인 선단의 배를 그 서역 상인에게 모두 내주어라."

"에엥? 20여 척 모두를 말이오? 후주로 보낼 것이라고 배가 꽉 차도록 인삼과 금을 실으라고 한 게 그럼……. 그 서역 돗가비한테서 사는 물건이 무슨 궁궐이라도 된단 말이야?"

지후의 눈빛이 기대감으로 번쩍거렸다.

"그만한 가치가 있는 아주 귀한 물건이니 조심히 가지고 다시 이곳으로 오너라."

지후는 부채를 들어 휘 부쳤다. 흔들리는 부채 뒤로 언뜻 비치는 지후의 눈빛에 방맹이는 혀를 찼다. 까맣게 잊고 있다가도 눈앞에 있는 자가 돗가비라는 사실을 이리도 퍼뜩 깨닫곤 했다. 지후의 눈빛에는 서릿발 같은 위엄과 장난기가 섞여 있었고, 열정을 흉내 낸 악의도 번뜩였다.

"저 어여쁜 백녀가 인간 사내들과 뒹구는 모습을 역겨워 더 이상 보고만 있을 수가 없어."

"이 문을 넘으려거든 제 몸을 밟고 가십시오!"

두건을 쓴 푸른 철릭 차림과 손에 검을 쥐고 있는 사내 모양새와는 달리, 야밤을 가로지르는 목소리는 곱고 가느다란 여인의 것이었다.

"복이, 네 이놈! 감히 지금 누구 앞을 가로막는 거야?"

다부지게 치켜세운 은복의 턱과 고집스러운 눈빛에 연은 움찔했지만 호기를 부렸다.

"오냐 오냐 해 주었더니 네놈의 하극상이 끝도 없구나."

"무슨 말을 하셔도 아니 됩니다!"

은복은 두 팔을 활짝 벌려 청하관 대문 앞을 가로막고 섰다. 오늘따라 문간의 문지기들마저 보이지 않았다.

"오늘이 얼마나 중요한 날인지 아느냐? 드디어 이 청하관 주인인 백녀와……."

은복은 딱 부러지게 연의 말을 잘라 냈다.

"듣고 싶지 않습니다. 이유가 무엇이든 청하관 출입을 금하셔야 합……. 악!"

청하관에서 한 소년이 뛰어나오다 문 앞에 버티고 서 있던 은복과 부딪치면서 두 사람은 함께 바닥에 굴렀다.

"웬 놈이냐!"

은복은 자신을 덮친 소년이 실오라기 하나 걸치지 않은 알몸인 것을 깨달았다. 은복은 기겁하며 그를 떼어 내려다 얼음장처럼 차가운 소년의 체온에 흠칫 놀랐다. 소년은 발발 떨면서도 마치 무엇에 홀린 듯 두 눈이 흐리멍덩했다.

"왜 이러시오? 이봐, 정신 좀 차려 보시오."

은복이 소년에게 잠시 정신이 팔리자 연은 그 틈을 놓치지 않았다.

"전하!"

청하관 안으로 뛰어 들어가는 연의 뒷모습을 바라보며 은복은 욕지거리를 입안으로 중얼거렸다.

"저 안에 돗, 돗가……."

"뭐?"

소년은 말을 끝내지도 못하고 뒷걸음질 치다 이내 돌아서서 줄행랑을 놓았다.

"뭐라는 거야?"

의아함도 잠시, 은복은 연을 뒤쫓았다. 취객들로 들썩이는 청하관의 정자들을 유심히 살피며 연의 모습을 찾으려 했지만 그는 쉽게 눈에 띄지 않았다.

"무예 연습할 때는 그리 굼뜨면서 이럴 때만 날쌔다니까."

사내 복장을 한 자신에게 지근거리는 취한 여인들을 내치며 은복은 널따란 뜰을 가로질렀다.

도대체 어디 계신 거야?

본채 전각 앞에 선 은복은 높은 기단에 올라 서 있던 사내와 순간 눈이 마주쳤다. 화려하기 그지없는 비취색 비단옷이 시선을 끌어서도 아니었고, 그가 보기 드문 미남자여서도 아니었다. 자신을 뚫어지게 응시하고 있는 매서운, 하지만 당혹감이 섞인 강렬한 사내의 눈빛 때문이었다.

"나를 아시오?"

은복의 물음에 그제야 정신을 차린 듯 사내는 손에 쥐고 있던 부채를 들어 얼굴을 가렸다. 돌계단을 천천히 내려오던 걸음이 은복 앞에서 잠시 멈추는가 싶었지만, 이내 그는 짙은 향 냄새를 남기고 뜰을 향해 사라졌다.

"멀쩡하게 생겨서 별 이상한 사람이 다 있네."

그때 은복은 기단 기둥 뒤로 몸을 황급히 숨기는 연을 발견했다.

"복, 복아!"

"청하관 출입을 금하라 하신……."

은복은 그 이름을 입에 올리기 전에 주위를 가만히 살폈다.

"황제 폐하의 말씀을 그새 잊으신 거예요?"

"우리 어여쁜 누이, 복이 네가 폐하께 고하지 않으면 되잖아."

이럴 때만 누이지.

"싫습니다."

"왜?"

은복은 당연히 황제의 뜻에 반하기 때문이라고 말하려 했지만, 연은 틈을 주지 않았다.

"너는 나의 무사고 너의 주인은 폐하가 아니라 나잖아. 내 말에 복종해야지."

연은 짓궂은 웃음을 지었다.

"혹, 질투하는 게냐?"

은복의 얼굴이 빨갛게 달아올랐다. 속내를 숨기지 못하는 타고난 기질은 항상 그녀를 곤란하게 만들었다.

"누, 누가 전하의 무사입니까? 저는 내직에 이름이 오른 궁인이고 엄연히 용호군에서 무사 훈련을 받으니 황제 폐하의 무사입니다."

은복의 목소리는 더욱 거세게 연을 몰아붙였다.

"고려국 정윤 전하로서의 체통을 좀 지키십시오! 곧 가례도 올리실 분이 어찌 이리 정신을 차리지 못하시는 것입니까?"

연은 콧방귀를 뀌었다.

"미리 평생의 한을 풀어야지. 고려 최고 권력가의 사위가 되고 나면 내 다른 여인네들에게는 눈길도 한번 주지 못할 게 뻔하잖아."

장난기 어린 목소리였지만 고려국의 황제가 될 자신이 신하에 불과한 내의령의 눈치를 살펴야 하는 정세에 대한 반감이 연의 표정에 역력히 섞여 있었다. 불쾌한 기운도 잠시, 다시 은복을 내려다보는 연의 눈빛에는 짐짓 진심이 스쳤다.

"그러니 복아."

비록 정윤과 호위 무사라는 신분의 격차는 있었지만 어릴 적 부모를 잃은 은복과 만백성의 어버이기에 정작 아들에게는 충실할 수 없는 황제를 아비로 둔 연의 처지가 닮아 두 사람은 더욱 서로에게 의지했다. 어린 날의 그들은 연이 입버릇처럼 말하던 오라비와 누이처럼 그렇게 서로를 다독이며 살았다.

"지금은 질투가 나더라도 좀 참아. 어차피 내 곁에 평생 있을 수 있는 여인이라고는 내의령의 여식과 너뿐일 테니."

연의 부드러운 눈빛, 다정한 목소리에 잠시 넋을 놓는가 싶었지만 이내 은복은 고개를 흔들었다.

"그런 달콤한 말로 저를 꾀려 하시는 거 다 압니다. 뭐라 말씀하신다 해도 절대로……. 피하십시오, 전하!"

은복이 연을 밀친 순간, 어디에선가 날아온 화살이 그의 머리 옆 기둥에 와서 박혔다. 연을 감싸고 앞으로 나선 은복은 검을 고쳐 쥐고 주위를 살폈다. 순간 등 뒤로 느껴진 인기척에 은복은 몸을 돌려세우는 동시에 검을 상대에게 겨누었다.

"당신은."

청하관 주인 백녀였다. 은복은 겨눈 칼끝을 내리지 않고 그녀를 노려보았다.

"누군가가 전하께 활을 쏘았습니다. 혹 수상한 자를 보셨습니까?"

백녀는 고개를 저었다. 은복은 연을 향해 돌아섰다.

"활을 쏜 자를 쫓아야 합니다, 전하."

"혼자서는 위험하다. 궁에 사람을 보내 군사들을 불러와야 해."

"지금 놓치면 자객의 배후와 연유를 알아내지 못합니다. 배후와 연유를 알지 못하면 후사가 위태롭습니다."

은복의 말은 틀리지 않았다. 망설임도 잠시, 연은 허락의 뜻으로 고개를 끄덕였다. 은복은 백녀에게 연을 부탁했다.

"궁으로 사람을 보내 군사들을 불러와 주십시오. 군사들이 청하관으로 와서 전하를 호위하기 전까지 문 앞에 문지기들을 다시 세우고 믿을 만한 가노들을 시켜 전하가 드신 방을 지키도록 해 주세요."

"그리하겠습니다."

은복은 자신의 검을 연에게 쥐여 주고 기둥에 박힌 화살을 뽑아 검 대신 잡았다.

"곧 돌아오겠습니다, 전하."

"조심하거라."

은복은 청하관의 높은 담벼락을 가볍게 뛰어올라 이내 그 모습을 날렵하게 감추었다. 그녀의 등 뒤로 연의 걱정스러운 시선이 뒤따랐다.

"안으로 드시지요, 전하."

"혼자서는 복이가 위험할 수도 있다. 내 직접 궁으로 돌아가 군사들을 불러와야겠어."

황급히 자리를 뜨려던 연의 옷깃을 백녀가 가만히 붙잡았다.

"위험하지 않습니다, 전하. 그저 이 더운 밤 뜀박질로 땀깨나 흘리겠지만 무사님께서는 아무 일도 없이 몸 성히 돌아올 것이니 염려치 마시고 안으로 드시지요."

"뭐?"

흰 눈처럼 하얗고 곱다 하여 백녀라고 붙여진 여인이었다. 붉은 입술을 종긋 움직여 그녀가 미소 짓자 마치 이 땅 위의 사람이 아닌 듯 그 얼굴이 숨 막히게 아름다웠다. 연은 마치 무엇에 홀린 것처럼 백녀의 방까지 그녀 뒤를 따랐다.

"오늘 밤……."

백녀는 침상 앞에서 뒤돌아섰다.

"전하를 모실 생각에 마음이 설레어……."

길게 휘어진 눈매를 살짝 치켜뜨며 제국의 황위 계승자, 정윤을 은근하게 바라보는 눈빛은 요사스럽기까지 했다.

"몇 날 며칠을 잠 못 이루었답니다."

백녀는 마치 하늘 위를 걷듯 사뿐히, 하지만 단숨에 연의 가슴팍에 턱 끝이 닿을 듯 가깝게 다가왔다.

"논다니들에게 듣는 저잣거리 풍문을 좋아하신다지요? 하지만 오늘은 그보다 더 즐겁고 기쁜 일이 우리 앞에 기다리고 있지 않습니까? 약속해 주세요. 오늘은 아주 특별한 밤이 될 거라고."

연의 귓가에 속삭인 뒤 그의 가슴에 안기려던 백녀는 순간 움찔했다. 연이 부드러운 손길로 그녀를 제지했기 때문이었다.

"약속하지. 내 가례 전에 그 특별한 밤을 함께 보내기로."

"전하?"

"네가 복이를 저 더운 밤거리로 내몬 것은 탁월했지만 약은 수였다. 그런 얍삽한 수로 내 누이 같은 아이를 수고스럽게 만들어 놓고 내 어찌 이 밤을 마음 편히 즐기겠나. 아쉽지만 그 특별한 밤은 잠시 미루어 두고 내게 다른 방을 준비해 다오."

연은 백녀를 향해 빙그레 미소를 지었다.

"방을 준비하는 동안 요즘 도성 안의 근상이나 말해 보거라. 재미있는 저잣거리 풍문도 좋고 말이야."

3

"도련님, 오늘따라 경계가 더욱 삼엄합니다."

내의령 조상국의 저택 경비는 황궁의 것과 비교해도 지지 않을 정도로 물 샐 틈 없이 엄중했다. 사냥꾼 차림으로 활을 든 두 사내, 명현과 국을 향해 문지기 장정이 경계하는 시선을 던져 왔다. 국은 차가운 눈빛으로 조상국의 집을 바라보는 주인에게 다시 말을 이었다.

"이곳은 보는 눈이 많습니다. 청하관에 가 계십시오."

말도 많고 탈도 많은 청하관이었지만 그만큼 사람들의 시선에서 자유로울 수 있는 곳이었다. 명현 역시 서경에서 사람이 오면 개경 호족들의 눈을 피해 그들과 은밀히 만나는 장소로 언제나 청하관을 택했다.

"제가 아씨의 몸종을 불러내어 말을 전하겠습니다."

명현은 고개를 끄덕인 뒤 환하게 등이 켜진 2층 침루를 올려다보았다. 더운 날씨 때문인지 창은 활짝 열려 있었다. 그 방의 주인과 사냥터에서 몰래 만나기로 하였으나, 그녀는 모습을 나타내지 않았다. 침루로 향하는 눈빛은 야심한 밤을 뚫고 정인을 찾아온 남자의 그것치고는 담담했다. 이내 돌아서서 청하관으로 향하는 걸음 역시 이 애틋한 밤에 정인을 만나지 못할 수도 있다는 안달도, 혹은 운이 좋아 그녀를 만날 수 있다는 흥분도 없이 무심하기만 했다.

매섭게 덥다. 숨이 막힐 듯한 밤이다. 그래서 이리 가슴이 답답한 것인가. 과연 명치끝이 꽉 막힌 듯한 이 갑갑증이 더위 때문인가. 개경의 뜨거운 기운마저 그에게는 형벌이며 족쇄같이 느껴졌다.

그때 누군가가 길을 가로지르며 빠르게 달려왔다. 부딪치는 듯싶었지만 두 사람 모두 가벼운 몸놀림으로 피해 옷깃만이 서로에게 스쳤다. 그때 달려왔던 푸른 철릭의 무사가 갑자기 우뚝 제자리에 멈췄다. 사과라도 할 참인가 싶어 돌아보던 명현은 갑작스럽게 자신에게로 달려드는 무사의 공격을 간신히 피했다.

"이게 무슨 짓이오!"

"청하관으로 활을 쏜 자가 네놈이렸다!"

"뭐?"

그제야 명현은 무사의 손에 들린 화살을 발견했다. 무사의 시선은 명현이 등에 메고 있던 활과 활 통으로 향했다.

"뭔가 오해가 있나 보오. 나는 그저…….."

문득 무사의 얼굴이 낯설지 않음을 깨닫고 명현은 말을 멈추었다. 그의 머뭇거림을 시인으로 오해한 무사의 공격이 다시 시작되었다. 하릴없이 그 주먹질을 피하던 명현은 팔을 뻗어 무사의 두건을 벗겨 냈다. 윤기 흐르는 길고 새카만 머리칼이 폭포수처럼 허공에 흩어졌다. 잠시 흠칫했던 무사가 활을 무기 삼아 명현에게 달려든 순간, 명현은 그녀의 손목을 움켜잡았다. 화살촉이 명현의 턱 끝에서 아슬아슬하게 멈추었다.

"버드나무 가지로 만든 유전이군."

사내에게 팔목을 붙잡혀 꼼짝도 할 수 없는 상황에 은복의 얼굴이 노기로 붉게 달아올랐다. 내로라하는 출중한 무예 실력의 사내 무사들 틈에서 걸핏하면 용호군의 수치라며 연에게 놀림받는 처지이기는 하나, 이리 하릴없이 당할 재주는 아니었다. 평범한 사내가 아니라는 생각이 들자 은복의 의심은 더욱 깊어졌다. 그런 은복의 마음을 아는지 모르는지 사내는 태평하게 은복의 팔목을 놓아주며 자신의 화살 통을 바닥에 툭 던졌다.

"무슨 오해인지는 모르나, 내 화살들은 그대가 들고 있는 것과 다르게 화살촉이 청석으로 되어 있어. 의심스러우면 살펴보시오."

청석은 장백산맥에서 나는 귀한 돌로, 그것으로 촉을 만든 화살은 은복의 손에 들고 있는 평범한 유전과 달리 구하기도 어렵고 값이 비싼 것이었다. 명현의 화살들을 꼼꼼히 살펴본 다음에야 은복은 몸을 일으켰다.

"분명 이쪽으로 화살을 든 자가 달려갔기에 마음이 급하여 오해를 했습니다. 송구합니다."

"사과할 일이 그것뿐이오?"

허리를 숙여 용서를 구하던 은복은 몸을 일으키며 의아하게 명현을 바라보았다. 위급한 상황에 마음이 달았고, 어둠이 깊어 미처 그 얼굴을 세세히 확인하지 못했던 은복은 그제야 마주한 사내를 기억해 냈다.

목석 공자! 조금만 달빛이 밝았어도, 이 보기 드문 미남 공자를 알아보지 못했을 리 없었다.

"공, 공자님."

은복은 자신도 모르게 한 걸음 뒷걸음질 쳤다.

"그때의 일은 정말로 송구합니다. 그런데 지금 상황이 급박하여 저, 저는 이만."

결코 도망치는 것이 아니라고 스스로에게 변명을 하며 은복은 쓴웃음을 지었다. 지금은 활을 쏜 자객을 찾아야 한다.

은복은 뒤도 돌아보지 않고 골목 끝을 달려가 이내 명현의 시야에서 사라졌다. 화살 통을 바닥에서 주워 들고 묻은 흙먼지를 탁, 탁 털어 내던 명현은 다시 고개를 들어 은복이 사라진 길 끝을 바라보았다.

"철릭을 입은 무사라……."

이미 은복은 자리를 떠났으나 명현의 어깨 끝에 미묘하고 달콤한 향기가 남아 맴돌았다.

"네게 돌려줄 것이 있었는데."

그녀의 뒤를 쫓아 볼까 명현은 잠시 고민했지만 그만두었다.

"주 공자께서 이 야심한 밤에 어쩐 일이십니까."

청하관에 들어서자 백녀가 명현을 맞이했다. 눈여겨보았던 몸종 아이도 지후 때문에 도망가 버리고, 정윤과의 동침 역시 어이없이 수포로 돌아간 상황에 백녀는 이 미남 공자를 유혹해 볼까 잠시 생각했지만 이내 그만두었다.

사내라고 이름 붙인 것들은 노소를 막론하고 그 매혹적인 자태에 적어도 한 번쯤은 그녀에게 추파를 던지곤 하는데, 명현에게서는 살가운 눈빛 한 번 받아 본 적 없었다. 연의 거절로 다친 자존심에 굳이 또 한 번의 거절로 소금을 칠 생각은 없었다.

"눈에 띄지 않는 조용한 방이 하나 필요하네."

"이를 어쩌나요, 공자님. 죄송합니다. 연회를 즐긴 뒤 돌아가지 않으신 가빈들께서 들어 계셔 지금 비어 있는 방이 없답니다."

명현의 짙은 눈썹이 살짝 일그러지는가 싶었지만, 이내 그는 말없이 돌아섰다.

"아, 공자님."

백녀가 다시 그를 불렀다. 하나 남아 있었다. 그것도 이 청하관에서 가장 은밀하고 조용한 방. 어차피 이 밤 자신에게는 필요 없는 그 방.

"남아 있습니다. 안으로 드시지요."

"드디어 방탕의 밤이 지나갔구먼."

흥을 돋우던 풍악도, 얼큰하게 술을 마시며 뒤엉켜 있던 취객들도 없이 뜰은 고요했다. 방맹이는 벗은 가슴팍에 청자기를 조심스럽게 끌어안고 걸음을 옮기다 뜰 한가운데 초연하게 서 있는 지후를 발견했다.

"아니, 여기서 뭐하는 청승이오?"

지후는 본채 앞 돌계단에 앉아 기둥에 머리를 대고 잠이 든 사람을 지켜보고 있었다.

"누군데⋯⋯."

사내인지 계집인지 제대로 구별하기도 어려울 정도로 멀찌 감치 떨어져 있으면서도 지후는 방맹이의 목소리가 그를 깨울까 겁이라도 나는지 쉿, 하고 손가락을 입에 가져다 댔다. 방맹이의 의아한 눈길에도 불구하고 지후는 한참 동안 은복을 응시했다.

은복이 백녀의 잔꾀에 속아 저잣거리를 헤매던 것도, 헤매다 돌아와 연이 백녀와 함께 침소에 들었다는 말을 여종에게 전해 듣고 한참 동안 본채 앞을 서성이던 것도, 결국 그 앞에서 잠이 드는 모습까지 모두 지켜보았던 지후였다.

"시킨 것은?"

한참 시간이 지난 후에야 지후는 방맹이에게서 청자기를 받아 들었다.

"이미 들어 알고 있었는데도 그 서역 돗가비의 눈깔은 영 께름칙하더구먼. 키는 훌쩍 큰데 사내인지 계집인지도 모르게 곱게 생겨서는. 그 돗가비는 뭐 하는 돗가비인가?"

"생사람 피를 먹고 사는 돗가비라더군."

"아니 그걸 비려서 무슨 맛으로?"

"덕물산 돗가비랑 비슷한 놈인가 보지, 뭐."

방맹이는 역겹다는 표정으로 혀를 내두르다 다시 물었다.

"그나저나 그 많은 재물을 내어주고 샀다기에 진귀한 보물이나 되는 줄 알았더니 고작 청자기라니. 이게 그리 귀한 것이오? 안에 든 것은 도대체 무엇이우? 향기가 어찌나 강하고 영혹한지 열어 보고 싶은 걸 참느라 곤혹을 치렀다고."

지후는 청자기의 덮개를 열어 그 향을 맡아 보았다. 코끝을 간질이다 훅하고 덮치는 강렬한 향기가 몸 깊숙한 곳까지 덮쳐왔다.

"이 고려 땅에서 이역만리 떨어진 곳에 대진국이라는 나라가 있다. 태초부터 천지를 아우르는 신들이 모여 살았다는 그 영험한 땅에 10년에 한 번, 꼭 사흘 밤낮 동안만 피는 독한 향기의 꽃으로 만든 꽃물이다."

유난히 투기심이 많은 신들의 황비가 바람기 다분한 그녀의 황제 때문에 궁여지책으로 만들었다는 꽃물에 대한 풍문을 들은 뒤로, 지후는 내내 이 흥미롭고 요망한 것으로 장난을 치고 싶어 몸이 달았다.

"꼬, 꽃물? 지금 꽃물 한 병 사자고 상단 재산 절반을 내주었단 말이야?"

지후는 히죽 미소를 지었다.

"이 신묘한 꽃물로 얼마나 재미있는 일들이 벌어질 것인지 궁금하지 않아?"

제 손으로 서역 돗가비에게 내어준 재물이 아깝고 허망해서 방맹이는 바닥에 털썩 주저앉았다.

"저놈의 장난질 버릇 때문에 내 언젠가 밥 굶고 사는 일이 오고 말 게야. 죽지도 못하는 몸이 재물이라도 쌓아 놔야 천추만세 입에 풀칠이라도 할 걸 왜 모를고!"

방맹이는 주먹으로 벗은 가슴팍을 탕탕 두드렸다. 나이를 몇 백 년 먹으면 무엇 하나. 돗가비 세상에서 쫓겨나면 무엇 하냔 말이야. 철없고 치기 어리기가 갓 태어난 젖먹이보다도 더 하니.

"없어도 그만, 있어도 그만인 그깟 인간들 재물 따위에 아쉬워 말고 냉큼 일어나. 네가 해야 할 일이 있으니까."

"또 뭘!"

"거금을 들여 사 왔으니 이 요망한 것이 얼마나 신묘한지 얼른 써먹어 봐야 하지 않겠어?"

지후의 목소리에는 들뜬 기색이 역력했다.

"백녀는 본채 지하의 여우 굴로 가서 잠이 들었을 게다."

그 오만 방자함이 하늘을 찌르는 백녀가 자신의 발아래에 무릎을 꿇고 애정을 구걸하는 모습을 머릿속에 떠올리기만 해도 콧구멍에서 더운 바람이 쌕쌕 새어 나오는 지후였다. 인간 사내들에게 공덕도 쌓고 백녀에게 분탕질도 할 수 있으니, 이어찌 상단 재산 절반이 아깝다 할 수 있을까.

"그곳에 들어가 백녀의 눈꺼풀에 이 꽃물을 바르거라."

"사내와 동침하여 기를 빨아먹고 사는 것이 그 백여우인데, 그러다 잠에서 깨어 확 나에게 덤벼들면 어찌하오?"

두려움보다는 음흉함이 섞인 질문이었다.

"걱정 마라. 잠이 들었을 땐 누가 업어 가도 모르기 때문에 아무도 몰래 그 여우 굴에 들어가 잠을 자는 것이니."

지후는 비웃음을 가득 품은 눈빛으로 방맹이의 모습을 건성으로 훑었다.

"백녀는 아름다운 미남자들만 상대하니 혹여 눈을 뜨더라도 그것이 이 꽃물을 바르기 전이라면 네 몸에 손끝 하나 대지 않을 게다."

"아니, 투실투실 살찐 도적같이 만들어 놓은 게 누군데? 내가 이래 봬도 반듯하니 예쁘게 깎인 방망이였다고……."

방맹이의 투덜거림을 한 귀로 흘리며 지후는 다시 은복을 바라보았다. 잠든 그녀를 바라보는 지후의 눈동자에서 짓궂은 장난기가 천천히 사라졌다.

"그 전에."

이것은 죄책감이 아니야.

"저 아이를 본채 가장 깊숙한 방, 백녀의 방으로 옮겨라. 아이가 깨지 않게 은밀하게 움직여야 한다. 그 방에 잘생긴 공자 하나가 잠들어 있을 것이니 저 아이를 마주 보게 하여 눕힌 뒤 이 꽃물을 공자의 눈에 발라 놓아."

연모하는 이가 다른 여인과 동침하는 방을 지키고 있어야 하는 저 마음이 애꿎게 연민을 불러왔는지는 모르지만 이것은 죄책감이 아니다. 이내 지후는 은복에게 향하던 눈길을 거두었다.

뜨겁고 긴 밤이 물러가고 동이 텄다. 명현은 잠에서 깼지만 이상하게도 쉽사리 눈이 떠지지 않았다. 영회를 기다리다 새벽녘에야 잠이 들었지만 그는 아주 긴 꿈을 꾸었다. 향로 없는 잠자리에서 그는 악몽을 각오했지만, 놀랍게도 그것은 그저 기억의 반추였다.

꿈속에서 그는 어린아이로 돌아갔다. 서경 그의 집은 전에 없이 평화로웠다. 몸이 약해 침상에서 일어나 계시는 일이 별로 없었지만 언제나 그에게 자애로운 눈길을 보내던 어머님이 그곳에 계셨다. 엄하고 무뚝뚝했지만 그래서 더욱 동경하고 흠모했던 아버님도 생전 모습 그대로 계셨다.

어린 자신은 서경에서 둘째라면 서러울 큰 저택 뜰을 빠져나와 마을 어귀 작은 동산으로 뛰어올랐다. 자신보다 한 뼘 키가 작은 송이도 함께였다. 말이 없고 표정도 없어 목석 공자라 불리는 지금과 달리, 그 시절의 그는 개구진 얼굴로 송이의 긴 머리를 잡아당기는 장난도 서슴지 않았고, 뒷동산의 돌부리에 걸려 넘어져서도 무엇이 그리 즐거운지 볼을 실룩거리면서 웃음을 터트렸다.

가장 아름답고 행복했던 그 시절. 눈물 나게 그립지만 이제는 이렇게 꿈에서밖에 볼 수 없는 그 시절. 이제는 죽어서야 돌아갈 수 있는 흘러가 버린 시절이었다.

명현은 눈을 떴다. 하지만 쏟아져 들어오는 햇빛 때문이었을까. 몇 번이고 눈을 깜빡여도 여전히 시야가 흐렸다.

분명히 누군가가 그의 곁에 누워 있었다. 영회일까. 하지만 영회의 향낭에서는 찔레꽃 향기가 났다. 이것은 다르다. 꽃향기 같으면서도 강하지 않고 흐릿했지만 달콤했다. 익숙한 향기였고 그것이 악몽을 면하게 해 주었음을 깨달은 순간, 드디어 안개처럼 시야를 방해하던 햇빛에 반사된 공기들이 사라지고 천천히 향기의 실체가 드러났다.

풀어헤친 검고 긴 머리칼, 햇빛에 반사되어 눈이 부신 뽀얀 살결의 얼굴, 숱이 많은 속눈썹과 가지런히 놓인 콧방울, 붉게 빛나는 조그마한 입술까지 순식간에 명현의 시야 안으로 들어왔다. 명현은 반쯤 몸을 일으켜 그녀의 얼굴에 더 가까이 다가갔다.

"너는."

푸른 철릭이 낯익었다. 명현의 눈길이 은복의 잔뜩 웅크린 몸을 재빠르게 훑었다. 그는 가볍게 차오르는 숨을 목구멍 안으로 삼켰다. 무사의 복장을 하였으나 그녀는 엄연히 여인이었고, 그 따뜻하고 작은 몸뚱이가 너무나 가까이 붙어 있었다.

이상한 일이다. 어찌하여 이리 심장이 빠르게 뛰는 걸까. 알수 없는 일이다. 혹여 이 사내 같은 아이의 모습에 음심이라도 품은 걸까. 명현은 천천히 손을 뻗어 소녀의 한 가닥 머리카락을 조심스럽게 뺨에서 떼어 냈다. 살짝 닿은 살결의 촉감은 명현을 당혹스러울 만큼 긴장시켰다.

말도 안 되는 일이라 명현은 이내 그 당혹감을 무시해 버렸다. 고려 최고 미인이라는 백녀의 추파에도, 영회의 은근한 눈짓에도 꿈쩍하지 않았던 사내의 본능이 고작 이런 아이 앞에서 동할 리 없었다.

허탈한 웃음이 입술 밖으로 터진 순간 그의 입김이 닿은 은복의 눈꺼풀이 파르르 떨리더니 이내 번쩍 떠졌다.

"누구냐!"

침상에서 펄쩍 뛰어오른 은복은 벽에 등을 대고 몸을 숙인 채 방어 자세를 취했다. 사내 복장이며 무예를 배운 듯한 몸가짐까지, 명현은 호기심을 감추고 태연하게 침상에서 일어나 벗은 몸에 비단 포를 둘렀다.

"나는 청하관 주인에게 이 방을 빌린 사람이고, 내가 잠든 이 방에 침입한 자는 너인데 어찌 나에게 누구냐고 묻는 것이냐."

은복은 경계를 늦추지 않은 채 방 안을 둘러보았다. 그의 말에 의하면 이곳은 청하관의 방 중 하나라는 것인데, 자신은 분명 본채 밖 계단에 기대어 잠을 청하였다. 귀신이 곡할 노릇이다. 그러다 다시 명현에게로 그 시선이 멈추었을 때, 은복은 그를 알아보고 눈을 크게 떴다.

"목, 목……."

차마 그 별호를 입 밖으로 꺼내지 못하고 은복은 목구멍 안으로 삼켰다.

"상황이 파악되었으면 이제 네가 대답을 해 보거라. 지난 초파일에는 귀족 여인의 모습이고 어제오늘은 무사의 모습이구

나. 누구냐, 너는."

"어찌하여 공자님께서 이곳에, 저는 왜 이곳에……. 정녕 공자님께서 저를 이곳으로 데려온 것이 아니란 말입니까?"

명현은 대답 대신 느릿한 말투로 다시 물었다.

"이름이 무엇이냐."

하지만 머릿속이 복잡해진 은복은 그 대답을 할 여유가 없었다. 끈질기게 덤벼드는 처녀들에게서 도망치는 것이 그의 성정이라는 것을 눈으로 보았던 그녀였다. 이 목석 공자가 잠에 취한 여인을 억지로 침상으로 끌어들이는 시정잡배가 아님은 분명한 사실이었다. 그렇다면 정말로 잠결에 내가 내 발로 이곳까지 왔던 걸까?

"제가 왜 이곳에서 잠들었는지 저도 그 까닭을 모르겠습니다만 신세를 졌습니다. 저는……."

전하! 은복은 퍼뜩 연을 떠올렸다. 의아함에 눈을 치켜뜨는 명현을 남겨 두고 은복은 방을 뛰쳐나왔다. 불행인지 다행인지, 은복은 때마침 맞은편 방에서 나오던 연과 맞닥뜨렸다.

"복아! 언제 돌아온 거야? 그런데 네가 왜 그 방에서 나오는 것이냐? 그 방은……."

밤새 그녀를 기다렸던 연은 쉴 새 없이 질문을 쏟아내다 은복을 뒤따라 방에서 나오던 명현의 모습에 놀라 순간 입을 다물었다. 혼란스러운 연의 시선이 명현에서 은복에게로, 다시 명현에게로 빠르게 옮겨 갔다. 명현 역시 문간에 몸을 기댄 채 연과 마주했다.

"너 어젯밤 저 방에서 잔 거야? 저자와?"

"저, 그게. 저도 제가 왜 저 방에서 잠이 들었는지 모르겠습니다. 누군가 저를 저 방으로 옮겼다면 제가 깨지 않았을 리 없는데 정말 돗가비에게 홀린 듯합니다."

붉게 달아오른 얼굴로 변명을 늘어놓는 은복을 물끄러미 바라보던 명현이 천천히 입을 열었다.

"정윤 전하께서 청하관에 드나드시는 줄 몰랐습니다."

명현이 연을 알아보고 그 신분을 알고 있는 것도, 알고 있으면서도 저런 불손한 자세로 예를 갖추지 않는 것에도 은복은 놀랐다.

"목석 공자라 불리는 자네가 청하관에 드나들고 있을 줄은 나도 몰랐네."

더 놀라운 것은 연 역시 명현을 알고 있는 듯 대꾸한 것이었다.

"어떤 연유로 내 호위 무사인 이 아이가 자네의 방에서 나오게 된 것인지 내게 설명해야 할 듯싶은데."

두문불출하는 성정 때문에 그 모습을 드러내는 일은 많지 않지만 한번 마주하면 그 기품 있고 잘난 얼굴에 혹하지 않는 여인이 없으며, 그와 만나기 위해 개경의 내로라하는 귀족 집안 처녀들이 초파일 행사만 기다리지만 그 어떤 여인에게도 눈길을 주지 않는다 하여 붙여진 그 별호, 목석 공자 주명현이 잠든 방에서 복이가 밤을 보냈다. 명현에게 향하는 연의 눈길이 가늘어졌다.

"청하관이 어떤 곳인지 모르시고 그 연유를 물으십니까?"

"뭐?"

"남녀노소 막론하고 밤을 함께 보낼 임을 찾아 유흥을 즐기고 쾌락을 좇는 세인들이 모여드는 곳이지요. 그런 곳에서 남녀가 한방에 들어 있는 것이 무어 그리 놀랄 일입니까."

유학을 공부하는 고지식하고 무뚝뚝한 공자라는 그의 입에서 흘러나온 대답치고는 꽤나 원색적이고 도발적이었다.

"무, 무슨! 무슨 말씀을 하시는 거예요?"

도대체 이자가 무슨 말을 지껄이는 거지? 은복의 얼굴이 더욱 빨갛게 달아올랐다.

"그러니 그 아이를 너무 나무라지는 마세요, 전하. 즐거움을 찾는 것은 인간의 본성이 아니겠습니까."

"저 공자님이 하시는 말씀은 모두 헛소립니다, 전하! 결단코 생각하시는 그런 일은 없었습니다."

도톰한 볼을 실룩거리던 연은 손에 들고 있던 은복의 검을 내던지듯 건네며 말했다.

"무슨 일이 있었는지 내 알 바 아니다. 허나 호위 무사로서 나의 침소를 지키지 않았으니 그 벌은 궁으로 돌아가 다시 물을 거야."

"그거야 전하께서 백녀와 합방하셨으니까……."

연은 심술궂은 표정으로 손을 들어 은복의 말을 중간에 잘랐다.

"궁으로 돌아가자."

"전하!"

은복은 억울한 표정으로 명현을 흘끗 노려보다 이내 황급히 연의 뒤를 따랐다.

"정윤의 호위 무사라."

은복의 푸른 철릭 자락이 완전히 시야에서 사라질 때까지 명현은 그 자리에서 꼼짝도 하지 않고 그녀를 지켜보았다.

청하관 지하에 화려하게 치장한 여우 굴이 있다는 사실을 아는 사람은 백녀와 그녀를 가장 가까이에서 보필하는 여종 두어 명뿐이었다. 잠에서 깬 백녀는 자신을 빤히 내려다보고 있는 지후의 얼굴과 마주했다. 그는 백녀를 향해 방긋 웃어 보였다.

"내 눈 뜨면서부터 네놈 얼굴을 보았으니……."

백녀는 잠에서 덜 깬 쉰 목소리로 말을 이었다.

"오늘 일진은 텄구나."

지후의 짙은 눈썹이 꿈틀거렸다.

"내게 하고 싶은 말이 고작……."

의아함이 가득한 눈으로 지후는 다시 입을 열었다.

"그게 다야?"

"아침부터 어떤 상소리가 듣고 싶어서 찾아온 거야? 더 해 줘?"

지후는 백녀의 어깨를 움켜잡았다.

"정말 나한테 하고 싶은 말이 그게 다야?"

"왜 이래?"

"내 얼굴을 똑바로 보란 말이야."

백녀는 앙칼진 손길로 지후를 뿌리쳤다.

"쓸데없는 소리 하지 말고 썩 꺼져. 나는 해야 할 일이 있으니까."

침상에서 일어난 백녀는 작은 종을 흔들어 여종을 불렀다.

"찾아야 할 사람이 있다. 옷차림으로 보아 어제 청하관에 든 손님은 아닌 듯한데. 가노들 중에 키는 5척 단신이나 어깨가 튼실하고, 풀어헤친 머리칼은 구불거리고 숱이 많아 자못 귀여운 사내를 찾아 내게 데려오너라."

지후의 눈이 가늘어졌다.

"아, 그리고 얼굴에 곰보 자국이 있지만 이목이 남다르게 사내다운 자이다."

방맹이 너 이 자식. 지후가 숨을 씩씩거리며 훌쩍 나가 버리자 백녀는 콧방귀를 뀌었다.

"왜 저래?"

한달음에 상단으로 돌아온 지후는 방맹이를 찾았다.

"아무도 없느냐!"

"주인 나리 오셨습니까요."

상단의 가노가 냉큼 달려왔다.

"방맹이 이놈은 어디에 있는 거야?"

"지난밤 주인 나리 출타하실 때 이후로 아직 그 모습을 보지 못했습니다."

그때 지후는 문지기 방 앞에 비스듬히 기대어 세워져 있는 썩은 나무 방망이를 발견했다. 방망이를 집어 든 지후는 거침 없이 허청으로 향했다. 밥을 짓던 여종 몇이 지후의 손짓에 얼른 허청에서 도망치듯 빠져나갔다.

"방맹이 네놈!"

나무 장작들이 아궁이 안에서 타닥타닥 소리를 내며 맹렬하게 타고 있었다. 지후는 손에 들고 있던 방망이를 아궁이 안으로 냅다 집어던졌다. 아궁이 안으로 빨려 들어가는 동시에 방망이는 인간의 모습, 방맹이로 변해 비명을 내질렀다. 엉덩이가 아궁이 입구에 떡하니 끼었던 것이다.

"뜨, 뜨거워!"

펄쩍 뛰어오른 방맹이는 밥물을 길어 놓은 항아리 안으로 뛰어 들어갔다. 그러곤 살 것 같다는 듯 끙, 한숨을 내쉬었다.

"너, 이 산도야지 같은 놈!"

"아니, 그게 아니고. 내 말 좀 먼저 들어 보소."

자신도 할 말이 있다는 듯 방맹이가 항아리에서 몸을 빼며 소리쳤다.

"깨지 않을 거라며! 절대로 잠에서 깨지 않을 거라고 호언장담한 게 누구요!"

순간 지후가 움찔했다.

"나는 시키는 대로 했수다. 가서 백녀 눈꺼풀 위에 그 영험한 꽃물을 바르고 있는데 아 글쎄, 백녀가 눈을 번쩍 뜨지 뭐요!"

어젯밤 일을 떠올리는 방맹이의 다리가 흐물흐물, 힘이 빠져 흔들거렸다.

"갑자기 내게 덤벼들더니 이리 물고 저리 물고, 이리 빨고 저리 빨고, 이리 섞고 저리 섞고. 나 이 세상 하직하는 줄 알았다니까. 백녀가 다시 잠이 들었기에 망정이지 안 그랬으면 도망치지도 못했수!"

말하다 보니 어쩐지 으쓱한 기분도 드는 방맹이였다.

"역시 백녀 고 백여우가 보는 눈이 있다니까."

어찌 된 사정이건 저런 미남자인 지후도 성공하지 못했던 백녀와의 운우지락을 어젯밤, 혼이 나갈 정도로 맛보지 않았던가.

"역시 사내는 저런 꽃같이 허여멀건 공자보다 나처럼 산짐 승 같은 얼굴이 제일이지, 암."

지후는 어이가 없다는 듯 방맹이를 바라보다 입을 열었다.

"그게 그 꽃물이 가진 신통력이란 말이야."

"뭐, 뭐라고?"

지후는 손가락으로 뺨을 살짝 긁었다. 자신의 발아래에서 굽실거리는 백녀를 호쾌하게 놀려 줄 계획은 어그러졌지만, 가만히 생각해 보니 이도 나쁘지 않다.

나 같은 잘생긴 돗가비마저도 질색하는 그녀가 아닌가. 애틋한 정인이 실은 다 썩어 가는 나무 방망이라는 사실을 나중에 알게 되면 얼마나 약이 오를까.

"그 꽃물을 바르고 난 뒤 처음 보는 상대에게 연모의 마음을 느끼는 것. 그것이 그 꽃물이 가진 신통방통한 힘이다."

지후의 얼굴에는 다시 장난기가 가득 퍼졌다. 백녀에게 기를 빨리는 인간 사내들에게 공덕도 쌓고, 방맹이에게 애정을 구걸하는 백녀를 곯려 주는 장난도 이만하면 구경하는 재미가 쏠쏠히 마음에 찰 것 같았다.

"방맹이 너 이 자식, 산도야지같이 생기지만 않았어도 내 네 놈을 아작 냈을 게다."

꽃물의 신묘한 힘이 제대로 발휘된 것을 보니 은복과 정윤의 일도 내심 궁금해지는 지후였다. 고려에서 최고로 높은 지위의 사내에게 마음껏 사랑 받을 은복을 떠올리자 께름하던 마음이 한결 가벼워졌다.

4

춘덕문을 지날 때까지 연은 아무런 말 없이 걸음만 옮겼다. 은복은 그런 연의 눈치를 살피며 조심스럽게 뒤따랐다. 두 사람이 좌춘궁에 들어서자 밤새 연을 기다리느라 진이 빠진 내관들의 표정이 밝아졌다.

창업 이래 궁중에서 이런 탕아는 없었다, 내관들은 혀를 차며 연에게 새 의복을 대령하고 진짓상을 올렸다. 연이 몇 숟갈 먹다 말고 상을 물리자 내관은 걱정스럽게 입을 열었다.

"전하, 어찌하여 그리 못 드십니까. 찬이 입에 맞지 않으시면 다른 상을 올리라고 할까요?"

"됐다."

연은 고갯짓으로 은복을 가리켰다.

"저 아이에게서 나는 쉰 냄새 때문에 입맛이 뚝 떨어졌어."

은복은 자신의 옷깃을 끌어 올려 킁킁 냄새를 맡았다. 무더웠던 지난밤에 흘린 땀 냄새가 고약하게 배어 있었다. 누구 때문에 어젯밤 땀을 비 오듯이 흘리며 저잣거리를 뛰어다녔는데! 어찌 저리 심술궂게 말한단 말이야. 고작 자신을 따돌리려 자객을 흉내 낸 백녀도 얄미웠지만 그것으로 백녀를 벌하기는커녕 침전을 지키지 않은 것에 대해 자신의 죄를 묻겠다는 연에게도 불만이 일어 은복의 뺨이 절로 실룩거렸다.

"어허, 어느 안전이라고 그런 불충한 표정을!"

곁에 서 있던 내관의 불호령에 은복은 황급히 허리를 숙였다.

"괜찮아. 저놈 건방이야 내 여섯 살 시절부터 보아 온 것이라 새삼스러울 것도 없다."

"전하께서 매번 그렇게 싸고도시니 저것이 제 주제도 모르고……."

연은 귀찮다는 듯이 손을 내저었다.

"그만 쉬고 싶으니 모두 물러가라."

내관들의 뒤를 따라 침전을 나가던 은복이 머뭇거리며 조심스럽게 입을 열었다.

"저기, 아까 청하관에서 말씀하셨던 그 벌은……."

연은 귀찮다는 듯 손을 내저었다.

"됐다. 주명현, 그놈의 건방이 마음에 안 드는데 그 상황에 대거리할 마땅한 말이 생각 안 나서 그냥 아무 말이나 뱉은 거야."

은복은 어이가 없어 말문이 막혔다. 그래 나는 아무나 치고 두들길 수 있는 저잣거리에 내다 걸린 북이지, 북이야.

"네, 그럼 소인은 이만 물러갑니다."

"그 방."

은복은 다시 걸음을 멈추었다.

"청하관 주인 백녀의 방이다."

"네?"

"백녀 대신 네가 그놈과 밤을 지내긴 했지만."

"저는 정말 바깥 계단에서 잠들었단 말입니다."

은복은 손가락으로 이마를 긁적거렸다.

"어찌 된 연유인지 모르겠습니다."

"쯧, 이런 아이를 호위 무사라고 믿고 있어야 하다니 내 목숨 줄 백 개는 쥐고 있어야겠구나."

연은 은복을 못마땅한 눈길로 바라보며 혀를 찼다. 그러다 내내 머릿속을 맴도는 찜찜한 생각을 입 밖으로 뱉었다.

"어째서 주명현이 청하관을 드나드는 걸까? 백녀가 한두 번 드나드는 뜨내기 객에게 자신의 방을 내어줄 리도 없을 텐데."

"뭐, 전하와 비슷한 이유겠지요. 이래서 사내들은 다 똑같다는 겁니다. 귀족 아씨들 앞에서는 그리도 도도하게 군다면서 뒤로는 청하관이나 드나들고 있는 거 아닙니까?"

여전히 의아함을 지울 수 없는 연은 미간을 찌푸렸다.

"정말 그게 다일까?"

"짐작되는 다른 이유가 있으십니까?"

잠시 생각에 잠겼던 연은 이내 고개를 흔들었다.

"그만 처소로 돌아가거라. 밤에는 또 궁을 나가야 하니 지금 쉬어 두는 게 좋을 게다."

"어디를 가신다는 겝니까? 설마 청하관을 또? 안 됩니다. 이 번에는 정말 황제 폐하께 달려가 이를 것입니다."

"덕물산에 갈 거야."

뜬금없이 덕물산이라니, 은복은 눈살을 찌푸렸다.

"한밤중에 덕물산이라니요?"

"요즘 그 산에 돗가비가 나타난다는 괴담이 저잣거리에 파다하다더구나. 그 돗가비 구경이나 좀 해 보려고."

여전히 이해할 수 없다는 표정을 짓고 있는 은복을 향해 연은 장난기 어린 미소를 지어 보였다.

"그런데 복아, 어찌하여 이 나라 정윤인 나보다 그 목석 공자가 더 인기가 많은 거지? 속과 겉이 다른 그런 사내보다 나처럼 앞뒤가 똑같은 사내가 진정성이 있어 보이지 않느냐?"

"쉬십시오."

대꾸하고 싶지 않다는 듯 은복은 곧장 돌아서서 나가 버렸다.

"저것이!"

내지르는 타박에 웃음기가 섞였다. 하지만 은복이 떠나고 홀로 남겨졌을 때 어느새 연의 얼굴은 다시 굳었다.

주명현. 그의 집안은 십 수 년 전 일어난 역모 사건에 연루되었다고 의심 받았던 집안이지 않은가.

"뭔가 꺼림칙한데."

특히 은복을 바라보던 그 오만불손하고 음탕한 눈길! 입술을 삐죽이던 연은 침상에 발랑 누웠다.

"에잇, 모르겠다."

좌춘궁에서 물러나 자신의 처소로 돌아가던 은복 역시 명현을 떠올리고 있기는 매한가지였다.

'남녀노소 막론하고 밤을 함께 보낼 임을 찾아 유흥을 즐기고 쾌락을 좇는 세인들이 모여드는 곳이지요. 그런 곳에서 남녀가 한방에 들어 있는 것이 무어 그리 놀랄 일입니까. 그 아이를 너무 나무라지는 마세요. 즐거움을 찾는 것은 인간의 본성이 아니겠습니까.'

어찌하여 그런 거짓말을 천연덕스럽게 늘어놓았을까. 게다가 그토록 강고하게 쳐다보던 그 눈빛은 무엇일까.

"반……했나?"

순간 은복의 얼굴이 붉은 분칠을 한 듯 달아올랐다. 어쩐지 몸이 배배 꼬이는 듯 저리던 것도 잠시, 그녀 곁을 지나가던 내관 한 명이 코를 움켜쥐며 타박을 주었다.

"네 이년, 네 아무리 사내 일을 한다고는 하나 어찌 정윤 전하의 곁을 지키면서 이런 냄새를 풍길 수 있는 게냐!"

내관은 혀를 쯧쯧 찼다.

"정윤 전하를 연모한다는 년 꼬락서니하고는, 쯧쯧."

속내를 들켜 뜨끔한 얼굴로 은복이 볼강스레 되물었다.

"아니 어째서 이 궁에서는 왜 비밀이라는 것이 없습니까?"

"이 고얀 것이 어디서 목소리를 높이고 있어? 비밀은 무슨, 십 수 년 동안 정윤 전하 뒤만 졸졸졸졸 따라다니는 그 모양새에 다들 절로 아는 거지. 궁에 더러운 냄새 풍기지 말고 가서 얼른 그 몸이나 씻거라."

은복은 고개를 숙여 자신의 옷에서 나는 냄새를 맡아 보고 얼굴을 찌푸렸다. 어찌 그 공자가 이런 흉악한 냄새를 풍기는 자신에게 반한 것은 아닐까 착각할 수 있는지, 다시 생각해 보니 스스로가 한없이 한심해지는 은복이었다.

"그럴 리가 없지."

그때 문득 은복은 황궁의 연등회 연회, 그러니까 그 목석 공자를 처음 보았던 기억을 떠올렸다.

"그래. 그때 일 때문이야. 그때 낭패 본 것을 되갚아 주려고 일부러 그런 거라고."

여종들이 청동 거울을 들어 비추고, 빗을 들어 조심스럽게 영회의 머리칼을 빗어 내렸다. 또 다른 여종은 청자 분첩을 들고 영회의 얼굴에 분을 발랐는데, 문득 마주친 주인의 못마땅한 눈길에 순간 움찔했다.

"더 짙게 바르란 말이야. 사내들이 칭송하고 찬양하는 백녀의 흰 얼굴을 본 적도 없느냐?"

"아씨, 분대 화장은 기녀들이나 하는 것이옵니다. 내의령 어른께서 보시면 불호령을 내리십니다. 그리고 어찌 비천한 백녀 따위와 아씨를 비교하려 드십니까."

아버지가 몸종의 입에 오르자 영회는 코끝을 찡그렸다. 몰래 만나기로 약조했던 사냥터에도, 어젯밤 청하관에서 자신을 기다리고 있을 주 공자에게 가지 못한 이유도 모두 아버지 때문이었다. 황제의 명을 받아 급작스럽게 방문한 내관 때문에 집안의 분위기는 자못 엄중했고 조상국은 하나뿐인 딸에게 방안에서 꼼짝하지 말고 자중하라는 명을 내렸던 것이다.

"이 개경 땅, 아니 이 고려 땅 그 누구보다도 아름답고 싶단 말이야."

"그 누구보다도 고우십니다, 아씨. 그 어떤 여인에게도 눈길을 주지 않으시던 주 공자께서도 아씨를 흠모하고 계시지 않습니까."

영회는 자신의 정인을 쉽게 입에 올리는 여종에게 경고의 눈빛을 보냈지만 이내 얼굴이 부드럽게 풀렸다.

"그거야 그렇지만."

하필 청하관이라니. 어찌하여 주 공자는 청하관에서 만나자고 했을까. 아무리 은근한 눈빛을 보내고, 우연인 척 손끝으로 그의 손등을 훑어도 미동도 없던 그 역시 백녀에게 미혹되어 청하관에 드나드는 것일까. 질투심이 심장 끝을 맹렬하게 찔러댔다.

"서둘러."

여종들은 비단 향낭을 허리띠에 매달면서 영회의 몸단장을 끝냈다. 가마를 준비시켜 놓은 바깥뜰로 서둘러 걸음을 옮기던 영회는 아버지와 맞닥뜨리고 말았다.

"내 자중하라 했거늘 아침부터 어디로 나가는 게냐."

영회는 당혹감을 능숙하게 감추고 다소곳한 미소를 지었다.

"불도가 높으신 후주의 스님께서 보은사에 오셨다 합니다.

곧 후주로 돌아가신다 하니 그 높은 법력을 눈으로 보고 법문을 귀로 들을 기회가 다시 오지 않을 것이라 생각되어 소녀 이른 아침부터 서둘렀답니다."

조상국은 불심이 깊은 자였다. 아버지의 얼굴에서 못마땅한 기색이 사라지는 것을 보며 영회는 안도했다.

"조심히 다녀오너라. 그리고……."

"네, 아버님."

"곧 황제 폐하의 왕지가 궁에서 올 것이다."

영회의 손끝이 가볍게 떨렸다.

"너를 정윤 전하의 태자비로 간택한다는 왕지다. 나는 거절하지 않을 것이다."

얼마 전부터 궁의 사람이 집을 수시로 드나들었고, 그녀가 곧 정윤의 태자비가 될 것이라는 소문은 호족들 사이에 공공연하게 퍼져 있는 사실이었다. 호사가들의 숱한 입방아에도 지금껏 일언반구도 없었던 아버지가 처음으로 그녀에게 정윤과의 가례에 관해 입을 연 것이었다.

"그러니 남의 입에 이름이 오르내리지 않도록 몸가짐을 신중히 하거라."

머릿속으로 그녀의 정인, 명현의 얼굴이 빠르게 스쳐 지나갔다. 하지만 태자비가 되는 것이 싫은 것은 아니었다. 정윤과의 혼인은 훗날 그녀가 황후가 된다는 것을 의미했다. 황후! 대고려국의 가장 높은 지위에 앉아 최고의 권력을 누릴 수 있는 여인의 자리.

보은사에서 자신을 기다리고 있을 명현을 잠시 마음 한구석
으로 몰아낸 영회의 얼굴에 만족스러운 미소가 떠올랐다.

"명심하겠습니다, 아버님."

보은사로 향하는 가마 위에서 영회는 황후가 되겠다고 마음
을 다잡았다. 명현을 만나면 이제 그를 몰래 만나는 일 따위는
그만두겠다고 말할 참이었다. 고려에서 가장 고귀한 신분이 될
자신에게 비밀의 정인이 웬 말인가. 혹여 불순한 추문에라도
휩싸이면 황후 자리는 다른 여인의 차지가 될 것이다.

아, 그 빚어 놓은 듯 잘생긴 입술에 입 한 번 맞추어 보지 못
한 것만이 그저 한스럽구나.

도성 안 용수산에 자리 잡은 보은사에 도착한 영회는 가마
에서 내리자마자 요사채로 향했다. 승려들의 거처 중에서 영회
와 명현이 빌려 만나는 방이 있었다. 하지만 요사채 앞에서 그
녀를 기다리는 사람은 명현이 아니라 국이었다.

"도련님께서는 대웅전 석탑 앞에 계십니다."

"왜 들어 계시지 않고?"

국은 머뭇거리며 쉽게 대답하지 못했다. 국의 망설임이 답
답하여 영회는 직접 대웅전으로 향했다. 명현은 석탑 앞에서
대여섯 명의 잘 차려입은 귀족 처녀들에게 둘러싸여 있었다.

"뭐야, 저 발칙한 년들은."

처녀들 중에는 영회와 가까이 지내는 고우도 끼어 있었다.

"요사채에 드시기 전에 주지 스님을 뵈러 갔다가……."

국은 입술을 잘근잘근 씨근덕거리는 영회의 눈치를 살피며

말을 이었다.

"보은사에 시주하러 오신 아씨들과 맞닥뜨렸는데, 아씨들이 도련님을 놓아주지 않으셔서 오도 가도 못하고 계십니다."

대꾸 한 번 없는 명현인데, 새가 지저귀듯 쉴 새 없이 떠들어 대며 웃는 처녀들이었다. 명현에게 향하는 처녀들의 노골적인 추파에 영회는 분노했다. 국은 명현의 예상이 맞아떨어지는 것에 감탄했다.

오늘 보은사에 가면 목석 공자를 만날 수 있다는 말을 처녀들의 여종들에게 전한 사람이 국이었고 그것을 시킨 사람은 명현이었다. 여인, 특히 자신에게 질척거리는 처녀들을 질색하는 명현이 내린 뜻밖의 명이었다. 의아해하던 국에게 주인은 특유의 그 나직한 음성으로 연유를 말해 주었다.

'지금은 비록 나에게 마음을 품고 있으나 조영회는 탐욕이 강한 여인이라 필시 태자비 자리에 욕심을 낼 것이다. 허나 그녀가 탐욕보다 더 강하게 가지고 있는 것이 투기심이다. 다른 사람이 가지고 싶어 하는 것을 자신이 빼앗아 가져야 직성이 풀리는 성정이지. 자신의 것을 다른 사람들이 욕심내면 분통을 터트릴 것이나 내심 뿌듯이 여기고 혹여나 빼앗길까 안달할 것이 분명해.'

"넌 도련님의 심복이라는 놈이 무엇 하는 게야?"

"네?"

"가서 어떻게든 주 공자를 저 발칙한 년들에게서 벗어날 수 있게 해 드리란 말이다! 당장 요사채로 공자님을 모셔 오지 않

으면 저 발칙한 년들 대신 내가 네 몸을 갈기갈기 찢어 놓을
게다!"

어지간한 일에는 눈썹 하나 깜짝하지 않는 국이지만 포악한
그녀의 한마디 한마디가 여간 섬뜩한 게 아니었다. 요사채로
사라지는 영회의 뒷모습을 바라보며 국은 고개를 설레설레 흔
들었다.

"도련님, 서경 본가에서 전갈이 왔다고 합니다. 한시가 급한
위중한 일이라 합니다."

실망스러운 한숨을 내쉬는 처녀들을 뒤로하고 명현은 조금
전 곤혹스러워 하던 표정과는 달리 간단하게 그녀들에게서 벗
어났다.

"조심하십시오, 도련님. 영회 아씨께서 화가 많이 나셨습니
다. 당장이라도 달려들어 저 아씨들을 요절낼 기세셨다고요."

"잘되었구나. 분기는 탐욕이다. 내게 욕심이 있는 한 쉽사리
나를 놓지 못할 것이다."

영회가 기다리는 방으로 들어가기 전, 명현은 국을 돌아보
았다.

"정윤의 동태를 살펴야겠다."

청하관에서 정윤과 마주친 것이, 그의 앞에 자신을 노출한
것이 못내 찜찜한 명현이었다.

"청하관 출입을 비롯해 정윤이 황궁 밖을 나서는 일이 또 있
는지, 언제 있는지, 어디로 가는지 지켜보거라."

국은 고개를 끄덕인 뒤 곧장 보은사를 떠났다.

"공자님!"

방에 들어서자 영회가 힐난의 눈길로 명현을 마주했다.

"어찌하여 귀하디귀한 우리 두 사람의 시간을 다른 여인들 때문에 허비하신 거예요? 혹여 어젯밤 제가 청하관에 가지 못한 것에 대해 분풀이라도 하시는 건가요?"

명현은 미소만 얼굴에 띄운 채 영회를 내려다볼 뿐이었다.

"사냥터에 나가지 못한 것도, 청하관에 가지 못한 것도 아버님 때문이에요."

변명 한번 하지 않는 그의 모습에 영회는 더욱 안달이 났다.

"궁에서 사람이 나왔답니다. 곧 저를 태자비로 간택할 거라는 황제 폐하의 왕지가 올 거라고도 합니다. 연모하는 공자님을 생각하니 저는 그저 막막하기만 하고 갑갑증에 가슴이 터질 것 같은데, 어찌하여 공자님은 다른 여인들과 희희낙락하실 수 있으세요? 네?"

분노와 교태를 오가는 영회의 콧소리에도 미동이 없던 명현이었다. 영회의 분노가 한차례 풀이 꺾이길 한참을 기다린 후, 그는 손을 뻗어 영회의 어깨를 부드럽게 움켜쥐었다. 명현의 부드러운 손길에 영회의 눈빛에 기쁨이 흘렀다.

"저 역시 갑갑증에 이 가슴이 터질 것 같습니다."

개경 안의 모든 귀족 처녀들이 흠모해 마지않는다는 목석 공자의 손길을 받는 유일한 여인, 그것은 황후의 자리만큼이나 영회를 흥분시켰다.

"왕지가 오기 전에 나와 도망치지 않겠소?"

5

여종이 향로를 꺼뜨렸나 보다.

그리웠던 시절의 기억이 찾아오는 것은 그나마 견딜 수 있는 꿈이었건만, 너무도 괴로웠기에 이제는 너절한 조각들로 남은 끔찍한 기억의 꿈은 지독히 반복되는 악몽이었다. 실제가 아니라 악몽인 것을 알면서도 명현은 몸을 꼼짝달싹할 수 없었다. 보이지 않는 누군가가 그가 일어날 수 없도록 가슴을 짓누르고 있는 것만 같았다.

"어, 어머니."

아버지가 끔찍한 국문을 당하고 있다는 소식을 전해 듣자마자 혼절한 어머니는 다시는 눈을 뜨지 못하셨다. 주위의 어른이란 어른은 모두 개경으로 끌려갔고 그나마 서경에 남아 있던 위 대인마저도 집 밖에 나오지 못하는 연금 상태였다. 집안이

쑥대밭이 된 마당에 제대로 된 초상을 치를 수 없었다. 혼자 남은 어린 명현과 늙은 가노들이 힘을 합하여 겨우 출상을 마쳤을 때 누명을 벗은 아버지가 돌아왔다.

그 후로 그가 겪은 일들은 모두 조각조각으로만 남아 있다. 기골이 장대했던 아버지의 앙상한 모습, 죽음을 목전에 두고도 풀리지 않는 분으로 몸을 떨던 나의 아버지, 아버지의 초상을 치르던 그에게 연달아 닥친 것은 송이의 자진 소식이었다.

옥고 속에 죽음을 맞이한 아버지를 따라 딸은 목을 매달았다. 효심이었을까. 그렇지 않으면 두려움이었을까. 죽기 전 형제 같은 친우들과 고향 땅을 위하여 모든 오명을 뒤집어쓴 아비의 거짓 자백으로 송이는 귀족의 무남독녀에서 노비로 전락할 처지였다. 어찌 자신에게 서신 한 장 남기지 않고 그 아이는 목을 매달 수 있었을까. 늙은 가노가 끌어가는 수레 안의 제대로 수습도 하지 못한 송이의 시신은 명현의 악몽 중에서도 가장 잔인한 것이었다. 시신의 가느다란 목에 매여 있던 동아줄, 송이를 보며 구역질을 하는 자신에게 혐오감을 느끼면서도 토악질을 멈출 수 없었던 명현이었다.

도대체 저 아이가 무엇을 잘못했기에, 도대체 저 아이의 잘못이 무어 그리 크기에……. 눈 코 입 오밀조밀 하얗고 어여쁘던 얼굴로 함박웃음 지으며 커서 내게 시집오겠다 말하던 저 아이가 저리 잔인하게 목을 매달아야 하는 이유가 무어냐고, 울며불며 토악질을 하다 결국 혼절했었다.

그가 다시 눈을 떴을 때에는, 어머니의 죽음에 좌절하고 자신에게 남겨진 아버지의 유지를 두려워했던 소년 명현은 목매달아 자진한 어린 송이의 넋과 함께 영원히 사라져 버렸다.

그때였다. 누군가가 다시 향로를 피웠다. 그 은은하고 달콤한 향기가 콧속에 스며 들어오는 순간, 굳어 있던 명현의 손가락 끝이 꿈틀거리며 움직이기 시작했다.

"도련님, 국입니다."

명현은 천천히 눈을 떴다. 국이 젖은 천으로 명현의 얼굴에 흥건한 땀을 닦아 내고 있었다.

"괜찮으십니까? 여종이 향로를 다시 피우는 것을 깜빡한 모양입니다."

"괜찮아."

그때 명현은 국의 얼굴에서 심상치 않은 기운을 감지하고 몸을 일으켰다.

"무슨 일이야?"

"정윤이 황궁을 빠져나왔습니다."

"청하관이냐?"

국은 고개를 가로저었다.

"덕물산 아래 주점에서 길잡이를 구하고 있었습니다."

명현은 얼굴이 딱딱하게 굳었다.

"지금 바로 뒤쫓아야 한다."

황궁에서부터 동남쪽으로 고작 10리, 물이 사철 흐르고 토양에 윤기가 흘러 닥나무가 많이 자라기로 유명한 덕물산이었다. 개울이 맑고 시원하여 여름이면 남녀노소 가릴 것 없이 목욕을 하는 사람들이 모여들었고, 전국에서 찾아온 벌목공들로 넘쳐나던 곳이었다.

"낮에는 벌목공들로, 밤에는 더위를 식히려고 개울가를 찾던 사람들로 매해 여름 인산인해였는데, 올해는 낮이고 밤이고 버려진 야산이나 다름없습니다요."

길잡이를 해 주던 사내가 갑자기 걸음을 멈추었다. 연과 은복은 말고삐를 잡아 멈추고 의아한 시선으로 길잡이 사내를 바라보았다.

"저, 소인은 여기까지만 뫼시겠습니다."

"이보시오! 아직 중허리에도 오르지 못했는데 그게 무슨 말입니까?"

목소리를 높이는 은복을 향해 연이 손을 들어 보였다.

"그만. 되었다. 여기서부터는 우리끼리 갈 것이니 돌아가 보도록 하시오."

"웬만하면 나리들도 이쯤에서 돌아가시지요. 험한 꼴 당하십니다. 낮이고 밤이고 출몰하는 돗가비 때문에 산 생활 오래한 자들도 이 산에 얼씬도 안 한 지 오래입니다요."

연은 품을 뒤적거려 은자가 든 작은 주머니를 사내에게 던져 주었다. 그 묵직함에 두려움이 가득했던 사내의 얼굴이 환하게 밝아졌다.

"길잡이는 이만 되었고, 이 길로 산을 내려가 가장 가까운 주점에서 술이나 한잔하시오. 은자가 두둑하니 주위 사람들에게도 술 한잔씩 돌리고 말이야."

"예, 예. 그리하겠습니다요."

"주위 사람들이 그 돈이 어디서 났냐 묻거든, 좌춘궁 주인의 덕물산 길잡이를 해 주고 받은 은자라 꼭 답해 주시오."

잠시 말 위의 연을 멀뚱히 올려다보던 사내가 이내 그 말뜻을 알아듣고 바닥에 넙죽 엎드렸다.

"소, 소인이 몰라뵈었습니다, 전하."

연은 빙긋 웃고 나서 말허리를 가볍게 찼다. 은복은 얼굴을 잔뜩 찌푸린 채로 말을 달려 연의 곁으로 다가갔다.

"어찌하여 신분을 밝히셨습니까? 굳이 그렇게 소문을 더하지 않으셔도 밤마다 저잣거리를 헤매고 논다니들과 어울린다는 이야기만으로도 황제 폐하의 노기가 차고 넘칩니다."

"사람 잡아먹는다는 돗가비가 출몰하는 덕물산에 그저 이름도 절도 없는 이가 살아 돌아왔다는 소문이 빨리 퍼지겠어, 아니면 장차 황제가 될 이 몸이 살아 돌아 나온 이야기가 빨리 퍼지겠어?"

그 말의 의중을 파악하려 잠시 머뭇거리던 은복이 다시 물었다.

"돗가비 괴담을 잠재우시려고 나오신 것입니까? 그런 괴담쯤이야 고을마다 수십 개 수백 개가 생겼다가 자연스레 사라지는 것인데 어찌 이리 신경을 쓰시는 것입니까?"

"가끔 말이다, 복아."

두 사람의 목소리와 말굽 소리만이 숲속 고요를 뚫고 뻗어 나갔다.

"눈에 보이지도 않고 손에 잡히지도 않는 이 말이라는 것이, 생각하지도 못한 어마어마한 권능을 부리기도 한다."

"무슨 말씀이신지 잘 모르겠어요."

연은 어둠에 휩싸인 숲속을 둘러보았다.

"그 괴담이 마치 사실처럼 여겨지는 동안 베어 가지 못한 닥나무가 무성하다. 닥나무가 무엇이냐?"

"그야 종이를 만드는 나무지요. 그럼 요즈음 종이 값이 오른 것이 이 괴담 때문이란 말입니까?"

저잣거리 괴담이 공포심을 만들고, 그 공포심은 일꾼의 품삯을 올리고, 올라간 품삯은 닥나무 가격에 더해졌다. 비싼 몸이 된 닥나무가 비싼 종이를 만들어 내는 것은 당연지사였지만 작금 그 가격을 좌지우지한 것이 어린아이들 입에서부터 시작된 돗가비 전설인 것에 은복은 어이가 없어 그저 헛웃음만 나올 뿐이었다.

"그래. 그렇지 않아도 중원과 왜에서 한 장 남김없이 사 가는 통에 막상 이 고려 땅에서 종이란 돈 많은 귀족들만 누리는 사치품인데 이렇게 계속 닥나무 수급조차 원활하지 못하다면 그 가격이 하늘 무서운 줄 모르고 치솟을 거야. 일반 백성들이 종이를 가까이하는 것은 꿈도 꿀 수 없지."

여전히 은복은 영문을 알지 못하고 고개를 갸웃거렸다.

"먹지도 못하는 종이, 백성들에게 무어 그리 중요하겠습니까?"

"종이는 배움의 근간이다. 쓰고 읽는 모든 것은 종이를 통해 이루어진다. 종이가 귀족의 사치품이었기에 배움 역시 귀족만의 사치였어. 배움이 그들의 전유물이 되고 그들의 권력이 되지."

먹고사는 일에 만족하면 그만인 백성들에게 배움이 무엇이 그리 중요한지 은복은 여전히 이해할 수 없었지만 연의 눈빛이 그 어느 때보다 진지했기에 더 이상 묻는 것을 그만두었다. 모든 것을 이해할 수는 없었지만 그가 백성을 위하는 일을 한다는 것은 분명했다.

"참 헷갈린단 말입니다."

"뭐가?"

"세상에서 제일 철없는 탕아 같다가도 이럴 때 보면 역시 정윤 전하구나 싶고……."

"으아아아앗!"

풀숲에서 갑자기 툭 튀어나온 청설모 한 마리에 연이 비명을 지르기 시작했다. 산속에 메아리치는 비명 소리에 말들이 놀라 휘청거렸다.

"워, 워. 쉬이. 괜찮아."

간신히 말을 진정시키며 은복은 말 등에 웅크리고 앉아 고개도 들지 못하는 연을 바라보며 혀를 쯧쯧 찼다.

"지금 바로 천덕골로 가서 산채를 비우게 해."

"네, 도련님."

명현은 산길을 가로지르는 국의 뒷모습을 지켜보다 다시 연과 은복의 뒤를 쫓았다. 저들이 언제까지 산을 헤맬지 몰랐다. 이리 헤매고 다니다 보면 그들이 산채를 발견하는 것은 시간문제였다.

개울에 도착한 그들은 말에서 내렸다. 명현은 그들의 발길을 산 아래로 돌리는 기회가 지금뿐임을 직감했다.

활을 꺼낸 명현은 정확하게 은복을 겨냥했다. 정윤을 죽이는 것은 일을 크게 만드는 것이고, 이들을 이대로 산속을 헤매게 만드는 것은 산채 군사들의 목숨을 위험하게 만드는 일이었다. 활시위의 답은 정해져 있었고 마음을 단호히 먹어야 했다.

"네 목숨에 대한 죗값은 내 죽어 다시 태어나 꼭 갚아 주마."

활시위가 팽팽하게 당겨졌다. 그때였다. 은복이 머리에 쓰고 있던 두건을 풀어 개울가에 띄워 놓았다. 그와 동시에 그녀의 긴 머리칼이 치렁하게 아래로 떨어지더니 이내 바람을 타고 허공에서 넘실거렸다.

여전히 활시위가 당겨진 채, 명현의 손끝이 멈칫했다. 그는 두건에 물을 담아 말에게 돌아가 그 입에 대어 주는 은복의 모습을 하나도 놓치지 않고 지켜보았다.

이내 마음을 결정한 명현은 활시위를 놓았다. 어둠을 가르며 화살은 빠르게 날아갔고 말 등에 정확히 꽂혔다. 히이이이이잉, 갑자기 말이 울부짖으며 앞발을 들쳐 올리는 바람에 은복은 뒤로 넘어져 나뒹굴었다.

"복아!"

연이 달려오기도 전에 은복의 말은 펄쩍 날뛰며 숲속을 내달려 도망가 버렸다.

"괜찮아? 무슨 일이야?"

순식간에 벌어진 일이었다. 자칫 잘못하여 날뛰는 말굽 아래 밟혔더라면 어느 한 곳 성한 데 없이 몸이 부서져 버렸을 것이다. 다행히 은복은 개울가 진흙에 얼굴을 처박은 것 외에 상한 곳은 없었다.

"말이 무엇에 저리 놀란 게야?"

"숲속에서 뭔가 날아왔습니다."

"혹, 진짜 돗가비가……."

은복은 눈만 하얗게 남은 진흙투성이 얼굴로 연을 책망하듯 바라보았다.

"인기척에 잠에서 깬 새겠지요, 새. 돗가비가 세상에 어디 있습니까? 도대체 말도 안 되는 그 괴담 때문에 이 밤에 이게 무슨 꼴입니까?"

은복의 진흙 범벅 얼굴이 못내 재미있는지 연은 큭큭 웃어 댔다.

"말을 찾아오겠습니다. 여기서 꼼짝 않고 계셔야 합니다."

은복이 도망간 말을 되찾기 위해 개울을 떠나자 지켜보던 명현도 조용히 그 뒤를 쫓았다.

은복은 어둠 속을 헤치며 말이 달려간 산길을 더듬어 찾아보았지만 말은 쉽게 눈에 띄지 않았다. 말을 부르기 위해 훈련 때처럼 짧은 휘파람을 불어 보았지만 이도 소용없었다.

"도대체 어디로 갔지?"

마침내 은복은 솔잎이 쌓인 산기슭에서 쓰러진 말을 발견했다. 1년여가 넘도록 은복과 마상 훈련을 함께했던 두 살 난 수말은 죽음을 앞두고 거친 콧바람을 내쉬었다. 은복은 달려가 무릎을 꿇고 앉았다. 새가 아니었다. 돗가비도 아니었다. 말 등에 꽂힌 화살에 은복은 마른침을 삼켰다. 그녀는 피를 흘리며 고통스러워하는 말의 갈기를 부드럽게 쓰다듬어 주었다.

"조금만 참아라."

말이 끝나는 동시에 은복은 있는 힘껏 말 등에 꽂힌 화살을 뽑아냈다. 처연한 말 울음소리가 어둠을 뚫었다. 은복은 뜨거운 피가 흐르는 화살을 살폈다.

"청석."

'무슨 오해인지는 모르나, 내 화살들은 그대가 들고 있는 것과 다르게 화살촉이 청석으로 되어 있어. 의심스러우면 살펴보시오.'

목석 공자의 목소리가 머릿속에 스치는 순간, 바스락 등 뒤에서 들려오는 솔잎 소리에 은복은 흠칫 놀라 검을 빼 들었다. 누군가가 달빛을 등지고 그녀에게 다가오고 있었다.

"누구냐!"

괴상하게 늘어난 긴 그림자를 바라보는 은복의 눈빛에 긴장이 서렸다. 돗가비가 시도 때도 없이 출몰하여 사람을 잡아먹는다던 길잡이의 목소리가 그녀의 귓가에 아른거렸다.

"또 너로구나."

돗가비가 아닌 사람임을 확인한 안도감은 잠시였다. 은복은 또다시 마주친 이 잘생긴 공자를 향해 비난의 눈빛을 던졌다.

"오늘은 처녀의 옷 대신 진흙을 뒤집어쓰고 있구나."

은복은 손바닥으로 얼굴을 대충 문지른 뒤, 손에 들고 있던 화살을 그의 눈앞에 흔들었다.

"이번에는 공자님의 화살이 맞는 것 같습니다. 도대체 이런 야심한 시각에 무슨 일을 벌이신 겁니까?"

"뜨거운 한낮 해를 피해 밤 사냥을 나왔지. 이 산에 인적이 드물어져 산짐승들이 자주 출몰한다는 소문을 들었거든. 그런데 내가 맞춘 것이 산짐승이 아니라 네 말이었나 보구나."

명현은 가슴팍을 뒤적거려 작은 주머니를 꺼내 은복의 발밑에 던졌다.

"튼실한 말 서너 마리는 충분히 살 수 있을 게다."

은복은 명현을 노려보았다.

"지난해부터 저와 마상 훈련을 함께해 왔던 말입니다. 미안하다는 말이 먼저이지 않습니까?"

명현의 한쪽 눈썹이 치켜 올라갔다. 궁의 일개 무사가 귀족 공자에게 대거리를 하는 것은 후에 큰 치도곤을 당할 수도 있는 일이었다. 물끄러미 자신을 바라보기만 하는 명현의 모습에 은복은 쓴웃음을 지었다.

"됐습니다. 귀족 나리들께서는 이 땅 위에 미안하다라는 말이 있다는 것도 모르시지요. 그 말을 듣는다고 되돌릴 수 있는 일도 아니고. 지난번 공자님께서 정윤 전하가 오해하실 만한 언행으로 저를 난감하게 만든 것도 사과를 받은 것으로 치지요."

은복은 돌아서서 쓰러져 있는 말을 다시 살폈다. 말 주위로 흘러내린 피가 흥건했다. 말의 숨이 끊긴 것을 확인한 뒤 은복은 입술을 질끈 깨물었다. 죽은 말의 갈기를 잠시 말없이 쓰다듬는 은복의 모습을 명현은 지켜보았다. 얼마나 시간이 지났을까. 그녀는 천천히 몸을 일으켰다. 그리고 바닥에 떨어진 명현의 주머니를 집어 들었다.

은복이 진흙 범벅의 얼굴로 자신을 향해 다가올수록 명현은 그녀의 향기가 더욱 짙어지는 것을 느꼈다.

참으로 신기한 일이다. 분명 그녀는 지금 그 향낭을 가지고 있지 않을 텐데, 이 향기가 그저 몸에 배어 있구나. 놀라움도 잠시, 배 속 깊숙한 곳에서부터 강하게 치고 올라오는 열기에 당혹스러워 명현은 숨을 몰아쉬었다. 은복은 여전히 원망 어린 눈빛으로 그를 올려다보다 주머니에서 은자 한 냥을 꺼내 들었다.

"이것으로 충분합니다."

그리고 주머니를 명현의 가슴팍을 향해 내던지듯 건네주고 단 한 번 돌아보는 일 없이 그에게서 떠나갔다.

"왜 이리 늦었어?"

개울가 바위에 드러누워 있던 연이 얼굴을 잔뜩 찌푸리며 돌아온 그녀를 맞았다.

"나 혼자 있을 때 돗가비가 나타날까 봐 간장이 다 졸아들었다! 말은 못 찾은 게야?"

"죽었습니다."

"뭐?"

"밤 사냥을 나온 사냥꾼 화살에 맞았습니다."

은복은 우울한 마음을 들키지 않으려 일부러 목소리를 높였다.

"사냥꾼과 말 값을 흥정하느라 늦었습니다."

"쯧쯧, 궁상하고는."

"하급 무사 봉급으로 병부에 어찌 말 값을 변상하겠습니까? 그만 내려가시지요."

"그래. 그만 돌아가서 우리가 돗가비에게 잡아먹히지 않았다는 것을 보여 주자. 그, 그 얼굴은 개울가에서 씻고 말이다. 그대로 내려가면 사람들이 내가 덕물산 돗가비를 잡아 온 줄 알겠다."

은복이 개울물에 얼굴을 씻고, 연의 말고삐를 잡아 산을 내려가는 것을 지켜보며 명현은 그제야 긴장감을 내려놓았다. 그 자리에 자책감이 밀려왔다. 망설임에 대한 자책, 그리고 결국은 활시위의 방향을 바꾼 것에 대한 자책이었다. 그의 선택 하나에 수십, 수백의 목숨이 황천길에 올랐다가 내려왔다. 황제 때문에 죽어 나갔던 명현의 모든 가족들 그리고 송이를 생각하면 그는 망설임마저 죄스러워야 했다.

"하지만⋯⋯."

말갈기를 쓸어내리던 쓸쓸한 은복의 손길이 떠올랐다.

"그것이 저 아이의 잘못은 아니니."

단지 그것뿐이었다. 망설임의 이유는 단지 그것뿐이라고, 명현은 또다시 싹트는 마음 한구석의 묘한 일렁임과 열기를 무시해 버렸다.

6

"으으으응!"

요란한 신음과 함께 방맹이는 백녀의 새하얀 젖가슴 위로 축 늘어지듯 쓰러졌다. 백녀는 감흥 없이 말똥말똥한 눈으로 천장을 노려보며 인내심을 가지고 기다렸다. 국부에서 명치로 솟구쳐야 할 뜨거운 기운은 끝끝내 그녀를 찾아오지 않았다. 대신 곡괭이로 배 속을 긁어 대는 듯한 날카로운 허기가 굶주린 그녀에게 닥쳐왔다.

어찌 된 일인지 이해할 수 없었다. 인간 사내들의 기를 빨아 연명하고 있던 지난 100년 가까운 세월 동안 이런 일은 한 번도 없었다. 배가 고파 다른 사내를 취하려 했으나 어쩐지 그러고 싶지 않은 것도 억울하리만치 묘한 일이었다.

"방 대인."

나긋하게 부르는 백녀의 목소리에 기진맥진한 방맹이가 고개를 추슬러 들었다.

결국 자신의 허기와 갈증을 풀어 줄 수 있는 사내는 눈앞의 이이뿐이다. 백녀의 눈빛에 인간의 애욕을 넘어선 짐승의 본능이 번뜩였다.

"아직 새벽닭이 울지 않았습니다, 대인."

백녀의 가느다랗고 흰 손가락이 방맹이의 가슴팍을 가만히 문질렀다. 방맹이는 머리칼이 곤두서고 입안이 바싹 마르는 것을 느꼈다.

"그, 그러니 쪽잠이라도 자 둬야 하지 않겠소? 상단 일 때문에 아침 일찍 예성강에도 나가야 하고……."

"그것은 걱정하지 마시어요."

백녀는 그의 가노인 이 사내와 얼마든지 즐거운 시간을 보내라며 히죽이 웃던 지후를 머릿속에 떠올렸다. 언제나 내 일에 방해만 일삼던 그 망할 놈의 돗가비 녀석이 도움이 될 때도 있구나.

"그러니 어서 다시……. 방 대인!"

새빨간 핏방울이 방맹이의 코끝에서 후드득 떨어졌다. 이틀 밤낮을 못살게 굴더니 끝내 육혈을 보고야 말았다. 인간의 몸을 얻은 지 4년, 처음으로 육혈을 뿜은 방맹이는 컹 소리와 함께 기절했다.

후주 사신들에게로 보내는 회사품 호위군 길에 오르라 한 것은 연의 지시였다. 정윤의 직무로 사신단 영접을 총람하는 연으로서 신경이 쓰이는 일임에는 분명했지만 좌춘궁의 호위 무사인 자신까지 회사품 호위군에 차출할 필요는 없었기에 은복은 조금 의아함을 가지고 있었다. 자신을 따돌리고 또 어떤 허튼짓을 벌이는 것은 아닐까 걱정이 되기도 했다.

회사품을 실은 수레와 그것을 호위하는 군사들은 후주 사신단이 머물고 있는 순천관을 향해 한낮의 뜨거운 태양 아래로 부지런히 움직였다. 저잣거리의 좁은 길 위로 수레들이 지나가기 위해서는 길 위의 모든 사람들이 가던 걸음을 멈추고 골목 틈틈이 비켜서야 했다. 길을 지날 수 없는 사람들은 하릴없이 수레 행렬이 모두 지나가기를 기다렸다.

"찌는구나, 쪄."

살갗이 타는 듯한 볕이었다. 호위군 군사들의 한껏 달아오른 얼굴 위로 역정이 가득했다. 흥건한 땀을 훔쳐 내는 손길 속에 얼른 회사품을 순천관에 내려놓고 황궁으로 돌아가고 싶은 마음이 역력했다.

"웬 놈이냐!"

선두에 섰던 응양군 낭장의 불호령과 함께 길이 막힌 수레가 저잣거리 가운데 멈추었다.

"네 이놈!"

낭장은 아이를 업은 사내를 향해 거칠게 소리쳤다.

"썩 물러서거라. 황명을 받아 순천관으로 향하는 길을 네 어찌 무엄히 가로막는 것이냐!"

"소, 송구합니다. 허나 지금 바로 의원에게 가지 않으면 제 여식이 죽습니다."

은복은 아비의 등에 늘어져 업혀 있는 자그마한 소녀를 안쓰럽게 바라보았다.

"나리, 제발 먼저 길을 가게 해 주십시오. 고작 1리 앞 저잣거리 초입에 의원 집이 있습니다. 제 여식을 살려 주십시오."

굽실거리면서도 죽어 가는 여식을 땅에 내려놓지 않는 사내였다. 아비의 말대로 여식의 목숨이 경각에 달렸다면, 소녀는 이 기나긴 수레 행렬이 지나가기 전에 저승길로 가게 될 것이 분명했다.

"이 회사품이 제때에 순천관에 도착하지 못한다면 황명을 어기는 것이다. 이 어찌 네 비천한 여식의 목숨에 비할까! 썩 비켜나지 않으면 네 목을 벨 것이다!"

보다 못한 은복이 수레 앞으로 나섰다.

"낭장 어른, 아이의 안색이 심상치가 않습니다. 저잣거리에 접어든 수레는 몇 되지 않으니 잠시 뒤로 물리는 것이 어떻겠습니까?"

수레를 호위하는 군사들과 구경하는 백성들 앞이었다. 낭장은 은복의 발언을 하극상으로 받아들였다.

"네 이놈, 일개 하급 무사 주제에 어디라고 나서는 게냐. 정윤 전하의 총애를 믿고 시건방이 이를 데가 없구나."

"그런 것이 아니오라……."

낭장이 거칠게 검을 빼 들었다.

"저 무엄한 것 대신 네년의 목을 먼저 쳐 주랴!"

그때였다. 수레 행차 앞으로 모두 비켜서 있던 텅 빈 저잣거리 가운데로 누군가가 성큼성큼 가로질러 걸어왔다. 그가 아픈 여식을 업고 있던 사내를 지나쳐 다가왔을 때, 은복은 명현과 눈이 마주쳤다.

"낭장은 무엇 하시오? 저 비천한 백성의 목이든, 건방진 무사의 목이든 얼른 베고 수레를 움직여야 하지 않겠소?"

고운 차림새와 점잖은 기세로 말을 건네는 명현을 마주한 낭장은 치켜든 검을 주춤거리며 내렸다.

"내 조상국 어른을 뵐 일이 있어 내의령 댁에 가는 길인데도 지엄한 황명을 받든 수레가 먼저 지나가길 기다리고 있는데 말이야."

낭장의 얼굴에 당혹감이 스쳤다.

"이미 내의령 어른과 약조한 시각을 지킬 수 없는데, 이리 더 지체된다면 내 하는 수 없이 내의령 어른께 그대 낭장을 핑계 삼을 수밖에 없지."

조상국이 누구던가. 황제 위에서 군림하는 개경 최고의 권력가 내의령이었다. 잠시 눈치를 살피던 낭장이 어쩔 수 없이 군사들을 향해 수레를 물리라 명을 내렸다. 더위는 둘째 치고 수레를 반대로 밀려면 두세 배의 노력이 필요함에도 내의령이라는 이름 앞에 어느 곳에서도 군사의 불평이 새어 나오지 않았다.

은복은 말에서 내려 여식을 위해 목숨을 걸고 길을 막고 섰던 아비에게로 다가갔다. 얼굴이 새하얗게 질린 채 식은땀을 흘리는 소녀의 용태를 살펴보았다. 아비의 걱정대로 소녀는 위중해 보였다.

"길을 트고 있으니 어서 의원을 찾아가십시오."

"고맙습니다, 무사님. 고맙습니다, 공자님."

넙죽넙죽 절을 하며 아비는 여식을 들쳐 업은 채 저잣거리를 내달렸다. 그 뒷모습을 지켜보던 은복은 이내 명현을 향해 돌아섰다.

"여기서 또 뵙습니다."

미안하다는 말 한마디 할 줄 모른다며 차갑게 몰아세우던 그 밤과는 달리 은복은 예의 발랐다.

"공자님 덕분에 저 아이는 살 수 있을 것입니다. 물론 공자님께서도, 내의령께서도 의도한 바 없는 공덕이겠지만 말입니다."

명현의 입꼬리가 길게 휘어졌다. 그의 미소 짓는 눈길이 자신에게 향하자 은복은 얼굴을 붉혔다. 저 따뜻한 눈빛의 여운이 마음에 닿아 설레는 것이 아니라, 단지 꽃처럼 아름다운 그의 얼굴 때문에 마음이 동한 것뿐이다. 다잡으면서도 어쩐지 그와 얼굴을 마주할 수 없어 은복은 명현에게서 떨어져 걸음을 옮겼다.

"조당에 들어서 본 적도 없는 일개 한량 공자 주제에 무슨 수로 내의령 어른과 만날 약조를 한단 말인가."

은복은 걸음을 멈추고 명현을 돌아보았다.

"그럼 거짓을……."

명현은 손가락을 가볍게 입술에 가져다 댔다.

"내의령 어른과는 일면식도 없다."

소곤거리고는 자신을 지나쳐 가는 명현의 뒷모습 위로 그의 작은 웃음소리가 맴돌았다. 잠시 그를 지켜보던 은복은 이내 거꾸로 물러나는 수레 행렬을 호위하기 위해 서둘러 걸음을 놀렸다.

순천관에 보낸 은복이 돌아오기 전에 찾아야 했다. 하지만 넓디넓은 황궁의 서고에서 오래된 장계를 찾기란 쉬운 일이 아니었다. 연의 얼굴에는 굵은 땀방울이 흘러내렸다. 서고 안으로 들어올 수 없는 내관들의 안타까운 목소리가 문밖에서 들려왔다.

"전하, 그만 나오시지요."

매서운 더위와 오래 쌓여 있던 종이들이 뿜는 퀴퀴한 먼지들 사이에서 몸이 곤죽이 되는 것 같았다. 그럼에도 불구하고 연은 포기할 수 없었다. 분명 은복이 아비의 죽음이 언급된 장계가 이 어지러운 방 어느 곳에 처박혀 있을 터였다.

황명을 수행하던 중 절명한 황궁 무사의 딸이 천애 고아가 되어 황궁에 들어왔을 때, 그도 그녀도 고작 여섯 살이었다. 어느 누구도 그들에게 세세한 상황을 알려 주지 않았고, 그들 역시 물을 처지가 아니었다.

태자에서 정윤으로 책봉된 후 연에게는 무거운 책임감과 함께 황제에 버금가는 여러 가지 특권이 주어졌는데, 그것 중 하나가 황궁 서고 속에 보관된 기록들의 열람권이었다. 그 특권을 이용하여 연은 오래전 사정을 알아볼 참이었다.

"정윤 전하, 옥체가 상하실까 심히 염려되옵니다."

오늘은 이만 단념하고 후일 다시 기회를 보아야 하는 것일까. 하지만 곧 복이 아비의 기일이 아닌가. 이것으로 복이를 위로하고 싶었던 욕심을 포기하기가 어렵구나. 짧은 한숨을 내쉬던 그때 갑진甲辰, 마침내 두 글자가 연의 눈에 들어왔다.

"찾았다."

황제께서 즉위 후 성광으로 새로운 연호를 선포한 것을 비롯하여 갑진년의 기록들이 일자에 따라 정리되어 있었다. 반가운 마음에 얼굴이 환해진 채 두루마리를 펴 들어 기록을 세밀히 읽어 내려가던 연의 얼굴에 점점 의아함이 번져 나갔다.

황제께서 광평시랑과 예빈경을 사신으로 하여 후진에 보낸 기록과 태조께서 신임하셨던 한림원령 평장사의 죽음에 관한 기록 사이가 비어 있었다. 문자를 긁어낸 행태가 빈틈없이 세심하여 원래 무슨 글자가 적혀 있었는지 전혀 알 수 없었다.

"황명을 수행하였다고는 하나 고작 용호군 별장이니 그 죽음을 기록하지 않았을 수는 있다. 허나……."

연의 머릿속에 명현의 얼굴이 스치고 지나갔다. 갑진년에는 또 다른 큰 사건이 있지 않았던가. 왜 그것은 누락되어 있을까. 누락된 것이 아니라면 이 긁어낸 기록이 그것일까. 한참 동안 생각에 잠겼던 연은 이내 두루마리를 제자리에 놓고 서고를 빠져나왔다.

서고 문 앞에서 기다리고 있던 내관들은 땀범벅이 되어 있는 연을 향해 연방 부채를 부쳐 댔다.

"충수야, 황궁 서고에 있는 두루마리들은 각 관제에서 올라온 장계들을 사초로 통합하여 기록한 것들이지?"

내관 충수가 고개를 조아렸다.

"그리 알고 있습니다, 전하."

"그럼 원래의 장계들은 어디에 있을까?"

잠시 고개를 갸웃거리던 충수가 되물었다.

"더 이상 필요가 없으니 태우거나 원래의 관제로 되돌려 보내지 않았나 사료되옵니다."

좌춘궁으로 걸음을 옮기던 연이 무슨 생각이 들었는지 다시 고개를 돌려 굳게 닫힌 황궁 서고 문을 바라보았다. 태자인 자신마저도 정윤으로 책봉되어서야 저 문턱을 드나들 수 있었다. 그렇다면 폐하께서 기록을 훼손하신 것일까. 하지만 폐하께서 그런 명을 내리실 이유가 없지 않은가.

"각 관제의 서고로 가서 지난 성광 1년 갑진년에 올린 장계를 모두 찾아오너라."

"네? 그 많은 관제의 서고를……."

의아함이 섞인 충수의 말이 끝나기도 전에 연은 좌춘궁으로 향했다.

황궁으로 돌아가기 전에 은복은 저잣거리의 의원 집에 들렀다. 위중했던 아이의 생사가 염려스러웠기 때문이었다. 무모하게 용감했던 아비는 의원 집 앞 약재를 말릴 때 쓰는 평상 위에 뉜 여식을 걱정스럽게 내려다보고 있었다.

"아이는 어떻습니까?"

은복은 부녀에게 다가갔다. 다행히 위급한 시기를 넘긴 듯 소녀의 안색은 한결 핏기가 돌았다.

"이 미련한 것이 무얼 그리 급히 먹었는지 급체하여 숨이 막혔었는데, 다행히 의원님께서 침을 놓아 주셔서 혈이 돌고 있습니다. 허나 지체한 시간이 오래라 의원님께서 조금 더 지켜보아야 한답니다."

"왜 안에서 지켜보지 않고 나와 있습니까?"

"그것이……."

아비는 안쓰러운 눈길로 여식을 바라보며 아이의 명치를 연방 문질러 주었다.

"환자를 안으로 들여놓으면 의원께 값을 드려야 하는데 침 값으로 가진 돈을 모두 쓰는 바람에……."

"아무리 그렇다 해도 볕이 이리 뜨거운데."

은복은 철릭 여기저기를 뒤져 보았지만 값을 대신할 그 어떤 것도 가지고 있지 않았다. 은복은 내리쬐는 해가 괜히 원망스러워 하늘을 올려다보았다.

"이것으로……."

하늘을 향했던 시선을 떨어뜨렸을 때, 순간 시야가 어둡고 부서져 앞이 보이지 않았다. 하지만 그 나직한 목소리는 익숙했다.

"아이를 의원 집 안으로 들이게나."

은자를 내민 것은 명현이었다. 이미 그에게서 한 번의 도움을 받은 소녀의 아비는 잠시 망설이는 듯했다. 하지만 자식 걱정이 염치와 체면을 이겨 섰다.

"고맙습니다. 감사합니다, 공자님. 이 은혜는 죽을 때까지 잊지 않겠습니다."

은복은 소녀를 업고 의원 집 안으로 달려 들어가는 사내의 뒷모습을 물끄러미 지켜보았다. 이내 고개를 돌렸을 때 자신을 내려다보는 명현의 따가운 시선과 마주해야 했다.

"어찌 그리 보십니까?"

"내가 어찌 보았는데?"

명현은 말장난을 하듯 되물었다.

"제 얼굴에 무엇이라도 묻은 것처럼 쳐다보십니다."

명현은 고개를 저었다.

"왜 내게 고맙다 말하지 않는지 의아하여 쳐다보는 것이다."

"어찌 제가 공자님께 고마워해야 하는 것입니까?"

"네가 하고 싶었던 일을 내가 대신 해 주었으니까."

그의 말이 맞는 듯도 싶고, 아닌 듯도 싶어 은복은 말문이 막혔다. 고맙다는 말을 해야 하나 말아야 하나 고민하며 가만히 눈을 굴리는 그녀 모습이 재미있는지 명현은 웃음을 터트렸다. 그 웃음에 저잣거리를 지나며 명현을 흘긋거리던 처녀들의 얼굴이 순간 달아올랐다.

"귀족들은 미안하다는 말을 모르고, 무사들은 고맙다는 말을 모르는가 보구나."

"허나 제가 청한 것도 아닌데……."

은복은 말을 잠시 멈추었다가 다시 이었다.

"공자님 말씀이 맞는 것 같습니다. 어찌 되었건 공자님 덕분에 오늘 밤 잠자리에 누워 저 아이에 대한 걱정은 하지 않을 테니까요. 고맙습니다."

명현은 자신을 향해 고개를 숙이는 은복을 바라보았다.

"아이의 목숨이 물건 실은 수레보다 못하다고 여기는 황제의 녹을 받는 무사치고는 제법 의기롭구나."

"황제 폐하께서는 그런 분이 아니십니다."

은복은 얼굴을 잔뜩 찌푸렸다.

"폐하께서 이 일을 직접 보고 들으셨다면 분명 낭장 어른을 꾸중하셨을 것입니다."

은복이 황제를 옹호하자 명현의 얼굴 역시 굳었다. 두 사람 사이에 침묵과 함께 어색한 기운이 맴돌았다. 은복은 이 불편한 자리에서 벗어나고 싶었다.

"저는 이만 가 보겠습니다. 살펴 가십시오."

휘적휘적 저잣거리 인파 사이로 사라지는 은복의 뒷모습을 지켜보는 명현 가까이로 저만치 물러나 있던 국이 다가왔다.

"죽게 생긴 아이와 그 아비를 안쓰럽게 여기신 것은 이해하지만 황궁 무사들 앞에 거짓으로 내의령을 입에 올리고 나서신 것은 무모하셨습니다."

"무모할 것이 무어 있겠어. 낭장 주제에 내의령과 사사로이 만나 이러저러한 공자를 알고 있느냐 물을 리도 없을 텐데."

그리 대꾸하는 명현은 은복이 가는 그 길 끝에서 여전히 시선을 떼지 못하고 있었다. 그녀 흔적이 완전히 사라진 후에야 명현은 은복과 마주한 순간 까맣게 잊어버린, 어찌하여 자신이 종일 그녀를 뒤쫓아 다니고 있는지에 대한 의구심이 다시 몰려왔다.

7

"소자, 후주의 상단과 함께 온 사신단을 배웅하러 궁 밖으로 나가라는 황명을 받자와 아바마마를 뵈옵니다."

붉은 옻칠을 하고 구리로 만든 꽃이 장식된 옥좌에 앉아 정윤을 내려다보는 황제의 시선이 자못 엄중했다. 가뜩이나 회경전에만 불려 오면 절로 몸이 오그라들고 기가 눌리는 연에게는 고신을 당하는 듯 괴로운 순간이었다. 연이 간신히 용을 내어 황궁 서고의 지워진 기록에 관하여 물으려는 찰나, 먼저 입을 연 것은 황제였다.

"얼마 전에도 청하관에 갔었더구나."

복이 네 이놈, 회경전을 나가자마자 혼쭐을 내야지. 그의 마음을 읽기라도 한 듯 황제는 말을 이었다.

"내 불시에 좌춘궁에 들었는데 너는 그새 궁 밖으로 나가고 비어 있었다. 내 그저 짐작하여 물은 것인데 네놈의 안색을 보아하니 청하관에 간 것이 맞구나."

그나마 정윤이 산길을 헤매고 다닌다는 저잣거리의 새로운 소문은 듣지 못한 것에 안도하는 연과 달리 분노에 찬 황제는 주먹으로 옥좌를 내리쳤다. 그 성난 기세에 양옆의 휘장이 흔들렸다.

"일국의 정윤이라는 놈이 어찌 몸가짐이 그리 가볍단 말이냐!"

"송구하옵니다."

"자중하고 또 자중하거라. 내 빠른 시일 내에 내의령의 집으로 네 사주단자 왕지를 내릴 것이다."

연의 뺨 근육이 굳었다.

"지금껏……."

아버지의 기세에 눌려 대꾸 한번 해 본 적 없는 아들이었다. 지청구를 주면 주는 대로 고개를 조아리기만 했던 유약한 아들이었다.

"아바마마께서 해 오셨던 그 모든 일들은 이 고려를 삼킬 만큼 커져 버린 호족들의 권력을 누르기 위해서가 아니셨습니까."

그래서 이 말을 하기 위해서 연은 몸 안의 의기를 모두 끌어모아야 했다.

"어찌하여 그 호족의 최고봉이라 일컫는 내의령과 손을 잡으시려 하십니까."

늘 엄하기만 했던 황제의 얼굴에 언뜻 자애로움이 스쳤으나 너무나 짧아 연은 눈치채지 못했다.

"대의를 위해 내의령의 힘이 필요하다."

"내의령에게 외척이라는 권력을 더해 주면서까지 그 대의가 가치 있는 것이옵니까?"

잠시 말이 없던 황제가 다시 천천히 입을 열었다.

"과거제를 시행할 것이다."

연은 조아리고 있던 머리를 치켜들었다.

"지금 무어라 하셨습니까? 과거제……라 하셨습니까?"

"시詩, 부賦, 송頌 그리고 시무책을 시험하여 관리를 뽑을 것이다."

연의 입술이 놀라움으로 벌어졌다.

"제아무리 든든한 뒷배를 가진 호족 집안의 자제라 해도, 혹 그 집안이 개국 공신의 집안이라 하더라도 과거 시험에 통과하지 못하면 조당에 들어서지 못하게 할 것이다."

그런 일이 호족의 나라, 이 고려 땅에서 실현될 수 있단 말인가.

"과거제를 공표하고 시행하기까지 호족들은 목숨을 걸고 이를 막으려 할 것이다. 이태 전 안검법 때와는 비교도 할 수 없을 정도의 반발이 일 것이 자명하다."

실현될 수도 있다. 공신들의 투쟁에도 불구하고 노비 개혁, 안검법을 시행시키셨던 폐하가 아니던가.

"지금 내의령의 힘이 필요한 것은, 황권만으로 그 반발을 막기 역부족인 까닭이다."

실현될 수도 있다. 호족을, 귀족을, 공신들을 누를 수 있는 강력한 황권.

"가례 전까지 내의령이 과거제에 관해 알아서는 안 된다. 그래서 나는 이 혼사를 서두를 것이다."

언젠가 내의령 따위는 필요하지 않은 그러한 힘이 이 황실에 생길 수 있다!

"명심하거라. 황권을 강건하게 만들고, 그것을 지키고 다지는 것이 이 황실의 첫 번째 태자, 정윤으로 태어난 너의 사명이다."

조금은 얼이 빠진 얼굴로 회경전을 빠져나오는 연의 모습에 은복은 한숨을 내쉬었다. 황제 폐하께 또 한차례 꾸지람을 받은 것이 분명했다.

"청하관에 출입하신 걸 황제 폐하께서 아신 거죠? 그래서 제가 어떻게든 청하관에 들어가지 못하게 하려고 말리지 않았습니까?"

힐난하면서도 잔뜩 내려앉은 연의 어깨에 마음이 약해지는 은복이었다.

"많이 혼나셨습니까?"

연은 고개를 돌려 은복을 지그시 바라보았다.

"복아."

"네, 전하."

나는 나에게 그러한 도량이 없다 생각해 왔다. 나는 원망하기도 했다. 왜 황실에서 태어났는지. 태어날 것이면 황좌와 상관없는 다른 숱한 태자들 중 한 명으로 태어날 것이지, 나는 억울하기도 했다.

"말씀하세요, 전하."

"아니다. 됐다."

너를 포함하여 내가 첫 번째 태자, 정윤으로 태어났다는 이유만으로 포기해야 했던 그 모든 것들이 뼈아프게 억울했었다. 하지만 나는 어쩔 수 없는 황제 폐하의 아들이었나 보다.

"예성강까지 가야 하니 서두르자."

무더운 날씨에도 불구하고 후주 상단 일행이 떠나는 모습을 구경하려는 인파들이 예성강 포구에 구름같이 몰렸다. 서역 상인과 그들이 가진 이색적인 물건들이 섞인 후주의 상단은 언제나 큰 볼거리였다.

"출발이 지연될 것 같네."

고려의 특산품들이 후주 상단 배에 실리는 모습을 지켜보고 있던 지후는 후주 상인 양양수를 향해 뒤돌아섰다. 유난히 붉은 입술과 기묘하게 쫑긋 솟은 귀, 그 역시 사람 행세를 하고 사는 요물이었다. 그들 틈에서 꾸역꾸역 살아가고 있는 이류들이 이리 많다는 것을 인간들은 상상이나 할까. 지후는 히죽 웃었다.

"왜? 선적은 한 시진 안에 끝이 날 것 같은데."

"정윤이 배웅을 나온다고 하더군. 사신단 일행이 배 안에서 정윤을 맞을 대상을 꾸미고 있어."

지후의 이맛살이 찌푸려졌다. 정윤 일행이 도착하기 전에 포구를 떠나야겠다는 생각과, 자신이 은복을 위해 영험한 꽃물로 꾸민 일이 어찌 되었나 하는 궁금증이 머릿속에서 싸워 댔다.

"어차피 시간도 남는데 우리도 주점으로 가서 술이나 한잔 하는 게 어때?"

양양수는 빙그레 웃으며 말을 이었다.

"아마 당분간은 만나지 못할 테니 미리미리 마셔 두자고."

"그게 무슨 말이야? 우리 상단과 거래를 끊겠다는 말이야?"

양양수는 고개를 흔들었다.

"조만간 후주와 고려의 무역이 중단될 것이네."

"뭐?"

"요나라가 고려를 침략할 것이라는 소문이 중원 조정에서부터 흘러나오고 있네. 상황이 심상치가 않아."

"전쟁이 일어난단 말이야?"

"국지전일지 전면전일지는 모르나 무슨 일이 벌어져도 벌어질 게야. 그런 상황에 고려를 찾을 상단이 어디 있겠어? 그런데 재밌는 사실이 또 하나 있다."

양양수는 키득거리며 웃어 댔다.

"요나라 임금에게 고려 침략을 부채질하는 세력이 다름 아닌 이 고려 땅에 있다는 것이지."

인간만큼 재미있는 종족도 따로 없다니까. 가벼운 흥분과 비웃음이 지후의 눈빛 속에 스치고 지나갔다. 사악한 것을 쫓는 것은 어쩔 수 없는 요물의 본디 성정이었다. 무엇인가 일이 벌어질 것 같은 위험한 형세가 다가오는 것을 지후는 본능적으로 느꼈다.

"정윤이 도착했나 봐."

포구에 모여 있던 백성들이 모두 땅바닥에 넙죽 엎드리기 시작했다. 정윤 일행에서 멀찌감치 떨어져 있었지만 이번에도 지후는 연의 곁에 서 있는 은복을 한눈에 알아보았다. 배에 오르던 정윤이 문득 고개를 돌려 은복을 바라보았다. 그 애정 어린 눈길에 지후의 얼굴에 만족감이 떠올랐다.

방맹이 놈이 다행히 저 일은 망쳐 놓지 않았구나. 정윤의 애정을 듬뿍 받아 태자라도 하나 생산한다면 훗날 황후 자리는 어렵더라도 궁 안에서 권세를 누리며 떵떵거리며 살겠지.

"내려가 볼 텐가?"

지후는 고개를 가볍게 흔들었다.

"주점이나 가 보세."

"좋지. 주점의 술을 모두 동내 버리기 전에 정윤 일행이 떠나야 할 텐데 말이야."

말에 올라 양양수와 함께 떠나려던 지후는 포구 쪽에서 일어난 소란스러움에 고삐를 잡아 고쳐 쥐었다. 붉은 불길과 검은 연기가 뒤섞여 사신단의 배에서 치솟고 있었다. 조금 전 정윤과 은복이 올랐던 바로 그 배였다.

"불?"

불이 시작된 곳은 다도 상을 들여놓은 선실의 문 앞이었다. 타닷 소리와 함께 불길이 순식간에 일어 번졌다. 선실 안에 들었던 사람은 후주의 사신과 연, 그리고 은복뿐이었다.

"몸을 숙이십시오, 전하."

문밖을 지키고 있던 사신의 솔하들과 연을 호위하고 온 황실 군사들이 불길을 잡으려고 우왕좌왕하는 소리가 문밖에서 들려왔다.

"코와 입을 막으셔야 합니다."

은복은 옷자락을 찢어 다상 위의 찻물에 적셨다. 그리고 연의 코에 젖은 천을 가져다 대 주었다.

"곧 불길이 잡힐 것입니다, 전하. 걱정하지 마십시오."

연기가 선실 안을 가득 메웠다.

"말하지 마라. 연기를 마시면 안 된다."

연기가 괴로운 듯 바닥에 쓰러진 채 기침을 쏟아내는 사신에게도 젖은 천을 대 주고서야 은복은 자신의 입을 막았다.

순식간에 일어나 폭발적으로 일렁이며 눈 깜짝할 사이에 번져 나가 손을 쓸 수 없는, 본 적도 들은 적도 없는 벼락같은 불이었다. 꽈앙, 포구에 매인 채 배와 연결되어 있던 밧줄이 불자락에 끊기자 배가 순간 출렁거렸다. 균형을 잃은 연이 기울어진 선실 구석으로 내동댕이쳐졌다. 그 충격으로 선실에 고정되어 있던 목관 함이 부서지며 연의 머리 위로 추락했다.

"전하!"

은복이 연을 향해 몸을 날렸다. 커다란 목관 함은 은복의 등 위로 떨어진 뒤 바닥에 굴렀다.

"복아!"

연이 은복을 일으키려는데 또다시 꿍음과 함께 배가 반대편으로 기울었다. 나무로 건조된 커다란 배는 맹렬한 화마에 순식간에 스러져 가며 가라앉고 있었다. 그때 선실 문이 떨어져 나가고 불길 틈으로 군사들이 뛰어 들어와 연과 사신을 일으켜 세웠다.

"정윤 전하와 대인을 모셔라!"

"복아!"

"피하셔야 합니다, 전하."

"복이! 복이를 데려와!"

발버둥 치는 연의 명령에도 아랑곳하지 않고 군사들은 그를 선실 밖으로 끌어냈다. 정윤과 사신이 무사한 것을 확인한 사신단과 뱃사람들은 불타는 배를 포기하고 도망치기 시작했다.

"은복이가 아직 저 안에 있다! 놔!"

일개 호위 무사의 목숨은 정윤의 안전 앞에서 속절없는 일이었다.

"이것 놓으란 말이야!"

어찌나 거칠게 몸부림을 쳤는지 군사들은 연을 배에서 한참 떨어진 포구 한쪽에서 포박하듯 붙들어야 했다. 그때 누군가 연을 지나쳐 배 안으로 뛰어 들어갔다. 발버둥 치다 기운이 빠진 연은 그의 뒷모습에 넋이 나간 듯 중얼거렸다.

"주명현?"

뛰어들 생각 따위 추호도 없었다. 덕물산 산채 군사들을 이 동시켜 놓은 곳이 예성강의 하달산인 것이 문제였다. 하필 정윤 일행이 후주 사신단을 배웅하기 위해 예성강으로 행차한단 이야기를 듣고 혹시나 하는 마음에 포구에 나와 지켜보던 차였다.

푸른 불길이 치솟고 배는 가라앉고 있는데 황궁 군사들이 끌어낸 정윤 곁에 그 아이가 보이지 않았다. 누구도 그 아이를 구하려고 하지 않았다. 자신은 그 아이를 죽여야 하는 상황에서도 차마 활을 쏘지 못하였는데, 늘 곁에서 정윤을 보필하며 함께한 그 아이가 저들에게는 그저 필요하면 쓰고 버리는 그런 한낱 목숨이었나 보다.

동정심일까. 아니면 지난 초파일 이후 그녀 덕분에 악몽을 다스릴 수 있었던 고마움일까. 그도 아니면 청하관 백녀의 방에서 마주한 날부터 시도 때도 없이 생각나 아랫배를 열기로 가득 차게 만드는 그녀의 잠든 얼굴 때문이었을까. 아니면 덕물산에서 죽은 말을 쓰다듬던 그 쓸쓸했던 손길과 눈빛이 마음 한구석에 맴돌아서였을까.

뜨거운 불 한 자락이 뺨을 확 스치고 지나갔다. 하지만 명현은 아랑곳하지 않고 기울어진 선실 안으로 들어갔다. 이 불구덩이에서 그가 스스로를 보호할 수 있는 것이란 비단옷을 찢어 물에 적신 천 조각뿐이었다. 하지만 그마저도 은복의 몸을 짓누르고 있는 침상을 들어내기 위해 내던져야 했다.

명현은 정신을 잃은 은복을 안아 올렸다. 그녀에게 불길과 연기가 닿지 않게 품 안으로 끌어안은 다음 선실을 빠져나왔지만 이미 배는 가라앉고 있었다. 망설임도 도움이 되지 않았다. 조금이라도 지체하다가는 배와 함께 수장될 것이 자명했다. 명현은 은복을 단단히 붙들고 강물을 향해 몸을 날렸다.

차가운 강물이 몸을 감싸는 순간, 은복은 정신이 번쩍 들었다. 눈을 뜨자 물줄기가 파고들었다. 입안으로도 비릿한 강물이 스며 들어왔다. 은복은 눈앞에서 자신을 바라보고 있는 명현의 눈동자와 마주했다.

어찌하여 이 공자가 또 내 눈앞에 있는 걸까. 왜 이자는 생각지도 못할 때마다 내 눈앞에서, 나를 지켜보고 있는 것일까. 하지만 그것도 잠시, 은복은 다시 정신이 아득해지는 것을 느꼈다.

자신의 팔에서 축 늘어진 은복을 품에 안은 명현은 힘찬 자맥질과 함께 물 위로 떠올랐다. 그녀에게 내준 가슴이 묵직하게 짓눌렸다. 명현은 물끄러미 은복의 얼굴을 내려다보았다.

덕물산에서 잠시나마 죄 없는 네 목숨을 해하려 했던, 그 이기가 황제의 것과 진배없었던 내 과오를 이것으로 잊겠다.

지후는 물 위로 떠오른 은복과 명현을 물끄러미 바라보았다. 화재의 뒷수습을 위해 양양수는 자신의 선단으로 돌아간 후였다.

"아니, 뭔 일이라도 났수? 포구가 왜 이리 떠들썩한가?"

방맹이가 머리를 긁적이며 지후의 말 옆으로 어슬렁어슬렁 걸어왔다. 그리고 예성강에 잠기고 있는 후주 싱단의 배에 휘파람을 불어 댔다.

"아니, 이 습하고 더운 날 불구경을 다 하고, 뭔 일이래."

"그렇지. 이렇게 습한 날, 하필 저 배에만, 정윤과 사신이 타고 있는 저 배에만 유별나게 화마가 덮었다 이 말이지."

지후의 뺨이 실룩거렸다.

"그것도 손쓸 틈도 없이 순식간에 타 버릴 만큼 강한 불이."

지후의 혼잣말에 방맹이가 되물었다.

"뭐라는 거야?"

"넌 알 것 없다. 왜 왔어? 꼼짝도 하지 말고 백녀와 있으라 했잖아."

지후의 말이 끝나기도 전에 방맹이가 앓는 소리를 하기 시작했다.

"나 좀 살려 주우우. 나 이러다 정말 죽겠다고. 이 퀭하게 꺼진 눈두덩이 보이지도 않나?"

방맹이는 고개를 흔들었다.

"제발 청하관으로 돌아가라 하지 마시오. 이것도 겨우 도망쳐 나온 거란 말이오."

방맹이와 한시도 떨어져 있으려 하지 않는 백녀를 떠올리며 지후는 낄낄대며 웃었다.

"네가 백녀와 함께 밤을 보낼 때마다 그 기를 빼앗기는 인간 사내들을 대신해 공덕을 쌓는다 생각하라 했잖아. 아직 멀었다. 더 정분을 쌓으란 말이야. 아직은 썩은 나무 작대기라는 사실을 들키면 안 돼."

"밤? 밤낮을 가리지도 않고 눈만 마주쳤다 하면 달려드는데 인간 사내들 위해 공덕 쌓다 내가 염라대왕 뵙겠수. 그리 사흘 밤낮을 못살게 굴더니 어쩐지 오늘은 좀 뜨뜻미지근해서 겨우 빠져나왔어. 그리고 말이야. 거 인간 사내들 기 좀 뺏기면 어때, 며칠 자리보전하면 자연히 기가 회복되는 것이 인간인데. 백녀도 먹고살아야 할 것 아닌가?"

투덜거리던 방맹이는 물에 흠뻑 젖은 채 뭍으로 올라온 명현과 그의 품에 안긴 은복을 발견했다. 앞뒤 사정을 보지 못했어도 사내가 여인을 물에서 구해 올리는 것임을 누가 봐도 알 수 있었다.

"이햐아."

난데없이 탄성을 내지르는 통에 지후가 타고 있던 말이 놀라 킁킁거렸다.

"역시 영험하다, 영험해."

부드러운 손길로 말 등을 쓰다듬으며 지후는 눈살을 찌푸렸다.

"뭐가?"

"알면서……. 그 서역 돗가비한테 산 꽃물이지 뭐긴 뭐야."

"무슨 말이야?"

"시킨 사람이 왜 물어? 저 품에 안긴 계집을 저 공자가 잠든 백녀의 침상에 데려다 눕히라 했잖아. 그러고 저 공자의 눈에 꽃물을 바르라고 시켰잖수."

"뭐라고?"

"얼마나 영험한지, 얼마나 연모하게 만들었으면 제 목숨 걸고 구해 낼까. 역시 그 거금을 주고 살 만한 신박한 꽃물이야."

이 아무짝에도 쓸모없는 썩은 방맹이이이이 제대로 하는 일이 없구나, 지후가 더운 콧바람을 내뿜으며 방맹이의 목을 움켜잡았다. 놀란 방맹이는 어느새 다 썩어 들어간 방망이로 변해 지후의 손에 들렸다.

8

은복의 어깨에 꽂아 넣었던 마지막 침을 빼서 침통에 가지런히 정리한 뒤 의원은 침상에서 몸을 일으켰다.

"타상으로 인해 어깨에 어혈이 생겼으나 꾸준히 침을 맞고 탕약을 드시면 오래지 않아 쾌차하실 것입니다. 너무 심려치 마시옵소서, 전하."

"허나 아직 깨어나지 못하고 있지 않은가."

연의 얼굴은 초조함으로 가득했다.

"안 되겠다. 황궁으로 돌아가 태의에게 보여야겠다. 아니다. 황궁으로 사람을 보내 태의를 이곳으로 불러 복이를 돌보라 할 것이다."

의원은 공손하게 허리를 숙였다.

"미천한 의원인 소인과 태의 어른의 인술을 감히 견줄 수는 없으나, 호위 무사님은 타상의 충격으로 그저 잠시 혼절하신 것뿐입니다."

"연기를 많이 마셨단 말이다."

"다행히 다른 내상이 없으니 곧 일어나실 것입니다."

그때 한쪽 구석에서 말없이 상황을 지켜보고 있던 지후가 한 걸음 앞으로 나섰다.

"의술이 뛰어나다고 이름난 의원입니다. 괜찮을 겁니다."

그제야 연은 마지못해 고개를 끄덕이며 의원을 방 밖으로 내보냈다. 침상 가까이 다가간 연은 드러난 은복의 하얀 어깨 위로 비단 이불을 끌어 덮어 주었다. 전하, 자신을 감싸 안으며 외치던 은복의 목소리가 귓가에 맴도는 것 같아 연의 얼굴이 일그러졌다. 그러다 문득 지후를 향해 돌아섰다.

"방을 내주어 고맙다. 내 너에 관한 이야기는 종종 들어온 바 있다. 흉년이 들면 가난한 백성들을 구휼하는 데 언제나 앞장서는 덕망 높은 상인이라고. 내가 신세를 지게 되었구나."

"과찬이십니다. 정윤 전하께서 곤란한 상황에 처해 계시는데 이 나라 백성으로서 마땅히 해야 할 일을 한 것뿐입니다."

마치 죽은 듯 축 늘어져 명현의 품에 안겨 있던 은복의 모습에 아연실색하던 연에게 자신을 북하 상단의 상단주라 소개하며 먼저 다가간 것은 지후였다. 지척에 있는 자신의 저택으로 의원을 부르겠다고 신속하게 정황을 주도했다.

비록 은복과 다시 마주치는 일은 꺼려졌지만 그녀는 의식이 없는 상태였고, 무엇보다 방맹이가 정윤 대신 꽃물을 발라 놓은 의문의 공자에 대해 알고 싶었다.

"밖에 있느냐."

연의 호령에 문밖을 지키고 있던 호위 무사가 방 안으로 들어왔다.

"순군부에 일러 화마의 연유를 찾아라. 단순한 화재인지 아니면 나와 후주의 사신을 노린 도살의 도모인지 명백하게 밝혀야 할 것이다."

"네, 전하. 그리고 전하, 후주의 사신단과 상단 일행이 다시 떠날 채비를 갖추었다 합니다. 어찌하시겠습니까?"

"나가서 배웅할 것이다."

연은 침상에서 한 걸음 물러났지만 여전히 은복에게서 눈을 떼지 않았다.

"허나 전하, 혹여 화마가 전하를 노린 놈들 짓이라면 자칫 위험하실 수도 있습니다."

"사신을 배웅하라는 황제 폐하의 황명을 받았다. 그리고 이것이 우연으로 일어난 화재가 아니라면, 내 목숨을 노린 것은 고작 배에 불을 지르는 졸렬한 놈들이다. 나타나라지. 내 기필코 이 아이를 이 지경으로 만든 값을 치르게 해 줄 테니."

결연한 연의 말을 잠자코 듣고 있던 지후가 입을 열었다.

"무예가 뛰어난 상단의 사병들을 군사들에게 붙여 전하를 포구까지 수행하라 이르겠습니다."

"고맙네. 그리고……."

방을 나서기 전 연은 지후를 바라보았다.

"내가 돌아올 때까지 자네가 이 아이를 지켜봐 주게나. 내게는 누이와도 같은 아이다."

지후는 고개를 숙여 대답을 대신했다. 내키지 않았지만 군사들 앞에서 정윤의 말에 고개를 저으며 거절할 수도 없는 노릇이었다.

연이 떠나고 난 뒤 지후는 천천히 침상 가까이로 다가갔다. 엎드려 누운 은복의 풀어헤친 긴 머리가 비단 이불 위로 늘어져 있었다. 한 걸음 더 가까이 은복을 향해 다가갔을 때였다.

"떨어지시오."

어느새 명현이 방문 앞에 서 있었다. 지후는 여유 있는 미소를 잃지 않았다. 그리고 침상에서 한 걸음 뒤로 물러난 뒤 두 손을 가볍게 들어 보였다.

"아, 난 그저 무사님이 깨어나시는 것 같아 확인하려 했을 뿐이오. 의원을 보냈는데 치료는 받으셨소?"

"호의는 고마우나 다친 곳이 없소."

그의 말과는 달리 명현의 뺨에는 불길에 스친 열상이 도드라졌다.

서로를 꼼꼼히 살피는 두 사람의 날카로운 시선이 복잡하게 얽혔다. 명현이 다시 입을 열었을 때, 그 뜻밖의 말에 지후는 흠칫했다.

"나는 도성 안에 사는 주명현이오. 혹 우리 이전에 만난 적 있지 않나?"

"처음 뵙소만?"

"나도 북하 상단 상단주를 만난 것은 지금이 처음이지만 당신 얼굴이 낯이 익어."

잠시 굳었던 지후의 얼굴에 다시 천연덕스러운 미소가 떠올랐다.

"나의 취향은 청하관인데, 공자님의 취향은 어디요?"

뜬금없는 말에 명현의 눈썹이 치켜 올라갔다.

"한 번도 만난 적 없는 사내들끼리 낯이 익다면 뻔한 것 아니오? 주점이나 색주가겠지."

핫핫핫 호탕하게 웃는 지후와는 반대로 명현의 얼굴에는 여전히 웃음기 하나 찾을 수 없었다.

"거 웃자고 한 이야기에 정색하긴. 하긴 우린 비슷한 취향은 아닐 게요."

지후는 은복이 누운 침상을 향해 가볍게 고갯짓을 해 보였다.

"나는 저렇게 사내 흉내 내는 것보다 계집이 계집다운 게 좋거든."

"무슨 말을 하는 거요?"

"저 호위 무사가 공자님의 정인이 아니오?"

명현의 눈빛이 가볍게 흔들리는 것을 지후는 놓치지 않았다.

"잘못 짚으셨소."

"정인도 아닌데 그 불구덩이에 뛰어들었다고? 바다같이 깊은 저 강물에 뛰어든 건 또 뭐고? 아직 그 강물에 젖은 공자님의 의복이 채 마르지도 않았소. 그 모든 게 그저 남다른 의협심 때문이었단 말이오?"

목소리는 장난치듯 부드러웠지만 던지는 질문은 심문하듯 집요했다. 하지만 침상에서 흘러나온 작은 신음 소리에 지후는 말을 도중에 멈추었다. 은복이 깨어나고 있었다. 지후는 명현 몰래 눈썹을 가만히 찡그렸다. 은복과 마주하고 싶지 않았다.

"상단에 일이 있어 그만 나가 봐야 할 것 같습니다."

도망치듯 방을 빠져나온 지후를 향해 방맹이가 슬금슬금 다가왔다.

"어떻수? 백녀와 나처럼 막, 막 붙어먹고 그래?"

한심하게 자신을 바라보는 지후의 눈빛에 방맹이는 투실한 볼을 실룩거렸다. 나는 시키는 대로 한 죄밖에 없는데 왜 나만 구박이여 구박은.

"본디 짐승이며 요물인 백녀와 인간을 어찌 비교해? 허나 구하려고 그 강물에 뛰어든 것을 보면 꽃물이 제대로 먹힌 모양이다."

거참, 연모하는 정윤에게 그 애정을 받게 해 주고 싶었구면……. 일이 묘하게 돌아가게 되었다.

"지금 바로 도성으로 가서 주명현이라는 자에 대해 알아봐."

은복은 천천히 눈을 깜빡였다. 이내 침상 곁에 서 있는 명현이 시야에 들어오자 은복은 물속에서 보았던 그의 얼굴이 환각이 아니었음을 깨달았다. 몸을 일으키자 욱신거리는 통증이 밀려왔다. 은복은 입안으로 신음 소리를 삼켰다.

"전하는 무사하십니까? 어디 계십니까?"

명현의 얼굴에 조소 어린 미소가 떠올랐다.

"혼절했다 깨어나서 가장 먼저 입에 올리는 것이 이곳이 어디냐는 물음도, 너를 구해 준 나에 대한 감사도 아닌 혼자 살겠다고 너를 버리고 배를 떠난 정윤의 안부더냐."

말을 잇지 못하는 은복을 지켜보다 명현이 천천히 다시 입을 열었다.

"그는 털끝하나 다치지 않고 무사하다."

"고맙습니다."

"정윤이 무사한 것에 대해 내게 감사할 필요는 없어."

"그게 아니라……."

은복은 문득 자신이 흰색의 내의, 그것도 한쪽 어깨는 채 꿰어 입지도 않은 차림이라는 사실을 깨닫고 당혹스러움에 입을 다물었다. 그리고 재빨리 이불을 끌어당겨 앞을 가렸다.

"고맙습니다. 구해 주셔서."

"죽었을 수도 있다."

"네?"

"내가 너를 구하지 않았다면 너는 죽었을 수도 있는데, 고작 그 말 한마디가 끝이야?"

소문 속의 목석 공자와 눈앞의 이 사내가 정말 같은 인물이 맞는 걸까? 항상 그녀에게 뻔뻔스러운 말들을 툭툭 잘 던지는 이 사내가 정말로 숱하게 많은 귀족 처녀들이 그 얼굴 한 번, 그 목소리 한 번 듣기 소원한다는 그 공자란 말이야?

"알고 싶은 것이 있어. 네가 정녕 내게 고마움을 느낀다면 필히 답을 해야 할 것이다."

은복의 얼굴이 창백해졌다.

"혹시 정윤 전하에 관한 물음이라면 하지 마십시오. 전하에 관한 것이라면 그 어떤 사소한 것도 제 목숨보다 값진 것입니다."

"내가 알고 싶은 것은⋯⋯."

그때 은복은 명현의 뺨에 난 상처를 보고 말았다. 열상이다. 자신 때문에 다친 것이 분명했다. 연에 관한 정보를 자신에게서 얻고자 하는 명현을 향해 날카롭게 날이 섰던 경계와 차가웠던 마음이 사그라지는 것 같았다.

"내가 알고 싶은 것은 너의 이름이다."

예성강에서 자신의 저택으로 돌아가던 길에 명현은 서경에서 사람이 와 있다는 전갈을 받았다.

'나의 취향은 청하관인데, 공자님의 취향은 어디요?'

말머리를 청하관으로 돌려 달리던 명현은 문득 지후의 말이 떠올랐다. 명현은 고삐를 잡아채며 잠시 가던 길을 멈추었다.

"국아."

"네, 도련님."

"북하 상단 상단주를 청하관에서 본 적 있어?"

명현이 가는 곳, 머무는 곳 그 주위를 살피고 경계하는 것이 몸에 배어 있는 국이었다.

"청하관에 자주 드나드는 자입니다. 청하관 주인 백녀와 대면하여 희롱하는 것을 종종 본 적이 있습니다."

그럼 정말로 청하관을 드나들다 마주친 적이 있어서 낯설지 않은 것일까.

"북하 상단에 왔던 의원을 찾아 그 아이의 부상이 심각한 것인지 알아보거라."

"정윤의 호위 무사 말씀이십니까?"

정말로 누구를 뜻하는지 몰라 묻는 것이 아니라 그 연유에 대한 의아함에 묻는 것이었다. 자신이 미처 말릴 새도 없이 화재가 난 사신단의 배로 뛰어들던 명현의 행동을 떠올리며 국은 대답 없는 주인의 뒤를 따랐다.

청하관 별채의 내실로 향한 명현은 방 안으로 들어서자마자 국의 손에 들렸던 검을 빼앗아 들었다. 검 집에서 빠져나온 칼날은 그대로 손님의 목으로 향했다. 서경을 기반으로 한 호족 위씨 집안의 가신, 행수 이씨였다. 이 행수를 호위하고 있던 무사들이 칼을 빼 들려 했지만 이 행수는 팔을 뻗어 막았다.

"공자님, 진정하시지요."

"정윤 일행이 탄 배에 불을 지른 것이 네놈들 짓이냐."

"열 명 스무 명씩, 눈에 띄지 않게 남하하고, 상단 호위 무사로 위장하여 데려다 놓느라 그 군사들을 규합하는 데만 1년여가 넘게 걸린 일입니다. 게다가 덕물산에 인적을 줄이려 흉흉한 소문을 퍼트리는 데만도 수개월이 걸렸습니다. 이 모든 노력이 정윤 때문에 헛수고가 될 뻔했습니다."

자신의 주인이 내린 결정은 마땅한 일이었다며 이 행수는 단호했다.

"정윤과 사신 둘 모두가 불타 죽는다면 가장 좋은 수이며, 둘 중 하나만 죽는다 하여도 후주와 고려 사이의 반목을 일으키는 데에는 그 또한 좋은 수가 될 것이라 하셨습니다."

"둘 다 실패하였다. 그럼 이제 그것은 무슨 수이냐."

이 행수는 아무런 말도 하지 못했다.

"위 대인께 가서 전하라. 앞으로 한 번만 더 내게 일언반구 없이 이런 일을 벌인다면 우리의 같은 뜻은 함께 이루지 못할 것이라고."

명현은 검을 국에게 다시 건네주고 방을 나왔다. 뒤따르던 국이 조심스럽게 말문을 열었다.

"이 행수에게 검을 겨눈 것은 과하셨습니다."

명현의 입매가 딱딱하게 굳었다. 정식으로 양자 입적 절차를 거치지 않았다고는 하나, 위 대인은 명현에게 아버지나 다름없는 사람이었다. 위 대인의 가신에게 검을 겨눈 것은 물론이거니와, 위 대인께 전하라 명한 말도 불손하기 그지없이 거칠었다.

"도련님답지 않으십니다."

굳이 국이 그 말을 꺼내지 않았어도 명현은 감정을 절제하지 못한 행동을 이미 책망하고 있었다. 그러한 주군의 마음을 읽은 듯 국은 입을 다물고 조용히 뒤따랐다.

두 사람이 별채 밖으로 나가자 은밀하게 지켜보고 있던 방맹이가 복도 끝에서 모습을 드러냈다.

"냄새가 나는구먼, 냄새가."

방맹이는 손가락으로 이 행수가 들어 있는 방을 가리켰다.

"불 지른 놈."

그리고 손가락을 돌려 명현이 사라진 별채 문을 가리켰다.

"불은 지르지 않았지만 같은 편인 놈."

냄새가 난단 말이야, 냄새가…….

"방 대인!"

별채에 들어서던 백녀의 여종이 방맹이를 발견하고 반색하며 달려왔다.

"도대체 어디 계셨습니까? 주인아씨께서 방 대인을 찾아 뫼시라고 하명하셔서 내내 찾아다녔다고요."

"내, 내 급한 일이 있어 그만 가 봐야 하네. 주인께는 내가 밤에 다시 들른다고, 들른다고 해 주오."

당황한 방맹이가 말을 더듬기까지 했다.

"안 됩니다. 어서 어서 본채로 드시지요. 게 아무도 없소?"

여종의 외침에 문지기들이 달려왔다.

"어서 방 대인을 주인께 뫼시어요."

기골이 장대한 문지기들은 가볍게 방맹이를 들어 올렸다. 방맹이는 몸부림을 쳤지만 억센 장정들의 손아귀에서 벗어날 수 없었다.

"놔, 놓으라고. 사, 사람 살려. 아니 방맹이 살려!"

'내가 알고 싶은 것은 너의 이름이다.'

그 부드러운 목소리를 떠올리자 절로 오그라드는 몸에 몸부림치던 은복은 통증에 비명을 질렀다. 그때 방문이 열리고 연이 성큼성큼 빠르게 안으로 들어섰다.

"깼어?"

"전하."

황급히 몸을 일으키려던 은복을 연이 막아섰다.

"그대로 누워 있어. 괜찮아? 얼굴이 어찌 그리 붉으냐? 열이 있는 거야?"

은복은 손바닥으로 뺨을 가리며 고개를 흔들었다.

"아닙니다, 전하. 전하는 괜찮으십니까?"

연은 얼굴을 잔뜩 찌푸렸다.

"괜찮을 리가 없잖아."

"정윤 전하……."

"명색이 호위 무사라는 아이가 그깟 불구덩이에서 살아 나오지도 못하고. 남부끄러우니 어디 나가서 정윤의 호위 무사라 칭하지도 말아라."

기껏 구해 줬더니! 은복이 분기를 참지 못하고 씨근덕거리자 그제야 연이 웃음을 터트렸다.

"많이 다치지 않아 다행이다. 나는 이제 궁으로 돌아간다."

"채비하겠습니다."

연은 침상에서 일어나려는 은복을 다시 제지했다.

"움직여서 좋을 것 없다. 너를 며칠간 이 집에서 요양케 해 달라고 집주인 정지후에게 내 이를 것이다."

"소인은 전하의 호위 무사입니다. 어찌 전하의 곁을 떠나겠습니까?"

"지금 그 같은 상태로 누가 누굴 지킨단 말이야? 내가 너를 지켜야 할 판이다. 귀찮게 굴지 말고 쉬어."

연의 명령은 단호했다. 어릴 때부터 성정이 유약하여 호위 무사인 은복에게도 기가 눌리는 일이 다반사인 그였지만 한번 마음먹은 것은 굽히지 않는 고집이 있었다. 은복은 어쩔 수 없이 이 집에 남아야 했다.

"입궁하기 전에 덕물산 돗가비 괴담이 여전히 저잣거리를 어지럽히고 있는지나 알아보거라."

은복은 고개를 끄덕였다.

"제가 곁에 없다고 밤에 몰래 청하관에 출입하시면 아니 되십니다!"

등 뒤에서 들려오는 은복의 말에 빙그레 미소 지은 연은 방에서 나왔다. 연은 정신을 잃은 은복을 안고 강에서 걸어 나오던 명현의 모습을 다시금 떠올렸다. 흠뻑 젖은 머리칼 사이로 그의 깊고 묘한 눈빛이 은복과 자신에게 향하던 것을 그 황망한 와중에도 연은 느꼈다.

문득 연은 하늘을 올려다보았다. 이미 해가 저물고 있었다. 길고도 긴 하루였지만, 이제 또 무더운 여름밤이 시작되고 있었다.

9

방 안이 갑갑했던 모양인지 은복은 정원에 나와 있었다. 후주에서 들여온 값비싼 모전이 깔린 정자와 인공으로 만든 연못이 딸린 화려한 정원이었다. 무더운 밤이었지만 내의 차림으로 방 밖을 나올 수는 없었던 모양인지 그녀는 얇은 비단 이불을 어깨에 두른 채였다. 은복은 평상에 앉아 정자의 기둥에 기댄 채 하늘을 올려다보고 있었다.

지후는 발걸음을 멈추고 숨을 죽였다. 인기척이라는 것을 낼 수도 없는 요물의 몸이었지만, 어쩐지 그녀가 자신을 돌아볼 것 같은 기분이 들어 감히 한 걸음도 가까이 다가가지 못했다.

오늘따라 유난히 밝은 달을 바라보고 있는 크고 맑은 눈, 지후가 은복을 단번에 알아볼 수 있었던 이유였다.

'저 아이를 똑바로 보아라.'

지후는 눈을 질끈 감았다가 떴다.

'저 아이의 눈에 담긴 저 한스러운 그리움을 결코 잊지 마라.'

머리를 흔들어도 보았다. 하지만 스멀스멀 기어오르는 기억들은 이내 지후의 머릿속을 지배했다.

황실에서 보내 온 은자로 치러진 화려하고 성대한 천도제였다. 망자는 세인들에게 존경 받는 무장이었다. 그를 기리고자 하는 많은 무사들이 보은사를 가득 메웠다. 하지만 정작 망자의 유일한 혈육인 여섯 살 난 딸은 그 자리를 지키지 않았다.

은복은 자그마한 몸에 버거운 커다란 유골 함을 가슴에 끌어안고 산을 뛰어 내려가고 있었다. 검을 든 기골이 장대한 무사들도, 짙은 향냄새도, 쉴 새 없이 불경을 외고 목탁을 두드리는 승려들도 두렵고 무서워 견딜 수가 없었다. 하지만 혼자 도망칠 수 없어 몰래 유골 함을 훔쳐 냈던 것이다.

아앗, 외마디 소리와 함께 은복은 돌부리에 걸려 넘어졌다. 아이의 작은 손에서 벗어난 유골 함은 바닥으로 뒹굴었다. 하얀 뼛가루가 사방으로 흩어졌다.

'아, 아버지.'

참고 참았던 눈물이 터지고 말았다. 그토록 강건했던 아버지가 고작 이런 나무 함에 들어 있다는 사실이 서글프고 기가 막혔다. 은복은 손으로 뼛가루를 모아 유골 함에 집어넣으며 목 놓아 울었다.

치우천황은 지후가 눈을 감는 것도, 귀를 닫는 것도, 그 자리를 떠나는 것도 허락하지 않았다.

'저 아이의 울음소리를 들어라. 너로 인해 평생 저 한을 눈에 담고 살아야 하는 아이를 보아라. 네가 저 아이에게 한 짓이 무엇인지 똑똑히 보고 새기거라.'

어둠을 더듬으며 한 줌이라도 놓칠세라 손바닥으로 뼛가루를 그러모으는 그 가련한 모습을 지후는 지켜보아야 했다. 아버지가 남긴 어머니의 향낭, 어머니의 향이기도 했고 아버지의 향이기도 했던 그 향낭에 얼굴을 묻고 터트리는, 산골 깊숙한 곳까지 파고들 정도로 처연한 울음소리를 듣고 있어야 했다.

지후는 고개를 흔들어 귓가에 맴도는 그 울음소리를 매정하게 떼어 내버리고 그녀에게서 차갑게 등을 돌렸다. 문밖에서 말에 올라탄 그는 허리를 조아린 가노에게 일렀다.

"정윤이 남겨 놓은 호위 무사가 지내기 부족하지 않게 항시 신경을 쓰거라. 아, 그리고……."

잠시 망설이던 지후가 다시 입을 열었다.

"의복을 준비하거라. 개경 그 어느 귀족 처녀들도 쉽게 입지 못하는 화려하고 아름다운 비단옷이어야 한다."

"네, 주인 나리."

가노에게서 고삐를 건네받은 지후는 말을 달렸다.

좋아. 죄책감을 더 이상 부정하진 않겠다. 허나 그것뿐이야. 나는 충분히 벌을 받았다. 모든 신통력을 잃고 극락과 같은 치우천황의 나라에서 내쫓겼다. 요물보다 더 요물 같은 인간들의 세계에 살고 있지 않은가. 무거운 죄책감 따위, 침울한 기억 따위 하나도 재밌지 않아. 게다가 몰래 숨어서 지켜보는 것 따위는, 고작 자책과 어울리지 않게 너무 감상적이잖아!

의원은 침을 놓아주기 위해 매일 은복을 다녀갔다. 잠을 잘 때만 빼고 여종 한 명이 항시 수발을 들었다. 융숭한 대접이 어색하고 불편하여 은복이 아무리 거절을 해도 상단주 나리의 명이라며 여종은 그녀의 곁을 떠나지 않았다.

"무사님, 나리께서 의복을 보내셨습니다."

들던 중 반가운 소리였다. 그렇지 않아도 연이 하명한 일로 저잣거리도 돌아보아야 했고, 입궁 전에 보은사에도 한번 들러 보고 싶었는데 집 밖을 나설 수 있는 옷이 없어 고심하던 차였다. 그러나 여종이 펼쳐 든 비단옷을 보고 은복은 순간 아무 말도 하지 못했다.

"마음에 들지 않으십니까?"

"너무 값비싸 보입니다. 제 분수에 넘칩니다. 받을 수 없습니다."

그녀의 반응을 예상했던 지후가 덧붙였던 말을 여종은 그대로 전했다.

"무사님이 거절하시면 이리 답하라 하셨습니다. 그저 빌려 드리는 거라고요. 언제까지 내의만 입고 지내실 수는 없지 않습니까?"

은복은 손가락으로 그 고운 천을 살짝 만져 보았다.

"주인 나리께서 특별히 준비하라 이르신 옷들입니다. 도성 안 귀족 아씨들도 이처럼 고운 빛깔의 비단옷을 입기 힘들 거예요."

"하지만 이 옷들 모두 여인의 옷이 아닙니까."

여종은 고개를 갸웃거렸다.

"무사님도 여인이시잖아요."

"그야 그렇지만……."

저는 철릭이 편합니다. 그 말이 쉽게 나오지 않고 입안에서만 맴돌았다. 그녀의 마음을 읽은 듯 여종이 싱긋 웃어 보였다.

"지금 전쟁터에 나가시는 것도, 정윤 전하를 호위하시는 것도 아니잖아요. 여인이 여인의 복장을 하는 것이 무엇이 흉이겠습니까? 저희 주인 나리의 호의를 봐서라도 입어 보세요."

아름다운 여인의 옷 앞에서 마음이 절로 동하는 것은 어쩔 수 없었다.

"그, 그럴까요? 호의를 봐서."

아직 어깨가 여의치 않아 여종의 도움을 받으며 은복은 차례로 옷을 입었다. 여종은 저고리가 은은히 비치는 청색 포 위로 은복의 긴 머리를 빗어 내려 주었다.

"어찌하여 이리도 고운 모습을 그 칙칙한 철릭과 두건으로 감추고 사셨답니까."

"곱습니까?"

"어여쁘십니다."

비단 치맛자락을 내려다보니 가슴께가 간지러운 느낌이었

다. 여인의 의복, 단 한 번 지난 초파일에 잠시 맛보았던, 그마저도 사라져 버린 연을 찾기 위해 사방팔방 뛰어다니느라 마음껏 만끽하지도 못했던, 아쉽고 달콤한 것이었다.

궁에서도 누려 보지 못한 호사를 이곳에서 다 누리고 있구나.

"상단주 나리께 인사를 드리고 싶습니다."

"지금은 출타하시고 안 계십니다. 만나 뵙고 싶다 하신 무사님의 말씀은 나리께 전해 올리겠어요."

은복은 굳이 따라나서는 여종과 함께 도성 안으로 향했다. 다닥다닥 붙은 크고 작은 전방들과 난전들 사이를 오고 가는 수많은 인파로 저잣거리는 북적거렸다. 비록 연이 하명한 일을 수행하러 나온 길이었지만, 전방의 물건들을 구경하는 재미도 쏠쏠했다.

"무사님, 이 금채 좀 보십시오. 어여쁘지 않습니까?"

여종은 은복의 머리칼 위에 금채를 꽂아 주었다. 청동 거울 속 자신의 낯선 모습이 설레어 은복의 얼굴에 절로 수줍은 미소가 떠올랐다.

"곱습니다. 허나 너무 값비싸 보입니다."

"그렇지요?"

금채를 내려놓는 여종의 손길만큼이나 금채에게서 떼어 내는 은복의 시선에도 아쉬움이 가득했다.

"무사님, 목도 마른데 우리 다점에 들러 시원한 냉차 한잔 마시어요."

"좋습니다."

저잣거리의 흥겨운 분위기며 쉴 새 없이 재잘대는 여종의 기분 좋은 목소리, 그리고 은근히 쏟아지는 번듯한 공자들의 추파에 은복은 조금은 들뜬 마음으로 걸음을 놀려 다점에 들어섰다.

저잣거리가 한눈에 내려다보이는 다점 누각의 명당자리에 자리를 잡고 앉아 냉차를 들이켜고 있자니, 절친한 벗과 나들이에 나온 평범한 여염집 여인이라도 된 듯한 기분이 들어 은복은 씁쓸한 미소를 지었다.

몇 해 전, 연의 암행 길을 수행하며 처음으로 궁과 도성을 벗어났던 그때 은복이 알게 된 것이 있었다. 어찌하여 소갈증이 몸에 만성으로 배어 버렸던 것인지, 그리고 어찌하여 낯선 바람 한 줌에 그 소갈증이 해소되었는지, 궁 밖의 평범한 여인이 되고자 원한 적은 없었지만, 그것은 단 한 번도 평범한 여인인 적이 없었기 때문이라는 것을 은복은 깨달았다.

"종이 값이 천정부지로 올랐다는구먼."

옆 탁자의 사내들이 떠들어 대는 소리에 냉차를 마시던 은복의 손길이 멈칫했다.

"덕물산에 널린 것이 닥나무인데, 이참에 한몫 잡으러 가볼 텐가?"

"그럴까?"

덕물산 돗가비 괴담이 사그라든 것일까. 연의 노력이 헛되지 않았음을 기쁘게 여기던 은복의 귀에 다른 목소리가 들려왔다.

"목숨 아까운 줄 모르는구면."

다른 탁자에서 다점의 여종을 희롱하던 한 무리의 왈패들이었다.

"이보게들, 저치들이 돗가비한테 나 잡아잡수 하고 몸 보시할 셈인가 보다."

"그러게 말이야. 돗가비는 사람 뼈까지 아작아작 씹어 먹는다지?"

"어찌나 먹성이 좋은지 사내 한두 명은 그 자리에서 그냥 꿀꺽 삼킨다더군."

저들끼리 주고받는 말들은 농이 아니라 위협에 가까웠다. 덕물산에 가볼까 하던 사내들은 왈패들의 거친 웃음소리에 입맛을 다셨다. 은복은 냉차를 내려놓고 왈패들을 한참 동안 지켜보다, 자리를 떠나는 그들을 뒤쫓기 위해 몸을 일으켰다.

"잠시 볼일이 있으니 여기서 쉬고 계십시오."

의아해하는 여종을 남겨 두고 은복은 왈패들을 따라 주점을 나섰다. 꼬불꼬불하고 복잡한 저잣거리를 한참 동안 뒤쫓던 은복이 모퉁이를 돌아섰을 때, 인적이 드문 막다른 골목에서 마치 기다렸다는 듯이 자신을 바라보는 왈패들의 모습에 흠칫 놀라 한 걸음 뒤로 물러섰다. 하지만 등 뒤에도 이미 한 패가 버티고 서 있었다.

"어찌하여 우리 뒤를 졸졸졸 따라오는 게요?"

그런 일 없다 잡아뗐어야 했다. 하지만 여인의 옷차림이라는 것을, 게다가 검조차 없다는 것을 미처 깨닫지 못한 은복이 호기롭게 왈패들을 노려보았다.

"너희들이 다점에서 사람들에게 말도 안 되는 돗가비 괴담을 늘어놓는 것을 들었다."

"보아하니 귀한 댁 아씨 같은데, 우리가 떠도는 괴담을 입에 올리든, 땅에 버리든 그게 아씨와 무슨 상관이란 말이야? 남의 일에 신경 끄고 갈 길이나 가시오."

"내 순군부에 너희들을 고발하여 근본 없는 괴담을 저잣거리에 퍼트리고 무지한 백성들을 현혹시킨 죄를 묻게 할 것이다."

뒤돌아서서 한 걸음 내딛던 은복의 앞을 건장한 왈패 사내가 막아섰다.

"이보게들, 저 아씨께서 할 일이 없어 무료하신 모양이다. 이리 우리같이 천한 것들을 상대하고 싶어 하시니 말이야."

"그렇다면 우리가 기꺼이 재미나게 해 드려야 도리를 다하는 게지. 안 그런가?"

왈패들이 낄낄거리며 은복을 옭매어 포위하듯 다가섰다. 한 사내가 그녀의 팔을 잡아채는 순간, 은복은 치마폭에 감춰져 있던 다리로 사내의 급소를 걷어찼다. 거친 상소리와 함께 사내의 허리가 푹 꺾였다.

"한 놈이라도 가까이 다가서면, 저놈처럼 다시는 사내구실을 못 하게 만들어 줄 것이다."

예상외의 공격에 왈패들이 서로의 눈치를 살폈다. 그도 잠시, 사내 대여섯이 고작 가냘픈 여인 한 명을 제압하지 못할 리 없다는 생각이 들었는지 한꺼번에 은복에게 달려들었다. 매끄럽게 그들의 손길을 피하던 은복이었지만, 한 사내의 주먹이 어깨를 스치고 지나자 자신도 모르게 움찔했다. 그녀의 빈틈을 눈치챈 한 사내가 은복의 다친 어깨를 움켜잡았다.

"이런, 사내구실을 못 하게 만들겠다고 겁박하시던 분은 어디 가셨소?"

"자네 구실이 얼마나 실한지 한번 맛보면 그 마음을 바꿀지도 모르지."

"홀로 이 은근한 골목으로 사내들을 뒤쫓아 오신 걸 보니 애초에 그 구실이 궁금하였던 것은 아니시오?"

음란한 말을 주고받으며 은복을 희롱하는 왈패들이었다. 은복은 분노로 가빠진 숨을 내쉬었다. 왈패들에게 붙잡힌 몸을 빼내려 몸부림을 쳐 보았지만, 그럴수록 사내들의 거칠고 투박한 손이 상처를 더욱 깊이 건드려 고통스러울 뿐이었다.

"우리 아씨의 속살이 이 얼굴빛처럼 희고 보드라운지 확인 한번 해 볼까?"

사내의 손끝이 은복의 옷깃에 닿은 순간이었다. 기다란 칼끝이 사내의 턱에 닿았다. 그 차가운 촉감에 사내는 숨을 헉하고 들이마셨다.

"그 옷깃에서 손을 떼지 않으면, 칼날이 네 목을 뚫을 것이다."

사내들에게 단단히 붙잡힌 은복은 뒤를 돌아볼 수 없었다. 하지만 그 목소리가 누구의 것인지는 정확하게 알고 있었다.

"피를 보고 싶지 않으면 모두 그 아이에게서 손을 떼라."

턱에 닿은 칼끝이 자신의 살갗을 찔러 오자 사내는 한패들에게 얼른 물러서라며 소리를 질러 댔다. 몸을 움직일 수 있게 된 은복을 확인한 뒤 명현은 그녀를 천천히 자신의 뒤로 끌어당겼다.

"귀족 여인을 희롱한 죄로 순군부로 갈 것인지."

왈패에서 대장 노릇을 하는 사내가 자신을 알아보고 눈을 가늘게 떴지만, 명현은 모른 체했다.

"셋 셀 동안 이 자리에서 떠날 것인지 너희들이 결정해."

왈패들은 서로의 눈치를 살피다, 명현이 하나를 세는 순간 더 기다리지도 않고 골목을 도망쳐 나갔다.

"저는 아직 저치들과 볼일이 끝나지 않았는데, 그냥 보내시면 어찌합니까?"

다시 그들을 뒤쫓으려는 은복의 팔을 명현이 붙잡았다.

"네 아무리 황궁 무사라고 하나 검 한 자루 없이 저잣거리에서 닳고 닳은 사내 대여섯 명을 상대하는 것은 무모한 짓이다."

은복은 명현의 만류에도 불구하고 그의 손을 뿌리치고 골목을 빠져나왔다. 하지만 이미 왈패들은 저잣거리의 인파 틈으로 뿔뿔이 흩어진 후였다. 사라져 버린 그들의 흔적을 찾으려 분주하던 은복의 눈빛 속에 단념이 떠올랐을 때, 명현이 다시 그녀 곁으로 다가섰다.

"고맙다는 말은……."

그제야 은복은 한결 누그러진 마음으로 명현을 돌아보았다.

"들은 것으로 치마, 은복아."

갑자기 그녀의 얼굴이 확 달아올랐다. 그날, 정윤 전하에 대해 물을 것이라 생각했던 그때, 명현은 단지 그녀의 이름을 알고 싶다며 감미롭게 물었다.

'은, 은복입니다.'

목숨을 구해 준 보답으로 고작 그녀의 이름을 원했던 이 사내를 다시 만나자 더듬으며 대답한 기억이 은복의 머릿속에 스쳤다. 은복은 명현의 얼굴 상처를 애써 모른 척하고 황급히 고개를 숙였다.

"그럼 저는 먼저 가 보겠습니다."

명현은 은복을 굳이 뒤쫓지 않았다. 가만히 그 뒷모습을 지켜보던 명현의 얼굴에서 점점 웃음기가 사라졌다.

그녀를 구한 것은 우연이 아니었다. 명현은 바로 이 왈패들을 찾아 다점으로 향하다 저잣거리를 누비는 은복을 보았던 것이다. 왈패들에게 괴담을 퍼트리도록 돈을 대 주고 있던 사람이 바로 명현이었다. 산채는 이미 덕물산에서 하달산으로 옮겨졌으니 더 이상 덕물산 괴담은 필요하지 않았고 그 사실을 왈패들에게 전하려던 참이었다. 하지만 그보다 은복이 한 발 더 빨랐던 바람에 그녀가 곤욕을 치를 뻔했다.

"은복아. 너와는……."

명현은 손안에 쥐고 있던 금채를 내려다보았다. 은복이 아쉽게 내려놓은 것을 그가 다시 들어 값을 치렀던 것은 다분히 충동적으로 한 일이었다.

"참으로 사나운 인연이구나."

이것으로 되었다. 이해할 수 없는 끌림은 있을 수 있는 일이다. 하지만 이것으로 족하다. 그저 평범한 여인이라도 저버려야 할 판국에 하물며 정윤의 호위 무사라니, 기가 막힐 노릇이었다.

명현은 금채를 바닥에 던지듯 버렸다.

10

여느 날과 다름없이 무더운 날이었다. 마뜩찮은 발걸음이 요사채 문 앞에서 멈추었다. 영회가 먼저 도착하여 방에 들어 있다는 이야기를 국에게서 이미 전해 들은 터였다.

영회는 더없이 아름다운 여인이었다. 고려 최고 권력자라 일컬어지는 내의령의 하나밖에 없는 여식, 태어날 때부터 이 땅 위의 최고의 것만을 누려 온 여인이었다. 어떤 것이든 원하는 모든 것을 쉽게 손안에 넣을 수 있다면 물욕에 초연할 만도 할 텐데, 그녀는 명현이 보아 온 그 어떤 이보다도 욕심이 많은 사람이었다.

명현 앞에서는 감추려 했지만 그녀는 연애 놀음에서조차 탐욕스러웠다. 만약 그녀 주위의 모든 처녀들이 명현을 선망하지 않았다면, 영회는 한 치의 눈길도 그에게 던지지 않았을 것이었다.

명현은 천천히 요사채 방 안으로 들어섰다. 몽수 비단을 벗어 버리고 반갑게 그를 맞이하던 영회의 눈이 크게 떠졌다.

"공자님, 공자님 얼굴이 어찌……."

희고 고운 손끝이 뺨의 열상 언저리에 닿기 전에 명현은 영회의 팔목을 부드럽게 잡았다. 단단한 손길에 영회의 얼굴이 붉게 달아올랐다.

"별일 아닙니다. 심려치 마세요."

"별일이 아니라니요. 이 잘생긴 얼굴에 흉이라도 남으면 어찌합니까."

"지금 저는……."

보은사 요사채 가장 깊은 방, 두 사람이 숨을 죽이자 사위가 쥐 죽은 듯 조용했다.

"답을 듣는 것이 더 중요합니다."

지난번 영회는 생각할 시간이 필요하다며 답을 미루었다. 하지만 오늘은 기필코 그 답을 듣겠노라, 명현은 단단히 벼르고 있었다. 그의 다부진 눈빛이 그랬다.

사실 영회는 결심을 굳건히 다지고 보은사로 온 참이었다. 오늘 이 만남이 그들의 마지막이어야 했다. 그가 처음 도망치자는 말을 했을 때는 그 위험하면서도 아찔한 달콤함에 순간 그러겠노라 고개를 끄덕일 뻔했다. 하지만 정윤과의 혼례를 앞두고 다른 사내와의 야반도주는 개경을 뒤흔들 만한 추문이 될 것이 분명했고, 자칫 뜻을 거절당한 황제가 그 트집을 잡아 아버지와 가문에 반역의 죄를 물을지도 몰랐다. 어쩌면 다시는 이 개경 땅에 발을 붙이지 못하게 될 것이다. 말도 안 되는 그의 제안에 답은 하나뿐이었다. 하지만……

영회는 열렬한 눈빛으로 명현을 올려다보았다.

저 낮고 그윽한 눈빛, 진중하고 부드러운 목소리를 들을 때마다 지난 연등회 행사에서 마주했던 유약하고 가벼웠던 정윤의 것과 비교되어 견딜 수가 없는 영회였다.

"저는……"

어찌하여 나는 이 사내를 포기해야만 하는 것일까.

"저는……"

다른 계집이 이 사내의 품에 안겨 있는 모습을 머릿속에 그리기만 하여도 분노로 숨이 턱턱 막히는데, 과연 태자비 자리가 그 숨통을 트이게 해 줄까.

"가겠습니다."

지금 이 순간 이 사내에게 그러마, 라고 말하는 것 이외에 중요한 것이 또 있을까. 무슨 생각을 하는지, 무엇을 느끼고 있는지, 감정을 쉽게 드러내지 않는 이 사내의 얼굴에 기쁨이 스치게 할 수 있다면 내 천옥으로 따라간다는 말이 아깝지 않다.

은복은 말 한 필을 빌리는 것으로 보은사로 갈 채비를 끝냈다. 말을 달리면 반나절이면 다녀올 수 있는 거리였다. 처음에는 따라가겠다 나섰지만 말을 탈 줄 몰라 어쩔 수 없이 물러선 여종을 남겨 두고 은복은 홀로 보은사로 향했다. 1년에 한 번 간신히 보은사에 얼굴을 내비칠 수 있던 그녀였기에 이번처럼 기일이 아닌 날의 방문은 특별했다.

이처럼 차려입은 내 모습을 보면 아버지는 뭐라고 하셨을까. 휘하의 부하들에게는 뇌성 같은 고함을 질러 대던 용호군 별장, 우락부락한 사내 중의 사내였지만 유일한 혈육인 딸에게만큼은 다정하기만 했던 아비였으니 아마도 우리 복이 곱다, 참으로 곱다 하셨겠지. 뿌듯한 마음은 말을 달리며 찾아온 어깨와 등의 통증을 잊기 충분했다.

은복은 보은사 불당 안에 모셔진 아버지의 위패 앞에 향을 피우고 어색한 치맛자락을 부여잡은 채 절을 올렸다.

"우리 아버지, 매년 웬 사내아이가 찾아오나 하시다가 오늘에야 딸 얼굴 제대로 알아보시겠네."

위패를 마주하고 있던 은복의 얼굴에서 천천히 웃음기가 사라졌다. 굳센 모습만, 웃는 얼굴만 보여드리겠다고 이곳을 찾을 때마다 마음을 다잡지만 울컥 치미는 서러움은 어쩔 수 없었다.

"기일에 오면 자백하려 했는데, 나 아버지 향낭 잃어버렸어. 미안해. 그런데 나도 너무너무 속상하니까 많이 혼내지는 마."

그렁그렁한 눈물을 눈가에 매달고 은복은 다시 애써 웃어 보였다. 울어 봤자 알아주는 사람 없이 마음만 더 서글프고, 외로움은 더 깊어진다는 것을 터득한 지 오래였다. 얼마나 시간이 흘렀을까. 신세 지고 있는 처지에 말까지 빌려 탔으니, 늦지 않게 돌아가야 했다. 불당을 나서던 은복은 요사채 쪽에서 모습을 나타낸 명현을 발견하고 놀라움으로 눈이 동그랗게 커졌다.

명현이 천천히 가까워지자 자신의 이름을 부르던 그 목소리가 더욱 감미롭게 은복의 귓가에서 맴돌았다. 드디어 명현과 눈이 마주치는 순간, 은복은 손가락으로 치맛자락을 움켜잡았다.

"여기서 또 뵙⋯⋯."

자신을 무심하게 훑고 지나가는 명현의 눈길에 은복은 입을 다물었다. 생면부지의 사람인 양 주춤하는 기색도 없이 가벼이 지나가는 명현의 뒷모습을 지켜보다 은복은 쓴웃음을 지었다. 무엇인지 모르겠지만, 무엇을 기대했던 것 같다. 그렇지 않다면 이런 실망감을 설명할 방법이 없으니.

그때, 조금 전 명현이 나왔던 요사채 구석 방문이 다시 열리더니 검은 몽수를 쓴 여인이 걸어 나왔다. 비록 그 모습을 완전히 드러내지 않았지만 걸음걸이와 작은 몸짓만으로도 여유와 고상함을 풍기는 여인이었다. 그제야 은복은 왜 명현이 자신을 모른 체했는지 알 것 같았다.

명현이 올라탄 말도, 여인의 가마도 사라진 뒤에야 은복은 돌아가기 위해 말에 올랐다.

"청하관에나 들락거리고, 몰래 만나는 정인도 있으면서 목석은 무슨. 확 소문내 버릴까 보다."

볼이 절로 실룩거려지는 건 어쩔 수 없었다. 이런 깊은 산중 절에서 다른 사람들 눈을 피해 만나는 여인이 따로 있으면서 내 이름이 무엇이냐 왜 물어? 아니 도대체 불구덩이에 왜 뛰어들어? 왈패들 시비에서는 또 왜 끼어들었고!

자신도 모르게 말을 빠르게 몰던 은복은 어깨에 통증을 느끼고 고삐를 잡아당겼다. 아무래도 아직 말을 타고 보은사까지 오는 것은 무리였나. 말에서 내린 은복은 호젓한 산길 구석, 오래된 송목에 등을 기대앉았다. 그리고 통증을 다스리기 위해 눈을 감았다.

타닥타닥, 말굽 소리에 눈을 떴을 때 이미 피할 틈도 없이 말 위에 올라앉은 사내가 그녀를 내려다보고 있었다. 뜨거운 햇살을 등진 그의 얼굴은 까마득한 그림자처럼 어두웠다.

"아픈 게냐."

다른 여인 앞에서 모른 척할 때는 언제고 왜 이제와 아는 척이람.

"한참 전에 보은사를 떠나셨으면서 어찌 다시 돌아오십니까? 또 다른 여인이 그곳에서 기다리고 있나 보지요?"

하급 무사가 귀족 공자에게 건네는 말치고는 한없이 건방진 그녀의 말투에도 개의치 않는 태연하고 부드러운 명현의 모습을 보고, 지척에서 말을 멈추고 서 있던 국의 얼굴이 굳었다. 보은사에서 은복과 마주쳤을 때 그녀를 모른 체하며 떠나가는 주인의 행동에 안도했던 것도 잠시, 결국 그녀에게로 말머리를 돌리던 명현의 얼굴에 일렁이던 번민을 국은 놓치지 않았다. 하지만 이 여인 앞에 서자 그 번민은 명현의 얼굴에서 다시 사라졌다.

"나를 기다리던 여인에게 지금 오지 않았느냐."

누가 기다렸다고, 콧방귀를 뀌던 은복은 자신에게 팔을 뻗는 명현을 올려다보며 눈썹을 찡그렸다.

"말을 타는 것이 여의치 않아 쉬고 있었던 것이잖아. 걸어서 궁까지 가려는 거야?"

"궁까지 가지 않습니다. 북하 상단 상단주 나리 댁에서 지내고 있어요."

정지후. 명현은 잠시 그 능글맞던 얼굴을 떠올렸다.

"궁으로 가든, 북하 상단으로 가든 걸어서는 해가 지기 전에 도착하기 어려워."

명현은 마지막 쐐기를 박듯 말을 이었다.

"불구덩이에서도, 깊은 강물 속에서도 내 품 안에서 살아났는데 한 마리 말 위에 함께 오르는 것이 무엇이 대수라고 망설이는 게냐."

은복은 자신을 향해 뻗은 그 손을 바라보며 천천히 몸을 일으켰다. 의지와는 반대로 그녀의 손은 명현에게로 향하고 있었다. 손끝이 닿은 순간 먼저 피하며 그 손을 쳐 낸 사람은 명현이었다. 의아해하는 은복의 시선이 명현에게로 향했다. 잠시 그녀를 물끄러미 내려다보던 명현은 다시 두 팔을 뻗어 은복의 허리를 잡아 말 위로 끌어올렸다.

"국아."

"네, 도련님."

"이 아이의 말을 몰고 뒤따라오너라."

은복은 허리를 꼿꼿하게 세우려고 했지만 말고삐를 쥔 명현의 팔이 그녀를 품 안으로 단단히 끌어안고 놓아 주지 않았다.

"보은사에는 어쩐 일로 온 거야?"

말을 달리던 명현이 한참 만에야 입을 열었다.

"공자님처럼 남모르게 정인을 만나려고 간 것은 아닙니다."

은복이 콧방귀를 뀌며 대답했다. 쿡, 하고 명현이 삼키듯 웃음을 터트렸다. 비록 작은 떨림이었지만, 그 웃음의 진동이 명현의 가슴과 맞닿은 은복의 등으로 고스란히 전해졌다.

"철릭보다 여인의 차림이 보기 좋다."

그의 입에서 또 어떤 달콤한 말이 터져 나와 마음을 어지럽힐까, 순간 은복은 긴장으로 몸이 굳었다.

"그러고 보니 지난 초파일 연등회 때가 생각나는구나."

힐난하는 말투였으나 웃음기가 섞여 있었다. 은복은 그제야 긴장이 풀렸다.

"그, 그때는……."

은복은 기어 들어가는 목소리로 입을 열었다.

"죄송했습니다."

"그날 온몸에 배인 여인들의 사향을 벗겨 내느라 목간통에서 반나절을 보내야 했지."

"송구합니다."

"고맙다는 것도, 송구하다는 것도 말로만 삭치지 말고 갚거라."

은복은 손가락으로 뺨을 살짝 긁었다. 도대체 뭘 갚으라는 소리지. 혹여 저잣거리 의원 집에서 부녀 대신 값을 치러 준 돈을 갚으라는 뜻인가.

"알겠습니다."

부자 귀족 공자님이 좋은 일 한 번에 생색은……. 누가 대신 돈을 내라고 등 떠밀기라도 했나, 은복의 작은 투덜거림을 들었는지 명현의 웃음은 그칠 줄 몰랐다.

어느새 명현과 국의 말은 지후의 저택에 도착했다. 명현은 먼저 말에서 내린 뒤 은복에게 손을 내밀었다. 은복은 그 손을 모른 척하고 혼자 말에서 훌쩍 뛰어내렸다. 하지만 등으로 퍼지는 통증에 끙 소리를 입안으로 삼켰다.

"언제까지 이곳에 머무느냐?"

명현은 황궁처럼 드높고 화려한 지후의 저택을 올려다보았다.

"한시라도 빨리 궁으로 돌아갈 것입니다."

"그렇지. 너의 정윤을 내버려두고 어찌 잠이라도 편히 자겠어?"

명현은 다시 말에 올랐다.

"지난번 화재 사건의 진상을 조사하기 위해 내일 순군부에서 사람이 나온다더군. 나는 그 사건에 관심이 많아 구경을 나올 참이다. 정윤의 일이라면 무엇이든 중한 너도 필히 포구에 나오겠지?"

저것은 내일 포구에서 만나자는 뜻인가? 은복이 무어라 입을 떼기도 전에 명현의 말과 그 뒤를 따르는 국의 말이 모래 먼지를 일으키며 저택을 떠났다.

지후는 명현의 말에서 은복이 내리던 것부터, 그녀 혼자 남겨진 후 말을 이끌고 저택 안으로 들어가는 모습까지 멀찌감치 서서 지켜보고 있었다.

'그 알아보라던 주명현이라는 공자 말이오. 본디 개경 사람이 아니라 서경에서 왔더군.'

"그 꽃물……."

'십 수 년 전 모반을 시도했다 죽은 이와 저 공자의 아버지가 함께 수학했던 죽마고우였나 보우. 그때 공자의 아버지, 그러니까 서경 호족 주재복이라는 자도 함께 국문을 받다 병을 얻어 죽었다는구먼.'

"더럽게 신통하네."

주명현과 은복, 두 사람을 떼어 놓아야 한다.

11

이역 상단의 배가 들어오는 것도 아닌데 포구의 분위기가 어수선했다. 순군부 산하의 군사들이 강변을 돌며 침몰한 사신단의 배에서 흘러나온 유실물을 주웠고 또 몇은 포구 주변 주점과 장사치들의 전방에 순시를 돌았다. 그러나 누가 보아도 군사들의 행태는 건성으로 가벼웠다.

"지금에서야……."

얼굴을 잔뜩 찌푸린 은복은 한숨을 내쉬었다.

"이미 떠내려갈 것은 떠내려가고 주워 갈 건 주워 갔을 텐데."

포구를 둘러싼 갯바위를 걸으며 주변을 날카롭게 살피던 그녀의 눈에 새카맣게 타다 만 물건 하나가 들어왔다. 은복은 비단옷이 젖을세라 치맛자락을 꽉 움켜쥐고 조심스럽게 갯바위

아래로 내려갔다. 대부분은 타 버리고 손바닥만 한 형체만 남은 가죽 주머니였다. 옷을 쥐지 않은 다른 손으로 집어 들어 냄새를 맡아 보니 코를 찌르는 듯한 시큼하고 매캐한 냄새가 반소된 물건에서 나는 여느 것과 사뭇 달랐다.

"순시하는 것들의 성의 없는 모양새를 보아하니 별 의미가 없는 조사 같은데."

등 뒤에서 들려오는 명현의 목소리에 놀라 손에 쥐고 있던 옷자락을 놓치고 말았다. 옷 끝이 순식간에 강물에 젖어 들었다.

"이건 말도 안 됩니다."

은복은 가죽 주머니를 꽉 쥐었다.

"우연히 일어난 화재일 수도 있지만 그렇지 않다면 정윤 전하를 시해하려는 놈들 짓일 수도 있는데 어찌 이런!"

울분을 터트리는 그녀를 지그시 바라보던 명현이 손을 뻗었다.

"언제까지 거기 있을 거야?"

"됐습니다. 혼자서도 충분히 올라갑니다."

명현의 손길을 무시하고 갯바위 위로 올라서려던 은복은 자신을 향하는 또 다른 손끝에 흠칫 놀라 고개를 들었다. 빙긋 웃는 사내의 얼굴이 낯설지 않아 잠시 고민하던 은복은 이내 그를 어디서 보았는지 떠올려 냈다.

"청하관!"

'나를 아시오?'

어찌나 뚫어지게 바라보던지, 의아해진 은복이 그렇게 물었었다. 그때의 그 공자가 자신에게 손을 내밀고 있었다.

"오해는 마시오. 빌려준 옷이 더 젖을까 봐 내 손을 내밀어 준 것이니."

"네?"

은복은 이내 그의 말뜻을 이해하고 눈을 크게 떴다.

"그럼 북하 상단 상단주 나리이십니까?"

"인사는 올라와서 나누어도 늦지 않소."

"아, 네."

도움은 필요하지 않았지만 본의 아니게 신세를 지고 있는 지후를 민망하게 만들고 싶지 않았다. 은복은 지후의 손을 잡았다.

"그렇지 않아도 꼭 인사를 드리고 싶었습니다. 신경을 써 주신 덕분에 과한 호사를 누리고 있습니다."

"정윤 전하께서 특별히 잘 보살펴 달라 당부하셨는데 내 어찌 성의를 다하지 않을 수 있었겠습니까. 다만……."

갯바위를 올라왔지만 지후는 은복의 손을 놓아주지 않았다.

"이렇게 어여쁜 호위 무사라는 말을 일찍 해 주셨다면 더 성심을 다할 수 있었는데 그것이 안타까울 뿐이오."

능글맞은 지후의 말에 은복의 볼을 발갛게 달아올랐고, 곁에서 듣고 있던 명현은 심기가 불편해져 얼굴을 가만히 찌푸렸다.

"호위 무사치고는 예쁘다는 말이니 혹하지 마라."

지후는 가볍게 미간을 찡그리며 명현을 바라보았다.

"주 공자께서는 여기까지 어쩐 일이십니까?"

"순군부에서 화재 사건을 조사하러 나온다는 이야기에 호기심이 일어 나왔는데, 그 손은 언제까지 잡고 있을 참이오?"

그제야 은복은 황급히 지후에게서 자신의 손을 빼냈다.

"아직 다친 어깨가 불편할 터인데 그만 돌아가시는 게 어떻겠습니까, 무사님."

지후는 명현 앞으로 나서며 은복에게 더 가까이 다가섰다.

"괜찮습니다. 조금 더 둘러보겠습니다."

은복 앞을 가로막은 지후를 못마땅하게 바라보던 명현이 천천히 입을 열었다.

"그럼 강가 주점에서 목이나 축이며 조금 쉬는 것이 어떠냐."

명현을 향하는 은복과 지후의 얼굴이 동시에 구겨졌다.

"내게 갚을 것이 있지 않느냐. 내 시원한 차 한잔으로 그것을 삭쳐 주마."

망설이는 은복의 모습에 지후는 마음이 다급해졌다.

"사내대장부가 어찌 힘없이 연약한 여인에게 빚 독촉을 한단 말이오. 그것이 얼마요? 내 대신 갚아 드리리."

명현의 짙은 한쪽 눈썹이 꿈틀했다.

"상단주께서 왜 이 아이의 빚을 대신 갚소?"

"내 돈 가지고."

자신보다 살짝 키가 큰 명현을 올려다보는 지후의 눈꼬리가 길게 휘어졌다.

"내가 원하여."

어깨가 부딪칠 듯 명현에게 가까이 다가서는 지후의 목소리에 거드름이 잔뜩 배어 있었다.

"내가 갚겠다는데."

그것을 장난기로 여긴 은복은 웃음 지었고, 그 웃음에 명현의 미간은 더욱 찌푸려졌다.

"그 이유까지 딱히 필요할 연유가 무어 있겠소?"

"그만하십시오, 두 분 다."

은복은 마주하고 선 사내들의 팽팽한 신경전을 끊어 냈다.

"주점으로 가시지요, 공자님."

스친 흡족함도 잠시, 명현은 은복이 공손한 태도로 지후를 돌아보는 것을 지켜보았다.

"함께 가시지요, 나리. 그렇지 않아도 궁으로 돌아가기 전에 감사의 인사를 드리고 싶었습니다. 제가 차 한잔 올리겠습니다."

포구 앞 다점 주인은 잘 차려입은 세 남녀에게 예성강을 한눈에 내려다볼 수 있는 높은 누각 자리를 내주었다. 은복은 잘 우려진 차를 찻잔에 따라 여전히 마뜩찮은 표정으로 서로를 바라보는 지후와 명현 앞에 내어놓았다.

"아무 상관도 없는 화재 사건에 호기심이 일어 나오셨다니, 주 공자께서는 참 할 일이 없는 한량이신가 봅니다."

네놈이 화재 사건과 관련 있다는 것은 내 이미 방맹이에게 들어 알고 있지. 지후는 차를 한 모금 마셨다.

"북하 상단 같은 큰 상단을 꾸리면서 이렇게 한가로이 앉아 계시는 걸 보니 상단주께서도 만만치 않게 할 일이 없나 보오."

어찌하여 네놈 얼굴이 이리도 낯설지 않았는지 생각이 났다. 명현 역시 찻잔을 들었다.

예성강에서부터 한 줄기 바람이 불어왔다. 볕 아래 잘 말린 듯한 깨끗하고 맑은 바람에 풍성하게 빗어 내린 은복의 머리칼이 가볍게 너푼거렸다. 그런 그녀에게서 시선을 떼지 못하는 명현을 향해 지후는 눈을 가늘게 떴다. 망할 꽃물, 입안에 상소리가 맴돌았다. 내 이 꼴 보자고 그 거금을 쓴 게 아니란 말이다.

"그래, 무사님께서는 포구를 둘러보면서 화재 사건에 관하여 뭔가 알아낸 것이 있습니까?"

지후는 재빨리 화제를 돌려 명현의 신경을 흩뜨려 놓았다. 은복은 갯바위 사이에서 주워 왔던 가죽 주머니를 다탁 위에 올려놓았다.

"그것은……."

"사신단의 배에서 흘러나온 것 같습니다. 비록 젖어 있기는 하지만 지금껏 맡아 본 적 없는 탄내가 남아 있어 가지고 왔습니다."

지후는 주머니를 받아 들고 가만히 냄새를 맡아 보았다.

"이것은 황 냄새입니다. 화재 때 푸른 불길을 보았는데, 이 유황 때문이었나 보오. 전해 들은 바로는 유황이 불길을 더 거세게 할 수 있다더군요."

"유황?"

불길을 더 거세게 만든다……. 은복은 주머니를 노려보았다.

"중원, 주로 후주의 상단에서 수입하는 물건이지요. 고려 땅 여러 곳에 묻혀 있으나 쓰일 곳이 없고 그 질 또한 왜나라의 것과 비교해 좋지 않아 고려 상단은 그저 왜나라와 중원의 상단들 사이의 중계만 합니다."

"중원에서는 쓰이나 왜 고려에서는 쓰이지 않습니까?"

"중원에서 어떤 용도로 쓰이는지 모릅니다. 알려지지 않았다는 것은 비밀스러운 일이라는 것이겠지요. 후주 상단이 사들여 후주의 병부에 군납한다 하니 아마도 어떠한 군사적인 목적이지 않을까 하는 추측들을 합니다."

"그럼 혹시 누군가가 화재를 일부러 일으킨 것이었다면 중원 사람일 가능성이 크다는 말이군요."

지후는 부채를 들어 사뿐사뿐 부쳤다.

"또 있지요. 그것을 중계하는 상단은 서경에 있습니다. 그들 또한 이 유황을 구하기 어렵지 않았을 겁니다."

은복의 눈길이 날카롭게 주머니로 향하는 것을 지켜보던 명현이 천천히 입을 열었다.

"모든 것은 증좌 없는 추측일 뿐이다."

속상하지만 명현의 말이 틀리지 않음을 은복은 알고 있었다. 뚜렷한 증좌도, 조사를 위한 순군부의 정성도 없으니 화재 사건은 유야무야 얼버무려질 것이다. 만약 순군부를 장악하고 있는 내의령이 이런 일을 당했다면 이리도 순군부가 무능하게 굴었을까. 은복은 가죽 주머니를 움켜쥐었다.

"안 되겠습니다. 저는 궁으로 돌아가야 할 것 같습니다."

"상처가 아직 낫지 않았는데 내 집에서 좀 더 지내는 게 어떻습니까?"

은복은 고개를 흔들었다.

"정윤 전하 곁을 너무 오래 비웠습니다."

지후는 더 이상 붙잡지 않았다. 차라리 궁으로 돌아가는 편이 나을지도 모른다는 생각 때문이었다. 적어도 궁 안에서라면 이렇게 명현과 만날 일은 없을 테니까.

마음이 급해진 은복은 의자에서 몸을 일으켰다.

"그동안 신세를 많이 졌습니다, 나리."

지후를 향해 인사를 건네고 명현을 바라보았지만, 적당한 인사말이 떠오르지 않아 은복은 잠시 고민했다. 결국 아무런 말도 없이 고개를 숙여 보인 뒤 은복은 두 사내를 남겨 두고 자리를 떠났다.

명현과 지후는 나란히 앉아 누각을 내려가는 은복의 뒷모습을 지켜보았다.

"오늘 전방을 지나다가 전방 주인이 장기를 두고 있는 것을 보았소. 그러다 문득 떠올랐지. 당신의 얼굴이 왜 낯설지 않은지."

나직하게 흘러나오는 명현의 말에 지후는 순간 몸이 굳었다.

"오래전, 14, 5년쯤 되었나. 내가 아직 어릴 때 내 아버님과 아버님의 친우들은 내기 장기 두기를 즐기셨소. 나는 병풍 뒤에서 그 내기 장기를 몰래 구경하는 걸 좋아했지. 그 당시 내기 장기를 두러 찾아오던 한 사내가 있었는데……."

명현의 날카로운 시선이 지후에게 향했다. 본능적으로 지후의 눈빛도 싸늘해졌다.

"그 사내와 닮았소, 당신."

"나와 닮은 사내라."

지후는 부채를 내려놓았다.

"그래 그 사내의 연배가 어떠했소?"

당황한 명현과 달리 지후의 얼굴에는 여유가 있었다.

"지금의 나와…… 비슷했지."

"그렇다면 지금쯤 머리가 희끗해지기 시작했겠구려. 나같이 잘생긴 사내와 똑 닮았다 하니, 나도 어디 그 얼굴 한번 보고 싶군."

빙긋 웃던 지후는 부채로 명현의 어깨를 툭 쳤다.

"나와 소싯적 그가 그리 닮았다니 아마 늙어도 분명 그 얼굴 만은 잘났을 게야, 그렇지 않소?"

능글맞고 여유 있던 지후의 얼굴이 부채로 가려진 순간, 냉담하게 바뀌었다.

"전하가……."

조용히 지내고 계실 거라고 기대한 내가 잘못이지. 은복은 오만상을 찌푸리며 말을 이었다.

"궁 밖으로 나가셨다고요?"

내관은 혀를 쯧쯧 찼다.

"그동안 좀 자중하시나 했는데……. 황제 폐하께서 내일 내의령 댁에 왕지를 내리신다는 말을 전해 듣고는 해가 지자마자 충수와 함께 궁 밖으로 나가셨네. 쯧, 또 그 청하관의 백녀인가 하는 논다니를 만나러 가신 게 뻔하지."

"왕지가 내일 내의령 댁에……."

은복은 차마 말을 끝까지 잇지 못했다. 이미 알고 있던 사실인데도 막상 연의 가례가 실제로 눈앞에 닥쳐오자 서운함으로 가슴 한구석이 서늘했다.

"그런데 너는 지금 그 옷차림이 그게……."

내관은 손가락으로 은복의 여인 복장을 의아한 듯 훑었다.

"옷을 갈아입고 곧장 전하를 찾으러 갈 것입니다."

좌춘궁 가까이 자리하고 있는 처소로 도망치듯 돌아온 은복은 등잔에 불을 붙이려다 그만두었다. 짧은 한숨이 터지는 동시에 벽에 기대 쓰러지듯 앉았다. 어리석은 복아, 네가 서운해도 되는 일이 아니다. 장차 이 나라 황제가 되실 분, 그 지엄한 자리의 연에게 누이 소리를 듣는 것만으로도 황송해야 할 한낱 황궁 무사가 아닌가.

"하지만……."

무예가 좋았던 적 없었다. 타고난 무사라고 생각해 본 적도 없었다. 소질도 없고 흥미도 없는 이 자리를 놓지 않았던 유일한 이유는 그저 호위 무사가 되면 연의 곁에 항시 있을 수 있을 것이라는 욕심 때문이었다. 어리석지만 선택의 여지가 없는 욕심이었다. 황제의 은덕으로 천애 고아가 된 여섯 살 시절부터 궁에서 살아온 은복에게 연은 하나밖에 없는 유일한 세상이었다.

한참 시간이 흐른 뒤, 은복은 마음을 다잡고 옷을 갈아입었다. 머리에 두건을 쓰고 검을 손에 쥐었다. 겹겹이 쌓인 채 방바닥에 나뒹굴고 있는 여인의 옷을 가만히 내려다보던 은복은 이내 그것을 곱게 개었다. 그리고 장 안 깊숙한 곳, 지난 연등회 때 연이 선물해 주었던 비단옷 위에 가지런히 올려놓았다.

"네 이년, 이분이 누구신지 모르는 것이냐! 당장 네 주인을 이 방으로 데려오지 못할까!"

내관 충수는 여종에게 호통을 쳤다.

"하, 하오나 주인아씨께서는 지금……."

여종은 얼굴이 빨갛게 달아오른 채로 말을 잇지 못하고 안절부절 연의 눈치만 살폈다.

"다른 사내와 있는 거로구나."

연은 빙긋이 미소를 지었다. 충수가 또다시 여종을 다그치려는 순간 연은 손을 가만히 들어 제지했다.

"괜찮다. 미리 기별을 주지 않고 왔으니 저 아이의 잘못도 백녀의 잘못도 아니다. 내 약조를 지키러 왔다만 아쉽게도 천하절색 백녀와 나의 인연이 여기까지인가 보지. 저잣거리 소문을 잘 아는 다른 논다니들이나 불러오너라."

여느 때처럼 백성들의 사정이 어떠한지 들어 보려 청하관을 찾은 이유도 물론 있었지만 내일 왕시가 내의령 집에 내려질 것이라는 이야기를 듣고 나서부터 도저히 갑갑증이 일어 황궁에 있을 수가 없었다. 곱기는 하나 그 욕심과 야심이 고스란히 담긴 영회의 얼굴을 연은 머릿속에 떠올렸다.

"술도 가져오너라."

연은 여종에게 일렀다.

"내 오늘 진탕 술이나 마셔야겠다."

하지만 이제 이 혼례를 불만 없이 받아들일 것이다. 아니, 기필코 내의령의 사위가 될 것이다. 그를 내 편, 폐하의 편에 서게 만들어야 한다. 나의 곤란이 영회의 곤란이 되고 황궁의 고난이 내의령 집안의 고난이 되어 결국 그가 폐하께 힘을 내어줄 수밖에 없게 만들어야 한다.

"충수야."

"네, 전하."

"갑자기 복이가 보고 싶다."

"북하 상단으로 사람을 보내 데려오게 하면 될 게 아닙니까, 전하. 그리할까요?"

연은 천천히 고개를 내저었다.

"됐다. 내가 여기 있는 줄 알면 또 길길이 날뛰며 잔소리를 해 댈 텐데, 그럼 오늘 밤 취할 때까지 진탕 술을 마실 수도 없잖아. 왜 이리 술이 늦는 게냐?"

"소인이 나가 보겠습니다."

충수가 얼른 방 밖으로 나갔다. 장난기 가득했던 연의 얼굴에서 점점 웃음기가 가셨다.

"정말로……. 보고 싶네."

얼마나 시간이 지났을까. 충수가 황급히 방으로 돌아왔다.

"네 어찌 빈손이냐?"

"전하, 정자를 지나치다 호사가들의 말을 우연찮게 들었는데……. 이것이……. 심상치 않습니다."

연이 피식 웃음을 터트렸다.

"왜, 또 어떤 추문이 저잣거리에 돌고 있더냐? 내 이래서 청하관을 좋아하는 게지. 추문의 주인공이 누구냐, 내가 아는 사람이더냐?"

"그것이……."

그때 여종이 주안상을 가지고 방 안으로 들어왔다. 충수는 잠시 말을 멈추었다가 여종이 방을 나간 뒤에야 다시 입을 열었다.

"영회 아씨 이야기입니다."

술잔을 집어 들던 연의 손길이 허공에서 멈추었다.

"영회 아씨께서 가례를 피하기 위해 비밀 정인과 함께 야반도주를 할 거라고."

"뭐?"

"영회 아씨를 가장 가까이에서 모시는 여종의 입에서 나온 이야기라 합니다. 그 여종에게 종종 밤이슬을 함께 맞는 정인이 있는데, 야반도주를 하는 아씨를 뫼시고 떠나야 하기에 더 이상 만나지 못한다고 정인에게 그리 말했다 합니다."

연은 잠시 생각에 잠기더니 이내 다시 말문을 열었다.

"그게 전부냐?"

"네, 전하. 제가 들은 것은 그것뿐이옵니다."

"만약 그 소문이 사실이라면……."

내일 왕자가 도착한다는 것을 알고 있을 테니 오늘 밤밖에 없다. 이보시오, 영회 낭자. 나도 그리 달갑지 않은 혼례인 건 마찬가지오. 하지만 나는 지금 그대가 필요해.

"지금 바로 내의령의 집에 사람을 보내거라. 혹여 내의령의 딸이 정말로 야반도주를 한다 해도……."

소문이 사실이라 해도 일을 크게 만들어 예정된 가례에 차질이 생겨서는 안 돼.

"은밀하게 뒤를 따르고 내게 알려야 한다."

"네, 전하."

12

"아씨, 정말 이것으로 충분할까요?"

영회의 옷과 장신구를 챙기며 여종이 고개를 갸웃거렸다. 평소 영회의 꾸밈새로 보아서는 먼 길에 오르는 사람의 것이라고 생각할 수 없을 정도로 짐이 단출했다.

"충분해. 나는 내일 해가 뜨기 전에 돌아올 거야."

"네?"

거울 속 자신의 얼굴을 들여다보며 영회는 입술을 붉게 만들기 위해 이로 잘근잘근 깨물었다.

국을 통해 명현이 서신을 보내 왔다. 왕지가 올 것이라는 소식을 전해 들었던 영회로서는 이미 짐작하고 있던 바였다. 지난번 명현은 그녀에게 상세한 계획을 일러 주었다. 우선 두 사람은 보은사에서 만나 함께 서경으로 갈 것이라 했다. 명현의 본가에서 재물을 챙긴 뒤 다시 후주로 떠나는 것이 그의 계획이었다. 영회는 잠자코 고개를 끄덕였지만, 그때도 지금도 후주로 갈 것이라는 그 계획에 동참할 생각은 추호도 없었다.

끝이 보이기에 더욱 애틋한 나의 정인. 명현을 떠올리자 가슴 한쪽이 아파 오는 것은 진심이었다. 내 평생 이렇듯 비통하며 달콤한 정인을 다시 만날 수 있을까. 답은 이미 알고 있다. 그저 한심하고 유약한 정윤뿐이겠지. 하지만 그런 정윤이기에 더욱 욕심이 나는 그 자리. 힘이 없는 정윤은 힘이 없는 황제가 될 터, 힘이 없는 황제를 좌지우지할 수 있는 절대 권력의 그 자리.

"태자비가 될 것이야."

마지막 밤의 일탈을 마음껏 누릴 것이지만, 자신은 이 밤 이후 다시 제자리로 돌아올 것이다. 다시 돌아와 바로 이 집에서 황제의 왕지를 받들 참이었다.

"나는 황후가 될 거야."

구름이 잔뜩 끼어 금방이라도 빗줄기가 쏟아질 것 같은 밤이었다. 은복이 청하관에 도착했을 때 연은 이미 말에 오르고 있었다. 은복을 마주한 연의 눈이 놀라움으로 커졌다.

"복이 네가 어떻게 알고 여기에 온 거야?"

"궁을 비우셨다니 가실 곳은 뻔하지 않습니까."

은복은 문득 의아함을 느끼며 연과 함께인 무사 몇을 돌아보았다. 분명 궁을 나섰을 때는 내관 충수와 둘뿐이라 하였는데 어째서 용호군 무사들을 부르셨을까.

"복이는 말에 다시 올라라."

연은 무사들을 둘러보며 단호한 말투로 말을 이었다.

"오늘 밤 일어난 일은 무슨 일이 있어도 함구하라."

"네, 전하."

무사들은 일제히 고개를 숙이며 답했다. 연은 다시 은복을
바라보았다.

"보은사로 간다."

은복이 무슨 일인지 채 묻기도 전에 연은 힘차게 말의 옆구
리를 걷어찼다. 연을 호위하듯 용호군 무사들이 함께 달렸다.
어쩔 수 없이 은복도 말에 오른 뒤 그 뒤를 따랐다. 용수산 어
귀에 도착했을 때 툭툭 하고 굵은 물방울이 하늘에서 떨어지기
시작하더니 이내 거센 물줄기가 되어 낮 동안 한껏 달구어졌던
땅 위의 열기를 식히며 내려앉았다.

은복은 일행 앞으로 달려 나가 막아섰다.

"전하, 빗줄기가 심상치 않습니다. 일단 비를 피하시고……."

"시간이 없어."

"하지만……."

비를 뚫고 달려가는 연의 뒷모습을 지켜보며 은복은 더욱
의아해졌다. 억수같이 쏟아지는 여름 장대비로 산길은 순식간
에 질퍽해졌다. 보은사 앞에서는 또 다른 용호군 무사 한 명이
그들을 기다리고 있었다.

"요사채에 계십니다."

말에서 내린 연은 곧장 요사채로 향했고 은복과 무사들이 그 뒤를 따랐다. 요사채 문이 벌컥 열리고, 그 안에 있던 사내와 여인을 확인한 은복은 자신의 눈을 믿을 수 없었다. 방 안의 여인 역시 갑자기 들이닥친 연의 모습에 얼굴이 새하얗게 질렸다.

"사내를 포박하라."

무사들은 사내를 묶고 무릎을 꿇어 앉혔다. 은복의 시선은 사내에게서 떨어질 줄 몰랐다. 연은 은복만 남기고 모든 무사들을 방에서 물렸다. 연은 몸을 바들바들 떨고 있는 영회에게로 가까이 다가섰다.

"이곳에서 그대를 다시 만나게 될 줄은 몰랐다."

"전하, 그것이……."

연은 손을 들어 영회의 말문을 막았다.

"아무 말도 듣지 않을 참이다. 그러니 아무 말도 하지 마라."

연이 무슨 생각을 하고 있는지 몰라 영회는 불안한 시선으로 그를 바라보았다.

"무사들이 호위할 것이니 지금 당장 집으로 돌아가 내일 왕지를 받거라."

"전하, 제 말을 한번 들어 보시고……."

"당장 여기서 떠나라 했다."

영회는 무릎을 꿇고 있는 사내를 한 번 바라본 뒤 방에서 나갔다. 은복은 여전히 사내에게서 눈을 뗄 수 없었다.

'국아.'

'네, 도련님.'

'이 아이의 말을 몰고 뒤따라오너라.'

명현의 심복이다. 은복은 국을 노려보았다.

"복이 너는 이자를 청하관으로 데려가서……."

연의 말이 채 끝나기도 전에 은복은 요사채 방을 뛰어 나왔다. 산중의 절간은 빗소리 외에는 고요하기 그지없었다. 은복은 비바람에 옷이 젖는지도 모르고 보은사 주위를 샅샅이 뒤졌다. 하지만 어디에도 명현의 흔적을 찾을 수 없었다.

요사채 방으로 돌아갔을 때 이미 다른 무사들이 국을 데려가고 연 혼자 남아 있었다.

"도대체 갑자기 어딜 갔던 거야?"

"밖에서 수상한 소리가 들리는 것 같아서……. 그런데 전하, 영회 아씨께서 왜 여기에 계셨던 겁니까? 전하께서는 영회 아씨가 여기 계신 걸 어찌 아신 것이고요?"

연은 청하관에서 전해 들었던 추문과 내의령의 집을 살피게 한 것을 모두 은복에게 이야기해 주었다.

"복아."

명현이 아니라 명현의 심복인 그자가 영회 아씨의 정인이라는 말인가? 하지만 얼마 전 보은사에서 마주쳤을 때, 이 방에서 나온 사람은 명현이었다.

"너는 청하관에 남아 아까 그 사내를 가례 전까지 잡아 두고 있어야 한다."

"전하, 그자는……."

주명현의 사람입니다. 그 말이 입안에서 맴돌았다. 만약 명현과 상관없는 일이라면? 연은 영회에게 아무것도 묻지 않았다. 함구령을 내려 무사들의 입도 막았다.

　"아닙니다. 청하관으로 가겠습니다."

　연은 이 사건을 조용히 비밀에 부칠 생각임이 분명했다. 정말로 이것이 그저 그의 심복과 영회 사이의 일인지, 아니면 명현이 관여된 일인지 알아보고 고해도 늦지 않을 것이라 생각하며 은복은 입을 다물었다.

　"국."

　젖은 은복의 머리칼에서 물이 뚝뚝 떨어졌다.

　"주 공자가 당신을 그리 불렀지?"

　청하관 별채 어느 깊은 방, 여전히 몸을 포박당한 국과 탁자를 사이에 두고 앉은 은복이 말을 이었다.

　"도련님께서는 모르시는 일입니다."

　"주인도 모르게 내의령의 따님과 야반도주를 하려 했다?"

　국은 한 점 흔들림이 없었다.

　"신분의 차이가 있으니 도리가 없었습니다."

　순간 은복의 눈빛이 흔들렸다.

　"주 공자 역시 보은사를 드나드는 것을 본 적 있다."

　"도련님이 자주 들르시는 사찰입니다. 도련님 곁을 지키다 보은사에 오신 영회 아씨와 처음 만나게 되었습니다."

　거침없는 국의 대답에 오히려 은복이 할 말을 잃었다. 정말로 명현은 이 사건에 대해 모르는 것일까.

'내가 알고 싶은 것은 너의 이름이다.'

시도 때도 없이 나타나 구해 주질 않나, 도와주질 않나. 목석 공자라 불리는 주제에 천연하게 굴지 않나. 어쩌면 나를, 어쩌면…… 하는 미묘하고 부끄러운 생각에 잠기게 하는 그 공자는 정말 이 일에 개입되어 있지 않은 것일까. 아니면 그랬으면 하고 내가 바라는 것일까.

"너는 전하의 가례 전까지 여기서 한 걸음도 나갈 수 없다."

대답 없는 국을 남겨두고 은복은 잠시 방을 나섰다. 청하관의 여종에게 젖은 옷 대신 갈아입을 옷을 부탁하기 위해서였다. 방을 비운 것은 아주 잠깐이었다. 다시 문을 열었을 때, 조금 전까지 국이 앉아 있던 의자가 비어 있는 것을 보고 은복은 검을 빼들었다. 순간 외마디 기합 소리와 함께 문 뒤에서 국이 그녀에게 달려들었다.

자신을 포박하고 있던 밧줄을 무기 삼아 팔에 감아 쥔 국의 몸놀림은 놀랍도록 빨랐다. 은복은 본능적으로 국이 만만치 않은 상대임을 느꼈다.

"가례 때까지 얌전히 이 방 안에서만 지낸다면 털끝 하나 건드리지 않고 보내 주라 하셨다."

팽팽한 긴장감이 두 사람 사이에 흘렀다. 국은 자신의 주인이 그녀를 바라보던 눈빛을 기억하고 있었다.

"나는 당신을 다치게 하고 싶지 않습니다."

은복은 코웃음을 쳤다.

"나는 너를 죽이게 되더라도 이 방 밖으로 내보낼 생각이 없다."

은복의 검과 국의 밧줄이 절묘하게 허공에서 부딪쳤다 떨어졌다. 검을 피한 팽팽한 밧줄은 이내 은복의 어깨를 드세게 후려쳤다. 아직 화재 사건에서 입은 부상이 완전히 낫지 않은 은복은 신음 소리를 입안으로 삼켜야 했다.

어째서 한낱 가노의 무예가 이리 뛰어날 수 있을까. 의아함도 잠시, 또다시 자신에게 향하는 밧줄을 은복은 몸을 날려 피했다. 그때, 은복이 부탁한 새 옷을 가져온 여종이 들어서다 난장판이 된 방 안의 모습에 비명을 질러 댔다. 국과 눈이 마주친 순간 은복의 불안한 예감은 적중했다.

"까악!"

국은 여종의 팔을 낚아챈 뒤 밧줄로 그 목을 압박했다.

"검을 내려놓으시지요. 그렇지 않으면 죄 없는 이 아이가 죽습니다."

숨 쉬기가 괴로운 듯 여종이 몸부림치기 시작했다.

"조용히 나가게 해 주십시오."

은복은 입술을 깨물며 검을 움켜쥐었다.

"그럼 아무도 다치지 않습니다."

얼굴이 새파랗게 질려 가는 여종을 지켜보다 못해 은복은 검을 바닥에 던지듯 내려놓았다. 국은 여종의 몸을 내던지듯 은복에게 보내 주고 눈 깜짝 할 사이에 방 밖으로 달려 나갔다. 여종이 숨을 제대로 쉬는 것을 확인한 뒤 은복은 별채를 뛰어

나와 국의 뒤를 쫓기 시작했다. 그러나 이미 국의 모습은 온데 간데없이 사라지고 없었다.

　밤이 깊도록 비는 그칠 줄을 몰랐다. 명현은 다관에 찻잎을 넣고 뜨거운 물을 부었다. 진하게 우려진 차를 찻잔에 따를 때 행랑아범이 방문 앞에서 그를 불렀다.

　"도련님, 손님이 찾아오셨습니다."

　차 맛이 좋을 시기를 적절히 맞추어 와 주었구나, 명현의 얼굴에 작은 미소가 떠올랐다가 사라졌다.

　"황궁에서 나오셨……."

　"알고 있다. 뫼시어라."

　말을 타고 빗속을 달려온 은복은 한 군데 성한 곳 없이 흠뻑 젖어 있었다.

　"야심한 밤에 사내의 처소에 불쑥 찾아오는 것이 네 버릇인가 보구나."

　은복은 그의 농에 대꾸할 여유가 없었다.

　"어디 있습니까?"

　그때 은복은 방 안을 맴도는 향이 낯설지 않은 것을 깨달았다. 향로에서 가만히 연기가 피어오르고 있는 것이 눈에 들어왔다.

　"다짜고짜 찾아와 그게 무슨 말이야? 일단 앉거라."

　명현은 찻잔을 하나 더 꺼내어 차를 따랐다.

　"공자님의 가노 말입니다. 지난번 보은사에도 함께 왔던 그 사내."

"그 아이는 내 집에서 도망쳤다."

찻잔을 다탁 맞은편 자리에 놓으며 명현은 은복을 올려다보았다.

"내 저녁 무렵 상을 물리고 불렀을 때 이미 방이 깨끗하게 비워져 있었다 하더군."

"정말."

"앉으래도. 차가 식는다."

"전혀."

자신을 내려다보는 은복의 싸늘한 시선에 명현의 눈썹이 꿈틀거렸다.

"공자님께서 관여된 일이 아닙니까?"

명현은 의자에서 일어나 탁자장에서 마른 천을 꺼내어 와 은복 앞에 섰다.

"네가 무슨 말을 하는지 나는 모르겠다."

은복이 말릴 틈도 없이 명현의 손길에 그녀의 두건이 벗겨져 나갔다. 젖은 머리칼이 허리춤으로 쏟아져 내렸다.

"어찌하여 도망친 나의 가노를 네가 찾아다니고 있는지도 모르겠고."

은복은 자신의 머리칼을 닦아 내는 명현의 손길을 쳐 냈다.

"내의령 댁의 영회 아씨를 아십니까?"

"보은사에서 몇 번 뵌 적 있지."

명현은 다시 천을 집어 들어 빗물이 흐르는 은복의 얼굴을 닦았다.

"그것뿐입니까? 지난번 보은사에서 공자님께서 요사채 방에서 나오신 뒤 뒤따라 나왔던 검은 몽수를 쓰고 있던 여인이 혹시……."

"내의령 댁 소저가 맞다."

은복은 고개를 피하려 했지만 명현은 그녀의 턱을 가만히 움켜쥐었다. 그녀가 흠칫하며 굳은 틈을 타 명현은 다시 얼굴의 물기를 닦아 주었다.

"국이를 내의령 댁의 가노로 줄 수 없냐 묻기에 내 거절했었지."

물기를 완전히 닦아 낸 얼굴이 마음에 드는 듯 명현은 살며시 웃고는 다시 다탁으로 돌아가 의자에 앉았다.

"그 말이 사실이어야 할 것입니다."

은복은 명현에게서 등을 보이고 돌아섰다.

"이리 또 보니 좋구나."

그가 늘어놓은 변명들이 어쩐지 개운치 않고 의심스럽다. 하지만 저 말이 진심처럼 들리는 것은 나의 착오일까. 돌아보지 말아야 한다. 허나 인정하고 싶지 않지만, 신경이 쓰인다.

"공자님의 별호가 무엇인지 아시지요?"

은복은 돌아서서 다시 명현을 바라보았다.

"다른 사람들이 나더러 목석 공자라 하더군."

"네. 목석 공자. 말수가 없고, 잘 웃지도 아니하며, 세상사에 관심이 없다 하여 그리 붙었다 합니다. 하지만 어찌 된 일인지

제 앞에서 공자님은 천연스러운 농을 잘하시고, 잘 웃으시며, 제 일에 사사건건 끼어드시는 분입니다."

은복은 다탁으로 다가가 찻잔을 한 손으로 들어 단숨에 마셨다.

"혹시 말입니다. 정말 설마 해서 여쭙는 겁니다."

이미 차는 차갑게 식어 있었다.

"혹시 공자님께서……."

"이 방인가?"

그때 헛기침 소리가 나더니 방문이 발칵 열렸다. 두 사람 사이의 미묘한 긴장감을 깨뜨리며 나타난 지후의 모습에 명현의 뺨은 놀라움으로 굳었고 은복은 실망인지 안도인지 모를 짧은 숨을 토해 냈다.

"무사님께서 하도 나오시지 않기에 내 직접 찾으러 왔소."

"당신이 여기 어떻게?"

명현의 물음에 대답한 것은 은복이었다.

"청하관에서 우연히 뵈었습니다. 상단주 나리께서 공자님 댁을 알고 계신다 하시기에 제가 가르쳐 달라 청하였습니다."

자신에게 향하는 명현의 날카로운 시선을 모른 체하며 지후는 부채를 부쳐 댔다.

"비가 그쳤습니다. 볼일을 다 보셨으면 이제 그만 돌아가시지요, 무사님. 제가 승평문 앞까지 뫼시지요."

은복은 겸연쩍은 얼굴로 명현을 향해 고개를 숙였다.

"저는 이만 돌아가겠습니다. 혹 그 가노가 돌아오거나 소식을 알게 되면 꼭 전해 주십시오."

함께 나서는 은복과 지후의 뒷모습을 지켜보며 명현의 얼굴에 못마땅함이 퍼졌다.

"그만 나와도 괜찮다."

명현의 말에 병풍 뒤에서 국이 천천히 걸어 나왔다.

"송구합니다, 도련님."

"네 탓이 아니다. 허나 당분간은 몸을 숨기고 있어야겠다."

"네, 도련님."

명현은 의자에서 몸을 일으켰다. 그리고 바닥에 떨어진 은복의 푸른 두건을 집어 들었다.

'혹시 말입니다. 정말 설마 해서 여쭙는 겁니다. 혹시 공자님께서……'

은복이 어려운 질문을 그에게 던질 참이었다. 아마 자신은 그 질문에 이전처럼 청산유수로 변명을 늘어놓지는 못했을 것이다. 그 역시 여전히 그 답을 찾는 중이기 때문이었다. 처음으로 정지후 그 작자의 등장이 반가웠다. 그런데 그자.

"어째서 내 집을 알고 있는 것인가."

"방 대인은 어디 계시냐."

눈을 뜨자마자 백녀는 몸단장을 도우러 온 여종에게 방맹이의 소재를 물었다.

"별채 방에서 주무시고 계십니다."

"아니, 어찌 지금까지 주무신단 말이냐. 얼른 본채로 모셔

오너라."

날이 밝을 때까지 잠을 못 자게 한 것이 누군데, 잠을 제대로 못 자 마른 장작처럼 바싹 졸아든 방맹이의 얼굴을 떠올리며 여종은 속으로 혀를 내둘렀다.

"아니다. 내가 직접 별채로 갈 거야."

지하 굴을 빠져나와 뜰을 가로지르는 백녀의 발걸음은 힘이 없었다. 아무리 동침을 하면 무엇하나. 이 굶주림은 채워지지가 않는구나. 하지만 그러니 더욱 특별한 사내다.

이전에는 해가 쨍쨍한 오간의 세상 만물이 아니꼬웠다. 아무리 손을 뻗어 잡으려고 해도 그녀의 손에 잡히는 것은 살을 에는 듯한 한기뿐이었다. 그러나 지금은 어떠한가. 방 대인을 만난 이후로, 어느 날 방 대인이 내 눈앞에 뚝 하고 떨어진 그날 이후로 달라졌다. 정을 주는 이가 있다는 것만으로도 그리 갈망하던 온기를 느낀다. 단지 이 기구한 삶을 연명하기 위한 도구였던 인간 사내가 어찌 이리도 각별해질 수 있단 말인가.

방 대인의 코 고는 소리가 문밖까지 쩌렁하게 울렸다.

"방 대인, 소녀 들어갑니다."

방 안으로 들어선 백녀는 곧장 침상으로 향했다.

"해가 중천에 떴습니다. 어서……."

비단 이불을 휙 낚아챈 순간 백녀의 얼굴은 의아함으로 일그러졌다. 침상은 비어 있었다. 어디서 주워 온 것인지 다 썩어빠진 나무 방망이 하나만 침상 위에 덩그러니 놓여 있었다. 분명 코 고는 소리가 들렸는데. 그때 드르렁 소리와 함께 번쩍거리며 방망이가 순간적으로 방 대인의 모습으로 바뀌었다.

"이, 이 무슨……."

드르렁 코 고는 소리를 풍악 삼아 그 모습이 번쩍번쩍 변했다 돌아왔다. 백녀는 바닥에 털썩 주저앉았다.

"아아아아아악!"

비명인지 동물의 울음인지 모를 분노의 괴성이 청하관 별채 안에서 뻗어 나갔다.

13

"송구합니다, 전하."

"도대체 제대로 하는 게 없구나."

은복은 차마 고개를 들지 못했다.

"허나 네가 그 여종이 다치는 것을 개의치 않고 그놈을 잡아 두고 있었다면 더 화가 났을 게다. 그저 그 사내가 주명현의 가 노였다는 것이 놀라울 뿐이구나. 그러니 이제 고개를 들어 나를 봐."

그제야 은복은 고개를 들어 연을 바라보았다. 그의 얼굴에 서 노여움 따위는 찾을 수 없었지만 은복의 무거운 마음은 여 전했다. 연은 상탁 위로 두루마리를 올려놓았다.

"순군부 낭중이 올리고 간 장계다. 굳이 읽어 볼 필요는 없 어. 후주 사신단 배에서 일어난 화재는 단순히 우연히 일어난 것으로 보인다는구나."

네 생각은 어떠냐, 하는 눈빛으로 연이 은복을 바라보았다. 은복은 가슴 안에 품고 있던 가죽 주머니 천을 꺼내 들었다.

"포구에서 찾은 것입니다. 거기에 배인 냄새는 유황이라는 것인데 손써 볼 틈 없이 불이 번진 것이 바로 이것 때문이라 합니다."

연은 그 시큼하고 매캐한 냄새를 맡아 보았다.

"왜나라에서 나서 주로 후주에서 사 간다고 합니다."

"후주의 상단에서 구입을 했겠구나."

"전하."

은복은 목소리를 줄였다.

"우연히 불이 나기에는 날씨가 습합니다. 불은 전하와 사신이 계신 방 앞에서 시작되었습니다. 상단의 배가 아닌 사신이 타고 있는 배에 이 유황이 있었습니다. 이 모든 것은 우연일 수도 있지요. 허나 아닐 수도 있습니다. 쉽게 넘겨서는 안 될 일입니다."

연 또한 순군부의 조사를 신뢰했던 것은 아니었다. 호족 세력의 손아귀에서 놀아나는 순군부 입장에서는 힘없는 정윤이 타고 있던 배의 화재 사건 따위에는 관심이 없을 것이다.

"왜나라와 후주 사이에서 이 유황을 중계하는 상단이 서경에 있습니다."

오랫동안 생각에 잠겼던 연이 은복을 바라보며 입을 열었다.

"지금 바로 궁을 나가 그 상단에 대해 알아오너라."

"네, 전하."

하명을 받고 돌아서던 은복은 다시 이어지는 연의 나직한 목소리에 순간 심장이 덜컥 내려앉았다.

"오늘 내의령 집으로 폐하의 왕지가 갔다. 이제 내게 여인이란 내의령의 여식과 너뿐이다. 그러니 다치지 말고 몸조심해야 한다."

연의 목소리에는 장난기 어린 웃음이 배어 있었다. 하지만 은복은 그의 말이 진심임을 알고 있었다.

황궁을 나선 은복은 예성강으로 향했다. 지금 은복의 머릿속에 떠오르는 사람은 북하 상단의 상단주 정지후밖에 없었다. 조금 능글맞긴 하지만 언제나 친절하고 도움을 주는 고마운 사람이었다.

'그런데 무사님, 내 보기에 저 주 공자라는 사내 영 별로인 것 같소. 저렇게 속을 알 수 없는 사내는 애초에 가까이하지 않는 게 좋지 않겠소?'

명현의 저택에서 함께 나서며 지후가 건넸던 그 말에 이유 없이 가슴이 뜨끔했었다.

"상단주 나리께서 지금 손님을 맞고 계시니 조금 기다리시지요."

그녀가 머무는 동안 수발을 들어 주었던 여종이 반갑게 웃으며 그녀를 정원으로 안내했다. 언제 보아도 아름다운 정원이었다. 크기는 아담했지만 그 화려함은 황궁 정원인 금원에 비해 지지 않았다.

몸을 숙이고 연못의 물고기를 구경하던 은복은 귀가 찢어질 듯한 여인의 날카로운 목소리에 흠칫 놀랐다.

"썩은 방망이였어. 썩은 방망이였다고!"

백녀? 은복은 몸을 일으켰다. 분기탱천한 백녀가 길길이 뛰는 것에 반해 지후는 뒷짐을 지고 여유 있게 정원으로 걸어 나왔다. 킬킬거리는 웃음소리가 지후의 입에서 연방 터졌다.

"네놈이야! 네놈 짓이지?"

"아 글쎄, 무슨 말을 하는지 모르겠다니까?"

썩은 방망이를 인간의 모습으로 변하게 하는 묘술 따위로 그녀를 골탕 먹일 만한 자는 정지후, 이 돗가비뿐이라는 생각에 백녀는 분노를 다스릴 수 없었다.

"이 썩을 돗가비……."

그제야 정원 한가운데 서 있는 은복을 발견한 지후는 우뚝 멈추어 섰다. 지금껏 눈썹 하나 까딱하지 않고 느물거리던 지후의 얼굴 위로 순간 당혹감이 스치는 것을 백녀는 놓치지 않았다.

"무사님께서 어인 일로?"

은복은 의아한 시선으로 백녀와 지후를 번갈아 바라보다 이내 꾸벅 인사를 올렸다.

"상단주 나리께 여쭐 것이 있어 찾아왔습니다."

지후는 백녀를 돌아보며 어깨를 으쓱해 보였다.

"나는 손님을 뫼셔야 하니 그만 돌아가 보아라."

"그 썩은 방망이를 불태워 버릴 거야."

"좋으실 대로."

백녀의 붉은 입술이 일그러졌다.

"안으로 드시지요, 무사님."

은복을 데리고 집 안으로 들어가는 지후의 뒷모습을 지켜보며 백녀는 약이 올라 죽을 지경이었다.

청하관으로 돌아오자마자 백녀는 별채 방 구석 기둥에 묶어 두었던 방망이를 풀어 움켜쥐었다. 밤 장사를 앞두고 청하관 허청의 아궁이는 활활 타오르고 있었다. 백녀는 아궁이 불을 지키는 여종 앞에 방망이를 냅다 집어던졌다. 그녀는 약이 올라 머리칼이 새하얗게 변할 지경이었다.

"불태워 버려."

"네? 네, 아씨."

허청을 나간 백녀는 돌아보지 않기 위해 치맛자락을 움켜잡았다.

"방망이 따위!"

뜰로 한 걸음 내딛던 백녀는 입술을 잘근 깨물었다.

"방망이 따위……."

부들부들 몸을 떨던 백녀는 다시 돌아서서 허청 안으로 들어갔다.

"아씨, 다치십니다."

말리는 여종의 손을 철썩 쳐 낸 뒤 백녀는 아궁이에 물을 끼얹었다. 쉬이익, 소리와 함께 불은 자취를 감추었다. 아궁이에서 방망이를 꺼내 든 백녀는 분노로 눈가에 눈물이 맺힐 지경이었다.

"가만 두지 않을 거야. 그 망할 돗가비, 내가 당하고 있을 것 같아?"

"그러니까……."

명현과 가까워지는 것을 방해할 정도로만 은복의 일에 끼어들고 싶었지만, 이제 발을 빼기에는 늦은 것 같았다. 지후는 쓴웃음을 지으며 말을 이었다.

"유황을 중계하는 서경의 상단을 알고 싶으시다?"

"네. 아십니까?"

지후는 어느 정도까지 이야기를 해 줘야 하는지 잠시 가늠해 보았다. 어차피 알고자 한다면, 예성강 가의 전방이나 장사치들에게 묻는다 해도 한나절이 걸리지 않을 것들이었다.

"대동 상단."

순간 지후의 머릿속에 한 사내의 얼굴이 떠올랐다. 이후 중앙 정치에서 밀려난 그가 상단을 일으켰다는 이야기를 풍문으로만 들었을 뿐, 14년 전 그날 이후 지후는 사내를 만난 적이 없었다.

"위씨 성을 가진 호족 집안의 상단입니다. 상단 사람들이 상단 일로 예성강과 개경에도 자주 들르지요."

그들이 청하관에서 명현과 만났다는 사실을 입에 올리지는 않았다. 어떤 목적이었는지는 몰라도 그들이 배에 불을 질렀다. 하지만 그것도 은복에게 말하지 않을 참이었다. 지후는 그

어떤 이유로라도 다시는 권력 집단이니 정치니 하는 인간사에
개입하고 싶지 않았다.

"제가 아는 것은 그것뿐입니다."

"혹시 언제 그 상단 사람들이 또 오는지 아십니까?"

"글쎄요."

그것도 알고 있지만 지후는 입을 다물었다. 아쉬워하는 은
복의 표정에 하마터면 말해 줄 뻔했지만 용케도 참아 냈다.

은복은 자리에서 일어났다.

"갑자기 찾아와 이리 뜬금없이 묻기만 하고……."

은복은 예성강으로 나가서 포구 사람들에게 대동 상단의 사
람들에 대해 물을 참이었다. 중계를 할 정도로 큰 상단이라면
객주나 주점에서 그들을 모를 리 없었다.

"송구합니다."

조금의 경계도, 실낱같은 의심도 없는 아이처럼 맑은 은복
의 눈동자에 지후는 마른침을 삼켰다.

"상단주 나리는 정말 좋으신 분 같습니다. 지난번 일도 그렇
고 이번에도 도움을 주신 은혜 잊지 않겠습니다."

목에 사레가 들린 듯 간질간질한 느낌에 지후는 적잖이 당
황스러웠다.

"뭐 이런 것쯤이야……."

우러러 보는 은복의 시선이 어깻죽지를 간질이는 것 같아
지후는 괜히 자신의 어깨를 탁탁 두드리며 입술 사이로 새어
나오는 웃음을 참았다.

"고맙습니다, 상단주 나리."

"내의령의 여식이 왕지를 받지 않고 도망치게 하겠다는 계획은 실패하신 것 같습니다."

명현의 뺨 근육이 꿈틀거렸다. 지난번 명현의 칼끝에 그 목숨이 위태로웠던 이 행수의 얼굴에는 슬쩍 비웃음이 스쳐 지나갔다.

"이제 어찌하실 참인지 위 대인께서 걱정이 많으십니다."

위 대인은 내의령과 손을 잡자 했었다. 가장 위험한 수이나 가장 큰 힘이 될 것이라 했다. 내의령을 비롯한 개경 호족들의 처단은 황제를 몰아낸 다음 생각하자 했던 위 대인의 의견에 반대한 것은 명현이었다. 개경 호족의 우두머리인 내의령을 이용할 수는 있으나 같은 편에 서고 싶지는 않았다.

"서경에서는 모든 준비가 끝났습니다. 이제 황제와 내의령의 사이를 찢어 놓는 일만 남았지요. 정윤의 가례를 막으실 계략이 또 있으신 겁니까?"

"아직 가례 전이다. 내의령과 손을 잡는 것은 마지막 수가 될 것이다. 그러니……."

그때 문밖에서 인기척이 들리자 명현은 입을 다물었다.

"백녀이옵니다. 주안상을 들이겠습니다."

문이 열리고 술상을 든 여종들과 백녀가 방 안으로 들어왔다. 그녀의 미색에 이 행수는 물론 그의 호위 무사들까지 미혹되어 순간 넋을 잃었지만 자신에게 눈길 한번 흘리지 않는 명현의 모습을 백녀는 호기심 어린 눈길로 내려다보았다.

"내 아무도 들이지 말라 일렀는데."

차가운 명현의 말에도 백녀의 고운 자태에는 흔들림이 없었다.

"목석 공자님이 이 청하관을 자주 찾으시나 주안과 유흥에는 뜻을 보이지 않으셔서 애달아하는 저희 아이들의 한을 풀어 주려고 이리 무례를 무릅썼습니다."

백녀의 뒤로 청하관의 아름다운 논다니들이 마치 천상에서 내려온 듯 사뿐거리며 방 안으로 들어섰다.

"청하관에서 가장 어여쁜 아이들입니다. 속세의 골치 아픈 일들은 잠시 접어 두시고, 이 선녀 같은 아이들과 함께 유희를 즐기시는 게 어떻겠습니까?"

만족스러워하는 이 행수와는 달리 명현은 갑작스러운 불청객들이 달갑지 않았다. 심기가 불편해 보이는 명현을 모른 척하고 백녀는 방을 나섰다. 이어 그녀는 본채 깊은 곳, 자신의 방으로 돌아왔다.

"그러니까……."

백녀는 침상에 묶어 놓은 방맹이를 노려보았다.

"저 주 공자와 정윤의 호위 무사의 사이가 묘한데, 그것을 그 돗가비 자식이 자꾸 방해를 한다는 그 말이지?"

입에 재갈이 물린 방맹이가 고개를 마구 끄덕였다. 정윤의 호위 무사가 어찌하여 지후를 찾아오는지 달달 볶아 대던 백녀에게 차마 꽃물 이야기까지 실토할 수 없었다. 그 신통한 꽃물이야기를 알게 되면 이번에는 정말로 백녀가 자신을 아궁이 장작으로 던져 버릴지도 몰랐다.

"돗가비 녀석이 인간을 마음에 두고 있다라."

백녀의 얼굴 위로 싸늘한 미소가 떠올랐다. 백녀는 은복 앞에서 흔들리던 지후의 눈빛을 떠올렸다. 치가 떨리게 싫은 그 돗가비 녀석의 한기가 순간 느껴지지 않을 정도였다.

"내 연애사에 개입했으니 나도 네놈 연애사에 초를 좀 쳐야겠다."

백녀의 시선이 다시 방맹이로 향했다. 흰 옷자락이 불에 타서 성한 곳이 없고 몸 여기저기에 열상이 가득했다. 눈살을 찌푸린 백녀는 방 밖을 나선 뒤 지나는 여종을 불렀다.

"고약을 가져와 발라 주거라."

절대로 저 썩은 방망이한테 마음이 남아서가 아니야. 그저, 그저 살려 두면 나중에 또 써먹을 수 있을지도 모르니까 그런 것뿐이야!

황제는 용호군 무사와 함께 검술 연습을 하고 있는 연을 먼 발치에서 지켜보았다. 검을 종종 떨어뜨리긴 했지만 연은 그때마다 포기하지 않고 다시 집어 들었다. 비록 그 실력은 보잘것없었지만 이전에 없던 끈질긴 기백이 눈빛에 담겨 있었다. 황제는 천천히 연에게 가까이 다가갔다. 내관들이 일제히 허리를 숙이며 황제를 맞았다.

"황제 폐하께서 납시었습니다, 전하."

내관이 알리자 그제야 연은 검을 내려놓았다.

"검을 놀리는 모양새를 보아하니 네 마음이 어지럽구나. 내의령의 집에 왕지가 간 것 때문에 그런 것이냐? 그 아이와의 혼례가 그토록 싫은 게냐?"

잠시 바닥에 놓인 검 끝을 내려다보던 연은 고개를 흔들었다.

"아닙니다. 소자, 원체 무예에는 기질이 없습니다."

"그래. 어릴 적 은복이에게 목검으로 질 때부터 네가 무장으로서의 기질은 타고나지 못했다는 것을 안타깝게 여겼다. 허나 내 다르게 위안 삼았지. 이 고려국의 다음 군주는 그 용맹을 자랑 삼아 떨치기 위해 전쟁을 일으킬 리는 없겠구나."

황제의 목소리는 전에 없이 부드러웠다.

"피 흘리지 않고 지혜롭게, 학식과 인품으로 그리고 인내로……."

연은 가볍게 눈을 감았다가 떴다.

"모든 고난을 헤쳐 나가며 황실과 백성들을 지킬 거라고 나는 믿었고, 믿는다."

황제는 손짓으로 용호군 무사와 내관들을 곁에서 물렸다.

"내의령의 집에 왕지를 가지고 간 승선이 여종들이 수군거리는 소리를 들었다고 하더구나. 내의령의 여식이 전날 밤 집을 몰래 빠져나갔다가 황궁의 무사들과 함께 돌아왔다고."

연은 흠칫 놀랐으나 이내 쓴웃음을 지어 보였다.

"작은 소란이 있었으나 별다른 탈 없이 무마되었습니다. 심려치 마시옵소서."

"언제 어디서 일어날지 모르는 것이 그 탈이라는 것이다."

잠시 고민에 잠겼던 연이 굳게 다짐한 듯 다시 입을 열었다.

"가례 전까지 복이를 내의령 집에 보내 두겠습니다."

자신의 장자, 이 나라의 정윤을 바라보는 황제의 눈빛은 한 점 빈틈없이 단호했다.

"요나라의 움직임이 심상치가 않다."

황제는 낮은 목소리로 말을 이었다.

"태조께서 거란 오랑캐가 보내 온 약대 50여 필을 만부교에서 굶겨 죽이신 그날, 훗날의 전쟁은 예견된 일이었지. 그들에게 빗장이 풀려 나라의 문이 열리면 이 나라는 짓밟히고 힘없고 불쌍한 백성들은 피를 보게 될 것이다. 나라 안의 분열은 그 빗장을 스스로 푸는 것이나 다름없다. 나의 아들 연아, 어떻게든 백성들을 지켜야 한다. 내의령의 여식을 이용하여 그 힘을 가져라."

14

하늘 높은 줄 모르고 치솟은 대문 너머로 풍악이 울렸다. 오늘도 어김없이 무더운 이 밤을 방종으로 보내려는 사내와 여인들이 청하관으로 모여들고 있었다. 문지기들은 별다른 제지 없이 은복을 안으로 들여보내 주었다.

예성강의 객주와 주점을 돌며 은복은 위씨 집안의 상단에 대해 몇 가지 사실을 어렵지 않게 알아낼 수 있었다. 위수, 서경을 기반으로 한 호족이자 왜나라와 중원 사이에서 무역을 중계하는 대동 상단의 상단주였다. 상단 일을 도맡아 하는 그의 가신들이 수시로 개경을 드나드는데, 마침 그들이 지금 청하관에 머물고 있다는 사실도 알아냈다.

하지만 이 넓은 청하관에서 그들을 구별하고 찾아낼 뾰족한 수가 없었다. 술판이 벌어진 정자들을 돌며 살펴보았지만, 이 많은 사람들 중 어느 누가 대동 상단 사람인지 알 도리가 없었다. 하릴없이 초막의 악사들을 지켜보는데 누군가가 그녀의 어깨를 움켜잡았다.

"나는 말이야……."

뭐라 말릴 새도 없이 은복은 정자 위로 이끌려 갔다.

"이것 놓으시오."

하지만 술에 취한 사내는 막무가내였다.

"이렇게 사내 복장을 한 여인만 보면 몸이 달아 견딜 수가 없단 말이야. 그래서 내 계집종들은 모두 사내 복장을 하고 집안을 활보한다네."

정자 안에서 함께 술을 마시던 일행들이 와르르 웃음을 터트렸다.

"그것도 일종의 남색인가?"

일행 중 누군가 던진 말에 술판의 웃음소리는 더 커졌다. 은복은 검을 움켜쥐었지만 이내 놓았다. 일을 크게 만들어 청하관에서 쫓겨나기라도 한다면 대동 상단 사람들을 찾아볼 기회가 사라진다.

"어차피 그대도 오늘 밤 혼자서는 잠 못 이룰 것 같아 이 청하관에 온 것이니……."

은복의 귓가에 은밀하게 속삭이는 사내에게서는 지독한 술 냄새가 풍겼다.

"내게 그 기회를 주는 게 어떻겠소?"

은복은 사내를 밀어내며 쓴웃음을 시었다.

"미안하지만 그쪽은 내 취향이 아니라서."

정자를 빠져나가려는 은복의 팔을 사내는 거친 손길로 낚아 챘다. 더 이상 참지 못한 은복이 검을 빼 들려던 찰나였다.

"천하에 둘도 없이 발칙한 청하관 놀자 판이라 해도 도리라 는 것이 있지."

누군가가 성큼성큼 정자 위로 올라섰다. 그 무심한 표정의 위압감에 은복의 팔을 붙잡은 사내의 손에서는 이미 슬쩍 힘이 빠졌다.

"아무리 막돼먹었다 해도 싫다 하는 여인을 귀찮게 하는 것 이 어찌 장부라 할 수 있겠나."

느릿하게 말을 이어 나가는 명현의 모습에 사내는 물론이거 니와 함께 술판을 벌이던 사람들 사이에도 긴장이 흘렀다.

"혹 장부가 아니라 계집의 기질이 강해서 사내 복장의 여인 에게 끌리는 것이오?"

조롱거리가 된 사내의 얼굴은 새빨갛게 달아올랐고 팽팽했 던 술판의 긴장감이 사라지고 순식간에 웃음바다가 되었다. 은 복은 사내의 손길을 완전히 떨쳐 내고 정자에서 내려왔고 그 뒤를 명현이 따랐다.

"저 혼자 충분히 해결하고 빠져나올 수 있었는데 괜히 끼어 드신 것이니⋯⋯."

이제 다시 이 공자와 부딪치고 싶지 않았는데 어찌하여 계 속 만나게 되는 것일까.

"고맙다 하지 않을 겁니다."

"누가 뭐라 했나?"

"그럼 왜 따라 오십니까?"

명현은 어깨를 가볍게 으쓱거렸다.

"나는 그저 내 갈 길을 가는 것이다."

자신보다 앞서 걸음을 옮기는 명현의 모습에 당황한 것은 은복이었다. 그녀를 한번 뒤돌아보지도 않고 별채 안으로 사라진 명현을 지켜보다 은복은 허탈한 웃음을 터트렸다.

"아니, 뭘 기대한 거야? 정신 차려, 은복아."

"무엇을 기대하셨단 말입니까?"

등 뒤에서 들려오는 교태 어린 목소리에 은복은 흠칫 놀라 돌아섰다. 오늘따라 더 흰 얼굴과 붉은 입술이 달빛을 받아 백녀의 모습은 말할 수 없이 요염했다.

"아무것도 아닙니다."

"정윤 전하를 뫼시고 온 것도 아닌 듯한데, 혼자 청하관에는 어인 일로 오셨습니까?"

유희를 즐기러 왔노라 거짓을 말할까, 잠시 고민을 하긴 했지만 그만두었다. 백녀가 그 말을 믿을 것 같지 않을뿐더러 그녀의 도움 없이는 이 넓은 청하관에서 원하는 바를 이룰 수 없어 보였다.

"서경에서 온 대동 상단의 사람들이 이곳에 묵고 있다 들었습니다."

"네. 그분들을 만나러 오셨다면 제가 방까지 모시겠습니다."

은복은 황급히 고개를 흔들었다.

"아닙니다. 약속된 것이 아니라……."

은복이 말을 잇지 못하고 얼버무리자 백녀의 눈썹이 가만히 치켜 올라가나 싶더니 이내 빙긋 웃어 보였다.

"그 방에 들어가게 해 드릴까요?"

놀란 것은 은복이었다.

"그리할 수 있습니까?"

"지난번 전하를 향해 활을 쏘아 거짓으로 습격을 꾸몄던……."

은복의 뺨이 순간 실룩댔다.

"그리하여 무사님께서 그 더운 밤 땀깨나 흘리셔야 했던 그 죗값을 이리 쳐 주시어요."

이유도 묻지 않고 도움을 주겠다는 그녀에게 화를 낼 수도 없는 노릇이라 은복은 그저 쓴웃음을 지으며 백녀의 뒤를 따랐다.

'저 혼자 충분히 해결하고 빠져나올 수 있었는데 괜히 끼어 드신 것이니 고맙다 하지 않을 겁니다.'

'누가 뭐라 했나?'

'그럼 왜 따라 오십니까?'

명현의 얼굴에 가벼운 웃음이 스치는 것을 이 행수는 호기심 어린 눈으로 지켜보았다. 웃는 얼굴이라니, 짧지 않은 시간 명현을 만나 왔지만 미소 짓는 그의 모습은 낯설었다.

"무엇하느냐. 공자님의 술잔이 빈 것이 보이지 않느냐?"

"이만하면 됐다."

논다니들이 앞다투어 술병을 들었지만 명현은 손을 들어 거절했다. 청하관에 뻔질나게 드나드는 주제에 유흥에 몸을 사리는 모습이 되레 괜한 오해를 살까 싶어 지금껏 적당히 운을 맞춰 주었던 것뿐이었다.

"나는 그만 돌아갈 테니 자네는 서경으로 돌아가 위 대인께……."

술판에 함께 자리한 논다니들을 흘낏 바라본 뒤 명현은 다시 말을 이었다.

"심려치 마시라 전하여라."

명현이 의자에서 몸을 일으켰을 때였다.

"백녀이옵니다."

미처 허락의 말이 떨어지기도 전에 문이 열렸다. 가볍게 눈살을 찌푸리던 명현은 이내 백녀의 뒤를 따라 들어온 은복을 발견하고 몸이 굳었다. 기녀처럼 새하얗게 분대 화장을 하고 철릭 대신 붉은 비단옷으로 바꿔 입고 있었지만 그녀가 분명했다. 은복 역시 방 안에 함께인 명현의 모습에 놀라 붉게 칠한 입술이 살짝 벌어졌다.

"아직 아무것도 모르는 새로 온 아이입니다. 특별히 점잖은 손님들의 시중을 들게 하고 싶어 이리 데려왔답니다."

백녀는 은복의 어깨를 가볍게 밀어 이 행수 곁에 서게 했다.

"인사 드리거라. 서경의 대동 상단에서 오신 행수 어른이시다."

명현을 마주한 놀라움을 간신히 수습한 은복은 다소곳이 허리를 숙였다. 하지만 여전히 명현이 이 자리에서 자신을 모른 체해 줄 것인지 확신할 수 없어 불안한 기색이 역력했다. 그 기색을 수줍음으로 오해한 이 행수는 은복의 모습을 훑으며 흡족한 얼굴이었다.

"나리, 처음 손님을 뫼시는 아이는 아직 알에서 깨지 못한 베아리와 같답니다. 베아리가 다치지 않게 그 알을 깨시려면 부드럽고 조심스럽게 다루셔야 합니다."

이 행수를 향해 속삭이듯 말하는 백녀의 얼굴은 짓궂게 변했고, 지켜보는 명현의 얼굴은 일그러졌다.

"그럼 나리만 믿고 이 몸은 이만 물러가겠습니다."

백녀가 방을 나가자 이 행수는 은복을 향해 자신의 빈 잔을 가볍게 들어 보였다. 그러자 은복은 술병을 집어 들었다. 하지만 그녀의 손에서 술병을 빼앗아 술잔을 대신 채운 사람은 명현이었다. 이 행수는 의아해하며 눈썹을 찡그렸다.

"주 공자께서는 그만 댁으로 돌아가신다 하지 않으셨습니까?"

날카로운 명현의 눈빛을 피하며 은복은 마른침을 삼켰다. 그의 입에서 금방이라도 자신이 청하관 논다니가 아니라 정윤의 호위 무사라는 말이 튀어나올 것만 같았다.

"생각해 보니 이 깊은 밤 굳이 집에 돌아갈 필요가 없지."

이 행수가 고개를 끄덕였다.

"백녀에게 일러 방을 하나 준비하라 이르지요."

"계집아이도 하나 필요하다."

이 행수는 껄껄 웃음을 터트렸다.

"논다니들에게 눈길도 주지 않으시던 분이 어인 일이십니까? 그러지요. 그리 전하라 하겠습니다."

명현은 고개를 가로저었다. 그리고 은복을 손으로 가리켰다.

"저 아이를 데리고 가겠다."

은복의 떨리는 시선이 명현에게 향했다. 이 행수는 명현의 요구가 못마땅했지만 주군의 양아들과 마찬가지인 그의 뜻을 거절할 수는 없었다. 오히려 그 자리에서 나선 것은 은복이었다.

"아닙니다. 저는 남아서 행수 어른을 모시겠습니다."

명현은 허리를 가볍게 숙여 은복의 귓가에 입술을 가져다 댔다. 그 촉촉하고 뜨거운 느낌에 은복의 얼굴이 화락 달아올랐다.

"네가 정윤의 호위 무사라는 말을 이 자리에서 굳이 해야 나를 따라오겠어?"

작고 부드러웠지만 충분히 위협적인 목소리였다. 은복은 어쩔 수 없이 한 걸음 뒤로 물러났다. 은복에 대한 아쉬움을 털어 버린 이 행수가 남은 논다니들을 껴안고 술잔을 집어 들었다.

명현의 손에 끌려 나오자마자 은복은 그의 손에서 벗어나려고 손아귀를 비틀었다. 하지만 그는 꿈쩍도 하지 않았다. 명현은 한마디 말도 없이 여종이 이끄는 방으로 은복을 끌고 갔다.

"이것 놓으십시오!"

은복의 말이 끝나기가 무섭게 명현은 그녀를 침상 위에 내던지듯 앉혔다.

"호위 무사 일이 지겨워진 것이냐? 아니면 돈이 필요해 청하관에 몸뚱어리를 의탁하기로 한 것이냐?"

"그게……."

"그것도 아니면 다른 어떤 꿍꿍이가 있는 거겠지."

명현은 침상에서 몸을 벌떡 일으키는 은복을 차가운 눈길로 내려다보았다.

"도대체 그 정윤이라는 놈이 네게 시키는 일이 왜 다 이 모양인 거야?"

"말씀 삼가십시오. 정윤 전하십니다. 놈이라니요!"

서로에게 향하는 눈빛이 알 수 없는 분노와 긴장으로 팽팽했다.

"그러는 공자님께서 말씀해 보시지요. 왜 대동 상단의 행수와 함께 계신 겁니까?"

명현의 뺨이 꿈틀거렸다.

"후주 사신의 배에 불이 났을 때도 공자님께서 그곳에 계셨었지요. 영회 아씨가 함께 도망치려 했던 사내는 공자님의 가노였습니다. 이 행수라는 자는 이 땅에서는 팔지도 않는 유황을 유일하게 구할 수 있는 고려 사람입니다. 그런데 공자님은 조금 전 저 사람과 계셨습니다."

은복은 명현 가까이 한 걸음, 한 걸음 다가섰다.

"모든 의심스러운 곳에 공자님이 계시는 것은, 우연입니까?"

옷깃이 스칠 정도로 두 사람 사이가 가까워졌다. 새하얗게 분칠을 한 은복의 얼굴을 내려다보던 명현의 눈빛에서 천천히 분노가 사라지기 시작했다.

"우연이 아니다."

은복은 자신의 입술에 닿은 명현의 손가락에 놀라 한 걸음 뒤로 물러났다.

"이 행수가 개경에 오면 나는 항상 그를 만나지."

하지만 명현의 손길은 끈질기게 은복의 입술을 문질러 그 붉은색을 지워 냈다.

"나는 저자에게서……."

쓸쓸함이 섞인 나직한 목소리였다.

"내 고향 이야기를 듣길 좋아해."

은복은 자신의 얼굴에 여전히 머물러 있는 명현의 집요한 손길을 피하는 것을 포기해야 했다.

"십 수 년 전 떠나와 단 한 번도 돌아가지 못한 내 고향에 무슨 일이 일어났는지. 나의 본가에는 변고가 없는지. 사람들은 어찌 살아가고 있는지."

부드러운 손길이 은복의 뺨을 가볍게 쓸어내렸다.

"날씨는 어떠한지. 더운지, 추운지, 그 바람은 어떠한지."

어찌하여 눈빛이 이토록 쓸쓸한 것일까. 지금 그가 거짓을 말하는 것이라면, 그는 타고난 거짓말쟁이일 것이다.

"이 행수를 만나는 것으로 그 그리움을 달래는 것뿐이다."

은복은 자신의 심장 소리를 그에게 들킬 것 같아 숨을 잠시 멈추었다.

"그, 그 말이 참이셔야 할 겁니다."

눈치도 지조도 눈곱만큼도 없는 것, 왜 뛰는 거야? 이럴 때
는 도망치는 것이 상책이다.

"그럼 저는 이만 돌아가겠습니다."

"지난번 내 집에 찾아왔을 때, 네가 묻고자 했던 것이 있지."

문으로 향하던 은복의 걸음이 멈추었다.

"말수가 없는 내가 네 앞에서 말이 많아지고, 농을 건네고,
잘 웃고. 세상사에 관심을 두지 않는다던 내가 어찌하여 자꾸
네 일에 끼어들게 되는 것인지 말이다."

명현은 천천히 은복에게 다가왔다.

"한참 동안 그 답을 찾아보려 했다."

망설이던 은복이 어렵사리 물었다.

"찾으셨습니까?"

그는 고개를 천천히 가로저었다.

"찾지 못했다."

은복은 미묘한 실망감을 느끼며 쓴웃음을 지었다.

"제가 괜한 말을 하여 공자님의 마음을 어지럽게 만들었나
봅니다. 더 이상 괘념치 마십시오. 그럼 저는 정말로 이만 황궁
으로 돌아가겠습니다."

명현의 팔이 은복을 지나치더니, 그녀가 반쯤 연 방문을 쾅
소리 나게 닫아 버렸다.

"내 오늘 밤……."

얼떨결에 문과 명현 사이에 끼게 된 은복은 감히 그를 돌아
볼 생각도 하지 못했다.

"그 답을 찾아볼까 한다."

"그냥 태워 버리라 했다지?"

백녀가 방을 비운 틈을 타 지후는 방맹이를 그녀의 방에서 구해 주었다. 물려 있던 재갈을 빼 주자마자 방맹이는 쉴 틈 없이 비난을 퍼부었다.

"내 지금까지 이런 의리 없는 돗가비를 믿고 살았다니."

"안 태웠잖아."

"진짜 태워 버리려고 했다구! 아궁이에 집어던져 버렸단 말이우!"

"결국 꺼냈잖아. 제아무리 요물이라 해도 백녀도 여인의 마음을 가지고 있단 말이야. 화가 났다 한들 그리고 속았다고 한들."

지후는 그만 화를 내고 열을 식히라는 듯 부채로 방맹이의 얼굴에 가볍게 부쳐 댔다.

"어찌 연모하는 마음까지 불태우겠어? 그것이 비록 썩은 방망이라 할지라도 말이야."

부채에 달아 놓은 작은 향낭에서 달콤한 향이 바람을 타고 방맹이의 콧속으로 스며들어 마음을 누그러뜨리게 만들었다.

"내 비록 아궁이에 내던져지기는 했지만 이후로 백녀를 볼 때마다 마음이……."

정확하게 표현할 말을 쉽게 찾지 못하고 방맹이는 한참이나 혀를 잘근거렸다.

"마음이 저어했수. 편치 않았단 말이오."

썩은 방망이와 백여우 주제에 연애 놀음을 인간처럼 하는구나, 지후는 콧방귀를 뀌었다. 청하관 뜰을 빠져나가려는데, 그들 앞을 백녀가 떡하니 가로막고 섰다. 방맹이는 지후의 등 뒤에 살그머니 몸을 숨기면서도 그 절절한 눈빛을 백녀에게 향했다.

"약이 오른 건 알겠다만 벌은 줄 만큼 줬잖아. 이만 보내 줘."

백녀가 콧방귀를 뀌었다.

"지금 정윤의 호위 무사가 어디서 무엇을 하고 있는지 알게 된다면, 네놈이 그리 한가롭게 썩은 방망이나 걱정하고 있지는 못할 텐데."

지후의 눈썹이 치켜 올라갔다.

"주 공자가 그 호위 무사 계집을 바라보는 눈빛이 어찌나 보드랍던지, 지켜보는 내 마음마저 녹아들 뻔했지."

호방하고 느물스러운 공자처럼 휘젓고 다닌다 해도, 선의와 악의 사이를 줄타기하듯 오가는 본성을 가진 돗가비였다. 분노는 그 차가운 본능을 일깨우는 촉매였다. 눈 깜짝할 사이에 커다란 손으로 백녀의 목을 움켜쥔 지후의 모습에 방맹이가 안절부절못했다. 오히려 백녀는 느긋했다.

"왜 이러실까. 인간이고 요물이고, 어차피 넌 그 어떤 것도 죽일 수 없잖아."

"쓸데없는 짓 하지 마. 다시 한 번 정윤의 호위 무사와 그 공자 일에 끼어들면 네 몸을 갈기갈기 찢어 놓을 거야."

지후의 손에 닿은 목 안으로 몸서리치게 차가운 한기가 스며들었다. 그제야 백녀는 몸을 비틀어 그에게서 벗어나려고 했지만 소용없는 일이었다.

"어차피 인간을 해하고 쫓겨난 이 몸이, 인간의 기를 빨아먹고 사는 네년 가죽 벗기는 일쯤이야 치우천황께서도 눈감아 주지 않으시겠어?"

지후가 손을 떼자 온몸이 얼어붙은 백녀는 그 자리에 주저앉아 버렸다. 지후가 은복을 찾기 위해 자리를 황급히 떠나자 방맹이가 백녀에게 다가갔다.

"하이고, 얼었네 얼었어. 괜찮아? 괜찮은 거여?"

"그, 그 손, 치, 치워."

"지금 이런 거 저런 거 따질 때야?"

방맹이는 백녀를 번쩍 안고서, 조금 전 지후 덕분에 겨우 빠져나왔던 그녀의 방을 향해 다시 돌아섰다.

15

"어째서 내가 네 앞에서만 나답지 못한 것인지……."

명현은 은복의 어깨를 잡아 자신을 향해 돌아서게 했다.

"나는 오늘 너를 안아 확인할 거야."

은복의 두 눈이 커졌다.

"단순한 사내의 흑심이라면 오늘 이후로 너를 볼 일이 없을 것이고."

한 걸음 뒤로 물러나 보지만, 등 뒤에는 딱딱한 문이 그녀를 가로막고 있었다.

"오늘 이후로도 계속 내가 너로 인해 웃는다면, 내 의지와 상관없이 네 일에 끼어들고 싶어진다면……."

명현의 고요한 눈빛이 은복의 마음에 불안을 일으켰다. 도망치고 싶을 만큼, 눈빛이 아니라 칼끝이 다가오는 것처럼 위험하게만 느껴졌다.

"정윤에게서 너를 빼앗아 올 것이다."

말도 안 돼. 연의 곁에 남아 있기 위해, 황궁에 남기 위해 평범한 여인의 삶을 포기했던 은복이었다.

"저는 무슨 일이 있어도 전하 곁을 떠나지 않……."

"너 역시."

지금이 아니라면 기회가 없다. 도망쳐야 한다. 그에게서, 그의 손길에서, 그의 눈빛에서 도망쳐야 했다.

"확인하고 싶지 않아, 이 마음?"

하지만 몸이 움직이지 않는다.

"이 심장이……."

은복은 가만히 고개를 숙여 자신의 심장 소리에 귀를 기울이는 명현의 모습에 숨을 멈추고 두 눈을 질끈 감았다.

"정윤 앞에서도 이렇게 빠르게 뛰어?"

연. 따뜻하고 안심이 되는 소중한 분. 내가 이 세상에 혼자가 아니라고 느끼게 해 주었던 유일한 사람. 내 목숨을 줘도 아깝지 않은 귀한 사람. 하지만 그 앞에서 이토록 심장이 뛴 적이 있었던가.

명현의 입술이 부드럽게 그녀의 입술에 닿았다. 강압적이지도 않았고, 은복의 어깨를 붙잡은 손길도 부드러웠다. 도망치려면 얼마든지 그에게서 벗어나 자리를 떠날 수 있었다. 문을 열고 이 방을 뛰쳐나가야 한다고 스스로를 다그쳤지만 몸이 말을 듣지 않았다. 바람에 날려 떨어진 꽃잎처럼 아주 살며시 닿

앉던 두 사람의 입술이 떨어지자 혼란스러운 눈빛이 서로에게
향했다.

"떠나려면 기회는 지금뿐이다."

그녀가 바라볼 수 있었던 유일한 사내, 그 앞에서도 이렇게
뛴 적이 있었던가. 차라리 멎었으면 하고 바랄 만큼, 통증이 느
껴질 만큼 이렇게 심장이 뛰었던 적이 있었던가.

"지금 나가면 붙잡지 않……."

은복은 팔을 뻗어 명현의 뺨을 감싸 쥐었다. 그리고 자신의
입술로 그의 말을 막았다. 달큰한 명현의 혀끝이 입술 사이로
파고든 순간, 용감했던 기세는 온데간데없이 사라지고 은복은
다리에 힘이 빠져나가는 것을 느꼈다. 명현이 그녀를 붙들어
주지 않았다면 우스꽝스럽게 그 자리에서 주저앉았을지도 몰
랐다.

그녀의 당혹감이 사라지길 기다려 주며, 호흡을 잊은 은복
의 입술 사이로 명현은 숨을 불어넣었다. 그 뜨거운 기운이 목
구멍을 타고 은복의 몸 구석구석으로 퍼져 나갔다. 팔다리가
저릿했다. 명현의 매끄러운 혀끝이 나른한 춤을 추듯 부드럽게
움직였다.

까아아아악, 귀가 찢어질 듯한 비명과 함께 쿠당탕 주안상
이 바닥에 나뒹구는 소리가 문밖에서 들려왔다. 명현과 은복은
화들짝 놀라 서로에게서 떨어졌다. 거친 숨을 가다듬을 새도
없이 두 사람은 문을 열고 방 밖으로 뛰쳐나갔다.

"무슨 일이냐."

"돗, 돗, 돗가비가……."

거품을 물고 바닥에 주저앉았던 여종이 이내 픽 쓰러져 혼절하고 말았다. 문지기들이 달려와 여종을 업었고, 다른 종들은 바닥에 엎어진 주안상을 치우느라 정신이 없었다. 소란스러움에 방문을 열었던 사람들의 호기심 어린 시선이 자리에 남은 은복과 명현에게로 향했다.

"돗가비라니, 날이 하도 덥다 보니 여종이 헛것을 보았나 봅니다."

차마 명현을 똑바로 쳐다볼 수 없어 은복은 고개를 숙인 채 말을 이었다.

"저는 이만 돌아가 보겠습니다."

은복은 도망치듯 그를 떠났다. 그녀의 뒷모습을 말없이 지켜보던 명현이 문득 고개를 돌렸을 때, 저만치 벽에 몸을 기대고 서 있던 지후와 눈이 마주쳤다.

"역시 청하관이 취향이셨나 봅니다."

그는 명현을 향해 빙긋 웃어 보였다. 그리고 부채를 가볍게 부치며 명현에게서 돌아서서 별채를 나가 버렸다. 뭔가 묘하게 신경을 건드리는 자였다. 그 얼굴이 여전히 낯설지 않은 것도 명현의 마음 한구석에 꺼림칙하게 남아 있었다.

그길로 청하관에서 나와 자신의 저택으로 돌아온 명현은 국에게 지후에 대해 알아보라는 지시를 내렸다.

"언제부터 북하 상단을 운영하였는지, 상단의 자금은 어디서 대었는지, 어느 지역 줄신인지 집안은 어떠한지 알아볼 수 있는 것은 모두 알아봐."

"네, 도련님. 그리고 영회 아씨 말입니다. 가례에 쓰일 혼물 구입을 위해 직접 북하 상단에 나가실 거라 합니다. 가례 준비를 위해 내관들이 내의령의 집에 머물고 있으니, 이것은 영회 아씨가 집 밖에 나가실 수 있는 유일한 기회입니다."

서경에서의 모든 준비는 끝이 났다 했다. 이번에 영회 스스로 가례에서부터 도망치도록 설득하지 못한다면, 위 대인의 계획처럼 내의령 조상국과 대면하여 그와 직접 손을 잡는 수밖에 없었다.

그때 다탁 위에 놓여 있던 은복의 푸른 두건이 명현의 눈에 들어왔다. 순간 작고 보드라웠던 그녀의 입술 감촉이 생생하게 떠올랐다.

"어디 편찮으십니까? 얼굴이 붉습니다, 도련님."

명현은 괜히 큰 헛기침을 해 보였다.

"아니다. 괜찮다."

"서경의 위씨 가문, 위수라. 상단을 꾸리고 있다는 것은 몰랐어."

"고려에서 다섯 손가락 안에 드는 큰 상단이라 합니다. 운영은 이 행수라는 자가 도맡아 하는데, 개경을 제집 드나들 듯합니다. 지금도 청하관에서 머물고 있는데……."

은복은 잠시 멈추었지만, 이내 다시 입을 열었다.

"주 공자가 그를 만나고 있었습니다."

잠시 생각에 잠겼던 연이 문득 고개를 들어 은복을 의아한 눈길로 바라보았다.

"어디 몸이 안 좋은 거야?"

"네?"

"얼굴이 붉어."

명현이 이 행수와 만나고 있었다는 말을 전하며, 자연스럽게 머릿속에 떠올린 그와의 입맞춤 때문이라고 대답할 수는 없는 노릇이었다.

"아닙니다. 염려치 마십시오, 전하."

지금껏 매일 조석을 함께하며 살아온 연이 은복의 목소리에 담긴 묘한 긴장과 흥분을 눈치채지 못할 리 없었다.

"그자와 무슨 일이 있었어?"

"무, 무슨 일이라니요. 없었습니다, 전하."

연은 은복을 물끄러미 바라보았다. 속마음을 숨기지 못하는 그녀였다. 거짓을 말하면 누구나 눈치챌 수 있었다. 말을 더듬거나 얼굴에 불안한 기색이 그녀 얼굴에 역력히 드러나곤 했다. 어찌하여 명현에 대해 거짓을 말하는 걸까. 가슴 한구석이 서늘해져 오지만, 연은 굳이 물어 그 대답을 듣고 싶지 않았다.

"그자를 가까이하지 마라."

은복의 눈빛이 불안하게 흔들렸다.

"개운치 않은 자다."

주명현의 가문처럼 위수 역시 오래전 역모 사건에서 주모자와 함께 의심을 받았던 자였다. 이후로 두 집안 모두 중앙 정치에서는 밀려나고 그 집안과 관련된 인물들은 조당에 발을 들여놓지 못했다. 그런 두 집안의 사람들이 지금 개경 땅에서 만나고 있다.

"그건 그렇고."

다시 은복을 황궁 밖에 내보내야 하는 연의 마음은 편하지 않았다. 나갔다 하면 주명현과 마주치는 건 무슨 조화란 말인가.

"가례 준비와 습의를 위해 황궁에서 내관과 궁녀들을 내의령 집에 보낸 것을 알고 있지? 너도 내의령의 집으로 가서 그들과 함께 있거라."

자신 역시 원하지 않는 혼례였고, 그것을 지키기 위해 은복을 보내야 하는 것도 마뜩찮았지만 영회가 함께 떠나려 했던 주명현의 가노까지 도망친 상황에 선택의 여지가 없었다.

"조영회 곁을 떠나지 마라. 가례 전까지 절대로, 다시는 그녀가 야반도주하는 일 따위는 없어야 해."

영회가 신경질적으로 방 안을 서성거리자, 곁에 서서 의복과 장신구들을 들고 기다리던 여종들 역시 안절부절 어쩔 줄 몰라 주인의 눈치만 살폈다.

"아씨."

여종 하나가 용기를 내어 영회 앞에 나섰다.

"아씨를 북하 상단까지 뫼시기 위해 내관 나리들께서 기다리십니다. 어서 의복을……."

철썩, 영회의 매서운 손길이 여종의 뺨을 내리쳤다.

"거슬리게 하지 말라 했잖아!"

영회는 여종들이 들고 있던 의복과 장신구들을 마구 집어던지기 시작했다.

보은사에서 황궁 무사들에게 끌려 집으로 돌아온 뒤 단 한 번도 명현과 연통을 주고받을 수 없었다. 이제야 경계를 풀고 명현의 사정을 살피려 했는데, 가례 준비를 한답시고 황궁에서 나온 사람들이 이 집 안에 우글거렸다. 게다가 문 앞에 서서 꼼짝도 하지 않는 저 계집인지 사내인지 구분도 가지 않는 무사를 보낸 정윤의 생각은 뻔했다.

"나를 감시하라고 보냈겠지."

황제는 물론이거니와 조당 신료들 앞에서도 말 한마디 제대로 하지 못하는 정윤이라 들었기에 만만하게만 생각했다. 하지만 보은사에서 마주했을 때, 그는 영리하게 굴었다. 최소한의 변명도 허락하지 않았고, 묻지도 않았다.

"다른 옷을 가져오너라."

집 안에서 꼼짝도 못 하는 신세보다야 중원에서 들여온 값진 비단과 장신구들을 구경하는 쪽이 낫겠지. 간신히 분노를 다스린 후 채비를 마치고 방을 나섰지만 문 앞에서 지키고 서 있던 은복과 마주하자 영회는 다시 화가 치밀어 올라 뺨을 실룩거렸다.

"가마를 준비했습니다, 아씨."

뒤따르는 여종들과 내관을 흘낏 바라본 뒤, 영회는 목소리를 줄여 은복에게 물었다.

"그때 보은사에서 붙잡았던 사내는 어찌하였느냐?"

하지만 은복은 대답하지 않았다.

"건방진 것! 네 어찌 입을 열지 않느냐."

"정윤 전하께서 그날 일에 대해서는 그 어떤 것도 함구하라 하셨습니다."

화를 참지 못한 영회의 손길이 하늘로 치켜 올라갔다. 하지만 헛기침을 하는 내관들의 시선에 씨근거리며 그녀는 분을 삼켜야 했다.

가례에 필요한 모든 혼물을 북하 상단에서 구입하라 하명한 것은 연이었다. 일전의 도움에 대한 답례였겠지만 지후는 저택 안으로 밀고 들어오는 영회와 내관 일행이 전혀 달갑지 않았다.

"오늘 나를 찾아온 이유가……."

가마꾼들이 뜰 안에 가마를 내려놓는 것을 정자 위에서 지켜보던 지후는 몸을 돌려 명현을 바라보았다.

"저들과 무관하다 말할 수 있소?"

앉은 자리에서 영회 일행의 등장이 보일 리 없었지만 명현은 지후가 말하는 저들이 누구를 뜻하는지 이미 알고 있는 듯했다. 차를 내리던 여종이 내어준 찻잔을 받아 들며 명현은 고개를 가볍게 저었다.

"좋아. 어차피 상단에 출자를 하겠다는 어쭙잖은 핑계를 믿고 당신을 마주한 것은 아니니, 이제 말해 보시오."

"출자를 하겠다는 것은 사실이오."

입꼬리가 비틀어지며 지후의 입가에 묘한 미소가 떠올랐다.

"출자를 하는 대신 나에게 원하는 것이 있단 뜻이군."

"내의령의 따님과 아무도 몰래 자리를 만들어 주시오."

가마에서 내리는 영회와 그녀 곁에 서서 주위를 살피는 은복의 모습이 지후의 눈에 들어왔다.

이건 또 뭔가? 내의령의 딸과 함께 온 은복은 둘째 치고, 명현이 지금 자리를 만들어 달라고 한 것이 은복이 아니라 내의령 딸이라 이 말이지.

"부탁은 들어주겠지만 내가 바라는 대가는 출자가 아니오."

뜰을 향해 서 있던 지후는 천천히 명현에게 다가와 섰다.

"그 부탁의 대가는⋯⋯."

가벼운 말투였지만 그 목소리는 명현의 귓가로 섬뜩하게 흘러들었다.

"은복."

여유 넘쳤던 명현의 얼굴이 그 이름에 굳는 것을 지켜보며 지후는 콧방귀를 뀌었다.

"그녀 앞에 다시는 나타나지 마시오."

16

내관들이 필요한 물품을 읊고 가노들이 부지런히 광창을 오
가며 물건들을 날라 댔다. 뜰 한쪽에 내어놓은 넓은 탁자 앞에
서 영회는 중원 곳곳에서 사 들여온 진귀한 빛깔의 비단들을
무심하게 뒤적거렸다.

"내 집 안 광에 쌓인 것보다도 못한 것들이구나."

비단들을 슬쩍 넘겨본 은복은 코끝을 실룩거렸다. 백성들의
고혈로 갖은 사치품에 둘러싸여 평생을 살아온 고려 최고 귀족
의 하나밖에 없는 따님이시니 당연히 저런 귀한 비단들도 성에
차지 않겠지.

"이것이 전부가 아닙니다."

등 뒤에서 들려온 목소리에 은복은 반가운 표정으로 지후를
맞았지만 정작 그는 은복에게 눈길조차 주지 않고 영회에게 다

가가 섰다.

"어찌 정윤 전하와 내의령 어른의 따님 혼물이 평범한 귀족 나리들의 것과 같을 수 있겠습니까. 안채에 훨씬 귀한 비단들과 서역의 침향, 상아까지 준비해 두었습니다. 안으로 드시지요."

지후의 점잖으면서도 친근한 몸가짐에 영회는 마뜩찮던 표정을 누그리고 그의 뒤를 따랐다. 세 사람이 안채 깊숙한 방문 앞에 섰을 때, 지후는 그제야 영회와 함께 온 은복을 돌아보았다.

"참, 무사님께는 제가 따로 드릴 말씀이 있습니다."

"지금은 제가 영회 아씨 곁을 떠나지 못합니다. 나중에⋯⋯."

"일전에 제게 물어보신 서경 상단의 이야기입니다."

은복의 눈이 동그랗게 커졌다. 그럼에도 불구하고 그녀가 망설이자 지후는 빙그레 미소를 지었다.

"내의령 댁 아씨께서는 이 방 안에서 혼물을 고르시고 계실 텐데 무엇이 걱정이십니까?"

은복은 이내 고개를 끄덕였다.

"그럼 잠시 방 안을 좀 살피겠습니다."

문을 열자 지후가 말했듯이 온갖 진귀한 사치품들이 방 안을 가득 메우고 있었다. 금실로 짜 놓은 화려한 비단과 이국적인 자기, 갖가지 꽃향기를 풍기는 향로들과 눈부신 빛깔의 상아로 둘러싸인 방 안에는 아무도 없었다. 그제야 안심한 은복은 영회를 향해 고개를 숙여 보였다.

"잠시 자리를 비우겠습니다, 아씨."

"다시 돌아오지 않아도 좋아."

콧방귀를 뀌는 영회의 모습에 은복은 쓴웃음을 지어 보였다.

"금방 돌아오겠습니다."

지후와 은복이 떠난 뒤 방 안에 홀로 남아 무심하게 비단 한 필 집어 들던 영회는 등 뒤에서 자신을 부르는 목소리에 화들짝 놀라 돌아섰다.

"공자님!"

놀라움도 잠시, 영회는 한달음에 달려가 명현의 품에 안겼다.

"어쩐지 상단주라는 자의 행동이 수상쩍다 했습니다."

명현에게서 떨어지지 않은 채 영회는 요염한 고갯짓으로 그를 올려다보았다.

"얼마나 걱정했는지 아십니까? 그날 공자님 대신 국이를 내보내신 건 하늘이 도운 겁니다. 만약 공자님이 계셨다면 정윤 전하가 지금처럼 말없이 넘어가진 않았을 거예요. 공자님? 어찌 아무 말씀도 없으셔요?"

"아니."

정지후가 내건 조건에 그리하겠다, 약속했다. 은복에게 마음이 동한 것은 부인할 수 없는 사실이었지만 뜻한 바에 방해가 된다면 여인을 향한 사사로운 애정이야 얼마든지 잘라 내거나 무시할 수 있었다.

"아무것도."

심장이 내려앉는 듯한 이 기분은, 단지 생각지도 못한 은복의 등장에 놀란 것뿐이다. 이것은 흔들리는 것이 아니다. 애써 그녀에 대한 생각을 물리치는 명현의 뺨이 딱딱하게 굳었다.

"아무것도 아닙니다."

명현은 자신의 품에 다시금 파고드는 영회의 어깨를 감싸 안았다. 이제 말하면 된다. 나를 연모하지 않느냐고, 나는 그대 없이 살 수 없노라고, 정윤과의 가례에서 도망치기만 하면 우리는 이 세상 누구보다도 행복하게 잘 살 수 있을 거라고, 그녀를 품 안에 안고 더없이 다정하게, 달콤하게 속삭여야 했다.

"이대로 정윤과 혼례를 올리실 것입니까? 저는……."

'그녀 앞에 다시는 나타나지 마시오.'

명현이 갑자기 말을 멈추자 영회는 의아함에 그를 올려다보았다.

"공자님?"

영회가 천천히 명현의 품에서 한 걸음 물러났다. 원체 무뚝뚝한 사람이긴 했지만, 지금 눈앞에 서 있는 명현의 싸늘한 얼굴은 그동안 그녀가 알고 있던 정인의 모습과 사뭇 달랐다.

"어찌 이러십니까? 혹, 제가 정윤과의 혼례를 원하고 있다고 오해하시는 건 아니시지요? 저도 원하지 않는 혼인입니다. 아버님의 뜻을 거역할 수 없기에 이끌려 가는 것입니다."

마음이 다급해진 영회는 명현을 향해 손을 뻗으며 애원하듯 말을 이었다.

"저에게는 공자님뿐입니다."

탁, 명현은 영회의 손을 쳐 냈다. 그 무심한 몸짓에 영회는 제자리에서 얼어붙었다.

"공자님!"

애가 달은 목소리로 자신을 부르는 영회를 홀로 남겨 두고 명현은 무엇인가에 홀린 듯 방을 빠져나왔다. 북하 상단에 천만금을 내주고서라도 영회를 만날 기회를 잡을 생각이었다. 그에 비하면 정지후가 내건 조건은 헐값에 가깝다 생각했다.

'그녀 앞에 다시는 나타나지 마시오.'

지후와 함께 정원 연못가에 서 있던 은복은 자신을 향해 성큼성큼 다가오는 명현의 모습에 눈을 크게 떴다. 순식간에 다가와 은복의 어깨를 움켜잡는 명현의 거친 손길에 지후의 눈빛이 싸늘해졌다.

"왜 이러십니까? 이것 놓으십시오!"

"내가 지금 무엇을 포기했는지……."

은복은 명현의 손길을 뿌리치려 했지만 그는 놓아주지 않았다.

"너는 죽었다 깨어나도 몰라. 그러니까 가만히 있어."

그가 무슨 말을 하는지 영문을 몰랐지만, 그 눈빛 속에 가득한 자책과 혼란에 은복은 심장이 덜컥 내려앉는 것 같았다. 이것은 통증일까. 아니면 너무 빠르고 세게 뛰어서 아픈 것이라고 착각하는 것일까.

"가만히 있어. 나는, 나는 지금 너를 보아야겠다."

황궁 정전인 회경전에 홀로 앉은 황제의 얼굴에는 숨길 수 없는 고뇌와 피로가 가득했다. 양계에서 병마사가 보내 온 장계에는 국경에서 거란 군사의 움직임이 심심치 않게 포착되며 언제든지 국지 전쟁이 일어나도 놀랍지 않을 상황이라 전하고 있었다. 국지전 다음은 무엇인가. 그들은 거침없이 이 고려 땅으로 밀고 내려올 것이다. 중앙군 삼위를 편제하여 양계로 보내야 했다. 비상사태이니 중앙군이 주진군을 도와 국경을 지켜야 하는 것이 당연한 수순이었다.

"허나, 그리하면 이 도성이 비게 된다."

중앙군을 양계로 보내는 것은 하루도 지체할 수 없었다. 우물쭈물하는 사이 오랑캐가 국경을 넘어와 이 강토와 백성을 짓밟아 버릴 것이다. 가례를 더 서둘러야 했었다. 중앙군 대신 도성과 황궁을 지켜 줄 수 있는 사병을 가진 내의령과 그의 영향력 아래에 있는 호족들이 절실하게 필요했다.

"더 서둘러야 했었다."

이제는 스스로를 책망할 시간도 없다. 결정을 내려야 했다. 가례까지 보름이 남았다. 중앙군을 양계로 보낸다면 황궁과 도성이 풍전등화 신세가 된다. 하지만 번뇌의 답은 이미 내려져 있었다.

"게 있느냐."

황제는 내관에게 정윤을 회경전으로 불러들이라 일렀다. 중앙군을 양계로 보낸다는 왕지에 옥새를 찍은 바로 그 순간, 연이 회경전에 들었다. 황제는 연을 향해 두 개의 두루마리를 들어 보였다.

"그것이 무엇이옵니까?"

"하나는 중앙군을 양계로 보낸다는 왕지이고."

황제는 연에게 가까이 오라는 손짓을 해 보였다. 황제는 다른 손에 들고 있던 붉은 두루마리를 옥좌 가까이에 선 연에게 건네주었다. 아무것도 적혀 있지 않은 빈 두루마리였다.

"남은 하나는 네가 채워야 할 것이다."

두 손으로 두루마리를 받던 연의 눈이 커졌다.

"중앙군이 국경으로 떠나고 나면 이 황궁에는 고작 수십의 2군 군사만이 남게 된다. 호시탐탐 이 자리를 위태롭게 만들 궁리만 해 대는 호족들에게 이보다 더 좋은 기회가 없을 것이니 나의 일거수일투족, 이 황궁 안의 모든 것을 염탐하여 구실을 만들려 할 게야. 네가 쌍기와 은밀히 만나 함께 과거제 시행령을 완성하라."

한림학사 쌍기는 중원에서 온 후주 사람이었지만 황제가 특별히 기용하여 신임하는 이였다. 과거제를 황제에게 처음 건의한 것은 물론, 호족의 영향권이 미치지 않는 그야말로 완벽한 과거제 시행을 함께 도모할 수 있는 유일무이한 신하였다.

"개국 공신과 호족들의 수탈에서 백성들을 구해 내고 국태민안을 이루기 위해서는, 반드시 과거제가 수반되어야 한다. 혹여 나에게 그 어떤 변고가 생긴다 하더라도 말이다."

연은 떨리는 손으로 두루마리를 가슴팍에 안아 들었다.

"명심하겠습니다."

괜한 짓을 했다. 떼어 놓으려던 것이 오히려 그를 자극하는 꼴이 되어 버렸으니 자충수였다. 방해하면 할수록 더욱 불이 붙는구나. 이것 또한 그 신묘한 꽃물의 힘일까. 도대체 내가 무슨 짓을 저지른 것인가. 나는 그저, 그저 저 아이가 연모하는 이에게 사랑 받길 바랐을 뿐인데, 내 손으로 이 얄궂은 인연을 만들어 버렸다.

은복의 어깨를 부여잡은 명현의 손길을 바라보고 있자니, 지후는 배 속에서 천불이 이는 것 같았다. 참다못한 지후가 두 사람을 떼어 놓으려는 찰나, 은복 스스로 명현의 팔을 뿌리쳤다.

"공자님께서 어찌하여 이곳에 계신 것입니까?"

흔들리던 눈빛도 잠시, 명현에게 향하는 은복의 시선이 날카로웠다.

"포기하셨다는 것이 혹시……."

묻고 싶지 않고, 그 답 역시 듣고 싶지 않은 질문이었다.

"영회 아씨이십니까?"

명현은 대답하지 않았지만 그의 침묵만으로도 답은 충분했다. 역시 그였다. 영회 아씨가 함께 도망치려 했던 진짜 정인은 그의 가노가 아니라 명현, 그였다. 이곳에서 또다시 영회 아씨를 데리고 도망치려 했던 걸까. 가슴 한구석이 서늘해지는 은복이었다. 그녀의 생각을 모두 읽은 듯 명현이 천천히 입을 열었다.

"다시는 내의령의 딸을 사사로이 만나는 일은 없을 거야."

"그것은 정윤 전하께서 추궁하실 일이지 저 따위가 들을 말이 아닙니다."

"정윤이 아니라 너 때문이라 했다."

연모했던 여인이지 않습니까. 태자비가 될 사람을 데리고 도망치려 했을 만큼 마음을 주었던 것이 아닙니까. 어찌 이렇게 냉정하게 잘라 낼 수 있습니까.

"공자님께서는 생각보다 훨씬 더 무서운 사람이십니다."

여전히 냉랭한 은복의 태도에 명현의 얼굴은 더욱 굳었다.

"마음이 어찌 그리 쉽게 변할 수 있습니까?"

"변한다. 쉬운 일은 아니나 어려운 일도 아니다. 언제 어디서든 변할 수 있는 것이 그 마음이라는 것이지. 네가 정윤이 아닌 내 앞에서 심장이 뛰는 것처럼."

못마땅한 표정의 지후는 흥, 콧방귀를 뀌었다. 마음이 옮겨 가는 것이 운명인 것처럼 그럴듯하게 말해 봤자, 그게 다 신묘한 꽃물 때문이야. 뭘 알고나 지껄이라고. 네놈의 그 마음 따위 진짜가 아니란 말이다.

하지만 그 번지르르한 말이 은복에게는 폐부를 꿰뚫는 비수와도 같았나 보다.

"아니라 말할 수 있어?"

명현은 은복의 손을 잡았다.

"말할 수 있으면 해 보아라. 네가 네 입으로 아니라 말한다면, 내 이 손을 놓겠다."

인내심이 바닥난 지후였지만 은복 스스로 그 손을 뿌리치길 기다리고 싶었다. 하지만 명현에게 잡힌 자신의 손을 물끄러미 바라보는 은복의 상기된 얼굴에 지후는 자신의 기대가 헛된 것임을 깨달았다. 실망할 수는 있다. 하지만 이 심술은 무엇이냐.

지후는 스스로도 알 수 없는 분노에 휩싸였다.

그때 궁녀가 정원을 가로지르며 달려왔다.

"무사님, 내의령 댁으로 돌아갈 채비를 하시지요."

은복은 화들짝 놀라 명현의 손을 뿌리치며 한 걸음 뒤로 물러났다.

"무슨 일입니까?"

"영회 아씨께서 지금 당장 돌아가시겠답니다."

은복은 서둘러 지후를 돌아보았다.

"소동을 피워 송구합니다, 상단주 나리."

"그 상단에 대해 또 다른 소식을 듣게 되면 전해 드리지요."

"고맙습니다."

지후에게 공손하게 인사하는 것과 달리, 은복은 명현을 한 번 쳐다보는 일도 없이 돌아섰다. 은복의 모습이 정원 모퉁이를 돌아 완전히 사라진 뒤에야 지후는 명현에게 입을 열었다.

"유자라 들었건만, 유학에서는 한번 한 약속을 쉽게 저버리라 그리 가르치나 보오."

지후에게 향하는 명현의 눈빛은 경계와 의심으로 싸늘했다.

"당신, 무엇 하는 작자인가?"

느릿하지만 위협적인 목소리였다.

"어찌하여 나에 대해 아는 것이 그리 많은가?"

잠시 말이 없던 지후의 얼굴에 이내 능글맞은 미소가 떠올랐다.

"적이 생기면 그 뒷조사부터 하는 것이 당연한 거 아닌가?"

"적?"

명현의 얼굴이 딱딱하게 굳었다.

"연적."

명현은 물론이거니와 무심코 말을 뱉은 지후도 같이 미간을 찌푸렸다.

"저런 사내 복장의 여인은 취향이 아니라며?"

"바뀌었소. 누가 그러더군."

지후는 부채를 펼쳐 들고 어슬렁거리며 돌아섰다.

"언제 어디서든 바뀔 수 있는 것이 이 마음이라고."

17

여종들에게 악독하게 구는 영회의 모습에 은복은 혀를 내둘렀다. 얼굴에 바른 분이 고르지 않다며 분첩을 내던지는 것은 약과요, 침상의 비단 요가 접혀 있다 해서 매질을 하지 않나, 그저 이유 없이 눈에 거슬린다며 따귀를 때리는 것도 다반사였다.

은복은 영회가 집어던져 깨진 자기 조각을 치우는 여종을 돕기 위해 다가가 무릎을 꿇었다.

"그냥 두십시오. 제가 하겠습니다."

"돕겠습니다."

영회는 침소에 딸린 작은 방에서 또 여종들을 괴롭히고 있었다. 트집을 잡고 옷가지와 장신구를 바닥에 집어던지며 패악을 부리는데, 그 목소리를 듣고 있자니 절로 연에 대한 염려가 밀려왔다.

"원래 성정이 저러십니까?"

"이 정도는 아니셨는데⋯⋯."

여종은 작은방의 눈치를 살피며 조심스럽게 말했다.

"요 며칠 유독 예민하십니다."

그때 작은방에서 나오던 영회가 바닥에 꿇어앉은 은복과 눈이 마주쳤다. 영회의 가늘어진 눈길 속에 증오와 질투심이 고스란히 드러났다.

'다시는 내의령의 딸을 사사로이 만나는 일은 없을 거야.'

'너 때문이라 했다.'

명현의 그 목소리가 귓가에서 떠나지 않아 미칠 것만 같은데, 이년의 얼굴을 마주하면 그 목소리가 곱절은 크게 머릿속에서 메아리치는 것 같아.

"그렇게 할 일이 없으면 황궁으로 돌아가지그래?"

"가례 전까지 영회 아씨를 곁에서 모시라는 정윤 전하의 명이십니다."

"모셔?"

영회는 탁자 위에 놓여 있던 화병을 만지작거렸다.

"감시하는 거겠지."

순식간에 벌어진 일이었다. 영회의 손끝이 허공을 가로지르는 순간 탁자의 화병이 바닥을 향해 내동댕이쳐졌다. 산산조각 난 화병 조각이 은복의 뺨으로 튀어 올랐다. 여종이 짧은 비명을 지르며 피가 흐르는 은복의 뺨에 천을 대 주었다.

"이런, 손이 미끄러졌구나."

은복은 천천히 몸을 일으켜 비틀린 미소를 짓고 있는 영회와 마주하고 섰다. 그녀의 분노가 어디서부터 시작된 것인지, 그제야 깨달은 것이다.

"실수라는 말씀이십니까?"

"아니면 또 어떻고."

명현을 뒤따라 나오다 마주해야 했던 그 모습, 영회는 그것을 떠올릴 때마다 치밀어 오르는 살기를 간신히 다스리고 있었다. 이 호위 무사가 어떻게 명현을 홀렸는지, 언제부터였는지, 마음 같아서는 묶어 매질을 하며 모든 것을 실토하게 하고 싶었다. 하지만 그리하면 자신의 정인이 명현이었음을 자복하는 것이나 다름없다. 상대가 한낱 가노가 아니라 호족 집안의 공자라는 사실을 알게 된다면, 묻지도 않고 듣지도 않겠다던 정윤의 생각이 바뀔 수도 있었다.

"체통을 지키시지요, 아씨."

"뭐?"

이런 사람이 연의 태자비가 될 사람이라니, 명현은 고작 이런 여인과 도망칠 생각까지 했다니! 은복은 은복대로 화가 치밀고 약이 올라 견딜 수가 없었다.

"고려국의 태자비가 되실 분이 아니십니까. 그에 맞는 위엄과 소양, 관용을 갖추셔야지요."

"고작 하급 무사 주제에. 정윤 전하가 너를 예뻐한다더니, 그것을 믿고 건방지게 구는 모양이구나."

영회는 입술을 잘근 깨물었다.

"그래. 나는 태자비가 되고, 황후가 되겠지. 그때가 되면……."

내가 가질 수 없는 것은 아무도 가질 수 없다. 아니, 그가 정말로 내 것이었던 적이 있긴 있었던 것인가. 이 아이의 어깨를 붙잡고, 이 아이를 내려다보던 그 눈빛을 내게 준 적이 단 한 번이라도 있었던가.

"네년을 찢어 죽일 게다."

등골이 오싹할 정도로 섬뜩한 목소리였지만 은복은 물러서지 않았다.

"북하 상단에서 누구를 만나셨는지 알고 있습니다. 왜 이렇게 저에게 화를 내시는지도 알 것 같습니다."

"감히 네가 지금 나를 겁박하는 거야?"

은복은 고개를 내저었다. 그 움직임에 뺨 위의 핏방울이 툭하고 바닥으로 떨어졌다.

"약조입니다. 가례 전까지 허튼짓을 하지 않으시면, 저 또한 아씨의 진짜 정인이 누구인지 끝까지 함구할 것입니다."

영회는 콧방귀를 뀌었다.

"걱정하지 마라. 나는 얌전하게 가례를 기다릴 것이다. 너를 찢어 죽이려면 태자비가 되어야지. 내 걱정보다 너의 주인 뒤치다꺼리부터 하는 게 어때?"

피를 보았을 때도 흔들리지 않았던 은복의 눈빛이 동요하자 영회는 미소를 지어 보였다.

"무슨 말씀이십니까?"

"요즘 정윤 전하께서 청하관 논다니들을 끼고 노느라 나와 초례를 치를 때쯤엔 그 기력이 남아 있지 않을 거라는 소문이 파다하다."

연이 다시 청하관에 출입하기 시작했단 말인가. 은복은 한숨을 입안으로 삼켜야 했다.

"청하관은 누가 드나드는지 소문도 잘 나지 않는다 하던데, 얼마나 밤낮없이 출입했으면 내 여종들까지 그 이야기를 들을까."

영회의 조롱에도 은복은 아무런 대꾸를 하지 못했다.

"역시 나의 위엄과 소양에 딱 맞는 정윤 전하답구나."

영회는 가례 전까지 매일 미시에 내관들에게 황궁 예법을 배우는 습의에 들었다. 은복은 그 틈에 청하관으로 향했다. 한낮의 청하관은 지난밤의 떠들썩한 향연을 지운 듯 고요했다. 연이 있는 방을 알아내기 위해 은복은 문지기에게 주인 백녀를 만나길 청했다.

"오늘도 대동 상단 사람들을 만나고 싶어 오셨습니까?"

백녀의 말에 뜰 가운데 서 있던 은복은 별채를 흘끗 돌아보았다. 이 행수라는 자가 아직 이곳에 묵고 있는 모양이었다.

"아닙니다. 정윤 전하를 뵈려고 왔습니다."

"청하관의 가장 어여쁜 논다니들과 좋은 시간을 보내고 계십니다. 아무도 들이지 말라 하셨습니다."

은복은 얼굴을 잔뜩 찌푸렸다. 아무리 청하관이라 해도 이런 한낮부터 여인들을 끼고 놀고 있으니 소문이 날 수밖에!

"가서 아뢰어 주십시오. 은복이 전하를 뵈러 왔다고."

기꺼이, 중얼거리며 어깨를 으쓱해 보인 백녀가 본채 안으로 사라지자 은복의 머뭇거리는 시선이 다시 별채로 향했다.

'나는 저자에게서 내 고향 이야기를 듣길 좋아해. 십 수 년 전 떠나와 단 한 번도 돌아가지 못한 내 고향에 무슨 일이 일어났는지. 나의 본가에는 변고가 없는지. 사람들은 어찌 살아가고 있는지. 날씨는 어떠한지. 더운지, 추운지, 그 바람은 어떠한지. 이 행수를 만나는 것으로 그 그리움을 달래는 것뿐이다.'

명현이 또 이 행수를 만나고 있을까. 그가 지금 여기에 있을까. 그를 만나고 싶은 마음을 스스로에게 들키자 은복은 입술을 가만히 깨물었다. 개경의 모든 여인들이 선망하는 그가 나에게 호의를 보이니 마음이 산란하고 어지러운 것은 당연한 일이야. 하지만 그것뿐이어야 해. 거기서 멈추어야 해. 전하의 말씀대로 그의 모든 행적들이 개운치 않아.

"이걸 어쩌나요, 무사님."

등 뒤에서 들려오는 백녀의 목소리에 은복은 황급히 별채에서 시선을 거두었다.

"전하께서 방해하지 말라 하시던걸요."

"네?"

백녀의 말을 믿을 수 없다는 듯 은복의 두 눈이 동그랗게 커졌다.

"게다가 전하께서 하명하신 일을 무사님께서 제대로 하지 않고 자리를 떴다고 노발대발하셨습니다."

"그건……."

영회가 더 이상 도망갈 생각을 하지 않을 것이라는 말은 만나서 전할 생각이었다. 의아한 일이었다. 간혹 자신을 따돌려 분탕질을 하고는 했지만 들키고 나면 순순히 백기를 들고 져 주던 연이었다.

"알겠습니다."

내관들도 못 당하는 탕자 노릇을 하면서도, 적어도 자신의 눈치를 살펴 주는 것으로 입버릇처럼 말하는 누이 자격을 허락해 주던 그였다. 가례를 앞두고 이제 그 자격을 거두려는 것일까.

"말씀을 전해 주십시오. 내일도 자리를 비워야 하지만 하명하신 일에는 문제가 없을 거라고요. 내일이 무슨 날인지는……. 아닙니다. 그저 그렇게만 전해 주십시오. 그럼 저는 이만 돌아가 보겠습니다."

은복은 돌아서서 뜰을 가로질러 나갔다. 은복의 뒷모습을 지켜보는 백녀의 눈빛에 묘한 호기심이 일렁거렸다. 은복이 찾아왔다는 말을 전했을 때, 정윤은 분명 그녀를 만나고 싶어 했다. 그 애틋한 눈빛이란, 그저 아끼는 무사를 향한 것이라고 그가 말한다면 궁색한 변명이었다.

"돗가비 녀석, 목석 공자, 그리고 정윤."

불사의 몸을 가진 돗가비와 개경 최고의 인기남, 그리고 이 고려에서 가장 고귀한 신분을 가진 사내의 마음을 가진 여인이 고작 저런 무사라니.

"허나 무사 아이야, 나는 네가 부럽지가 않구나."

세상을 좌지우지하는 사내들이 너를 가지기 위해 서로 다툰다면, 가장 많이 다치게 되는 이가 바로 네가 될 게야.

"좌우위와 신호위 그리고 흥위위의 군사들이 양계로 떠났습니다. 응양군과 용호군에서도 군사들이 차출되었습니다. 황궁에 남은 2군의 군사가 예상한 것보다도 많지 않습니다."

차를 우리던 명현의 움직임에는 동요가 없었다.

"위 대인을 위시하여 기마군이 서경에서 출발하였다 합니다. 모든 봉수대 오원들의 포섭이 끝났으니 기마군이 도착하기 전까지 도성에서는 이를 까맣게 모를 것입니다."

국은 명현이 차를 한 모금 음미하며 마시는 것을 지켜보다 다시 입을 열었다.

"이 행수께서 뵙자 하십니다. 결단을 내리셨는지 그 의중을 물으려는 것 아니겠습니까."

사실 요나라는 황위 계승에 대한 황족들의 갈등 때문에 전쟁을 치를 여력이 없었다. 요나라 조정 중신들은 혼란을 틈타 주변국들이 침략해 올지 모르니 내부 갈등을 철저히 숨기고 국경에 평소보다 많은 군대를 주둔시켜야 한다는 공론을 만들어 댔다. 위 대인과 명현의 가산이 바닥을 드러낼 정도로 요나라 중신들에게 뇌물을 아낌없이 쏟아부은 덕분이었다. 남은 것은 조상국이었다. 조상국, 그리고 그를 따르는 개경 호족들의 사병과 전면전을 벌이는 것은 위수와 명현에게 있어 가장 최악의 상황이었다.

"우리가 황궁을 진압하는 동안 조상국은 그것을 묵인하고 있어야 한다."

가례로 묶어질 황제와 조상국의 끈끈한 동맹을 끊어 놓는 것, 그것은 처음부터 명현의 몫이었다. 사실 명현의 첫 계획은 영회가 스스로 가례에서 도망치게 만들어 황실과 조상국의 관계를 요원하게 바꾸어 놓는 것이었지만, 은복이라는 변수로 인해 그 계획은 이미 버렸다.

"수가 있으십니까?"

"조상국을 만나 묵인을 약속 받기 위해서는 둘 중 하나가 필요해."

"그 두 가지가 무엇입니까?"

"황제가 바뀌면 그가 지금보다 더 많은 것을 누릴 수 있다는 확신."

국은 절로 눈살이 찌푸려지는 것을 느꼈다.

"지금도 황제만큼, 아니 그보다 더 누리고 사는 사람이 내의령입니다. 나머지 하나는 무엇입니까?"

명현은 천천히 찻잔을 다탁 위에 내려놓았다.

"반드시 황제가 바뀌어야만 하는 이유."

찾아야 한다. 위 대인이 대동 상단에서 벌어들인 막대한 은자로 양성한 사병들을 이끌고 도성을 공격하기 전까지. 그리고 이제 그가 반드시 해야 할 일이 한 가지 더 생겼다. 위 대인은 군대뿐만 아니라 서경 대호족을 외척으로 둔 황족 왕준을 데리고 올 것이다. 왕준을 새 황제로 옹립하고 나면 지금의 황제와 정윤은 폐위될 것이고 끝내는 사사당하는 것이 당연한 수순일 터였다. 폐위된 황제와 정윤의 측근들 모두 몰살당할 것이다. 거사 전에 은복이 정윤의 곁을 떠나게 해야 한다.

"참, 지난번에 알아보라 하셨던 북하 상단 정지후 말입니다. 희한하게도 그에 대해 자세히 아는 사람이 거의 없었습니다."

"그런 큰 규모의 상단을 꾸리는 자에 대해 아는 사람이 없다고?"

"4년 전 정지후가 북하 상단을 거금을 주고 사들였다 합니다. 그때부터 개경 땅에 살기 시작했는데 그 이전의 행적에 대해 뚜렷하게 아는 사람이 없었습니다. 어느 장사치는 중원에서 해결사 노릇을 하던 정지후를 본 적 있다 하고, 또 어떤 자는 남쪽 바다의 악질적인 왜 해적 놈들을 혼자서 소탕하여 본거지의 금은보화를 가지고 사라진 이름 모를 협객이 바로 정지후라는 풍문도 들었다 합니다."

해결사와 협객이라니, 명현은 어이가 없어 너털웃음을 터트렸다. 그 고운 손가락에 부채가 아닌 검이나 활이 쥐어져 있는 모습은 상상도 할 수 없었다. 특히 그 가벼운 발놀림은 무예를 익힌 사람의 것이 아니었다.

"또 어떤 이는 십 수 년 전 서경에서 보았다는 말을 하고 다녔다고 합니다."

서경? 순간 명현의 눈썹이 치켜 올라갔다.

"십 수 년 전이라 하면 그의 나이 고작 열댓 살일 텐데, 어찌 그를 알아보았단 말이냐."

"모르지요. 얼굴을 알아본 것인지, 그 이름을 알아본 것인지. 정지후에 대해서는 그저 풍문으로만 알려져 있었습니다."

잠시 생각에 잠겼던 명현은 이내 머릿속에서 지후를 몰아냈다. 당면한 문제가 급박한 상황이었다. 연적 운운하며 느물거리던 지후에 대한 경계와 의심은 뒤로 물려 놓아야 한다.

"청하관으로 가겠다고 이 행수에게 기별을 넣거라."

"도련님, 저는 가지 않는 편이 나을 것 같습니다. 요즘 정윤이 청하관에 빈번히 드나듭니다."

은복은 정윤에게 입을 열지 않았다. 국이 아니라 자신이 영회의 정인이었다는 사실을 정윤이 알았다면 지금처럼 이렇듯 조용하진 않았을 터였다. 이러한 상황에 정윤이 영회의 정인이라 알고 있는 국과 마주쳐서 좋을 리 없다.

"청하관에는 나 혼자 갈 테니 너는 은밀히 조상국의 집을 지켜봐. 은복이 혼자 그 집을 나서는 일이 있으면 바로 나에게 알려 줘."

방을 나서려는 명현의 등 뒤에서 국이 다시 입을 열었다.

"청하관에서 그 호위 무사와 단둘이 방 안에 있을 때 같은 향이 났습니다. 늘 도련님께서 이 방 안에 피워 두시는 그 향로, 훤초 향 말입니다. 그래서 자꾸 신경을 쓰시는 것입니까?"

명현은 돌아보지 않은 채 잠시 대답이 없었다.

"향 따위……."

하지만 이내 방문을 열고 한 걸음 밖으로 내디디며 그는 단호하게 말했다.

"이제 아무래도 상관없다."

이 행수는 명현의 찻물을 데워 놓고 있었다. 그는 마치 명현을 비웃듯이 찻잔을 코끝에서 빙글거리며 향을 한번 음미한 뒤 한 모금 마셨다.

"남하하기 시작한 위 대인과 서경의 기마군이 개경에 당도하기까지 길어야 7일입니다. 이제 어찌하시겠습니까?"

"내의령을 만날 것이다."

"목숨을 거셔야 하는 일입니다. 만약 내의령이 황제의 편에 서고자 마음먹는다면 이 거사에 대해 듣는 즉시 그는 그 자리에서 공자님의 목숨을 거둘 것이고, 자신과 측근들의 사병들을 규합하여 황궁을 지키게 할 것입니다. 국경으로 간 중앙군이 회군할 때까지 그들이 버틴다면, 그렇다면 우리는 또다시 떼죽음입니다. 14년 전 그때처럼 말입니다."

14년 전 역모 사건으로 인해 피바다가 되었던 서경, 이 행수의 형도 연루되어 목숨을 잃었다.

"이 일에 목숨을 걸지 않은 자가 어디 있겠느냐. 위 대인께서 도성 근처에 도착하면 그때 나는 내의령을 만날 것이다. 그만남이 실패로 돌아간다 해도 내 목숨 하나야 잃겠지만 내의령이 사병을 규합하여 황궁에 보내기까지 시간은 벌 수 있을 것

이다.”

명현은 자리에서 몸을 일으켰다.

“그러니 괜한 짓 하지 마라.”

이 행수에게 향하는 명현의 눈길은 여전히 차갑고 날카로웠다.

“그 어떤 일이든 말이다.”

명현이 방을 떠나고 난 뒤, 이 행수 뒤를 지키고 있던 호위무사가 다가왔다.

“주 공자가 저희 계획을 눈치챈 것은 아니겠지요?”

이 행수는 고개를 가로저었다. 목이 타들어 가는 느낌은 그저 착각인가. 이 행수는 식어 가는 찻잔을 들어 연거푸 마셨다.

18

이 고려 하늘 아래 피 한 방울 섞은 이 없이 천애 고아라는 사실을 뼈저리게 되새기는 날이 어디 한두 번일까. 하지만 유난히 그 외로움이 깊어지는 날이 있다면 그것은 아버지의 기일이었다. 보은사에 도착해 말을 매어 놓은 은복의 손에는 생전 아버지가 좋아하셨던 탁주 한 병이 들려 있었다.

"이게 무슨……."

호국 영령의 위패들을 모신 불당 안에는 황궁에서 나온 궁인들이 부산스럽게 움직이며 제상을 꾸미고 있었다. 가운데 놓인 것은 아버지의 위패였다.

"내 아무리 노력해도 오늘이 무슨 날인지 잊을 만큼 주색에 빠지지는 못하더구나."

등 뒤에서 들려오는 연의 목소리에 은복은 황급히 뒤돌아섰다.

"전하!"

빙그레 웃는 연을 향해 은복은 허리를 깊숙이 숙였다. 눈가에 고인 눈물을 들킬까 차마 바로 서지 못했다.

"뭐하고 있어? 어서 향을 피우지 않고. 네 아비가 배고프다 하겠다."

자신은 신경 쓰지 말라는 듯 손을 휘휘 내저은 연이 불당에서 나가 버렸다. 그제야 은복은 고개를 들었다. 아버지의 죽음 이후 홀로 남은 은복의 몸을 거두어 준 사람은 황제였지만, 이렇듯 외롭고 상처 받은 그녀의 마음을 살뜰하게 보듬어 준 사람은 연이었다.

불당 앞에 서 있던 연은 향을 피우는 은복을 지켜보다 몸을 돌렸다. 그의 발걸음이 무거웠다.

"네 마음을 위로하고자 찾아본 장계였는데……."

내용이 지워졌던 그해의 기록을 내관들이 병부의 서고에서 기어코 찾아냈다.

신 병부령 조상국 황제 폐하께 아래와 같이 고하옵니다.

신은 태조께서 개국의 대업을 이루실 제 오로지 충심과 애민으로 보필하였을 뿐인데 분수에 맞지 않는 공신의 은덕을 입었습니다. 그 은혜에 답하는 길은 이 나라 고려와 황제 폐하를 위하여 몸이 부서지도록 견마지로를 다하는 것이라 다짐하며 지금껏 선황 폐하들을 모셨습니다. 허나 저의 충심이 도리어 황제 폐하의 성심을 어지럽혔으니 송구하고 비통한 마음으로 사직을 주청하는 바입니다.

폐하, 비록 관직을 내려놓고 물러가오나 폐하를 향한 신의 충심이 곡해되는 것은 침통하기가 이루 다 말할 수 없습니다. 그리하여 황망하오나 일의 전말을 상세히 고하오니 부디 살펴 주시옵소서.

서경 낭관의 병부를 시찰하러 간 낭중 조민국이 반역을 모의하는 사특한 무리를 인지하고 신에게 알려 온 것이 지난 4월 그믐입니다. 즉위년의 육중한 정무와 혼란스러운 국정을 수습하느라 뜬눈으로 밤을 지새우시는 폐하께 차마 사실을 고변하지 못하였으나 신 호국의 책임을 맡고 있는 병부의 수장으로서 믿을 만한 첩보를 모른 체하고 심문하지 않을 수 없는 사정을 헤아려 주시옵소서. 신은 반역을 모의한 곽한귀와 그와 동문수학한 주재복을 개경으로 압송하고 위수를 가택에 연금하였습니다.

폐하, 곽한귀는 역모를 꾸몄음을 제 입으로 실토하였고 자백서를 쓴 뒤 능치처참이 두려워 스스로 목숨을 끊었습니다. 제 우두머리를 위하여 신의 자택에 침입한 역당의 무리만 보아도 곽한귀의 역심은 명명백백한 진실입니다.

곽한귀가 단독으로 역모를 꾸몄다고 진술한 바에 따라 주재복을 방면하고 위수의 연금을 해제하는 등 신속하게 그릇됨을 줄였습니다. 이는 폐하와 나라의 안위에 비하면 백 번이고 천 번이고 마땅히 감수해야 할 바, 만약 신이 폐하를 기만했다는 세간의 눈과 입이 두려워 첩보를 모른 체하였다면 추후 어떤 천인공노할 일이 벌어졌을지 신은 감히 짐작하기가 두렵습니다. 신이 자택에서 죄인을 심문한 것에 진노하신 폐하께서 신의 집으로 용호군 군사들을 보내신 것은 결과적으로 역당의 침입을 막은 양안이 되었고, 교전 중 아끼시던 용호군 별장이 목숨을 잃은 것은 호국의 뿌리가 된 것이니 깊이 상심하지 마시옵소서.

폐하, 그들을 심문한 것은 결코 사사로운 마음이 아니라 오로지 고려와 폐하를 생각하는 충심이었음을 한 점 부끄러움 없이 아뢰옵니다. 허나 그 충심이 폐하께 불충으로 남았다면 신 병부령 조상국 겸하고 있는 모든 관직을 미련 없이 내려놓을 수 있도록 사직을 허락해 주시길 황제 폐하께 주청 드리옵나이다.

빠진 기록의 정체는 놀랍게도 병부령이었던 조상국의 사직 상소였다. 병권은 물론이거니와 조정을 손아귀에 쥐고 있던 조상국이 그 자리에서 물러나겠다는 것은 과오를 묻지 말라는, 갓 즉위한 황제를 향한 겁박에 가까웠다.

"내가 이 나라 정윤이 되고서야 한 걸음 내디뎠던 그 서고 안의 기록마저 좌지우지할 수 있는 사람이었구나, 그는."

기록을 삭제한 이는 조상국이 분명했다. 자신의 과오가 적나라하게 적힌 그 기록이 후대로 남겨지는 것이 탐탁지 않았겠지.

애초에 은복을 위한 노력이었지만 연은 그것을 묻어 두기로 마음먹었다. 황궁 무사로서 황궁이나 전장에서 순국한 것이 아니라 고작 내의령의 저택에서 그 목숨을 바치고 어린 딸을 떠난 것이라는 걸 알게 된다면, 은복의 마음은 그 사실을 모르느

니만 못할 것이다.

"가엾은 것."

제사를 올리고 난 뒤 은복은 연을 찾아 대웅전으로 향했다. 석탑을 지그시 올려다보고 있던 연이 인기척에 돌아서서 은복과 마주했다. 그녀의 얼굴에 난 상처를 발견하고 연은 얼굴을 찌푸렸다.

"얼굴은 또 왜 그 모양이야?"

영회와 가례를 앞둔 연에게 차마 그녀 때문이라 사실대로 고할 수 없었다.

"주위를 살피지 않고 지나다 긁힌 상처입니다."

"정말 어디 가서 너 황궁 무사라고 말하고 다니지 마라. 용호군의 수치다, 수치."

은복은 기꺼이 그 장난스러운 시비에 응해 주었다.

"제가 용호군의 수치면 전하께서는 황궁의 그것입니까?"

"뭐?"

"정신 좀 차리십시오. 언제까지 그렇게 탕아 노릇을 하실 생각이십니까?"

청하관 출입을 두고 하는 타박임을 알면서도 연은 짐짓 모른 체했다.

"뜬금없이 무슨 말이야?"

"가례가 며칠이나 남았다고 논다니들과 어울리시는 거냐고요."

"내 이미 말했잖아. 가례 전에 마음껏 놀아야 내 여생이 억울하지 않을 것 같아 그런다고. 그러니 너는 내가 시키는 대로 가례 전까지 내의령의 여식만 잘 지키고 있어. 지금도 그 사내와 함께 도망칠 궁리를 하고 있을지도 몰라."

"영회 아씨는……."

'그래, 나는 태자비가 되고, 황후가 되겠지. 그때가 되면 네 년을 찢어 죽일 게다.'

야반도주할 일은 결코 없을 거라며 이를 갈던 영회를 군이 연에게 전할 필요가 있을까. 은복은 입을 다시 열었다.

"영회 아씨께서는 매일 미시에 내관 어른들께 습의를 받으십니다. 저 대신 내관 어른들께서 아씨 곁을 떠나지 않으니 염려치 마십시오."

"평생 황궁에서 살아온 나도 지키지 않는 그 황궁 예법을 얼마나 잘 익혀 오는지 두고 봐야겠구나."

연은 천천히 석탑 주위를 돌았다. 은복은 연의 탑돌이를 가만히 뒤따르며 그의 뒷모습을 지켜보았다. 어릴 적부터 유약하고 겁이 많았지만 그만큼 정도 많고 다정했던 분, 성정이 악독한 태자비를 그가 감당할 수 있을까.

"복아."

오랫동안 이어지던 그의 걸음이 문득 멈추었다.

"네, 전하."

"나만 가례를 치르려 하니까 말이야."

연은 은복을 돌아보았다.

"평생 혼례도 올리지 못하고 궁에서 살아가는 네 처지가 딱하다."

"전하, 그게 무슨 말씀이십니까? 저는……."

연은 손을 가만히 들어 은복의 말을 중간에 잘라 냈다.

"누군가가 생긴다면 말이야. 네 마음에 그 누군가가 생긴다면, 그래서 그치와 함께하고 싶다면 말이다."

당혹감으로 은복의 얼굴이 굳었다.

"궁 밖으로 나가 살게 해 주마."

연의 갑작스러운 말에 은복은 혼란스러웠다.

"너는 용호군 소속으로 군사 훈련을 받지만, 궁에 살게 하기 위해 폐하께서 너를 궁인으로 내직에 올려 두셨지. 황궁 법도대로 엄밀히 따지고 들자면 너는 무사가 아니라 궁녀 신분이라는 말이다."

"알고 있던 사실이지 않습니까? 왜 그러십니까? 갑자기 왜 그런 말씀을 하시는 거예요?"

"이미 말했잖아. 네 처지가 딱하다고. 궁에서 나가면 여느 여염집 아낙처럼 혼례 치르고 아이 낳고 농사짓고 밥 해 먹으며 그리 평범하게 살 수 있다."

하염없이 탑을 돌며 연은 이 생각을 하고 있었던 모양이었다.

"입으로는 네 오라비라 말하면서 정작 너의 앞날에 대해서는 늘 막연하게만 여겼다. 네게도 평범하게 살 수 있는 기회를 주어야 내 진정 너를 위하는 사람이지 않겠느냐."

평범한 삶, 혼란 속에서도 어렴풋한 갈망이 마음 한구석에 꿈틀거렸다.

"뭐, 혼인하고픈 사내가 생기지 않거나 농사가 체질에 맞지 않는 것 같거나 황궁에서 용호군의 수치로 사는 것이 마음 편하다면 평생 죽을 때까지 내 곁에 있어도 좋다."

그럼에도 은복의 굳은 얼굴이 풀리지 않자 연은 농을 계속 걸었다.

"네가 밥을 좀 많이 먹기는 한다만 네 입 하나 책임지지 못할 정도로 황궁 살림이 그리 궁하지는 않다."

은복은 픽 웃음을 터트렸다. 그제야 안심이 된 연이 물러나 있던 내관을 불러 돌아갈 채비를 하라 일렀다.

"그만 돌아가야겠다."

말에 올라탄 연과 그를 올려다보는 은복의 눈이 마주쳤다.

"전하, 황궁으로 가시는 것이지요?"

"글쎄다."

"제발 철 좀 드십시오."

여느 때와 마찬가지로 은복은 연에게 타박 섞인 농을 걸어 보지만, 이미 마음속에 생겨난 고민과 갈등의 흔적을 목소리에서 완전히 지울 수는 없었다. 연의 일행이 보은사를 떠나는 모습을 끝까지 지켜보고 난 뒤에 은복은 말에 올랐다.

산길을 내달리던 은복은 말의 고삐를 잡아당겼다. 송목과 들꽃이 어우러진 숲속 한가운데, 누군가가 말 위에 앉아 있었다. 미동도 없이 그녀를 지켜보는 그의 머리 위로 쨍하고 볕이 내리쬐어 눈부신 그 모습이 한 폭 그림처럼 아름다웠다.

"정윤 일행이 언제 떠나나 뙤약볕 아래서 기다리느라 애를 먹었다."

생각지도 못한 때에, 생각지도 못한 곳에서 당신을 마주하는 일에 이제는 놀라움도 의구심도 들지 않습니다. 달갑지 않습니다. 당신이 눈앞에 나타나면 설레는 것이 조금은 무섭습니다.

"제가 보은사에 온다는 걸 어찌 아셨습니까?"

"사람을 시켜 내의령 집을 지켜보게 했지."

뻔뻔스럽다 생각해야 하는데 너무도 솔직해서였을까, 은복은 불쑥 웃음이 터졌다. 명현이 말에서 내려 천천히 그녀에게 다가왔다. 지척에 선 그가 품에서 무엇인가 꺼내어 내밀자 잠시 망설이던 은복 역시 말에서 내렸다.

"이건."

그녀의 푸른 두건이었다. 언젠가 비 오던 밤, 명현의 방에 떨어졌던 그것이었다.

"감사합니다."

은복이 두건을 건네받으려는 찰나, 그는 두건을 움켜쥐고 막았다. 명현은 두건을 들고 있지 않은 나머지 다른 손을 들어 함께 그녀 앞에 내놓았다. 여인들이 땋은 머리를 꾸미려 꽂곤 하는 채였다. 금빛 몸체에 알알이 장식 구슬이 박힌 아름다운 채의 모양새가 낯이 익었다. 언젠가, 평범한 여인처럼 저잣거리의 전방을 구경할 때 보았던 바로 그 금채가 거짓말처럼 그의 손에 놓여 있었다.

"너에게는……."

저도 모르게 금빛 채로 향하던 은복의 손끝이 멈추었다.

"철릭 두건보다는 이것이 더 어울려."

명현의 손길이 어느새 은복의 뺨에 닿아 영회 때문에 피를 보았던 그 상처를 가만히 문질렀다. 그 부드러운 손길에 은복은 저도 모르게 눈을 감았다.

잠시 꿈을 꾸는 것이었으면 좋겠다. 이것저것 재거나 따질 것 없이, 그저 꿈속이었으면 좋겠다.

"내게로 오너라."

은복은 천천히 눈을 떴다.

"황궁에서 나오라는 말이다."

연모하는 누군가가 생긴다면 황궁에서 내보내 준다고 연이 말했을 때, 자신도 모르게 명현의 얼굴이 머릿속에 스쳤다. 마치 약속이라도 한 듯 동시에 마음을 어수선하게 만드는 두 사람이 은복은 그저 답답하고 황망스러웠다.

"나오면 무엇이 달라집니까?"

자조적인 목소리였다.

"지금보다 마음 편히 나를 만날 수 있지. 함께 살 수도 있지. 네가 원하는 것은 무엇이든 해 줄 것이다."

은복은 명현의 얼굴을 물끄러미 바라보았다. 꽤나 긴 시간이었지만, 명현은 뜨거운 볕 아래에서도 묵묵히 그녀의 침묵을 기다려 주었다.

"저는 속마음을 숨기는 데 서툽니다. 시도는 해 보지만 늘 들통이 나고 말지요. 부인하지 않겠습니다. 네, 공자님 앞에 서면 정윤 전하께도 느끼지 못한 분명 다른 기분이 있습니다. 다른 기쁨이 있습니다. 심장이 뛰기도 합니다. 그래서요? 그것이 제 삶에서 무엇을 바꾸어 놓기라도 합니까? 제가 원하는 것은 무엇이든 해 줄 것이라 말씀하셨지요. 제가 혼인을 원하면 어찌하시려고요? 귀족 공자님께서 궁녀 출신 양인과 혼례라도 치를 수 있단 말입니까?"

명현이 대답할 틈을 주지 않고 은복은 금채 대신 자신의 두건을 집어 들었다.

"그 무엇이든이란 말은 함부로 쓰시는 게 아닙니다."

"내가 너와 혼례를 치른다 말하면……."

뜨거운 한낮 더위에 반가운 한 줄기 바람이 두 사람 곁을 스쳤다. 쏴아아아, 마치 바다 마을에서나 들을 법한 너울 소리가 숲속에서도 바람에 맞춰 은근하게 퍼졌다.

"황궁에서 나올 테냐?"

예상하지 못한 그의 말에 은복은 잠시 할 말을 잃었지만 이내 손안의 두건을 꽉 쥐었다.

"무슨 조화인지 오늘 정윤 전하께서도 제가 원한다면 황궁에서 나갈 수 있게 해 주마 말씀하시더군요."

"그럼 문제될 것이 없겠구나."

은복은 고개를 단호하게 저었다.

"황제 폐하께서 육신을 길러 주셨다면 정윤 전하께서는 제 마음을 길러 주셨습니다. 그분이 저를 내치시면 모를까."

명현의 뺨 근육이 꿈틀거렸다. 정윤의 곁을 떠나지 않겠다 말하려는 그녀에게, 그녀의 마음을 보살펴 온 정윤에게, 그리고 두 사람이 함께한 그 시간들 때문에 불쑥 화가 났다.

"그분에게 제가 필요하다면 저는 결코 떠나지 않을 것입니다."

은복이 출궁을 쉽게 결심할 수 없을 거라고 예상하긴 했지만 그로 인해 자신이 삭여야 하는 질투 섞인 분노는 미처 계산하지 못했던 명현이었다.

"정윤이 너를 필요로 했다면 출궁하게 해 주겠다는 제안 따위 하지 않았겠지."

"전하께서는 그저 제 앞날을 헤아려 주신 것뿐입니다."

"아니면 자신이 총애하는 네 존재가 태자비의 비위를 거스를까 봐 가례 전에 내보내려는 생각이겠지."

'네년을 찢어 죽일 게다.'

소름 끼치게 악독했던 영회의 목소리가 순간 은복의 귓가에 스치고 지나갔다. 그녀의 동요를 눈치챈 명현은 차갑게 말을 이었다.

"내의령 조상국을 아비로 둔 태자비다. 장인의 비호 없이 그가 정윤의 자리를 보존할 수 있을 것 같아?"

은복은 명현의 말을 부정할 수 없었다. 가례에 차질이 없어야 한다고 말하던 연의 눈빛이 얼마나 강고했던가.

"만약 제 존재가 전하께 해가 된다면 저는 당연히 궁을 나올 것입니다. 하지만 그것이 반드시 공자님께 간다는 뜻은 아닙니다."

일단 그녀의 마음을 흔들어 놓는 것에는 성과가 있었다. 은복이 다시 말에 오르는 것을 지켜보며 명현은 마음을 더욱 단호히 먹었다. 자신에게 오는 것은 추후의 문제였다.

"내일 밤 청하관으로 오너라."

거사 때 그녀가 정윤의 편에 남아 있어서는 절대 안 돼.

"네게 줄 것이 있다."

"금채로 아니 되니 더 귀한 것으로 제 마음을 돌리려 하십니까? 어림도 없습니다. 그만 가 보겠습니다."

말 옆구리를 가볍게 차며 자리를 뜨려던 은복은 등 뒤에서 들려오는 명현의 짓궂은 목소리에 흠칫했다.

"지난 초파일에 잃어버린 것이 있지?"

은복의 눈이 휘둥그레졌다.

"그것을 공자님께서 어찌 아십니까?"

"찾고 싶다면 내일 청하관으로 와."

은복의 대답을 듣지도 않고 명현은 돌아서서 자신의 말을 향해 성큼성큼 걸어갔다.

19

자시가 되어서야 영회의 방에서 불이 꺼졌다. 은복은 그제 야 조상국의 저택에서 빠져나와 청하관으로 향했다.

'지난 초파일에 잃어버린 것이 있지?'

아버지의 향낭, 아니 얼굴도 모르는 내 어머니의 향낭. 그것 을 명현이 가지고 있었다. 아마 금원에서 떨어뜨린 것을 그가 주웠을 것이다.

만약 그와 여러 번 마주치면서 인연이 닿지 않았다면, 나는 평생 부모가 유일하게 남겨 준 향낭을 되찾지 못했겠지. 안도 감 뒤로 밀려드는 작은 설렘은 곧 알 수 없는 자책감이 되어 마 음에 남았다.

명현은 청하관 뜰에서 가장 높은 정자에 홀로 서 있었다. 먹 고 마시며, 가아금을 뜯고 춤을 추고, 얼싸안고 입을 맞추는 사람들을 천천히 지나치는 은복의 발걸음은 무겁고 깊었다. 정자 위에 올라선 뒤에도 은복은 한참 동안 잠자코 서서 명현이 돌아설 때까지 기다렸다.

"오늘이 세상의 끝인 것처럼 사는 저들이 부럽지 않아?"

"오늘 이 세상이 끝이 난다면, 저리 살아야 합니까?"

"그냥 마시고 취하는 것을 부럽다 하는 게 아니다. 하고 싶은 대로, 즐기고 싶은 대로, 마음이 가는 대로, 후회 없이 하루를 사는 것을 말하는 거야. 그리 살아 본 적 있어?"

한 번도 생각해 본 적 없다. 그럴 수 있다는 마음을 먹어 본 적도 없다. 입궁은 밥 굶지 않고 혼자 살 도리가 없었던 은복에게는 생존의 문제였고, 선택의 여지가 없었다.

"열두 살에 개경에 온 이후로 나 역시 그리 살아 본 적 없다."

돌아선 명현은 은복에게 다가와 가까이 섰다.

"우리 이제 그리 한번 살자."

차마 그 눈빛을 마주 바라보지 못하고 은복의 시선은 명현의 턱 끝에서 맴돌았다.

"마음 가는 대로 그리 살자."

"제 물건이나 주십시오. 돌아가야 합니다."

그녀의 말에 명현은 품 안에서 낡은 향낭을 꺼냈다. 은복이 향낭을 가져가려고 손을 내민 순간 명현은 그 손길을 피했다.

"돌려주십시오. 저에게는 중한 물건입니다."

"색이 바랜 이 낡은 향낭이 어찌하여 네게 중한 것인지 그 이야기를 해 주면 돌려주마."

경계해야 한다, 선을 그어야 한다, 심장이 뛰어서는 아니 된다, 아무리 다짐을 하고 또 다짐을 해도 변하지 않는 사실이 있었다. 어쨌거나 그는 자신의 목숨을 구해 준 사람이었다. 영영 되찾지 못할 것이라 생각했던 부모님의 향낭을, 어떤 이의 눈에는 그저 낡고 오래된 향낭일 뿐인 저 물건을 오랫동안 간직해 주고 돌려주려는 사람이었다.

잠시 망설이던 은복은 이내 입을 열었다.

"처음에는 어머니의 향낭이었습니다. 태기를 느낀 그 순간부터 아들을 낳을 수 있다고 해서 흰초를 직접 따다 말려 향낭 안에 넣고 다니셨답니다. 아버지를 닮은 용맹하고 잘생긴 아들을 바라셨는데, 아들인지 딸인지도 모르고 저를 낳다 돌아가셨습니다."

얼굴도 모르는 어머니의 이야기를 하는 은복의 목소리는 담담했다. 하지만 아버지라는 그 말을 입에 올리는 순간부터 조금씩 목소리가 떨리기 시작했다.

"아버지는 어머니의 향낭을 한시도 몸에서 떼어 내지 않으셨습니다. 아버지가 황궁에서 돌아오시길 기다리며 저는 여름이면 산과 들을 뛰어다니며 흰초를 땄지요. 여섯 살 되던 해 아버지마저 돌아가셨습니다. 그 향낭은 제게 어머니의 유품이자 아버지의 유품입니다."

그래서 향낭을 되찾은 지금 이 순간만은, 표현할 수 없을 정도로 당신에게 고맙습니다.

"이제 되었습니까? 그만 돌려주십시오."

마음과 달리 은복의 목소리는 무뚝뚝하기만 했다. 명현이 천천히 팔을 움직여 그녀 앞에 향낭을 내어놓았다. 목울대가 따끔거리는 느낌을 애써 감추며 은복이 향낭을 집어 든 순간, 명현의 두 팔이 그녀의 어깨와 허리를 끌어당겨 품에 안았다.

"훤초."

무더운 여름밤이었지만, 명현의 품 안에서 느껴지는 열기는 불쾌하지 않았다.

"근심을 잊게 한다는 꽃이다. 모든 근심을 잊으라고 부모님이 네게 남기신 모양이다."

명현은 큰 손바닥으로 은복의 머리를 감싸 더욱 품 안 깊이 안았다.

"어릴 적 내 고향 동산에서 맡았던 향기지만 나는 네 향낭을 줍기 전까지 그것이 어떤 꽃의 향기인지 몰랐다. 네 덕분에 이제 나는 악몽을 꾸지 않고 잠을 잔다. 내 근심을 덜어 주려고 네가 그것을 떨어뜨렸나 보다. 그리고 앞으로도 모든 근심 잊고 살라고, 향낭이 네게 돌아왔나 보다."

아무 근심 없이 살자, 함께. 귓가에 속삭이는 마지막 그 말에 은복은 심장이 터질 것만 같았다. 그의 말이 맞다, 그의 말을 믿으면 된다, 그리하면 마음 가는 대로 근심 없이 살 수 있을 것만 같다. 신경을 곤두세우던 경계심이 허물어지며 몸 안에 팽팽하게 뻗어 있던 긴장이 풀어졌다.

"그자에게서……."

은복은 두 눈을 번쩍 떴다.

"떨어지거라."

"전하!"

황급히 명현의 품에서 벗어나려 했지만 은복은 단단한 그의 팔 안에서 꼼짝도 할 수 없었다. 명현은 은복을 놓아주지 않은 채 연을 차갑게 바라보았다.

"그것은 정윤 전하께서 호위 무사에게 내리는 명령입니까? 아니면 연적에 대한 투기이십니까?"

연의 얼굴이 분노와 당혹감으로 붉으락푸르락하였다. 쌍기를 돌려보내고 잠시 숨을 고를까 하고 뜰에 나왔다가 이런 꼴을 보게 될 줄은 꿈에도 몰랐던 연이었다.

"둘 다 틀렸다. 그 아이는 내게 친 누이 같은 아이다. 다 큰 누이가 사내에게 안겨 있는데 어떤 오라비가 그 꼴을 가만히 보고만 있단 말이야?"

"전하께서 그리 말씀하시니 저도 정윤 전하가 아니라, 이 아이의 오라버니께 말씀을 드리지요."

그제야 명현은 여유로운 손길로 은복을 품 안에서 풀어 주었지만, 잡은 그녀의 팔목만은 놓지 않았다.

"지켜보신 바와 같이 저도, 이 아이도 한마음입니다."

연의 황망한 시선이 은복과 명현을 번갈아 향했다.

"남녀가 마음이 통하는 것은 자연과 같은 이치이며, 마음을 내어준 정인에게 혼인을 약속하는 것이 사내의 당연한 도리입니다. 이 아이의 출궁을 허락해 주시지요."

놀란 것은 연뿐만 아니라 은복도 마찬가지였다.

"지금 복이를 첩으로 들이겠다는 말이야?"

명현은 미간을 가만히 찌푸렸다.

"어찌 감히 전하의 누이를 첩으로 들일 수 있겠습니까. 전하가 출궁을 허락하신다면 적당한 시기를 보아 이 아이와 혼례를 치를 것입니다. 오로지 이 아이 하나 정실로 둘 것이며 죽는 날까지 소실을 보지 않고 이 아이만을 위해 주며 백년해로할 것이니 정녕 전하가 누이를 위하신다면 필히 출궁을 허락하실 거라 믿어 의심치 않습니다."

명현이 너무도 당당했기에 연은 말문이 막혔다. 마음에 두는 사내가 나타나면 언제든지 궁에서 나갈 수 있게 해 주겠다고 말한 것이 고작 하루 전이었다. 그것은 진심이었다. 혼례를 치른다면 어느 귀족 못지않게 성대히 치러 주리라는 다짐도 했었다.

"내 일단, 일단 복이와 이야기를 해 봐야겠다."

하지만 주명현이라니, 어떤 말도 쉽게 꺼낼 수 없어 머뭇거리던 연의 시선이 은복에게 향했다.

"복이는 나를 따라와."

그제야 은복은 퍼뜩 정신을 차리고 자신의 팔에서 명현의 손을 떼어 놓았다. 은복은 정자를 내려가는 연의 눈치를 살폈다.

"도대체 지금 전하께 무슨 말씀을 하신 겁니까?"

"싫으냐? 네가 물었잖아. 혼례를 원한다면 들어줄 수 있냐고."

"그, 그건……. 그건 공자님께서 무엇이든이라고 말씀하셔서 그냥 내뱉은 말이지요!"

연이 휙 고개를 돌려 은복을 바라보았다.

"복이 너! 냉큼 따라오지 않고 무엇하는 거야?"

질책하는 연의 목소리에 은복은 명현을 남겨 두고 서둘러 정자를 떠나야 했다. 연은 한 번도 뒤돌아보지 않고 본채 깊숙한 방으로 걸음을 옮겼다. 은복도 묵묵히 그 뒤를 따랐다. 방 앞을 지키고 있던 용호군 무사들의 모습에 은복의 눈빛이 의아해졌다. 공적인 일을 제외한 연의 황궁 밖 출입은 가까운 내관이나 무사 한두 명 정도의 동행으로 단출했던 것에 비해 그 숫자가 많았다.

"들어오너라."

방에 들어선 은복의 두 눈이 놀라움으로 커졌다. 그녀는 한 걸음 더 앞으로 내딛은 다음 방 안을 둘러보았다. 매일같이, 밤낮없이 주색잡기에 빠져 있다던 소문이 믿기지 않는 방이었다. 탁자 위에는 술상 대신 지필묵이 나뒹굴고 있었고, 쓰다 만 글귀들이 가득한 귀한 종이들이 제 값어치를 못하고 마구 구겨져 있었다. 그것도 모자라 또 한쪽에는 종이를 태운 잿더미가 한 가득이었다.

"이것들이 다 무엇입니까?"

"아직 네가 알아서는 안 되는 일이다."

연은 구겨져 있던 종이 한 장을 들어 등잔에 가져가 태웠다.

"제가 하겠습니다."

"내 손으로 해야 할 일이다. 그보다!"

어느새 연의 얼굴에는 심술이 한 가득이었다.

"넌 저자가 청산유수로 뱉는 말을 중간에 끊지도 않고 잘도 듣고 있더라."

정말로 손수 모두 태울 참인지 연은 그녀를 쏘아보면서도 이어 다른 종이를 집어 들었다.

"정말 저치 말대로 두 사람이 같은 마음인 거냐?"

"그, 그것이……."

"어허, 요것 봐라. 부정하지 못할 때 말을 더듬는 것이 네 버릇인 걸 궁에서 모르는 사람이 없는데! 지금 말을 더듬었다! 말을 더듬었어!"

불같이 화를 내는 연의 모습에 은복 역시 어이가 없었다.

"왜 그리 화를 내십니까? 마음에 두는 사내가 나타나면 출궁시켜 주겠다던 전하의 말씀은 그저 농이셨단 말입니까?"

"아니."

답답한 듯 한 줌 재를 손안에 움켜쥔 채로 연은 가슴을 탁탁 쳤다.

"왜 하필 그자냔 말이다. 내 그자와 가까이하지 말라고, 무엇인가 찜찜하다고 그렇게 일렀는데."

"네! 저도 그래서 멀리하려 했습니다. 하지만, 하지만……."

머뭇거리며 차마 말을 잇지 못하던 은복이 눈을 질끈 감았다가 다시 떴다.

"멀리하려 하면 할수록 다가오는 걸 어찌합니까. 마치 정해진 운명처럼 자꾸만 마주치는 걸 제가 어찌합니까. 그러지 않으려고 갖은 애를 써 봐도 마음이, 심장이 뛰는 것을 어찌합니까. 마음을 멈추는 방법이 있다면 가르쳐 주십시오. 그대로 따르겠습니다."

자신도 모르게 터진 속마음에 은복도, 듣고 있던 연도 놀라 순간 두 사람 사이에 무거운 정적이 흘렀다.

"정말로 저자를, 주명현을 마음에 품었단 말이야?"

'아무 근심 없이 살자, 함께.'

"……그런 것 같습니다."

"복아……."

"혼례 이야기는 저도 황당합니다. 하지만 분명한 건……."

은복은 손에 쥐고 있던 자신의 낡은 향낭을 내려다보았다.

"저 사람과 자유로이 만나고 싶습니다. 할 수만 있다면 저 사람과 함께하고 싶습니다. 부끄럽지만 그것은 사실입니다."

"허나 복아."

그때 은복은 무엇인가 기이한 낌새를 감지하고 손을 들어 연의 말을 막았다.

"잠깐, 전하. 잠시만요."

잠시 가만히 귀를 기울이던 은복의 얼굴이 굳었다.

"뭔가 이상합니다. 악관의 연주가 갑자기 멈추었습니다."

날카로운 비명 소리들이 뜰에서 퍼지고 있었다. 그때였다. 기합과 함께 방문 앞을 지키고 있던 용호군 무사들이 검을 빼 들고 한 무리의 자객들과 싸우기 시작했다. 누군가의 피가 방문에 화락 튀었다. 마주한 연과 은복의 눈이 불안하게 흔들렸다. 은복은 재빨리 등잔불을 꺼버리고 검을 빼 들었다.

"복아!"

칠흑같이 어두워진 방을 나서려는 은복을 향해 연은 미처 태우지 못한 한 장의 종이를 건네주었다.

"이것을 네가 가지고 있거라."

"이것이 무엇입니까?"

대답을 들을 새도 없이 방문이 요란한 굉음과 함께 떨어져 나갔다. 은복은 종이를 접어 품 안에 밀어 넣었다. 그녀는 기합을 내지르며 자객들을 향해 검을 치켜들었다.

명현이 청하관을 나서서 말에 올랐을 때였다. 청하관 문밖으로 사람들이 혼비백산하여 도망쳐 나오기 시작했다. 무엇인가 일이 벌어졌다. 서늘한 불안이 마음에 스친 순간 명현은 말에서 뛰어내려 청하관 안으로 달려갔다.

수십은 족히 될 듯한 검은 복면의 자객들이 청하관 안을 휘저으며 난장질을 해 놓고 있었다. 그들은 청하관 본채 안으로 밀고 들어갔다.

"복이……."

명현의 얼굴이 잿빛으로 변했다. 정윤을 따라간 은복 역시 본채 안에 머물고 있을 터였다. 명현은 자객들을 뒤쫓아 달렸다. 방 안 곳곳의 남녀들이 옷도 제대로 꿰어 입지 못하고 뛰쳐나왔고 자객들은 여인들을 두고 사내들을 베었다. 피와 함께 비명들이 난무하는 처참한 아수라장이었다.

"용호군 무사들이다! 저 방이다!"

자객 한 명이 소리치자 무작정 사내들을 베던 나머지 자객들 모두 내달렸다. 그제야 명현은 그들이 노리고 있는 사람이 정윤이라는 사실을 깨달았다.

검을 빼 든 명현은 욕설을 중얼거리며 달렸다. 정윤의 방을 등진 용호군 무사들은 꾸역꾸역 달려드는 자객들을 상대하며 용케 버티고 있었다. 무사들 사이에 그녀가 있었다. 그녀의 것인지, 아니면 그녀의 검에 베인 상대의 것인지 모를 피 칠갑을 두른 은복이 검을 휘두르고 있었다. 분노의 괴성과 함께 명현은 눈앞을 가로막는 자객들을 베기 시작했다.

20

지후는 손을 들어 불어오는 한 줌 밤바람에 내맡겼다. 손가락 사이로 파고드는 그 기운이 울불하고 끈적댔다.

"기운이 심상치가 않아."

중앙군이 편제되어 국경으로 갔다는 이야기는 이미 들어 알고 있었다. 그렇다면 양양수가 전해 주었던 요의 고려 침략 소문이 실제로 일어나려는 것일까. 하지만 뭔가 꺼림칙하다. 후주 사신단 배의 화재 사건을 일으킨 자가 서경 대동 상단의 위수, 그리고 그 상단과 은밀히 만나고 있는 주명현.

"아 몰라, 내가 상관할 바 아니지."

전쟁? 나면 나는 게지. 내가 제일 좋아하는 게 장난질 다음으로 싸움 구경인데, 뭐. 그깟 인간들 정치사? 지나가는 개나 줘 버려라. 허나.

"하필."

지후는 뺨을 실룩거렸다. 왜 하필 그 사이에 은복이 끼어 있게 된 것인가. 하지만 이내 지후는 쓴 입맛을 다셨다. 나 때문이지. 내가 아니었다면 지금 은복이 황궁 안에서 살고 있을 리 없지. 내가 아니었다면 주명현이 자고 있는 방에 은복을 데려다 놓는 일 따위 벌어지지 않았을 거고, 그리고 그 꽃물! 결국 지금 이 일촉즉발의 소용돌이 가운데 은복이 있게 된 것은 자신 때문이었다.

"모른 체하는 거였는데."

청하관에서 은복이를 다시 보게 되었을 때, 처연하게 울던 그 꼬마를 알아보지 못한 척 스스로를 속이고 돌아섰어야 했다.

'상단주 나리는 정말 좋으신 분 같습니다. 지난번 일도 그렇고 이번에도 도움을 주신 은혜 잊지 않겠습니다.'

"하지만 그랬다면."

그 아이에게 고마운 상단주 나리는 되지 못했겠지.

"방맹이는 어디 있는 거야? 당장 찾아와."

나라가 망하든, 나라의 주인이 바뀌든 지후는 상관없었다. 하지만 은복이 다치게 되는 것을 그저 두고 볼 수 있을지 장담할 수 없었다.

"하아암, 잘 자고 있었는데 무슨 큰일이라고 그리 다급히 부르오?"

"청하관으로 가야겠다."

잠이 확 깨는지 방맹이의 두 눈이 농그랗게 커졌다. 지후에게 위협당한 뒤 한기로 괴로워하던 백녀를 침소까지 안아 옮겨 주었던 방맹이었다. 하지만 그녀는 곧장 문지기들을 불러 방맹이를 쫓아냈다.

'꼴 보기 싫으니까 다시는 내 눈 앞에 나타나지 마!'

찢어질 듯 날카롭던 마지막 그 목소리가 여전히 귓가에 맴도는 것 같은데, 다시 그곳에 가라고?

"그건 좀, 좋은 생각이 아닌 것 같은데……."

우물쭈물하는 방맹이를 무시하고 지후는 말을 이었다.

"대동 상단의 이 행수가 청하관에 머물고 있어. 그자의 꿍꿍이가, 아니 위수 그 작자가 무슨 생각을 하고 있는지 알아내야겠다."

"혼자 가는 것도 괜찮을 듯싶은데……."

"잔말 말고 냉큼 말을 가져와!"

지후와 방맹이가 청하관에 도착했을 때, 늘 그 문 앞을 지키던 문지기의 자리가 비어 있었다. 한바탕 더운 바람이 불어오자 지후는 숨을 훅 들이마셨다. 바람에 피비린내가 섞여 있었다.

"이게 뭐야, 전쟁이라도 난 거야 뭐야?"

정자와 전각은 처참히 부서졌고 향락의 흔적들만 바닥에 나뒹굴었다. 청하관 뜰은 폐허처럼 비어 있었다. 째앵 째앵, 검이 서로 부딪치는 소리가 귀 따갑게 본채 안에서 들려왔다. 홀연히 나타난 백녀가 본채로 향하는 지후를 가로막았다.

"거의 끝나 가."

"안에 있는 게 누구야?"

"갑자기 자객 수십이 들어서 난장을 만들어 놨어. 어쩐지 정윤이 뭔가 꿍꿍이가 있는 것 같았지. 사람들에게는 논다니들과 주색을 즐기는 것처럼 보이게 해 달라고 해 놓고 매일 밤낮을 방구석에 들어앉아 묵을 갈더라고."

"들어 있는 게 누구냐고!"

"정윤과 그 호위 무사, 그리고 주 공자."

은복이 안에 있다는 말에 지후의 눈빛에 푸른 섬광이 일었다. 그 한기에 백녀는 물론이거니와 방맹이까지 두어 걸음 뒷걸음질을 쳤다.

"인간사야. 죽고 사는 문제에 개입하면 골치 아파져. 알면서 왜 이래?"

백녀의 말을 무시하고 안으로 들어가려는 지후의 발목을 방맹이가 붙잡고 넙죽 바닥에 엎드렸다. 지후에게서 뿜어져 나오는 한기 때문에 방맹이의 몸이 꽝꽝 얼어붙는 와중에도 발목을 붙든 손을 놓지 않았다.

"아이고, 왜 이러슈. 욱하는 승질에 그 무사 계집한테 덤비는 자객이라도 죽이면 어쩌려고! 아니 되오, 아니 돼."

지후의 발길질에 방맹이는 뜰 한가운데로 나가떨어졌다. 아구구구구, 나 죽네. 방맹이가 비명을 지르자 백녀는 저도 모르게 그에게 달려갔다. 그사이 지후는 본채 안으로 발을 들여놓았다.

피 냄새가 온몸의 신경을 건드렸다. 복면의 사내가 문 앞을 가로막고 선 지후를 향해 검을 휘둘렀다. 날카로운 검 끝이 스친 그곳에 피 한 방울 흐르지 않는 기묘한 모습을 보고 자객은 흠칫 놀랐다. 지후는 그의 목을 한 손으로 움켜쥐었다.

인간을 죽이면 안 된다. 만약 또 살생을 하게 되면 치우천황은 인간 세상 대신 그를 지옥 불에 담가 놓을지도 몰랐다. 불사의 몸은 뜨거운 불구덩이에서 살갗이 타는 고통을 느끼며 영원을 보내야 한다. 지후는 자객을 바닥에 내동댕이쳤다.

복도 위로 수십여 명의 복면 사내들이 쓰러져 있었다. 이윽고 지후는 그들 너머로 은복과 명현을 발견했다.

"무사님, 괜찮으시오? 눈을 좀 떠 봐. 눈을 떠 보라고!"

가쁜 숨을 몰아쉬던 은복이 눈을 떴다.

"정윤 전하, 전하를!"

은복은 검을 지팡이 삼아 간신히 몸을 일으켰다. 비틀거리며 방 안으로 들어간 은복은 바닥에 쓰러져 있는 연의 고개를 손으로 받쳐 들었다.

"전하, 정신 차리십시오!"

연의 어깨 부근에서 피가 흘러 내려 흥건한 웅덩이를 만들었다.

"상단주 나리, 얼른 의원을 불러 주십시오."

백녀와 방맹이가 뒤따라 들어오자 지후는 그들에게 연을 맡겼다.

"저들이 전하를 뫼실 겁니다. 무사님은 괜찮소? 어디가 다친 것이오? 이 피가 무사님 것이오?"

"아닙니다. 제 것이 아닙니다."

그때 무슨 생각이 퍼뜩 들었는지 은복은 허겁지겁 다시 방을 빠져나왔다. 얼마나 다급했던지 헛디딘 발이 미끄러져 은복은 균형을 잃고 비틀거렸다.

"공자님!"

명현을 부르는 그 목소리가 얼마나 애틋하던지, 은복을 부축하기 위해 뻗었던 지후의 팔이 허공에서 굳어 버렸다.

"정신을 좀 차려 보세요. 어서요. 눈을 좀 떠 보세요."

자객의 수가 너무 많았다. 머릿수에 밀려 어쩔 수 없이 상대의 검에 공간의 허점을 내줘야 할 때마다 명현은 스스로를 방패 삼아 그녀를 보호했다. 검이 베고 할퀴고 간 상처로 명현의 옷 곳곳으로 붉은 피가 번졌다. 하지만 명현은 숨을 쉬고 있었다. 그것을 확인한 다음에야 은복은 안도로 몸을 떨었다.

의원이 다녀간 후 가노들까지 물리자 명현의 방 안은 적막만이 남았다. 피 얼룩이 진 옷을 갈아입지도 못한 은복이 침상 곁을 지켰다.

황궁으로 옮겨진 연에게 돌아가야 했다. 하지만 몸이 움직이지 않는다. 비단 온몸이 욱신거리고 에이듯 아프기 때문은 아니었다. 이 넓은 저택 안에, 이 많은 가노 중에서 다친 명현을 살뜰하게 보살펴 줄 피붙이 하나 없는 사실이 그녀의 발을 이곳에 단단히 묶어 두고 있었다.

이 행수를 만나 고향에 대한 그리움을 달랜다던 사람이었다. 이 고려 땅 위에 피붙이 하나 없는 자신의 처지만 불쌍하다 여겼으나, 어쩌면 그는 자신보다 더한 외로움을 안고 사는 사람일지도 몰랐다.

'아무 근심 없이 살자, 함께.'

은복은 떨리는 손길로 명현의 손을 감싸 쥐었다. 따스한 온기에 절로 부처님과 천지신명에게 감사했다. 그리고 끊임없이 기도했다. 경계하느라 그 외로움을 몰랐습니다. 의심하느라 진심을 외면했습니다. 무지와 외면을 이렇게 벌하지 마시옵소서.

그때 감싸고 있던 명현의 손끝이 가볍게 꿈틀거렸다.

"공자님!"

반가운 마음에 은복은 명현의 손을 꽉 움켜잡았다. 가느다란 신음 소리와 함께 명현은 천천히 눈을 떴다.

"정신이 드십니까?"

"여기는……."

"공자님 댁입니다. 일어나지 마십시오."

은복은 침상에서 일어나려하는 명현을 막아 다시 눕혔다.

"여러 군데 자상이 깊고 피를 많이 흘리셨습니다."

"너는? 다친 곳은?"

순간 은복은 목구멍으로 울컥 치밀어 오르는 울음을 간신히 삼켰다.

"없습니다."

다행이다, 안도한 목소리로 중얼거리며 그는 다시 눈을 감았다. 그때 몸종이 탕약을 들고 방 안으로 들어왔다.

"무사님."

멀쩡히 나갔던 주인이 중상을 입고 돌아온 것도 황망한 일이었다. 그런데 늘 곁을 지키는 주인의 심복 국은 어디에 처박혀 있는지 코빼기도 보이지 않고, 무사 복장을 한 여인이 주인의 손을 움켜쥔 채 자리를 떠나지 않으니 가노들 역시 그저 의아하고 혼란스러울 뿐이었다.

"무사님께서도 성치 않아 보이십니다. 도련님 곁은 제가 지킬 테니 깨끗한 의복으로 갈아입고 쉬시는 것이 어떠십니까?"

은복은 고개를 저었다.

"괜찮습니다. 탕약을 이리 주십시오. 제가 하겠습니다."

어쩔 수 없이 탕약을 은복에게 맡긴 몸종은 주인이 즐기는 향로를 피웠다. 그 은은한 향기에 은복은 방을 나가려는 몸종을 다시 불러 세웠다.

"이것은 훈초이지요?"

"네. 도련님께서는 꼭 이 향로만을 고집하십니다."

은복은 숟가락을 들어 탕약을 조심스럽게 명현의 입에 흘려보냈다. 훈초입니다. 근심을 잊게 해 준다는 그 향입니다. 어서 기운을 차리시어 제 근심을 덜어 주십시오.

"졸음이……."

그녀의 마음을 읽었는지 아니면 정말로 훈초가 신묘한 힘을 쓰기라도 했는지 명현은 눈을 떠서 아주 천천히 깜빡였다.

"밀려오는구나."

"탕약을 다 드시고 주무십시오. 푹 주무십시오. 깨실 때까지 저는 이 자리를 뜨지 않을 것입니다."

명현의 얼굴에 희미한 미소가 맴돌았다.

"믿어도 되겠느냐."

"믿으십시오."

참고 참았던 눈물이 툭 하고 명현의 얼굴 위로 떨어졌다. 명현은 팔을 뻗어 은복의 뺨을 닦았다.

"황궁에서 나와."

"그리하겠습니다."

울음과 대답이 동시에 은복의 입 밖으로 터져 나왔다.

"믿어도 되겠느냐."

은복은 고개를 끄덕였다. 근심 없이 살겠습니다. 오늘이 이 세상의 마지막인 것처럼 후회 없이 마음 가는 대로, 그렇게 당신을 보겠습니다.

침상 곁에 기대 깜빡 잠이 들었던 모양이었다. 은복은 자신에게 향하는 시선을 느끼기라도 한 듯 눈을 떴다. 지후가 물끄러미 그녀를 내려다보고 있었다.

"상단주 나리!"

"무사님이 정윤 전하의 용태를 궁금해하실 것 같아 왔지요."

은복은 자리에서 벌떡 일어났다.

"아십니까? 전하께서는 어떠십니까?"

"내관들이 도착하기 전까지 전하를 뫼셨던 제 아랫것과 백녀의 말에 따르면 칼끝이 스쳐 자상을 입긴 했으나 상처가 그리 깊지 않았다 합니다. 정신이 드신 것을 보았답니다."

안도감이 밀려들자 은복은 참고 있던 더운 숨을 토해 냈다.

"조금 전 태의 어른 댁에 사람을 보내 보니, 어른께서 궁에서 나왔다 하더군요. 그게 무슨 뜻이겠소? 밤새 전하 곁을 지켜야 할 만큼 위중한 상처는 아니라는 거겠지요."

은복은 팔다리에 힘이 쭉 풀리는 것 같았다. 감사의 인사를 하기 위해 허리를 숙이는 순간 은복은 바닥에 픽 쓰러졌다. 지후는 얼른 팔을 뻗어 그녀를 안아 일으켰다.

"이 몸으로 여길 지키고 있는 것은 무리입니다."

"괜찮습니다."

"하나도……."

은복을 향하는 이유를 알 수 없는 미묘한 분노가 지후는 스스로도 의아했다.

"괜찮아 보이지 않소."

돗가비 주제에 이 아이에게 죄책감을 느낄 때부터 이 복잡한 심경을 경계했어야 했다. 무관심했어야 했다. 이들 인간 애정사에 애초에 발을 들여선 안 되는 일이었다.

"괜찮기는, 머리부터 발끝까지 피 얼룩으로 엉망인데. 주 공자가 눈을 떴을 때 무사님을 보면 야차가 데리러 온 줄 알고 도망칠 행색이구먼."

괜한 농인 줄 알면서도 은복의 얼굴은 붉게 달아올랐다.

"지금 황궁에 돌아가 보지 않아도 괜찮겠습니까?"

은복의 아픈 양심을 건드리는 것이 못내 미안했지만, 명현 곁에 있는 것을 보느니 연에게 보내는 편이 낫다 생각한 지후였다.

"눈을 뜨실 때 곁에 있겠다고 공자님과 약조했습니다. 그것을 지키고 싶습니다."

명현을 바라보는 은복의 눈빛은 결연했다. 지후는 두 사람의 인연을 끊어 놓으려던 자신의 모든 시도가 소용없는 헛짓이었음을 깨달았다.

명현은 신묘한 꽃물 때문에 그렇다 쳐도, 은복 역시 그에게 마음을 주고 말았는데 제아무리 중간에서 훼방을 놓으려 한들 눈이 맞은 정인들을 어찌 말릴 수 있단 말인가. 어떤 방법으로도 말릴 수⋯⋯,

순간 지후는 고개를 번쩍 들었다.

"상단주 나리, 왜 그러십니까?"

이 멍청한 돗가비 놈, 왜 그 생각을 지금껏 못하고 있었단 말이야?

"아니, 아무것도. 참, 이상한 일이 하나 있소."

지후는 재빨리 화제를 바꾸었다.

"자객들이 들어 청하관을 쑥대밭을 만들었다는 소문이 이미 저잣거리에 파다하지만 그 소문 속에 정윤 전하는 빠져 있더라고. 전하를 시해하려던 놈들이 분명한데 황궁이나 순군부에서 청하관에 나와 보지 않는 것도 의아하고."

무슨 일이 있어도 영회와의 가례를 계획대로 올려야 한다던 연의 말이 은복의 머릿속에 떠올랐다. 황궁 안팎으로 자객의 칼에 맞았단 이야기가 돌지 않도록 입단속을 시킨 것이 분명했다. 하지만 그리하면 지난밤의 일은 싸움패들이 주점에서 패악질을 부린 사건으로만 치부될 것이며 정윤 시해 도모 사건으로 제대로 된 조사를 할 수 없었다.

이 지경이 되고 보니 지난번 화재 사건 역시 단순한 우연이 아닌 게 분명해졌다. 도대체 어떤 놈들일까. 두 가지 모두 정윤 전하를 노린 것이다. 황제가 아닌 정윤 시해라니, 다른 태자들이나 그 측근들의 음모일까.

"저는 이만 돌아가지요, 무사님."

"소식을 전해 주셔서 감사합니다. 늘 신세만 지는 것 같아요. 꼭 은혜를 갚겠습니다."

지후는 부채를 살랑살랑 부치며 빙그레 미소를 지었다.

"갚으세요."

"네?"

"꼭 한 번은 제 청을 들어줘야 한단 말입니다."

은복은 미소를 지으며 고개를 끄덕였다.

"네, 그리하겠습니다."

방을 나서서 등 뒤로 문이 닫히는 순간 지후의 눈에는 흥겨운 장난기가 번뜩였다.

21

얼마나 시간이 흘렀을까. 다시 침상에 엎드려 잠들었던 은복은 자신의 **뺨**을 어루만지는 손길을 느끼고 눈을 떴다.

"좀 어떠십니까?"

명현은 창백한 안색에 어울리지 않는 장난기 어린 미소를 지었다.

"이제 보니 정말 야차 같구나."

"네?"

"내 아직 죽을 때는 아니니 데려가진 마라. 죽으면 안 되지. 네가 황궁에서 나와 내게 오겠다고 약조까지 했는데, 지금 죽을 수 없지."

은복의 눈이 동그랗게 커졌다.

"상단주 나리가 오셨을 때 깨어 계셨습니까?"

"꿈인지, 생시인지 정신이 들었다가 또 놓였다가 했다. 그자의 목소리가 유난히 귀에 파고들더군. 그자 마음에 안 들어. 가까이하지 마라."

은복은 피식 웃음을 터트렸다.

"상단주 나리께서도 비슷한 말을 제게 하신 적 있습니다. 어찌하여 제 주위 사람들은 다 서로를 가까이하지 말라 제게 말씀들을 하시는지 모르겠습니다."

"그자, 너를 마음에 두고 있다."

"네? 아닙니다. 그분은 그저 제게 도움을 주시는 고맙고 좋은 분이십니다."

그럴 리 없다며 은복은 손을 내저었다.

"그자 입으로, 나에게 연적이라 했어. 그러니 네가 정지후 그자와 가까이하는 것을 내 이제 허락지 않을 게다. 이제 내게 그 정도의 권한은 있잖아."

"누구를 가까이하고 말고 할지는 제가 결정할 것입니다. 그리고 황궁에서 나온다 약조했지, 공자님께 간다는 말은 아니었습니다."

다부진 목소리와는 달리 그녀의 얼굴이 빨개지는 것을 재미있다는 듯 지켜보던 명현은 가노를 불렀다.

"여종들을 시켜 이 아이의 목간을 돕도록 해라. 새 옷을 가져다주고 입고 있는 저 피 칠갑은 태워버려라."

"아닙니다. 공자님이 깨셨으니 저는 이만 궁으로 돌아가야 합니다."

"내 정지후 그자가 마음에 들지 않지만, 야차 같다는 그의 말은 동감이다. 그 꼴로 나갔다가는 저잣거리에서 여럿이 기절할 게다."

은복은 자신의 철릭을 내려다보았다. 여기저기 찢어진 옷에 성한 곳 하나 없이 잔뜩 피 얼룩이 져 있었다.

"다시 졸음이 밀려와."

명현은 이내 무거워진 눈꺼풀을 이기지 못하고 눈을 감았다.

"이번에 눈을 떴을 때는 어여쁜 여인의 모습의 네가 나를 기다리고 있었으면 좋겠다."

은복은 여종들의 손에 이끌려 정방으로 향했다. 가노들이 쉼 없이 물을 퍼다 붓는 목간통에서 피어오른 하얀 증기가 방 안을 가득 메웠다.

"한여름에 더운 물이라니요, 찬물도 괜찮습니다."

여종이 인삼 잎을 가져와 목간통에 뿌렸다.

"인삼 잎을 우려내는 삼탕입니다. 상처 회복에 도움이 되실 거예요. 가리개 뒤에서 옷 벗는 것을 도와드리겠습니다."

호사스러운 목욕 채비만으로도 송구스러운 은복은 황급히 고개를 흔들었다.

"괜찮습니다. 혼자 할 수 있습니다."

은복은 여종들의 등을 떠밀어 내보냈다. 혼자 남겨진 그녀는 가리개 뒤로 돌아가 옷을 하나 둘 벗기 시작했다. 저고리 옷고름을 풀던 은복의 손안에 무엇인가 잡혔다. 자객이 들이닥쳤을 때 연이 건네주었던 종이였다. 네모나게 접힌 그것을 펼쳐 볼까 했지만 이내 그만두었다. 무엇인지 물었을 때 연은 분명 그녀가 알아서는 안 되는 것이라 말했던 것이다. 은복은 종이를 벗어 놓은 옷 사이에 도로 넣어 두었다.

뜨거운 물에 몸을 담근 순간 절로 신음이 터져 나왔다. 타상을 입은 몸 여러 군데의 상처가 고통스럽다며 아우성쳤다. 시간이 지날수록 욱신거림은 잦아들고 몸은 노곤해졌다. 눈이 저절로 감겨 들었다.

"무사님, 무사님!"

여종의 목소리에 은복은 눈을 떴다. 이미 물은 차갑게 식어 있고, 여종들이 바쁘게 그녀의 머리를 감기기 시작했다.

"얼마나 지났습니까?"

"반 시진이나 지났습니다. 너무 곤히 주무셔서 깨우지를 못했습니다."

여종들은 그녀의 몸을 완전히 씻기고 닦은 후 새 비단옷을 입혀 꾸며 주고 치장하느라 야단을 피워 댔다.

"집 안에 아씨가 계시지 않아 급히 어렵게 구한 옷입니다."

저희들끼리 의미심장한 눈짓과 웃음을 주고받는 여종들의 모습에 은복은 몸 둘 바를 몰랐다. 하릴없이 몸을 내맡기고 있던 은복은 가리개 아래 두었던 자신의 철릭이 사라진 것을 발견했다.

"제 옷이 어디 있습니까?"

"도련님께서 태워 버리라 하셔서 지금쯤 행랑아범이 뒤뜰에서 태우고 있을 거예요. 무사님, 어디 가세요?"

은복은 그녀를 부르는 여종의 목소리를 뒤로하고 방을 뛰어 나갔다. 허겁지겁 뒤뜰로 달려가 보았지만 그녀의 철릭은 이미 장작불에 던져진 후였다.

명현은 침상에 기대앉아 문가에 선 은복을 물끄러미 바라보 았다. 머쓱하기도 하고 부끄럽기도 하여 은복은 괜히 손가락으 로 옷자락 끝을 꼬아 댔다.

"몸도 불편하신데 왜 앉아 계십니까?"

침묵이 어색해서 은복이 먼저 말문을 열었다. 그러나 명현 은 여전히 침묵했다.

"저는 이제 황궁으로 갑니다."

그제야 명현은 반응을 보였다.

"정말 죽도록 아프다가……."

그는 천으로 감싸 놓은 복부의 상처를 슬쩍 손바닥으로 쓸 었다.

"이렇게 네 얼굴을 보고 있으니 좀 살 만한데."

그의 목소리에는 짓궂은 장난기가 섞였다.

"네가 가면 다시 아플 것 같아."

"농을 하시는 것 보니 안심이 됩니다."

"진담이다. 그건 그렇고, 황궁에서 언제 나올 것이야?"

"그건……."

잠시 생각에 잠겼던 은복이 다시 말을 이었다.

"황궁을 나오겠다 결심한 것은 맞습니다. 하지만 정윤 전하께 자객이 들었습니다. 지금 이 상황에 그분을 떠날 수는 없습니다."

명현의 얼굴에서 순식간에 웃음이 사라졌다.

"전하의 가례 후에 출궁하겠습니다."

"도대체 왜."

가례는 없다. 그때는 이미 늦다. 황궁에 남아 있다면 네 목숨이 위험하단 말이다. 명현은 주먹을 꽉 쥐었다.

"정윤에게서 왜 그리 벗어나질 못해! 누이? 오라비? 황제의 아들이 어찌 네 오라비냐. 한낱 무사가 어찌 정윤의 누이가 된단 말이야? 그럴듯하게 말을 꾸며 놓은 것일 뿐, 너희 둘은 그저 서로에게 정을 떼지 못하는 사내와 여인이다. 네 곁에 정윤이 사내로 있는데 내가 어찌 한시도 마음 편히 있을 수 있어?"

"지금······."

바락바락 화를 내는 명현과는 달리 은복은 여유가 있다 못해 즐거워 보이기까지 했다.

"투기하시는 것이지요?"

"내가 하려는 말은!"

"맞습니다. 감히 정윤 전하를 마음에 품은 적이 있었습니다. 그래야 된다, 아니 된다 그런 생각조차 못 했습니다. 그냥 그게 당연한 것이라 생각했습니다. 여섯 살 이후로, 그러니까 제 지나온 삶 모두 통틀어 사내라고는 딱 한 분 그분만 계셨으니까요. 제게 다정히 굴어 주었던 유일한 사내도 그분이셨으니까요."

"그런 이야긴 듣고 싶지 않……."

"공자님을 만나기 전에 다른 분을 마음에 품었던 것에 대해 변명도 사과도 할 필요 없다고 생각합니다. 마음이 변하는 것이 쉬운 것은 아니지만 어렵지도 않다 하신 분이 누구셨습니까, 공자님이십니다. 공자님께서 영회 아씨에게서 제게로 마음을 바꾸었듯이, 저도 이제는 전하가 아니라 공자님입니다."

은복은 빙그레 웃으며 덧붙였다.

"허나 질투하시는 모습은 참으로 기분이 좋습니다. 앞으로도 쭉 하셨으면 좋겠습니다."

그리 웃지 마라. 네 목숨이 달린 일인지도 모르고 그리 어여쁘게 웃지 말란 말이다. 명현은 복잡한 속내를 애써 감추었다.

"그래서 나더러 그냥 덮어 놓고 가례까지 기다리라?"

은복은 천천히 침상 가까이로 다가왔다. 그리고 부드러운 손길로 명현의 어깨를 잡아 그가 다시 침상에 눕도록 도와주었다.

"내일 미시에 공자님의 용태가 어떠하신지 뵈러 오겠습니다. 꼼짝하지 말고 누워 계셔야 합니다."

은복이 황궁으로 돌아가기 위해 방을 나선 뒤에도, 명현은 굳게 닫힌 방문에서 시선을 떼지 못했다. 얼마나 시간이 지났을까. 방 밖에서 다시 인기척이 났다.

"국입니다, 도련님."

"들어오너라."

탕약을 들고 방에 들어선 국은 침상에서 몸을 일으키려는 명현의 모습에 달려와 그를 부축했다.

"복이 때문에 네가 갑갑했겠구나."

명현은 탕약을 단숨에 마셨다.

"아닙니다, 도련님."

국은 명현이 내려놓은 탕약 그릇을 한쪽으로 치운 뒤 깨끗한 천을 건넸다. 입가를 눌러 닦는 명현을 잠시 말없이 바라보던 국이 옷섶 안에서 반듯하게 접힌 종이를 꺼내 명현에게 두 손으로 올렸다.

"무엇이냐."

"행랑아범이 무사님의 옷가지를 태우려고 할 때 발견한 것입니다."

은복에게서 빼내 온 것이라는 말에 명현은 절로 미간이 찌푸려졌다.

"펼쳐 보세요, 도련님."

무심하게 종이를 펼쳐 두 개의 필체가 서로 어지럽게 어우러진 글귀들을 살피던 명현의 얼굴이 굳기 시작했다.

'제술과는 시, 부, 송, 책 등 문예로서 인재를 선발하시고 명경과는 유교의 경전들로 하여금 시험하는 것이 옳다 봅니다.'

'문예와 경학만으로 인재를 뽑으란 말이오?'

'제술과와 명경과를 바탕으로 하되 잡과를 따로 두어 기술관을 등용하셔야 합니다.'

"필담."

종이를 움켜쥔 명현의 손에 절로 힘이 들어갔다. 정윤이 청하관을 드나든 것은 단순한 주색잡기 때문이 아니었다.

"황제의 측근 중에 고려 말을 하지 못하는 자가 있지. 후주에서 온 쌍기, 그자다. 정윤과 그자가 나눈 필담이야."

"인재를 뽑는다는 말이 무엇입니까?"

"말 그대로 시험이지."

명현은 다시 필담 종이를 노려보았다.

"시험이다. 그들은 시험으로 관리를 등용하려는 제도를 이 고려 땅에 가져오려는 게야."

명현과 국은 충격으로 잠시 할 말을 잃었다. 힘을 가진 호족만이 누리는 그 특권을, 개국공신들에게만 국한되어 있던 그 자리들이 공부한 자들을 불러 정당하게 시험을 치르게 한 뒤 통과한 사람들로 채워진다, 상상도 할 수 없었던 일이었다.

"가능하지 않습니다. 결코 이 나라에서 시행될 수 없는 제도입니다."

국의 말이 맞다. 호족의 나라, 고려에서는 불가능한 제도였다. 이것이 시행되는 것을 개국공신들과 호족들이 가만히 앉아 두고 볼 리 없었다. 명현은 종이를 손아귀에 움켜쥐었다.

찾았다, 두 번째 수.

"허나, 하필 이것을 복이에게서."

"네?"

명현은 고개를 저었다.

"혼잣말이니 개념치 마라. 국아, 정윤에게 자객들을 보낸 자가 이 행수일 것이란 내 생각이 틀렸다 생각해?"

"저도 그리 짐작합니다."

섣부른 짓을 하지 말라 그리 경고했건만, 하마터면 은복이 죽을 뻔했다. 분노로 명현의 눈빛에 살기가 서렸다.

"지금 어디 있어? 내 그자를 죽일 것이다."

이 행수는 일이 벌어지기 전 일찌감치 청하관에서 나와 예성강에 따로 마련한 가옥으로 거처를 옮겼음을 명현에게 전하며 국은 덧붙였다.

"도련님, 정윤이 없으면 내의령과 황실의 관계가 약해지는 것은 사실입니다. 위 대인께서는 거사 전에 만의 하나의 일을 걱정하신 것이고, 그것에 개인적인 감정을 가지신 분은 다름 아닌 도련님이십니다."

국은 명현의 곁에서 자리를 비운 것을 자책하고 있었다. 자책하는 만큼 명현에 대한 원망도 있었다.

"도련님께서 목숨을 잃으실 뻔했습니다. 어찌 큰일을 앞두시고 그리 무모하게 행동하십니까."

"다시 그런 일이 벌어진다 하더라도, 내 행동은 변하지 않을 것이다."

명현이 여인에게 다정했던 것은 영회가 유일했었다. 그는 사람들이 말하는 무뚝뚝한 사람이다 못해 다른 목적으로 영회에게 다정하게 굴 수 있을 만큼 여인에게 차갑고 냉소적인 사람이었다. 그런 명현이 오로지 은복 앞에서만 달라지고 이성을 잃는 행동을 하는 것이 국은 걱정스러웠다.

"그분은 오랫동안 정윤의 사람이었습니다. 거사 이후 그분이 도련님께 어떤 마음을 가지실지 생각해 보셨습니까?"

명현은 애써 외면하고 있던 두려움을 건드리는 국에게 화가 났다. 황제에 대한 복수도, 은복에게 향하는 마음도 내던질 수 없는 그였다.

"지금 당장 내가 지켜야 할 것만 지킬 것이다. 다른 것은 돌아보지 않는다. 아니, 돌아볼 수 없다."

"도련님."

명현은 국의 걱정스러운 시선을 외면했다.

22

"송구합니다, 전하."

미동도 없이 침상에 누워 있던 연이 천천히 몸을 일으켰다. 감히 그 얼굴을 마주할 면목이 없어 은복은 엎드린 채 더욱 머리를 조아렸다.

"어차피 태워져야 할 것이었다. 허나, 태워진 것이 확실해?"

"옷 사이에 넣어 두었으니 함께 탔을 것입니다."

연은 손을 들어 자신의 어깨를 만졌다. 자상을 입은 상처에서 통증을 느낄 수 없었다. 자신을 위해 죽은 용호군 무사들을 생각하면 그 어떤 통증도 용납할 수 없었다. 수십의 자객들이었다. 이렇게 마지막이구나, 생각했던 밤이었다. 혹여 자신이 그 자리에서 죽게 되면 과거제에 대하여 쌍기와 필담을 나눈 종이가 자객들의 손에 들어갈까 봐, 은복에게 건넸던 것이다.

펼쳐 보지 않으면 그저 쓰고 난 종이로 보이나 이 고려국의 운명을 좌지우지할 수 있는 글이 그곳에 적혀 있음을, 그래서 목숨을 다해 그것을 지킬 수 있도록 알려 주었어야 했던 걸까. 목숨을 다해서라니, 연은 쓴웃음을 지었다. 돌아보면 그것은 역시 그저 한 장 종이일 뿐인데 어찌 이 아이의 귀한 목숨과 비교할까.

"자객들을 보낸 것이 누구인 것 같으냐."

그제야 은복은 고개를 들었다.

"자객들의 배후가 만약 지난 화재 사건과 같다 하면 말입니다."

은복은 잠시 입을 다물었지만 이내 다시 말을 이었다.

"공통점이 하나 있습니다."

"그게 무엇이냐?"

"대동 상단입니다."

"화재 사건은 유황 때문에 그렇다 치고, 청하관은?"

"대동 상단의 이 행수가 청하관에 머물고 있었습니다. 네, 근래에 전하께서 청하관에 밤낮없이 드나드신다는 걸 모르는 자 없지요. 그래서 따로 보면 한 점 의혹이 없지만 두 사건 모두에서 공통점이 하나라도 존재한다는 것 또한 의심해야 할 일입니다. 전하, 사람을 서경으로 보내 대동 상단과 상단 주인 위수라는 자의 동태를 살피셔야 합니다."

"그리하겠다."

하지만 이게 그자의 짓이라면 이미 그 집안이 쇄락한 호족이 왜 나를 노릴까. 차라리 황위를 탐내는 다른 태자들의 무리라면 이해라도 될 것인데. 나를 노려야만 하는 이유, 그것도 가례를 앞둔 나를 노리는 이유.

'나의 아들 연아, 어떻게든 백성들을 지켜야 한다. 내의령의 여식을 이용하여 그 힘을 가져라.'

"가례……. 혹, 내가 그 힘을 가지는 것을 원하지 않는다면."

"네?"

은복을 향해 연은 고개를 흔들었다.

"아니다. 그건 그렇고. 주명현."

탐탁지 않았던 그에 대한 의심을 이제 버려야 했다. 비록 그것이 정윤 자신이 아니라 은복을 지키기 위해서였다고 해도, 자객들의 검 앞에서 몸을 던지고 싸우던 그 모습을 연은 똑똑히 지켜보았다. 그를, 그의 마음을 더 이상 의심할 수 없었다.

"그자는 어떠하냐."

잠시 머뭇거리던 은복이 이내 답했다.

"피를 많이 흘리셨습니다."

애틋한 그녀의 표정에 연은 은복의 결심을 직감했다.

"나는 그자가 싫었어."

말을 꺼내기 어려워하는 그녀를 위해서 연은 자신이 먼저 말문을 떼야 한다고 생각했다.

"두 가지 이유가 있는데, 한 가지는 그 어떤 사내를 데리고 와도 똑같은 이유다. 그저 무작정, 너의 사내라면 나는 싫었을 것이다."

"전하……."

"나머지 한 가지는, 네게 다가가는 그 속내를 알 수 없고 의심스러웠기 때문이다. 허나 어젯밤 그는 목숨을 걸고 스스로 그 마음을 증명해 보였으니 그것으로 되었어."

영회와 혼례를 치르고 나면 자신에게 여인이란 태자비와 은복 둘뿐이라 했었다. 그것은 진심이었다. 하지만 한편으로는 오누이의 마음을, 그 경계를 자신이 언제까지 지킬 수 있을지 불안했다.

"나는 네가 마음에 두는 사내가 생기면 궁에서 내보내 줄 것이라 했고."

어버이가 보고 싶어 함께 끌어안고 울며 보낸 그 숱한 밤들이 여전히 마음에 서려 있는데, 여섯 살 그 작은 몸뚱이로 황궁에서 살아 보겠다며 자신의 키보다 훌쩍 큰 목검으로 무예를 연습하던 네가 가슴에 여전히 새겨져 있는데, 내 어찌 너를 한낱 궁인으로 만들어 평생을 갇혀 살게 할까.

"너는 그와 함께하고 싶다 했다."

내 욕심을 버리고 너를 보내 줄 터이니 이제 훨훨 날아가라, 나의 누이.

"내직 명부에서 네 이름을 빼도록 이르겠다. 이제 너는 자유로운 몸이니, 언제든지 네가 원할 때 이 궁을 떠나."

"청하관이 당분간 문을 닫는다고?"

"본채 전각이며 뜰이며 정자며 성한 곳이 없는데 어쩌겠수.

수리할 때까지는 대문 걸어 잠근다 하더라고."

아침부터 뜨거운 햇볕이 내리쬐는 여름날이었다. 지후와 방맹이는 예성강 포구에 나와 일꾼들이 상단 배에 물건을 싣는 것을 지켜보고 있었다.

"누가?"

"누구긴 누구야, 백녀한테 들었지."

지후의 얼굴이 짓궂게 변했다.

"언제는 싫다 무섭다 하더니, 잘도 만나고 다니네."

"그것이……."

방맹이가 입맛을 쩝 다셨다.

"남녀 사이에 살 부빈 정이 이래서 무섭단 말이오."

"말은 똑바로 하자. 남녀 사이는 무슨, 썩은 방망이와 백년 묵은 백여우 사이지."

"뭐! 방망이랑 여우는 연애하지 말라는 법도 있소? 돗가비가 인간이랑 정분나는 것보다 낫수다."

지후가 부채로 방맹이의 뺨따귀를 툭, 툭 때렸다.

"헛소리, 헛소리!"

"흥, 요즘 하는 짓을 보면 헛소리가 아니란 말이오. 나도 처음에는 그냥 주 공자와의 사이를 방해하려는 걸로만 알았지. 그런데 점점 도가 지나치단 말이야. 엊그제 일도 말이야. 거기가 어디라고 뛰어들어? 그러다 힘 잘못 놀려서 사람 목숨이라도 끊어지면 어쩌려고?"

14년 동안 인간들을 도우며 쌓아 온 공덕이 물거품이 되겠지.

한 치, 두 치 쌓다 보니 어느 순간 잃었던 신통력들이 미세하게 살아나는 것을 지후는 느끼고 있었다. 가장 먼저 돌아온 괴력이 그랬고, 방맹이를 사람의 모습으로 바꿀 수 있었던 것도 그 덕분이었다. 언젠가 모든 힘이 돌아온다면 치우천황의 세상으로 돌아갈 날이 있을 것이란 기대도 은연중 하던 차였다. 지후는 얼굴을 잔뜩 찌푸리며 선적 중인 상단의 배를 하릴없이 바라보았다.

"왜 그렇게 둘 사이를 갈라놓으려 하는 거유?"

"몰라서 물어? 네놈이 꽃물을 잘못 발라 놓았으니까 그렇지."

"그 말이야, 내 말이. 호위 무사가 정윤과 정분이 나든지, 주 공자랑 나든지 그게 도대체 무슨 상관이냔 말인 거지."

"그건."

그 아이가 사랑받으며 행복했으면 하는 마음에 꽃물을 쓴 것이, 그 아이를 불행의 끝으로 몰아넣고 있으니까. 이 세상 모든 사내에게 마음을 준다 해도, 결코 마음을 주면 안 되는 이가 바로 주명현이니까.

"호위 무사가 누구랑 정분이 나든 왜 신경을 쓰냐고오."

"확 부러뜨리기 전에, 그 정분이란 말 좀 쓰지 마!"

지후가 벌컥 화를 내자 방맹이는 오히려 집요해졌다.

"이것 봐, 이것 봐. 정분이라는 말에 화를 왜 내?"

서어얼마, 방맹이가 입을 딱 벌렸다.

"아니 되오, 아니 돼. 돗가비와 인간이라니."

지후는 어린아이처럼 볼을 실룩거렸다.

"왜 안 돼, 왜 안 되는데?"

"어허, 어허 진짜 이 사람, 아니 이 돗가비 보게. 큰일 날 소리 하고 있어, 지금."

방맹이와 입씨름을 하고 있던 지후가 불현듯 예성강을 감도는 미묘한 공기를 느끼며 주위를 살피기 시작했다.

"왜 그러우?"

지후는 포구 곳곳에서 느껴지는 긴장을 고스란히 감지했다.

"포구에 건장한 사내들이 많네."

"그거야 선적 일을 하려고 왔나 보지."

방맹이가 콧방귀를 뀌었다.

"포구에 사람 많은 것 한두 번 보우?"

"오늘부터 여기서 꼼짝도 하지 말고, 이곳 형편을 살펴봐."

난데없는 지후의 말에 방맹이는 울상을 지었다.

"아니 언제까지라는 말도 없이 무엇을 살피라는 말도 없이 그냥, 여기 서 있으란 말이오?"

"필시 무엇인가 일이 벌어질 조짐이야."

"무슨 조짐?"

낯설고 미묘했던 그 공기의 흐름이 무엇인지 지후는 서서히 깨달았다.

"전운이다."

어쩌다 보니 내의령의 저택에서 영회를 지켜보는 일이 연이 은복에게 내린 마지막 하명이 되어 버렸다. 영회가 도망지는 일 따윈 다시는 벌어지지 않을 것이었지만, 은복은 끝까지 그 맡은 바를 다하고 출궁하고 싶었다.

미시가 되어 영회와 내관들이 습의를 시작하자 은복은 내의 령의 집에서 나와 명현에게로 향했다.

"왜 나와 계십니까?"

그녀를 기다리느라 행랑채까지 나와 있는 명현의 모습에 은복이 얼른 그에게 달려갔다.

"네가 미시에 온다 했잖아."

명현을 부축하려는 손길이 되레 그에게 붙잡혔다.

"이러지 마십시오. 집안사람들이 지켜보고 있습니다."

"보라지."

지나가는 여종들이 키득거리자 은복은 부끄러움에 그에게서 벗어나려 했다. 명현은 개의치 않고 은복을 잡은 손아귀에 힘을 주었다.

"사람들은 자신들이 목석이라 부르는 공자님이 이런 낯간지러운 말과 행동을 아무렇지도 않게 하는 걸 알까요?"

"누가 뭐라 한다면, 은복이라는 아이가 나를 버려 놨다고 대답하면 그만이다."

명현은 방 안에만 누워 있는 것이 답답하다 하여 은복을 정원으로 이끌었다. 명현의 걸음걸이는 느릿했지만 움직임에 큰 불편함은 없는 것 같아 은복은 안도했다.

"이렇게 넓은 저택에 내내 혼자 살아오신 것입니까?"

정자에 앉아 정원을 둘러보며 은복이 명현에게 물었다. 황궁의 금원이 화려하다면 명현의 정원은 우아하고 고요했다.

"본가가 서경이라고 알고 있습니다. 어찌하여 이곳에 혼자 살게 되신 건지, 여쭤어도 되겠습니까?"

화초 무늬가 새겨진 정원의 낮은 담을 한참 바라보던 명현이 천천히 입을 열었다.

"나는 고향 땅에 돌아가지 못하니까."

은복의 눈빛이 의아해졌다.

"꿈에 그릴 만큼 그리우나, 돌아갈 생각을 하면 온몸과 마음이 찢기는 듯 아프다."

"가족은 아니 계십니까?"

울컥 치밀어 오르는 것이 울음일까, 분노일까. 명현은 그것을 간신히 삼키며 대답했다.

"14년 전, 내 아버님은 역모 사건에 휘말려 옥고를 치르셨지. 병약하셨던 어머님은 아버님 걱정에 시름시름 앓다 돌아가셨고, 누명을 벗고 돌아오신 아버님마저도 국문의 후유증으로 어머니를 따라가셨다."

명현의 목소리는 담담했지만 눈빛에는 분명 분노와 적의가 고스란히 담겨 있었다. 은복은 몸을 가볍게 떨었다.

"이후로 혼자였지."

세상에 혼자 남겨진다는 것, 그 지독한 쓸쓸함을 아는 사람이 몇이나 될까. 그 서럽고 막막함을, 그 모진 외로움을 누구보다도 잘 아는 은복이었기에 명현에 대한 연민으로 가슴이 죄이듯 아팠다.

은복은 명현에게 입을 맞추었다. 짧고 부드러운 입맞춤이었다. 입술은 이내 떨어졌지만 두 사람은 여전히 서로의 입김이 뺨에 닿을 정도로 가까웠다.

"너에게서 나는 내 고향 땅 들꽃 냄새가 좋았다."

"그래서……."

눈시울이 뜨거워지는 것을 느꼈지만, 은복은 애써 농을 던졌다.

"여인들이 사내를 유혹하기 위해 사향을 뿌리나 봅니다."

명현 역시 작게 웃음을 터뜨렸다.

"너는 나의 어디가 좋았느냐."

"당연히 얼굴이지요. 금원에서 처음 뵈었을 때, 어찌 이리도 곱게 생긴 사내가 다 있나 했습니다."

명현도 농으로 맞장구를 쳐 주었다.

"그럼 초파일 연등회에서 나를 처음 보았을 때부터였는데 지금껏 그리도 비싸게 굴었단 말이야?"

은복은 피식 웃으며 고개를 저었다.

"물론 잘생긴 사내가 눈앞에 있으니 심장이 시도 때도 없이 뛰기도 했지만, 그땐 아니었습니다."

"그럼?"

"모르겠습니다. 허나 확실한 건."

마치 그 모습을 다시 떠올리는 듯 은복이 잠깐 눈을 감았다 떴다.

"차가운 강물 속에서 눈을 떴을 때, 찰나에 마주쳤던 공자님의 눈빛이 오랫동안 잊히지 않았습니다. 나를 생각해 주는 사람, 나를 아껴 주는 사람이 정윤 전하 한 분뿐이라 여겼던 그 세상이 깨지는 순간이었지요. 어찌하여 이 사람은 누구도 거들떠보지 않은 한낱 사소한 나의 목숨을 위해 불 속에, 강물 속에 뛰어들었을까."

명현의 손가락이 은복의 뺨에 닿았다. 곧장이라도 눈물이 툭 한 방울 떨어질 것 같은 은복의 눈망울에 명현은 일부러 장난스러운 표정을 지어 보였다.

"나도 그때 왜 그랬는지 모르겠다. 분명 모른 체하려 했는데, 아마 그때 돗가비에 홀리기라도 했나 봐."

"치, 그럼 청하관에서 일이 났을 때 뛰어드신 것도 돗가비한테 홀린 것입니까? 실망입니다, 공자님."

그저 실없는 말을 주고받은 것뿐인데, 평온한 안도가 은복의 몸 깊숙한 곳에서부터 퍼져 나갔다. 여름 햇빛이 스며들고, 뜨겁고 습한 바람이 파고들었지만 청량한 즐거움이 두 사람을 맴돌았다.

23

"그 말이 맞았어."

지후는 방맹이를 따라 포구로 향했다.

"병장기를 가진 기마병들이 수십, 아니 족히 100여 명이라고. 그런데 어쩐지 그 모양새가 상단 호위병과는 다르더란 말이오."

빠르게 걸음을 놀리는 지후를 뒤따르며 방맹이는 쉴 새 없이 말을 이었다.

"전운이란 말을 듣고 지켜보아서 그런가 의심스러운 게 한둘이 아니더라고. 뭔가 자꾸 번쩍번쩍 눈을 아프게 해서 포구 뒤 하달산을 올려다보니 그곳에도 움직임이 예사롭지가 않더란 말이야."

지후는 포구 높은 곳에 서서 예성강 가를 내려다보았다.

"그 번쩍하는 게 뭐였겠어? 검이나 갑의야. 분명해."

요나라와의 전쟁이 아니었다. 저들은 병력이 전무해진 도성을 노린 것이다. 지후의 얼굴에 피식 웃음이 번졌다.

"재미난 구경거리가 생기겠구나."

"구경거리?"

"모반."

중얼거리는 지후의 말에 방맹이가 놀라 그 자리에서 펄쩍 뛰었다.

"뭐?"

"도성 군사들이 떠난 지 이레쯤 되었지? 기마군이 이레 만에 도성에 도착할 수 있는 곳, 서경에서 왔겠구나."

역모. 그 기운이 도성 못지않으니 해마다 석 달을 머물며 순행하라 태조가 유훈으로 남겼건만, 지금의 황제가 그저 그 기를 꺾으려고만 했던 것이 사달을 불렀구나. 또다시 그 기운이 도성의 생사를 틀어쥐고 뻗어 오르고 있다. 인간들이란, 지후는 고개를 설레설레 흔들었다.

"이거 순군부에 알려 줘야 하는 거 아니야?"

"뭐하러? 내가 장난질 다음으로 좋아하는 게 뭐다?"

"싸움 구경이지."

얼결에 대답하긴 했지만 방맹이는 혀를 찼다.

"그게 공덕 쌓는다는 돗가비가 할 소린가?"

"어차피 순군부에서 알아 봤자 소용없는 일이란 말이야."

지금 도성의 금군만으로는 달리 손쓸 방법이 없을 것이다.

저들은 오랫동안 치밀하게 준비해 왔다. 병사들을 눈에 띄지 않게 나뉘어 규합시켜 놓았고, 기마군이 도성 코앞까지 오는 동안 봉홧대에 연기 한 번 피어오르지 않았다. 대세는 이미 정해진 것이구나.

"훤한 대낮에 일을 치를 리도 없고, 기다리기 지루하니 돌아가서 한숨 잠이나 자고 일어나야겠다."

포구에서 내려와 집으로 향하던 지후가 갑자기 걸음을 멈추는 바람에 방맹이는 그의 널찍한 등짝에 코를 박고 넘어졌다.

"가만."

갑자기 멈춰 서는 법이 어디 있어, 방맹이는 투덜거리며 바짓가랑이를 털어냈다.

"모반이라면 황제와 정윤을 주적으로 삼겠지."

은복의 얼굴이 지후의 뇌리에 스쳤다. 오랜만에 하게 될 질펀한 싸움 구경을 기대하던 지후의 얼굴이 일그러졌다. 으으으, 짜증스러운 신음 소리를 내뱉던 지후가 이내 누군가를 발견하고 입을 다물었다. 방맹이는 지후가 뚫어져라 바라보는 곳으로 시선을 던졌다.

"뭐, 아는 사람이여?"

한 무리의 무사들에게 둘러싸인 장령의 사내, 검은 포로 화려한 의복을 감추고 창이 넓은 노립으로 얼굴을 가렸지만 지후는 그를 알아보았다. 시선을 느끼기라도 한 듯 말 위의 사내가 문득 고개를 돌리자 지후는 부채를 부치는 척 얼굴을 감추었다.

"누군데 그러냐고, 응?"

그제야 지후의 머릿속에 모든 그림들이 짜 맞춰졌다. 지후
는 두 눈을 질끈 감았다. 얄궂은 인연이다. 구차하고 너저분한
인연이다.

"후주 사신단의 배에 불을 지른 자. 청하관에 자객을 보낸
자. 이 모반의 수장인 자."

은복, 너를 어찌해야 하나.

"주 공자와 한편인 자, 위수다."

저들이 황궁을 공격한다면 은복이 위험했다. 청하관 자객들
과의 칼부림과는 그 수준이 다르다. 은복이 정윤을 위해 목숨
을 걸 것이 분명했다.

"방맹아, 은복이가 지금 어디에 있는지 찾아봐."

"위 대인께서 예성강에 도착하셨습니다."

국의 말에 명현의 얼굴이 차갑게 굳었다. 은복이 내의령 집
에 머물고 있기는 하지만 정윤이 위험에 빠진 것을 알면 그녀
는 황궁으로 달려갈 것이다. 은복이 황궁으로 가지 못하도록
어떻게든 붙잡아 놓아야 하는데, 달리 뾰족한 수가 없었다. 명
현은 절로 거칠어지는 숨을 가다듬었다.

"의복을 가져오너라."

"예성강으로 가십니까?"

명현은 고개를 저었다.

"내의령 집으로 간다. 위 대인께서 도착하셨으니 그와의 담

판을 더 이상 미룰 수 없어."

주인의 어지러운 심경에 덩달아 국도 마음이 무거워진 채 명현의 시중을 들었다.

"은복이가 오면 나는 잠시 출타하였으나 곧 돌아오니, 기다렸다 꼭 나를 만나고 돌아가라고."

내의령의 저택에서 결코 은복과 마주쳐서는 안 돼. 미시가 되어 그녀가 자신을 만나러 올 때, 그 틈을 타서 내의령의 저택에 가야 했다.

"그렇게 은복에게 전하도록 가노들에게 일러 놓아."

"네, 도련님."

명현은 말린 찻잎을 넣어둔 죽장 함을 열었다. 미동도 없이 그저 함 속을 한참 동안 노려보는 명현의 모습에 국이 조심스럽게 물었다.

"괜찮으세요, 도련님?"

"국아."

"네, 도련님."

"이것만 있으면 내의령은 분명 우리의 뜻에 따를 것이다."

국은 고개를 끄덕였다.

"그러니 나는 망설이면 안 돼."

국은 명현의 말에 아무런 대답도 할 수 없었다.

"아버님 걱정에 쓰러져 그날로 시름시름 앓다 돌아가신 내 어머님, 고신 때 얻은 상처가 썩어 들어가는 고통에 시달리다 결국 눈감으신 내 아버님의 유지를 생각하면, 그래선 안 돼."

명현은 국이 아닌 스스로에게 다짐하는 것이었다.

"송이의 목에 감겨 있던 그 거칠고 두껍던 밧줄도, 한 집 건너 한 집 줄초상이 났던 그 전쟁터 같던 내 고향 땅이 지금도 눈을 감으면 생생하게 떠오르는데. 내가 망설이면 저승에서 그분들이 나를 얼마나 원망할까."

명현은 반듯하게 접힌 종이를 꺼내어 손안에 움켜쥐었다.

"14년 전 무고하게 죽어 나갔던 서경 땅 수십의 사람들, 그 죽음들 앞에서 피눈물을 흘려야 했던 수백의 피붙이들."

어느새 명현의 눈빛 속에 망설임은 사라지고 없었다.

"나는 그들의 한을 풀어 줄 것이다."

"오늘은 팔관회 의례에 관하여 공부하도록 하겠습니다, 아씨."

"부처님께 제를 올리는 행사에 또 무슨 공부가 필요하단 말이야?"

"팔관회는 작게는 고려인들의 결속을 이루는 의례이며 크게는 우리 고려의 위상을 주변국에게 알리는 나라의 가장 큰 행사입니다. 어찌 장차 황후 폐하가 되실 분께서 그 의미와 절차, 법도를 모른 채 가례를 치르려 하십니까."

영회는 내관들을 향해 비명을 지르고 싶은 것을 간신히 참았다. 입술을 잘근잘근 씹으며 영회는 탁자에서 몸을 일으켰다.

"쉬었다 해야겠다."

"아씨, 이제 시작하였습니다."

"더워서 앉아 있기도 버겁단 말이다!"

하루 중 가장 해가 뜨거운 때였다.

"내 잠시 더위를 식히고 돌아오겠다."

내관이 얼굴을 잔뜩 찌푸렸지만, 그러거나 말거나 콧방귀를 뀌며 영회는 막무가내로 돌아서서 방으로 돌아왔다. 폭염 앞에서 영회는 거침없이 장의를 벗어 내던졌다. 침상에 누운 영회의 곁에서 여종들이 찬 수건으로 몸을 닦고 부채질을 해 주었다.

"아씨, 영회 아씨."

"무슨 일이냐."

방에 뛰어 들어온 여종이 영회에게 바싹 가까이 붙어 귓속말로 속삭였다.

"그, 그분이 오셨습니다."

"그분이라니?"

"주 공자께서 오셨습니다."

영회가 침상에서 몸을 벌떡 일으켰다.

"누가 왔다고?"

"지금 내의령 어른을 만나고 계십니다."

영회는 장의를 걸쳐 주려는 여종을 뿌리치고 곧장 아버지의 처소로 향했다. 다상을 들고 방을 나온 가노가 곤란한 표정을 지어 보였다.

"내의령 어른께서 주위를 물리치라 하셨……."

영회는 손가락을 자신의 입술에 가져다 대며 가노의 입을 다물게 했다. 영회의 독살스러움을 아는 가노는 그녀의 보복이 두려워 어쩔 수 없이 물러나 자리를 피해 버렸다.

방문에 귀를 대고 숨을 죽이자, 곧이어 아버지의 목소리가 들려왔다.

"그래, 이제 말을 해 보게."

방 안에서는 조상국이 맞은편에 앉은 명현에게 찻잔을 내어주던 참이었다. 조상국은 명현의 뒤에 선 국을 흘끗 바라보았다.

"자네가 나를 꼭 만나야 한다는 일이 도대체 무엇인가. 게다가 주위까지 물리쳐 달라 하니."

내심 심기가 불편한 조상국이었다. 주재복의 아들, 결코 자신에게 호감을 가지고 있을 리 없는 그가 검을 든 심복을 끼고 찾아온 것부터가 꺼림칙했다.

"누가 보면 내 목이라도 베러 온 줄 알겠군."

"무례를 범하여 송구합니다. 허나 금군보다 많은 사병이 지키고 있는 이 저택에 제 발로 찾아와 내의령 어른을 감히 해할 담력이 큰 자가 어디 있겠습니까?"

명현의 농에는 여유가 있었으나, 날카로웠다.

"말이 과했다면 이해하게나. 나라의 행사 때 내 자네를 눈여겨본 적은 있으나, 우리가 이리 내왕할 인연은 없지 않아 내 가벼이 농을 한 것이네."

잠시 차를 한 모금 마시며 뜸을 들였던 명현이 다시 입을 열었다.

"내의령께서는 14년 전 서경 호족 곽한귀가 역모를 도모했던 사건을 기억하십니까?"

찻잔을 입에 가져가던 조상국의 손이 허공에서 멈추었다.

"그 당시 곽한귀의 절친한 벗이자 동문수학했던 저희 아버님과 위수 대인께서 함께 연루되셨지요."

"자네의 부친과 위 씨는 혐의를 벗은 걸로 기억하네만."

명현의 입꼬리가 비틀어 올라갔다.

"역모를 도모한 사실을 부인하던 곽한귀가 황제의 친국에서 혼자 꾸민 일이다, 그리 자백했기 때문에 간신히 혐의는 벗으셨지요."

"황제의…… 친국?"

조상국의 뺨이 살짝 굳었다.

"제가 서경을 떠나올 때, 그곳은 마치 전쟁터 같았습니다. 아니 전쟁 속의 초토 전술도 그보다 극악하지 않았을 것입니다. 평화로웠고 아름다웠던 그 땅에 역모의 기운을 막는다며 초가삼간에 불을 지르고, 산을 깎고 못을 메웠지요. 역모의 전모를 밝히겠다며 세 집안의 사람들, 그 집안의 가신들, 가노들, 소작농들을 잡아다 주인의 역모를 고변하라 때리고 짓밟아 죽어 나가는 사람이 허다했습니다."

"도대체 나를 찾아온 이유가 무엇인가? 한탄이라도 하러 온 겐가?"

하지만 명현은 대답 대신 강한 어조로 말을 이어 나갔다.

"고신을 받은 그 수많은 사람들 중 단 한 명도 고변한 사람이 없었지요. 그 이유를 알고 계실 텐데요."

조상국은 찻잔을 쥔 손에 힘을 주었다.

"애초에 역모 따윈 없었기 때문입니다."

"곽한귀가 역심을 품었고 반역을 꾀하려 했다고 죽기 전에 자백했다."

"그래야 끝이 나니까요. 어차피 다 꺼져 가는 목숨을 던져 그리 자백한 것입니다. 황제가 원하는 그 정해진 대답을 해야만 형제와도 같았던 벗들의 목숨을 구하고, 지옥으로 변한 고향 땅 서경을 구할 수 있었으니까요! 그것은 역모가 아니었습니다. 개경보다 더 융성한 서경, 그리고 그 땅을 기반으로 한 대호족과 개국공신들의 힘이 두려워 황제가 꾸민 간계일 뿐이었습니다."

그리고 그것을 부추기고 모른 척한 당신네 개경 호족들이 황제 곁에 있었겠지, 명현은 간신히 그 말을 목구멍 안으로 삼켰다.

"네 이놈! 무엄하구나! 감히 황제 폐하께 간계라니! 당장 네놈을 순군부에 하옥시키겠다."

조상국이 자리를 박차고 일어났다.

"그때는 역모가 아니었으나 지금은……."

방문을 열려던 조상국의 어깨가 움찔했다.

"지금은 맞습니다."

"지, 지금 무어라 했으냐."

내의령의 눈이 번뜩였다.

"지금 네놈이 감히 반역을 입에 올리는 것이냐! 내 당장 네 목을 칠 것이다. 게 아무도 없느냐!"

국의 손이 저도 모르게 허리춤의 검에 닿았다. 하지만 명현은 팔을 뻗어 국의 행동을 제지했다.

"게 아무도 없……."

"서경 땅을 그리 짓밟았던 황제의 다음 목표가 어디일 것 같습니까?"

조상국은 입을 다물지 못하고 명현을 응시했다.

"뭐라?"

"황제의 다음 목표는……."

명현은 반으로 접힌 종이를 꺼내 탁자 위에 올려놓았다.

"이 고려 땅에 있는 모든 호족과 공신들입니다."

잠시 망설이던 조상국은 종이로 손을 뻗었다.

"이, 이것, 이것은."

조상국은 말을 잇지 못하고 거친 숨을 몰아쉬었다.

"정윤의 호위 무사에게서 빼내온 정윤과 쌍기의 필담입니다."

필담을 읽어 내려가는 조상국의 손이 부들부들 떨리기 시작했다.

"황제는 과거제를 시행하려 합니다. 그것이 무엇을 뜻하는지 내의령께서도 아시겠지요. 황제가 이태 전에 시행했던 노비안검은 지금 당장의 호족들 재산과 사병을 축소시켰지요. 허나 과거제는 호족의 근간을 뒤흔들 것입니다."

얼굴이 하얗게 질린 조상국을 바라보며 명현은 자신이 이 집을 찾아온 목적을 이루었음을 직감했다.

"지금 도성을 지키는 금군의 숫자는 보잘것없고, 황궁 역시 고작 수십의 응양군과 용호군이 남아 있을 뿐입니다. 우리 군사의 움직임을 눈치채면 황제는 내의령께 사병을 요청할 것입니다."

조상국은 필담을 노려보았다.

"내의령께서는 역모에 참여하여 역사에 불충으로 남으실 필요도 없으십니다. 그저 오늘 밤 내의령께서 가만히 눈을 감고 귀만 닫아주시면 그것으로 충분합니다. 내의령께서 그렇게만 해 주신다면 이 고려는 황제만 바뀔 뿐, 내일도 모레도 호족의 나라로 아침을 맞을 것입니다."

잠시 기대했었다. 영회의 뺨이 꿈틀거렸다. 혹시 명현이 자신의 혼례를 막기 위해, 아버지에게 자신을 달라 간청하기 위해 목숨을 걸고 찾아온 것이 아닐까 아주 잠시 달콤한 기대를 품었다.

"역모라니."

황후 자리는 이미 물 건너간 것이구나. 허나 바뀌는 것이 없다 하잖아. 내일 아침에도, 모레 아침에도 나는 고려 최고의 호족 내의령의 딸로 눈을 뜰 테니까.

'정윤의 호위 무사에게서 빼내온 정윤과 쌍기의 필담입니다.'

자신의 방으로 돌아온 영회의 얼굴에 싸늘한 미소가 피어올랐다.

"주명현."

다른 여인들처럼 그의 꽁무니를 쫓아다닌 적은 없었다. 하지만 그를 의식하지 않은 적도 없었다. 보은사에서 명현이 처음으로 눈길을 주었을 때, 가슴이 설레어 며칠 동안 잠을 이루지 못했었다. 그가 자신에게 손을 내밀었을 때, 세상을 다 가진 듯 마음이 뿌듯하고 기뻐 더 이상 바랄 것이 없다고 생각했다. 심지어 정윤과의 가례를 앞두고 도망칠 뻔했었다. 그런데 그가 한순간에 돌아섰다. 그것도 한낱 호위 무사 때문에, 고려 최고 권력자 내의령의 유일한 딸인 나 조영회를 이리 기만했다!

"황후가 되지 못한다면 그 호위 무사 년을 찢어 죽이지 못하는 것이 유일한 아쉬움인데, 대신 그년과 주명현 저자의 마음이라도 찢어 놓아야겠구나."

24

"이것들은 다 무엇입니까?"

은복은 방 안을 가득 메우고 있는 옷가지들과 장신구들을 둘러보았다.

"무사님이 출궁하셔서 오셨을 때 편히 계실 수 있도록 모든 것을 준비해 놓으라 하셨습니다."

출궁한다 해도 그것이 이 집으로 온다는 뜻은 아니라고 그리 말했건만. 은복은 입술을 삐죽였다. 하지만 기분이 과히 나쁘지는 않았다.

"도련님께서 어찌나 성화를 부리셨는지 온 집안의 가노들이 시전을 탈탈 털어 오다시피 했답니다."

무엇이 그리 재미있는지 여종은 연방 키득거렸다.

"저리 바뀌신 도련님 모습을 모두 신기하게 생각하고 즐거워하고 있습니다. 무사님 덕분이라고, 집안의 모든 사람들이 감사히 여기며 기뻐하고 있답니다."

자신의 존재가 기쁨이 될 수도 있다는 사실이 은복은 그저 놀랍고 얼떨떨했다. 장신구 함 속에서 금채를 발견한 은복은 그것을 집어 들었다.

'너에게는 철릭 두건보다 이것이 더 어울려.'

사실 그때 이것을 얼마나 받고 싶었던지, 그 마음을 명현은 알기나 할까.

"그런데 공자님께서는 어디로 출타하신 것입니까? 아직 몸도 불편하실 텐데 멀리 가신 것입니까?"

"소녀도 알지 못합니다. 허나 무사님께 기다려 달란 말을 전하라 하셨으니 멀리 가지는 않으셨을 겝니다."

은복은 금채를 내려놓고 여종을 향해 돌아섰다.

"공자님께서 평시에 주로 보내시는 공간이 어디입니까?"

잠시 생각에 잠겼던 여종이 이내 방긋 웃어 보였다.

"따라 오십시오."

층층이 긴 계단을 올라 내루에 이르러서야 여종이 큼지막한 문을 열었다. 감탄사가 절로 터질 만큼 웅장한 서고가 은복의 눈앞에 펼쳐졌다.

"바닥에서 습한 기운이 올라와 책을 상하게 할까 봐 도련님께서 이리 높은 누각에 서고를 만드셨습니다."

얼이 빠진 채 서가를 둘러보는 은복의 뒤를 따르며 여종이 신나게 수다를 떨어 댔다.

"중원에서 서책만 사들여 와 파는 책 장수가 개경에 오면 제일 먼저 우리 도련님을 찾아오지요. 그 책 장수 말로는 아마 궁궐에도 이런 서고는 없을 거라고 합니다. 정말 황궁의 서고보다 더 큰 것이 맞습니까?"

은복은 쓴웃음을 지어 보였다.

"저 같은 일개 무사는 황궁 서고 근처에도 가지 못한답니다. 황제 폐하와 정윤 전하만이 드나드실 수 있지요."

그는 여기에 있는 모든 책들을 읽었을까. 창이 남으로 터 있고 널찍하니, 햇빛과 바람이 잘 통할 것 같았다. 그 볕을 받으며, 그 바람을 느끼면서 그는 아주 오랫동안 이곳에서 시간을 보냈겠지. 서책 한 권을 꺼내어 들었다. 얼마나 펼쳐 보았는지 손때가 묻고 낡았다.

은복은 푹신하고 넓은 깔개가 깔린 의자에 자리를 잡고 앉았다. 그가 돌아올 때까지 이곳에서 책을 읽으며 기다릴 참이었다. 여종이 차를 우려 놓고 나가자 혼자 남은 은복은 책을 펼쳤다.

얼마나 시간이 지났을까. 열어 놓은 창으로 후덥지근한 바람이 스며 들어와 얼굴을 간질였다. 은복의 손에서 서책이 툭하고 바닥에 떨어졌다. 그 소리에 놀라 꾸벅 졸던 눈이 번쩍 떠졌다.

"공자님!"

서가 문 앞에 서서 은복을 지켜보고 있던 명현이 천천히 다가와 바닥에 떨어진 책을 주워 들었다.

"어디 다녀오시는 거예요?"

명현은 말없이 그녀를 바라보기만 했다.

"왜 그러십니까?"

그는 여전히 말문을 닫은 채 가만히 은복의 어깨를 끌어당겨 품 안에 안았다.

"어쩐지 좀 이상하십니다."

그의 품은 여전히 따뜻했지만 은복은 왠지 모를 불안감을 느꼈다.

"무슨 일 있으십니까?"

한참을 말없이 그녀를 안고 있던 명현이 마침내 입을 열었다.

"오래전, 태어나면서부터."

무슨 이야기이기에 이리도 뜸을 들이는 것인지 은복은 갑갑하기만 했다.

"정혼한 아이가 있었다. 부친들의 친분이 친형제와 같았고 같은 해에 태어난 나와 그 아이도 마치 서로의 짝임을 알아본 듯 서로를 아끼며 그리 지냈다. 허나 그 아이는 열두 살을 채우지 못하고 처참하게 죽었다."

은복은 명현의 품에서 벗어나 그를 올려다보았다.

"이후로, 나는 자라면서도 부러 그런 것은 아니었으나 그 어떤 여인에게도 감정을 품어 본 적 없어. 너를 만나고서야 여인을 아끼고 그리워하며, 때로 자책하고 고통스러운 그 마음이 여전히 내 안에 남아 있다는 사실을 깨달았다."

그의 고백에 즐겁고 설레야 하는 것이 당연한데, 조금씩 차

오르던 불안감은 어느새 폭풍우 치듯 은복의 심장을 뒤흔들며 쥐락펴락했다.

"너를 포기하지 않았던 나를 용서해 줘야만 해."

명현에게 무슨 일이 있는 것이 분명했다.

"무슨 일이 있어도 내게서 등 돌리지 마라."

"공자님, 도대체 왜 이러십니까?"

"내게서 등을 돌리면."

명현의 목소리에 담겨 있는 적대감이 은복은 의아하기만 했다. 절대 그런 일은 일어나지 않을 것이라고, 그의 두려움을 다독여 주고 싶었다.

"너는 그때부터 내게 여인이 아니라 내 마음의 통한으로 남을 것이다. 어린 날 스스로 목숨을 저버리며 나를 떠난 그 아이처럼 말이야."

말을 끝내고 한 걸음 뒤로 물러나는 명현의 모습은 자못 차갑기까지 했다. 은복은 여전히 영문을 몰라 그 자리에서 멍하니 자리를 지켰다. 명현이 돌아서서 서가 문으로 향하자 그제야 정신을 차린 은복이 황급히 의자에서 몸을 일으켰다.

"무슨 일이 있으셨는지 말씀을 해 주십시오."

명현의 뒤를 따르던 은복은 자신의 코앞에서 서가 문이 꽝 하고 닫히자 움찔 놀라 몸이 굳었다.

"공자님?"

철커덩 하는 소리가 문밖에서 들려왔다.

"공자님!"

은복은 문을 열어 보려고 애를 썼지만 벌써 굳게 잠겨 있었다.

"물 샐 틈 없이 지켜야 한다."

"네, 도련님."

꽝꽝꽝꽝, 은복은 주먹으로 문을 두드리며 명현을 불러 보았지만 그의 발걸음 소리는 저벅저벅 멀어져만 갔다.

예성강으로 향하는 동안 국은 차마 명현에게 말을 걸지 못하고 묵묵히 주인 곁을 따랐다. 국은 은복을 서가에 가두어야 했던 명현의 마음을 감히 헤아릴 수도 없었다.

포구의 뒤숭숭한 분위기는 여느 때와 사뭇 달랐다. 사람들의 얼굴에는 불안한 기색이 역력했고, 눈치 빠른 포구 상인들은 일찌감치 전방의 문을 걸어 잠갔다.

"지금쯤이면 황궁에서도 군사의 움직임을 감지하였을 것입니다."

"중앙군을 회군시키고, 개경 호족들에게 사병을 요청하였겠구나."

내의령의 영향력 아래에 있는 개경의 호족들은 황제의 요청을 모른 체하거나 거부할 것이다. 황제는 스스로 황궁을 버리거나, 앉아서 군사를 맞을 수밖에 없다. 하지만 명현은 통쾌하지도, 일말의 기쁜 마음도 없었다. 왜일까. 황제의 목이 저잣거리에 걸린다면 그제야 속이 시원할까? 고작 이렇게 처참하기만 한 기분을 맛보려고 마치 일생의 의무인 듯 복수만을 좇아 십 수 년을 살았단 말인가.

이윽고 두 사람은 이 행수가 근거지로 만들어 둔 가옥에 다다랐다.

"네가 명현이구나."

이 행수를 통해 긴밀히 서신을 주고받길 여러 해였으나, 위수와 직접 얼굴을 다시 대면한 것은 실로 오랜만이었다.

"그동안 강녕하셨습니까?"

무뚝뚝한 아버님에 비해 다정다감했던 위수의 무릎 위에서 재롱을 부리며 유년기를 보냈던 명현이었다.

"죽지 못해 살았지. 이리 장성한 네 모습을 직접 보았으면 재복이, 그 친구가 얼마나 뿌듯하고 좋아했을까."

슬하에 자식이 없었던 위수와 무남독녀 송이의 아버지 곽한귀는 세 친우 사이의 유일한 아들인 명현을 유별나게 아껴 주었다.

"일전에 청하관에 보낸 자객들에게 네가 곤욕을 치렀다는 말을 들었다. 몸은 좀 어떠하냐?"

명현과 이 행수의 눈이 마주쳤다.

"괜찮습니다."

"이 행수에게 너와 긴밀히 일을 논하도록 내가 더욱 당부하였어야 했는데, 모든 것이 나의 불찰이다. 허나 네가 청하관에서 그 일에 휘말릴 것이란 예상은 이 행수 역시 못 했을 것이니 그를 너무 탓하지는 말거라."

명현은 말없이 고개를 숙였다.

"네가 내의령을 만났다는 이야기를 전해 들었다. 내 내의령의 사병들과 일전을 불사할 결심을 하고 있으면서도 마음이 무거웠는데 네가 가장 크고 중한 일을 해냈구나."

은복에게서 빼낸 필담 종이가 없었다면 불가능했을 일이었다. 명현의 안색이 어두워지는 것을 거사에 대한 긴장감이라 생각한 위수는 그의 어깨를 가만히 두드려 주었다. 명현은 잠시 눈을 질끈 감았다.

"지금까지의 노고를 내 어찌 몇 마디 말로 위로할 수 있을까. 하지만 명현아, 이제 얼마 남지 않았다. 네 아비가 한을 풀 준비를 하며 지켜보고 있을 것이다."

명현은 천천히 눈을 뜨고 위수와 마주 바라보았다.

"내 너를 우리 군사들의 대장군으로 명할 것이니, 갑옷을 챙겨 입거라."

위수가 자리에서 일어나자 이 행수를 비롯하여 도열하고 서 있던 가신들이 일제히 허리를 숙였다.

"해가 지면 우리는 황궁으로 진군한다."

"내의령 집에 없는 게 확실해?"

"확실하다니까. 내가 그 집 종놈한테 똑똑히 들었다니까. 미시에 내의령 저택에서 나섰는데 아직 돌아오지 않았다는구먼."

지후의 얼굴이 싸늘하게 굳었다.

"그런데 내가 조금 전 내의령 집을 염탐하다 무얼 보았는지 아우?"

방맹이는 히죽 웃었다.

"황명을 가지고 온 승선이 내의령 집 문 앞에서 문전박대를 당하더란 말이오. 정말 세상이 뒤집히려나 봐."

사면초가의 황제가 내의령의 도움도 받지 못한다. 황궁은 속절없이 무너지겠구나.

"설마 이 싸움에 끼어들 생각은 아니지?"

만약 은복이 정윤을 지키기 위해 황궁으로 돌아간 것이라면, 그녀는 살아남을 수 없다.

"황궁에 들어가야 해."

"차라리 아까처럼 철없이 싸움 구경이나 하자 하지. 이건 인간들 전쟁이라고. 우리가 끼어들고 말고 할 수가 없는 문제란 말이야. 우린 그냥 불구경하듯 자알 탄다, 훨훨 더 타라, 추임새 넣는 구경꾼으로 족하오."

만약 지후가 함께 따르라 하면 인간의 모습이고 뭐고 모두 포기하고 썩은 방망이로 돌아갈 참이었다. 하지만 지후가 자신에게 눈길도 주지 않고 휘적휘적 돌아서 걸음을 옮기자, 방맹이는 되레 그를 붙잡았다.

"진짜 황궁으로 가려고? 그깟 호위 무사 하나 때문에?"

"그깟 호위 무사……."

지후의 차가운 눈길에 금방 기가 죽은 방맹이는 입술을 오물거리며 시선을 피했다.

"때문에 간다."

"좋아. 좋다고. 그런데 황궁으로 들어갈 무슨 방법이나 있수?"

"있지."

지후의 걸음이 멈춘 곳은 반란군의 수뇌부, 위수와 가신들이 거처로 삼은 가옥이었다. 가옥의 경계가 어찌나 삼엄한지 사방으로 개미 새끼 한 마리 얼씬하지 않았다. 집 앞을 지키고 있던 군사들이 지후에게 거침없이 검을 겨누었다.

"위 대인을 만나러 왔다."

목에 닿은 서슬 퍼런 군사들의 검 끝에도 지후는 눈썹하나 까딱하지 않고, 여유롭게 부채를 부쳤다.

"지난날 함께 내기 장기 두던 옛 친구가 찾아왔다 전하면 위 대인께서 들여보내라 하실 게다."

서로 눈치를 살피던 병사 하나가 황급히 집 안으로 뛰어 들어갔다. 이윽고 다시 달려 나온 병사는 다른 군사들의 경계를 물리게 하고 지후를 안으로 들여보냈다. 행랑 간에서 이 행수가 기다리고 있었다.

"북하 상단 상단주 아니시오?"

상단 일을 하며 일면식이 있는 이 행수는 깜짝 놀라며 그를 맞았다. 장기 친구가 찾아왔다는 병사의 말에 핏기가 사라진 얼굴로 어서 안으로 들이라 하명하던 위 대인을 떠올리며 이 행수는 그저 의아할 뿐이었다.

"일단 안으로 드시지요. 위 대인께서 기다리십니다."

이 행수를 따라 뜰을 가로질러 가던 지후의 눈에 명현의 모습이 들어왔다. 그는 위수가 황급히 자리를 물리게 한 다른 가신들과 함께 방에서 나오던 참이었다. 마침내 시선이 지후에게 향한 순간, 명현의 눈빛이 크게 흔들렸다.

"정지후!"

지후는 인사치레를 대신 하듯 고개를 살짝 비틀어 보인 후, 그 자리에 얼어붙어 선 명현을 천천히 지나쳤다.

25

"14년 전 그대로의 얼굴이라니."

위수는 약간의 두려움과 경외감을 안고 지후의 얼굴을 뚫어지게 응시했다.

"내 그대의 존재에 대해 이미 알고 있음에도, 그저 신묘하기만 하오."

"위 대인께서는 늙으셨구려."

조심스러워 하는 기색이 없는 지후의 태도에도 위수는 껄껄 웃음을 터트렸다.

"나야 가는 세월 붙잡을 수 없는 한낱 인간이잖소. 그동안 어찌 지내셨소?"

"몇 가지 잡기로 입에 풀칠하며 살았지."

"그게 무슨 말이오?"

그제야 위수는 의아함을 느끼고 덧붙였다. 지후는 허공에서 부쳐 대던 부채를 탁 소리 나게 탁자 위에 내려놓았다.

"인간의 목숨을 해할 수 없다는 규율을 어긴 죄로 치우천황의 세상에서 쫓겨난 지 인간 세월로 14년이오."

"그럼 그때……."

"그 망할 내기 장기 덕분이지."

같은 기억을 떠올리며 지후와 위수는 잠시 말없이 서로를 바라보았다. 침묵을 깨뜨린 것은 지후였다.

"내 그때 치우천황께 어찌나 호되게 혼이 났는지 이후로 장기판을 쳐다도 보지 않았소. 내가 그 당시 얼마나 장기를 좋아하였는지 위 대인께서도 잘 아시니, 내게는 그것이 인간 세상으로 쫓겨난 것만큼이나 크나큰 괴로움이라는 것도 아실 게요."

회한의 마음과 달리 목소리는 가볍고 장난스러웠다.

"그때, 그 일이 실패로 돌아간 후 그대가 찾아온 적이 없어서……. 몰랐소."

"내 지난날을 탓하려 새삼 대인을 찾아온 것이 아니니 걱정 마시오."

지후는 눈을 가늘게 뜨고 위수의 갑옷을 훑었다.

"나라를 뒤집으려고 하시는구먼."

"지금의 황제는 그 자리에 앉을 자격이 없으니까."

이자, 달라졌구나. 내게 장기를 이길 만큼 총기로 가득했던 젊고 생기 있던 눈 안에 욕망이 들어차서 차마 마주하기가 거북할 정도다.

지후는 어깨를 으쓱거렸다.

"누가 황제의 자리에 있든지, 그거야 나와 별 상관없는 일이고. 다만 이 인간 세상이 너무 무료해서 말이오. 오랜만에 느낀 바람 속의 전운이 흥겹기도, 그 전운에 스며들어 있는 살기가 반갑기도 하고. 흥분도 되더란 말이야."

네놈이 역시 돗가비로구나, 그렇게 생각하겠지. 허나 지금 그 눈빛을 가진 너와 내가 다를 바 무엇이겠느냐.

"내 이 전운에 한자리 맡아 볼까 흥미가 생겼소."

"그, 그게 무슨 말이오?"

지후의 목소리에는 어린아이 같은 장난기와 살벌한 위협이 뒤섞여 있었다.

"어차피 치우천황의 세상에서 쫓겨난 이 몸, 일을 방해하며 패악을 좀 부려 볼까."

위수의 얼굴이 파랗게 질렸다.

"아니면……."

지후가 천천히 자신을 향해 다가오자 위수는 자신도 모르게 몸에 한기를 느끼며 한 걸음 뒤로 물러났다.

"거사를 도와 새 나라 새 황제 밑에서 호사를 누려 볼까."

지후는 빙그레 미소를 지었다.

"어느 쪽이 좋을지, 위 대인께서 한번 결정해 주시지 않겠소?"

은복은 더 이상 문을 두드릴 힘이 남아 있지 않았다. 목은 쉬어 버렸다. 분명 가노들이 문 앞을 지키고 있었지만, 그녀가 아무리 부르고 두드려도 그들은 한마디도 답하지 않았다.

명현이 자신을 가두었다. 이유가 무엇일까.

'너를 포기하지 않았던 나를 용서해 줘야만 해.'

그 말은 무엇을 뜻하는 것일까. 그는 지금 무슨 일을 하려고 하는 걸까. 불안감에 입안이 바싹 말라 왔다.

"목이."

은복은 다시 문을 두드렸다.

"목이 너무 마릅니다."

"죄송합니다, 무사님."

머뭇거리는 목소리가 문밖에서 들려왔다.

"하지만 무사님의 무예를 저희 가노들이 감당할 수 없으니 무엇을 말해도 들어주지 말아야 한다, 도련님께서 엄하게 하명하셨습니다."

도대체 무슨 생각이십니까, 공자님. 저를 가두어 놓으시고 지금 무슨 일을 벌이려 하십니까. 그때 은복의 발끝으로 석양빛이 쏟아졌다. 은복은 창으로 다가섰다. 아래를 내려다보니 바닥까지 까마득히 떨어져 높았다. 세 길은 족히 될 법했다.

"나가야 해."

망설이는 스스로를 깨닫고 혼잣말로 중얼거렸다. 낙하의 두려움 때문에 망설인 것은 아니었다. 명현을 믿고 그가 돌아오길 기다리며, 왜 자신을 가두어야 했는지 이유를 듣고 싶었기 때문이었다. 하지만 그가 자신을 가두면서까지 해야 하는 일을 막아야 했다. 기다렸다가는, 그를 용서하기엔 너무 늦을지도 모른다.

은복은 창에 올라섰다. 감히 은복이 그 높이에서 뛰어내릴 생각을 하지 못했기 때문인지 다행히 창 아래는 지키는 가노가 보이지 않았다. 그녀는 거침없이 몸을 날렸다. 오른팔이 바닥에 부딪치는 순간 은복은 비명을 목 안으로 삼켰다. 추락의 충격으로 한참 동안 몸이 움직이지 않았다. 간신히 몸을 일으키려 했을 때 눈앞에 화려한 치맛자락이 아른거렸다,

"네가 이 집안에 없다 답한 종놈들을 불러다 경을 쳐야겠구나."

"영회 아씨?"

고개를 들자 영회가 여종 한 명과 함께 그녀를 내려다보고 있었다.

"그냥 돌아가려던 참에 하늘에서 네가 뚝 떨어지다니, 참으로 재미있구나."

영회가 까르르 웃어 댔다. 은복은 왼손으로 오른팔을 부여잡은 채 몸을 일으켰다.

"네가 돌아오지 않아 찾아왔는데, 이 집에도 없다는 걸 듣고 정윤 전하를 구하러 황궁으로 달려간 줄 알았지. 아직 예 있었구나."

"전하를 구하다니요?"

은복의 불안감은 두려움으로 바뀌었다.

"그게 무슨 말씀이십니까?"

"어머나."

뜸을 들이는 영회의 과장스러운 몸짓에 은복은 얼굴을 찌푸렸다.

"지금 반란군이 예성강에 모여들어 있다는 사실을 모르는 사람은 이 개경 땅에 너뿐일 게다."

"바, 반란군이라 하셨습니까?"

은복의 질문에도 아랑곳하지 않고 영회는 혼잣말을 덧붙였다.

"하긴 그렇게 하려고 주 공자가 너를 가두었겠지."

영회의 붉은 입술이 긴 선을 그리며 치켜 올라갔다.

"예까지 오는데 저잣거리에 개미 새끼 한 마리 보이지 않더구나. 먹고사는 데만 관심 있는 백성들이야 쓸데없는 권력 싸움에 끼어들어 괜한 피를 보고 싶지 않겠지."

권력 싸움! 반란군이라니. 감히 누가 황제 폐하에게 역심을 품었단 말인가. 연이 위험했다. 그에게 가야 했다. 은복의 머릿속에는 오로지 황궁으로 가야 한다는 생각만이 가득했다. 그런 그녀의 걸음을 멈추게 한 것은 이어지는 영회의 말이었다.

"내가 왜 여기까지 수고스럽게 너를 찾아왔는지는 들어 봐야 하지 않겠어?"

"나중에 듣겠습니다. 지금은 그럴 시간이 없습니다."

영회는 은복의 대답에 아랑곳하지 않고 말을 이었다.

"내 아버지가 가지고 계시던 네 물건을 돌려줘야 할 것 같아서 왔다."

은복은 몸을 돌려 다시 영회를 바라보았다.

"나는 나름 우리가 친해졌다 생각해서 아버지의 방에서 몰래 훔쳐 나온 것인데 이렇게 내 성의를 모른 체하면 서운하지."

영회가 품 안에서 무엇인가 부스럭거리며 꺼내들었다.

"그것이 무엇입니까?"

이내 그것이 태워진 줄로만 알았던, 연이 자신에게 맡겼던 종이임을 은복은 알아보았다.

"그게 왜 내의령 어른에게 있었다는 말입니까?"

"주 공자 말이야. 그리고 보면 참 독한 사내야."

설마 공자님께서 이것을 내의령에게 주었단 말인가? 내게서 훔쳐서? 도대체 저것이 무엇이기에?

"난 이제부터 그 사람을 목석이 아니라 독석이라고 바꿔 부를 참이다."

은복은 영회의 손에서 종이를 낚아챘다.

"참 재미있는 생각이지 않느냐? 시험을 쳐서 관리를 뽑다니 말이야."

한 자 한 자 빠르게 읽어 내려가던 은복의 얼굴에서 핏기가 사라졌다.

"내 아버지와 이 개경 호족들은 황제에게서 등을 돌렸다. 황제가 사병을 요청하였지만 모두 모른 체했지. 네가 제 시간에 돌아왔다면 열리지 않는 문 앞에서 승선이 황명이라고 부르짖는 모습을 구경할 수 있었을 텐데 말이야."

발걸음을 잡아챌 때는 언제고, 이제 가 보아야 하지 않겠냐는 듯 영회가 가만히 몸을 틀어 보였다.

"너의 정윤은 이제 끝났구나."

영회의 목소리에는 웃음기가 섞여 있었다.

"다른 누구도 아닌, 바로 너 때문에 말이야."

방맹이의 수발을 받아 갑옷을 갖춰 입던 지후는 방 안으로 들어서는 명현을 향해 빙긋 웃어 보였다.

"참 우리 인연도 끈질기지, 그렇지 않소?"

"너."

명현은 한 걸음 한 걸음 지후를 향해 다가섰다.

"도대체 뭐야."

지후는 방맹이의 손을 물리고 곁에 있던 청동 거울을 집어 들었다. 어쩌면 갑옷조차도 이리도 훤칠하게 잘 어울릴까, 명현에게 대답도 없이 혼잣말로 이죽거리던 지후가 방맹이를 돌아보았다.

"방맹이 너는 잠깐 나가 있거라."

방맹이가 방을 나가자 지후는 거울을 내려놓았다.

"병사가 그러더군. 위 대인의 장기 친구가 찾아왔다고."

돌아서서 명현을 마주하는 지후의 얼굴에서 아주 천천히 웃음기가 사라졌다.

"그래서?"

명현의 눈빛에는 의구심과 경계가 가득했다.

"위 대인은 십 수 년간 서경 땅을 떠나지 않았다. 그런데 네가 어찌 저분의 장기 친구가 될 수 있냔 말……."

'오래전, 14, 5년쯤 되었나. 내가 아직 어릴 때 내 아버님과 아버님의 친우들은 내기 장기 두기를 즐기셨소. 나는 병풍 뒤에서 그 내기 장기들을 몰래 구경하는 걸 좋아했지. 그 당시 내기 장기를 두러 찾아오던 한 사내가 있었는데 그 사내와 닮았소, 당신.'

명현은 자신이 내뱉었던 그 말을 떠올렸다. 믿을 수 없어 눈빛이 흔들렸다.

"그때 그자야. 그때 그 사내라고."

명현은 혼잣말을 하며 한 걸음 뒤로 물러났다. 그의 시선이 지후의 머리끝에서 발끝까지 훑고 지나갔다.

"어떻게, 이런 일이……."

"이 세상에는 말로는 설명하기 어렵고, 들어도 믿지 못할 일들이 많지. 그러니 모두 알려 들지 마라. 들어서 믿지 못한다면 기껏 설명한 이가 수고스럽지 않겠어?"

"믿고 믿지 않고는 내가 결정하겠어. 그러니 말해. 너는 내 아버님 그리고 위 대인과 함께 장기를 두던 사내지? 어찌하여 그때와 변함없는 모습으로 이 개경 땅에 살고 있는지."

거침없이 쏟아내는 명현의 말에도 지후는 들은 체 만 체하며 위 대인에게서 받아 온 검을 탁자 위에서 집어 들었다. 이리저리 자세를 바꿔 쥐어 보았지만 마음에 들지 않는지 코끝을 찡그렸다.

"왜 내 앞에 나타났는지, 왜 은복의 근처에서 맴도는지, 왜 지금 위 대인 앞에 나타나 거사에 함께하는지, 모두 말하란 말

이다.”

지후는 마주한 명현의 눈을 물끄러미 응시했다. 피를 부르는 전운 속에서 너의 눈빛도 위수의 것과 닮아 가는구나.

지후는 검을 빼 들어 명현을 향해 겨누었다. 그 움직임이 어찌나 빨랐는지 눈에 보이지 않을 정도였다. 명현 역시 검을 빼 들어 지후의 목을 향해 휘둘렀다. 명현은 지후가 자신을 내리치려던 손길을 허공에서 멈추었다는 사실을 알았지만 자신의 검 끝을 멈추기엔 이미 늦어버렸다.

“말도…….”

분명 칼이 목 깊숙이 찔러 들어가는 느낌이 손끝에 남아 있는데, 지후의 목에서는 그 흔적을 찾을 수 없었다. 피 한 방울도, 상처도 없었다.

“안 돼.”

“이것 봐. 보여 줘도 믿질 않는데 설명한들 무슨 소용이겠어?”

지후는 다시 검을 탁자 위에 집어던졌다.

“갑옷만으로도 충분히 거추장스러우니 이 인간들 노리개까지는 내 차마 들지 못하겠다.”

그때 방맹이가 방 안으로 다시 들어섰다.

“군사들이 모두 집결했다고 나오라는데? 출정이라는구먼. 뭔 대단한 일들을 치른다고 저리도 비장한지 모르겠어. 인간들이란.”

여전히 지후의 결정이 마음에 들지 않는 듯 방맹이의 목소리에는 불만이 가득했다. 그럼 한번 나가 볼까. 갑옷에 검 대신 부채를 손에 들고 방을 나서려던 지후가 명현을 돌아보았다.

"네가 덕물산에서 은복에게 활을 쏘지 못한 이유도."

덕물산에 돗가비가 나타나 인간을 해한다는 소문을 방맹이에게서 전해 듣고 그곳을 찾았던 지후가 그를 보았던 것이다. 명현의 눈이 놀라움과 경악으로 커졌다.

"네가 네 목숨을 걸고 불타는 배에 뛰어들었던 이유도 모두 그 말로는 설명하기 어렵고 들어도 믿기 어려운 일들 중 하나지. 허나 궁금하다면 거사가 끝나고 나를 찾아와. 내 수고스럽지만 네게 그 연유를 말해 주지."

지후가 떠나간 이후에도 명현은 한참 동안 그 자리에서 꼼짝도 할 수 없었다. 그런 그를 국이 황급히 찾으러 왔다.

"위 대인께서 찾으십니다, 도련님."

지금은 넋 놓고 있을 때가 아니다. 간신히 놀란 마음을 수습한 명현이 방을 나서려는데, 국이 그를 다시 불렀다.

"그런데 도련님."

국은 쉽게 말을 잇지 못하고 뜸을 들였다.

"행랑아범이 다녀갔습니다."

순간 명현의 얼굴이 흙빛으로 변했다.

"무사님이 서가에서 빠져 나가셨다 합니다."

"뭐?"

"그게……. 누각에서 뛰어 내리신 듯합니다."

명현은 주먹을 꽉 쥐었다. 도대체 왜! 무엇을 위해서 그 높이에서 몸을 내던지기까지 하냔 말이다. 연, 그자를 위해 왜 그렇게까지 하냔 말이야!

"도련님, 가셔야 합니다. 위 대인께서 기다리고 계십니다."

하달산에 은신하고 있던 군사들과 위 대인이 끌고 온 기마
군이 한데 모여 집결하여 출정할 준비가 끝났다. 둥둥둥둥둥둥
둥, 군사들의 사기를 올리기 위한 북소리가 명현의 심장까지
난장질 하며 때려 댔다.

26

반란군은 승평문뿐만 아니라 신봉문, 창합문, 의봉문으로
물밀듯이 밀려 들어와 눈 깜짝할 사이에 황궁을 점령했다. 그
어마한 병력에 황궁 수비는 추풍낙엽처럼 무너져 내렸다. 반란
군의 집결지는 황제의 침전인 중광전이었다.

"도련님, 태초문으로 드셔야 합니다."

병사들과 방향을 달리하는 명현의 걸음에 국이 걱정스럽게
주인을 바라보았다.

"나는 따로 갈 곳이 있다."

국이 뒤따라갈 새도 없이 명현은 춘덕문을 지나 곧장 좌춘궁
으로 향했다. 궁중 호위대인 응양군과 용호군의 남은 무사들은
모두 황제의 곁을 지켰고, 몇 명의 내관들만이 남아 목숨을 걸
고 문 앞을 지키고 있는 정윤의 처소는 초라하기 그지없었다.

"비켜서라. 죄 없는 목을 베고 싶지 않다."

손에 든 칼날만큼이나 매섭고 차가운 목소리였다.

"비켜서란 말이야!"

명현이 검을 높이 치켜들자 내관들은 두 눈을 감고 두 팔을 벌린 채 몸을 사시나무 떨 듯 떨었다. 째앵, 두 개의 검 날이 부딪치자 밤의 어둠 속에서 섬광이 번쩍했다. 명현의 검을 막아선 것은 은복이었다.

"모든 군사들이 황제에게로 갔다."

명현의 목소리는 분노에 차 있었다. 제발 등을 돌리지 말라 그녀에게 애걸했던 간절함이 격렬한 애증이 되어 그의 마음에 응어리졌다.

"황제의 편에 서면 죽는다."

냉정한 그 말에 은복은 더욱 싸늘하게 대답했다.

"나는 황제 폐하의 편에 선 것이 아니라 제자리에 서 있는 겁니다. 저는 누가 옳고, 누가 그른가도 중요하지 않습니다. 제가 아는 것은 오로지 정윤 전하께서는 제 오라비 같은 분이라는 사실입니다."

당신에게 마음을 주었으나 당신은 배신으로 내게 답을 했습니다. 내게 먹을 것을 주고, 잘 곳을 주고, 천덕꾸러기 신세에 슬퍼 말라는 말 대신 나의 누이라고 말해 주셨던 저분을 저 때문에 위험하게 만들었습니다. 눈물을 참는 은복의 눈동자에 핏발이 섰다.

"어느 누이가 제 오라비를 이대로 죽게 만들겠습니까!"

검을 쥔 명현의 손에 힘이 들어갔다.

"내 앞을 막으면."

정윤을 지키려는 은복의 마음을 보며 가슴속 깊은 곳에서 일어나는 맹렬한 분노와 질투가 그를 괴롭혔다.

"네 목을 벨 것이다."

"죽이십시오."

핏발이 선 은복의 결연한 눈동자는 한 점 흔들림이 없었다.

"안으로 들어가려거든, 필히 그래야 할 것입니다."

신음과도 같은 비명이 명현의 입에서 터져 나오는 동시에 그의 검이 하늘을 향해 치켜 올라갔다. 명현의 일격을 받아 내던 은복의 손에서 검이 떨어졌다. 사실 그녀의 오른팔은 이미 부러져 있었다.

"비켜서란 말이다!"

벨 것이라 했다. 벨 것이다. 너의 목을 벨 것이다. 너를 죽일 것이다. 명현은 다시 검을 치켜들었다. 검이 허공을 가로 지르는 순간 은복은 눈을 질끈 감았다. 하지만 명현의 칼끝은 자신에게 닿지 않았다.

"어허."

은복은 눈을 번쩍 떴다.

"상단주 나리?"

지후가 고작 부채 하나로 명현의 검을 막아선 채 은복 앞에 서 있었다.

"구구절절 애정 고백할 때는 언제고, 이리 다짜고짜 목을 따려 들면 쓰겠어?"

지후가 갑옷을 걸친 것을 보고 은복은 그 역시 반란군으로 황궁에 들어온 것임을 깨달았다. 기가 막힌 허탈함도 잠시 은복은 재빨리 떨어뜨렸던 검을 집어 들었다.

"공자님이든, 상단주 나리든 아무도 못 들어갑니다. 제 목이 붙어 있는 한 좌춘궁에 아무도 들이지 않을 것입니다."

명현은 은복을 노려보았다. 그녀를 이해하는 한편 마음이 왜 이리 서운하고 분한지, 어찌나 그녀가 밉고 꼴 보기 싫은지, 당장 목을 베고 싶으면서도 막아서 준 지후에게 고마운 것은 무엇인지 명현의 마음이 말할 수 없이 어지러웠다.

"곧 군사들이 이곳으로 올 거야."

명현은 은복을 향해 있던 검 끝을 간신히 거두고 지후에게 말했다.

"지금 당장 은복이 저 아이를 데리고 나가. 당신, 그러려고 이곳에 들어온 거잖아."

지후는 은복을 향해 돌아섰다. 그리고 두 손을 번쩍 들어 보였다. 피가 터지고 비명 소리가 난무하는 급박한 황궁의 분위기와 전혀 다른 세상의 사람인 듯 지후는 여전히 여유 있게 웃어 보였다.

"무사님, 나는 정윤 전하가 들어 있는 저 방에 들어갈 생각이 추호도 없소. 그러니 칼을 거두고 나와 함께 황궁을 빠져나갑시다."

"제 목숨 살자고, 전하를 두고 못 갑니다."

은복은 명현을 노려보면서도 지후를 향한 경계를 풀지 않았다.

"상단주 나리도 반란군 일원이십니까?"

그 목소리에 섞인 원망에 지후는 얼굴을 찌푸렸다.

"나는 그저 무사님이 걱정되어 온 것이오. 지금 나가야 합니다. 군사들이 몰려오면 그땐 주 공자라도 무사님을 감싸 줄 수 없어."

지후는 은복을 향해 고개를 숙이고 목소리를 줄였다.

"황궁에 들어온 군사의 숫자가 수천이야. 어차피 지금 무사님 혼자서 전하를 구할 수 없어. 저들은 황제에게서 황위를 공식적으로 선양받기 전까지는 황제도, 정윤도 살려 둘 것이오."

은복의 기세가 한 풀 꺾이는 것을 감지하며 지후는 더욱더 은밀하게 목소리를 낮췄다.

"목숨을 보전하여 후일을 도모합시다."

와아아아아아, 군사들의 함성 소리가 좌춘궁 가까이에서 들리기 시작했다.

"그게 정윤 전하를 살릴 수 있는 유일한 방법이오."

황궁 곳곳을 누비는 반란군의 눈을 피해 도망치는 것은 이미 불가능한 일이었다. 하늘 높이 치켜들었던 은복의 검이 바닥에 떨어진 순간이었다. 지후는 눈 깜짝 할 사이에 갑옷을 벗었다. 지후가 반란군의 갑옷을 은복의 어깨에 걸쳐 주는 순간 이 행수를 필두로 한 한 무리의 반란군이 좌춘궁 뜰을 가득 메웠다.

"황제를 추포하였습니다, 대장군!"

지후의 손길에 이끌려 반란군 틈으로 파고들던 은복의 걸음이 제자리에서 굳어 버렸다. 대장군, 그것은 분명 명현을 향한 호칭이었다. 그가 이 반란군 속에서 지대한 위치에 서 있다는 뜻이었다. 돌아본 은복과 명현의 눈이 마주쳤다.

"허나 황제는 옥새를 가지고 있지 않았습니다."

이 행수의 말에 명현은 내관을 밀치고 좌춘궁 안으로 뛰어들어갔다. 연의 침상이 비어 있었다. 그제야 명현은 은복이 연을 지키기 위해서가 아니라 그가 도망칠 시간을 벌기 위해 자신을 막아섰던 것임을 깨달았다.

"전각을 샅샅이 뒤져라!"

이 행수의 외침에 군사들이 좌춘궁 안으로 물밀듯이 들어와 차고 부수었다. 그들 틈으로 천천히 전각을 빠져나오는 명현의 걸음은 한없이 무겁고 허탈했다.

"북하 상단 정지후가 무사님과 함께 좌춘궁을 빠져나갔습니다."

그의 곁으로 국이 다가와 섰다.

"눈치챈 군사는 없었고, 저 역시 도련님께서 부러 놓아 주신 것이라 생각하여 쫓지 않았습니다."

"국아."

명현은 국을 불러 놓고도 한참 동안 말을 잇지 못했다. 국아, 나는 그녀를 죽일 뻔했다. 하마터면 정말로 그녀의 목을 벨 뻔했다. 나는 그 분노가 두렵다. 그것이 그 아이를 연모하는 마음의 크기라 생각하니, 그 집착이 무섭다.

전각을 뒤지던 이 행수가 명현의 곁에 다가왔다.

"정윤도, 옥새도 없습니다. 선양을 받으려면 옥새가 필요합니다."

은복은 옥새를 가진 정윤의 행방을 알 것이 분명했다. 두 사람이 황궁을 빠져나가기 전에 쫓으라. 군사들에게 명한다면 충분히 그녀를 추포할 수 있었다. 하지만 은복이 정윤의 호위 무사라는 사실을 알게 되면 이들은 정윤의 행방을 알기 위해 그녀를 고신하고 대답의 유무와 상관없이 처참한 죽음을 면하지 못하리라. 명현은 검을 쥔 손에 힘을 주고 이 행수를 향해 돌아섰다.

"이미 황궁을 빠져나갔겠지. 군사를 풀어 도성을 뒤져라. 정윤과 옥새를 찾는다."

"네, 대장군."

이 행수가 자리를 뜨자 명현은 목소리를 줄여 국에게 명했다.

"은복이는 정윤의 행방을 알고 있다. 정지후와 은복이의 뒤를 은밀히 쫓아라. 다른 군사들이 알아서는 안 돼."

"네, 도련님."

열대야를 피해 나온 사람들로 매일 밤 떠들썩했던 저잣거리가 텅 비어 있었다. 황궁에서 벌어진 난리에 남녀노소 지위를 막론하고 너 나 할 것 없이 경계하고 몸을 사렸던 것이다. 주점의 심부름꾼 아이가 슬그머니 고개를 내밀었다가 갑옷을 입은 은복을 보자마자 숨을 헉 내쉬며 도망쳐 버렸다.

"정말⋯⋯."

으슥한 골목에 이르러서야 은복은 잠시 벽에 등을 기대어 거친 숨을 내쉬었다.

"상단주 나리께서 반란군과 한패이십니까?"

"내 아니라 하지 않았소. 그저 무사님을 구하러 왔을 뿐이오."

"주 공자께서는."

물어 확인하고 싶었다. 그도 자신을 구하기 위해 반란군으로 위장하여 황궁에 들어온 것은 아닙니까, 묻고 싶었다. 하지만 눈으로 보고, 귀로 들었다. 필담 종이는 명현의 저택에서 사라졌다. 자신에게서 필담 종이를 훔쳐 내어 내의령에게 가져간 사람도 그가 분명했다. 물어 무엇하리. 이미 답은 정해져 있는데. 눈물이 쏟아질 것 같아 은복은 이를 악물었다. 지금은 아니다. 지금은 슬퍼할 여유가 없다.

"아닙니다. 괘념치 마십시오."

은복은 천천히 갑옷을 벗기 시작했다.

"그런데 나리, 왜 저를 구하러 이리 위험한 일을 벌이신 겁니까? 자칫 나리 목숨이 위험할 수도 있는 일입니다."

지후는 그녀의 손놀림이 불편한 것을 눈치챘다. 그는 대답 대신 은복에게 되물었다.

"팔이 왜 그러시오?"

어둠 속에서 그녀 가까이 다가갔을 때야 지후는 은복의 온몸이 식은땀으로 흠뻑 젖어 있다는 사실을 깨달았다. 얼굴을 잔뜩 찡그린 그는 필요없다 내빼는 은복을 아랑곳하지 않고 그녀의 팔을 살폈다.

"부러진 것 같소. 서둘러 내 집으로 갑시다. 의원을 불러 살펴야 해."

"괜찮습니다. 참을 만합니다."

처음으로 지후의 목소리가 거칠어졌다.

"고집 피우다가 평생토록 검은커녕 수저도 스스로 잡지 못할 것이오."

하지만 은복은 고개를 내저었다.

"나리 댁에 갈 수 없습니다. 주 공자가 저를 쫓을 것입니다."

지후는 은복을 물끄러미 내려다보았다.

"갑시다. 내 숨을 곳을 알고 있으니."

은복은 지후의 손길을 쳐 냈다.

"저를 두고 가십시오. 함께해 봤자 서로 도움이 되지 않습니다."

"나는……."

지후는 자신의 옷을 찢어 땀으로 젖은 은복의 얼굴을 닦아 주었다.

"황제며 반란이며, 정운도 중요하지 않아."

은복은 그 손길에서 얼굴을 피했다.

"그들이 죽든 살든, 그 자리를 지키든 뺏기든 신경 안 써."

지후는 손으로 그녀의 턱을 단단히 움켜쥐었다.

"상단주 나리."

자신에게 향하는 지후의 끈질기고 집요한 그 손길에 은복은 더 이상 반항할 수 없어 그를 바라볼 뿐이었다.

"하지만 네 목숨이 걸렸다면."

얼굴에서 땀을 완전히 닦아 낸 다음에야 지후는 그녀의 턱을 놓았다.

"누군가가 네 목숨을 노린다면."

은복이 자신의 한기로 인해 몸을 부르르 떠는 것을 알면서도 지후는 그녀를 안아 올렸다. 위수의 눈빛에 있던 그것, 주명현이 품고 있던 그것, 욕망이 자신의 마음에서 뻗어 나가고 있음을 지후는 깨닫고 있었다.

"나는 이 일에 끼어들 것이다."

"지금……."

위수에게 향하는 명현의 목소리가 가늘게 떨렸다.

"뭐라 말씀하셨습니까?"

명현을 찾는다던 위수는 황제의 침전에서 기다리고 있었다. 화려하고 광영 어린 중광전은 주인을 잃고 쓸쓸한 기운만이 가득했다.

"황제는 매일 밤 이곳에서 잠을 잤겠지."

위수는 명현의 말에 대답 대신 혼잣말처럼 중얼거렸다.

"오늘도 이 자리를 안전하게 보전했다 만족하며 아주 달게 잤겠지."

위수는 침상에 걸터앉아 금실이 놓아진 황제의 비단 요를 손아귀에 움켜쥐었다. 명현은 다시 한 번 그에게 확인하듯 물었다.

"왕준을 데리고 오지 않았다는 말이 무슨 뜻입니까?"

"왕 씨를 새 황제로 옹립하지 않을 것이다."

위수는 고개를 돌려 명현을 바라보았다.

"왕준은 엄밀히 말하자면 태조의 피가 흐르는 황제의 집안 사람 아닌가. 황제는 우리 모두의 집안을 짓밟고 죽였는데 우리가 그 집안사람을 또다시 새 황제로 모실 이유가 무엇이냐."

역성혁명. 위수가 왕조를 바꾸려 함을 깨닫고 명현은 잠시 숨을 멈추었다. 그는 처음부터 이리 계획하고 있던 것일까.

"정윤을 찾아내라. 옥새를 찾아 선양을 받은 뒤 황제를 주살해야 계획했던 모든 거사가 끝이 난다."

"그 계획 속의……."

황제의 침전에서 욕망의 눈빛을 반짝이는 위수는 명현의 어린 날 기억 속에 있던 친절하고 인자했던 모습을 가지고 있지 않았다. 무뚝뚝하여 애정을 표현할 줄 몰랐던 아버님 대신 다정하게 자신을 아껴 주어 마음으로 백부라 불렀던 사람과 지금 눈앞에 서 있는 이 사람은 더 이상 같은 사내가 아니었다.

"새 황제는 누구입니까?"

"내가 그 자리에 오를 것이다."

"위 대인!"

"너를 내 양자로 입적하여 태자로 삼을 것이며, 정윤으로 책봉할 것이다. 그리고 내의령의 딸과 혼인시킬 것이다."

"지금 뭐라 말씀하셨습니까? 위 대인께서 늘 아버지의 유지를 되새기라 하시며 말씀하시지 않았습니까! 황제와 개경 호족들이 우리의 어버이를, 형제를, 연인을, 이웃을 죽인 우리의 적이라고 그리 말씀하셨으면서 지금 내의령과 손을 잡으려 하십니까?"

명현의 눈빛이 분노로 흔들렸다.

"분한 마음이야 어찌 내가 너보다 모자람이 있을까. 허나 복수는 복수를 부를 뿐이다. 우리의 대에서 서경과 개경의 반목을 지워야 다시 이 땅에 피바람이 불지 않을 것이야. 너와 내의령의 여식의 결합은 서경과 개경의 결합이 되어 이 나라를 안정시켜 줄 것이다."

거사를 치르고 나면, 가슴을 짓누르는 이 마음의 병이 속 시원히 흔적도 없이 사라질 것이라 믿어 의심치 않고 살았다. 거사에 실패하면 당연히 목숨을 잃을 것이고, 거사에 성공하면 모든 원한도, 그리움도, 죄책감도 지워 버리고 이 개경 땅을 떠나 자유로이 세상을 유람하며 살길 고대했던 명현이었다.

"황제가 그렇게 지키고자 했던 바로 그 황권을 내가 가지고, 또 명현이 네가 가지는 것이다. 네 아비가 저승에서 기뻐할 것이다."

도대체 이 끝도 없는 싸움은 무엇입니까. 아버님, 정말로 당신이 죽어 가며 유지로 남길 만큼 원한 것이 이것이셨습니까?

27

"아니 청하관이 무슨 저잣거리 전방인 줄 알아? 왜 걸핏하면 여기 와서 이 난리냐구."

백녀의 투덜거림에 방맹이가 얼른 다가가 그녀의 어깨를 조몰락거렸다.

"그야 믿을 만한 사람, 여우, 아니 요물……. 뭐 어쨌거나 믿을 만한 자가 우리 아리따운 백 소저뿐이니 어쩌겠수."

산도적 같은 얼굴과 어울리지 않는 방맹이의 아양에 지후는 속이 불편한 듯 고개를 돌려버렸다.

"저 불쌍한 무사 도와서 공덕 쌓으면, 혹시 알아? 내세에는 인간으로 태어날지?"

"흥, 그깟 인간. 시켜 줘도 안 해."

말은 그리 하면서 지후와는 달리 방맹이의 아양에 마음이 누그러지는 백녀였다.

"자자, 우리는 나가서 오붓하게 냉차나 한잔합시다."

백녀의 등을 떠밀어 지하 여우 굴을 빠져나가가며 방맹이는 지후를 향해 눈을 찡긋거렸다.

지후는 침상 위에 기대앉은 은복을 멀찌감치 서서 지켜보았다. 그녀가 한사코 의원을 거부한 탓에 부러진 팔은 부목을 대어 고정시켜 놓은 것이 할 수 있는 유일한 치료였다. 말도 못하게 고통스러울 터인데 은복의 얼굴은 마치 이 모든 것이 꿈이길 바라는 듯 허무하고 고요했다.

"청하관 안에 이런 방이 있다는 것을 아는 사람은 거의 없어."

지후의 목소리에도 은복의 표정에는 미동도 없었다.

"아무도 찾아낼 수 없을 거야."

마치 아무것도 보이지 않고, 아무것도 들리지 않는 사람처럼 그녀의 눈빛은 텅 비어 있었다. 그녀에게 혼자만의 시간이 필요할 것이란 생각에 지후는 돌아섰다.

"더 이상 나리께 폐를 끼치지 않으려고 했지만……."

지후는 천천히 고개를 돌려 다시 은복을 바라보았다.

"아무리 생각해도 도와주실 수 있는 분은 상단주 나리뿐입니다."

"제발 함께 가시옵소서, 아바마마!"

반란군이 들이닥칠 위태로운 순간이었지만 황제는 옥좌에서 꿈쩍도 하지 않았다. 연이 황제에게 애원하기 위해 무릎을 꿇자 은복 역시 황급히 엎드려 머리를 조아렸다.

"폐하, 옥체를 보전하셔야 합니다."

하지만 황제의 단호한 표정에는 변함이 없었다.

"내가 황궁을 포기하는 순간 저들은 선양의 절차도 밟지 않고 황좌를 차지할 게다."

그는 단순히 황제로서의 위엄과 명예를 지키기 위해 황궁을 떠나지 않는 것이 아니었다. 황제가 옥새와 서찰을 꺼내 들자 내관이 그것을 연에게 전달했다.

"너는 지금 당장 황궁에서 나가야 한다."

이것은 정윤에게 시간을 벌어 주기 위한 황제의 결단이었다.

"후주로 가라."

"후주라니요?"

"조광윤이 등주에 머물고 있다고 들었다. 등주는 뱃길로 고작 이틀이다. 지금 바로 등주로 가서 무슨 일이 있어도 조광윤에게 이 서찰을 전하라."

"조광윤이라면 후주의 전전 도점검이 아닙니까?"

조광윤은 후주 황제 시영의 신임을 한몸에 받는 후주 금군의 최고 실력자였다.

"이것이 유일한 방도이다."

호족들이 돌아섰다. 반란군과 호족의 사병이 더해진다면 중앙군이 회군하여 돌아온들 싸워 이길 재간이 없다. 중앙군이 이미 호족으로 기울어진 대세에 맞서 싸울지도 의문이었다. 하지만 후주의 막강한 군사력이 이 싸움에 끼어든다면 판도가 달라진다.

"하지만 조광윤이 저희를 도울 이유가 없지 않습니까?"

"서찰을 펴 보아라."

떨리는 손길로 서찰을 펴서 읽어 내려가는 연에게 황제는 단호하게 말을 이었다.

"조광윤은 우리를 도울 것이다. 당장 떠나거라."

황제는 연의 곁에 엎드린 은복을 바라보았다.

"은복아."

"네, 황제 폐하."

"정윤이 황궁을 빠져나가서 후주로 갈 수 있도록 네가 도와 야 한다."

폐하, 저 때문입니다. 제가 정윤 전하의 필담 종이를 제대로 간수하지 못했기 때문입니다. 내의령과 호족의 사병이 황제 폐 하를 도왔다면 이리 싸움 한번 하지 못하고 옥새를 들고 도망 쳐야 하지는 않았을 것입니다.

"황제 폐하, 제 목숨을 바쳐 정윤 전하를 도울 것입니다."

그 죗값을 이리 치를 것입니다.

"가거라. 한시도 지체하지 말아야 할 것이다."

황급히 회경전을 빠져나오던 연이 무슨 생각이 들었는지 걸 음을 멈추었다. 급박한 마음으로 앞서던 은복이 의아한 눈길로 그를 돌아보았다.

"왜 그러십니까, 전하?"

연은 가슴팍에서 두루마리 하나를 꺼내어 은복에게 내밀었다.

"좌춘궁에서 나올 때 함께 가지고 나온 것이다."

"이것이 무엇입니까?"

"언젠가 네가 그랬었지. 네 아비가 어떠한 연유로 그 목숨을 나라에 바쳤는지 알고 싶다고."

연은 이것을 숨기려 했었다. 하지만 자신에게 무슨 일이 생긴다면, 은복은 죽을 때까지 그 연유를 알지 못하고 살아갈 것이다. 그것이 비록 아프고 쓰린 것이라 하더라도, 진실은 진실만이 귀결 지을 수 있는 매듭의 힘을 가지고 있었다.

"당시 병부령이었던 조상국이 황제 폐하께 올린 상소글이다. 그곳에 네 아비의 일이 적혀 있다."

얼떨떨한 표정으로 두루마리를 내려다보던 은복은 이내 그것을 품 안에 집어넣었다.

"보고 싶지 않느냐?"

"나중에."

작금의 상황조차도 은복은 간신히 감당해 내고 있었다.

"나중에 보은사에 아버지를 뵈러 갈 수 있는 날이 다시 오면 그때 보겠습니다."

조금 더 일찍 건네줄 것을, 너를 위한 마음이었는데 그것이 결코 너를 위한 것이 아니었구나. 은복을 향한 안쓰러운 눈빛도 잠시, 연은 황궁을 빠져나가기 위해 다급한 걸음을 떼었다.

황제 폐하께서는 지금 어떻게 되셨을까. 반란군에게 곤욕을 치르신 것은 아닐까. 은복의 얼굴은 일그러져만 갔다.

"내가 무엇을 도와야 한단 말이야?"

"정윤 전하를 뫼시고 등주로 가야 합니다."

지후의 한쪽 눈썹이 치켜 올라갔다.

"도와주십시오, 상단주 나리."

다친 팔을 움켜쥔 은복이 침상에서 나와 지후 앞에 섰다.

"이리 위험한 일에 나리에게 도움을 구하는 것이 얼마나 염치없는 일인지 알고 있습니다. 항상 그 빚을 갚겠다 말만 하고서 늘 도움만 얻는 것도 송구합니다. 도와주시면 시키는 것은 무엇이든 하겠습니다. 후주에서 돌아온 뒤 나리 댁의 노비가 되라 하면 그리하겠습니다."

물끄러미 은복을 내려다보던 지후가 천천히 입을 열었다.

"무엇이든이라고 말했겠다."

"네, 상단주 나리."

"노비라도 되겠다?"

은복은 결연하게 고개를 끄덕였다.

"네, 상단주 나리."

"좋아. 네가 정윤과 함께 후주로 갈 수 있도록 배를 마련해주겠다."

은복의 표정이 밝아졌다.

"내가 네게 바라는 것은 두 가지다."

"말씀하십시오."

지후는 그녀를 향해 천천히 팔을 뻗었다.

"하룻밤."

뺨에 닿은 차가운 손가락의 감촉에 은복의 눈빛이 흔들렸다.

"너를 안을 것이다."

지후에 대한 실망과 분노, 그리고 연을 도울 수 있다는 안도가 복잡하게 그녀의 마음을 어지럽혔다.

"나머지 하나는 무엇입니까?"

"후주로 가서."

차가운 말투와는 달리 우습게도 목소리가 다정하게 느껴지는 것은 무엇일까. 은복은 여전히 볼에 맴도는 지후의 손길을 차마 내치지 못하고 그가 말을 잇기를 기다렸다.

"다시는 이 고려 땅에 돌아오지 마라."

"청하관에 계십니다."

등잔 심지에 불을 붙이지 않아 서가 안의 빛은 창에서 스며드는 달빛이 유일했다. 차마 서가 안으로 들어가지 못하고 문가에 선 명현을 바라보며 국이 말을 이었다.

"정윤을 찾기 위해 군사들이 청하관을 뒤졌으나, 무사님을 찾지 못한 것을 보면 내부에 몸을 숨길 수 있는 은밀한 장소가 있는 듯합니다. 청하관으로 가 보시겠습니까? 주인 백녀를 잡아 다그치면 무사님의 소재를 털어놓을 것입니다."

명현은 고개를 가로저었다.

"은복이를 찾는다 해도, 그녀는 죽으면 죽었지 절대로 정윤의 행방을 발설하지 않을 거야."

정윤 연, 수천의 군사가 너를 잡기 위해 도성 곳곳을 누비고 있는데 나는 너의 처지가 부럽기도 하다. 수천의 군사가 나의 편이면 무엇하나. 그 아이가 너의 편인데.

고작 어제였다. 네가 저 의자에 앉아 잠들어 있었다. 햇빛에 반짝이던 네 얼굴이 얼마나 고왔던지 나는 한참 동안이나 바로 이 자리에 서서 너를 지켜보았다. 고작, 하루 전만 하더라도 너는 내 품에 안겨 있었다. 거사가 끝나면 네 발밑에 무릎을 꿇고 서라도 나는 사죄하려 했고, 너를 잃고 싶지 않은 내 마음만큼 네 마음이 깊다면 너는 끝내는 용서해 주리라 고대했다. 지금껏 내 삶을 붙잡고 놓아주지 않던 악몽과 통한을 떨쳐 버리고 너와 함께 이 개경 땅을 떠나 마음 닿는 곳에 자리 잡고 조용한 초가삼간 하나 지어 너와 둘이서 평화롭게 살길 꿈꾸었다.

어둠 속에 시야가 익숙해졌을 때, 명현의 눈 안에 무엇인가 들어왔다. 천천히 창가로 다가간 명현은 바닥에 떨어진 은복의 향낭을 주워 들었다.

이것이 또다시 내게로 왔구나. 이는 무엇이냐. 내게 근심인 너를 잊으라는 뜻인 게냐. 아니면 내게 근심인 너를 끝까지 놓지 말라는 게냐.

"국아."

"네, 도련님."

"그 아이가 청하관에 있다는 사실을 내가 모른 척해야 은복이가 정윤을 만나기 위해 움직인다. 정윤의 행방을 알기 위해서는 그 뒤를 쫓는 수밖에 없어."

나는 여전히 너를 속인다. 은복아, 돌이킬 수 있다면 나는 필담을 내의령에게 가져가지 않을 것이다. 은복아, 돌이킬 수 있다면 나는 너를 위해 내 속의 통한을 가슴에 묻고 거사가 일어나기 전에 너를 데리고 이 고려 땅을 떠나고 싶다. 하지만 돌이킬 수 없기에 나는 이제 멈출 수가 없다. 지금 내가 꺾이면, 네 목숨이 위험할 때 나는 너를 구할 수 없다.

"도련님."

행랑아범이 서가에 들어섰다.

"위 대인께서 사람을 보내셨습니다. 지금 뵙자 하십니다."

명현은 향낭을 손에 쥐고 돌아섰다.

"위 대인께서는 지금 황궁에 계신다 하더냐?"

"황궁이 아니라 내의령 댁에 계십니다."

명현뿐만 아니라 국 역시 놀라 커진 눈으로 행랑아범을 바라보았다.

"위 대인께서 지금 내의령 댁에 계십니다. 도련님께서도 그리 오라 하셨습니다."

화려한 주안상을 마주하고 위수와 내의령 조상국이 앉아 있고 연회장 가득히 메운 교방의 악관들이 연주함에 맞춰 무희들이 춤을 추었다. 위수는 황실의 행사나 황제의 특별한 허락이 떨어진 연회에서만 그 재주를 써야 하는 교방 소속의 악관들을 사사로이 불러들였던 것이다.

"왔으면 앉지 않고 무엇하느냐."

위수는 명현에게 술잔을 내밀었다.

"받거라. 시중께서 아주 향이 좋은 술을 내주셨구나."

술잔을 받아 들던 명현의 날카로운 시선이 조상국에게로 향했다. 그 시선에 조상국은 빙그레 미소를 지었다.

"왕지를 받기 전까지는 그 시중 호칭은 조금 미뤄 두기로 하지요, 위 대인."

"괜찮습니다. 이 아이는 장차 내 아들이 될 사람입니다. 우리끼리 저어할 게 무어 있겠습니까."

위수는 손을 들어 풍악을 멈추게 했다.

"모두 나가들 있거라."

악관과 무희가 빠져나간 뒤 연회장이 쌀랑해지자 위수는 다시 명현에게로 시선을 던졌다.

"향후 국정에 관하여 오늘 내의령과 많은 이야기를 나누었다."

"위 대인, 너무 이릅니다. 아직 황제가 황궁에 있고, 정윤과 옥새의 행방은 알 수 없습니다."

명현의 말에도 위수는 아랑곳하지 않았다.

"선양 후 문하성과 중서성을 통합할 것이다. 이를 중서문하성으로 칭하며 내의령을 중서문하성의 시중에 명할 생각이다."

황제와 신료들 사이를 조율하는 문하성과 국정 조칙을 수행하는 중서성을 통합한다면, 그것은 때에 따라서 황제보다 더한 권력을 쥘 수도 있는 자리였다. 만약 옥새를 찾지 못해 선양 대신 황제의 목을 베고 그 자리가 비게 된다면 힘을 가진 호족들이 너 나 할 것 없이 침을 흘리며 달려들 것이 분명했다. 황제에 오르기 원하는 위수에게 있어 조상국과의 야합은 선택의 여지가 없는 결정이었다.

위 대인, 당신은 복수를 하기 위해 황제가 되기로 하신 게 맞습니까? 아니면 황제가 되기 위해 복수를 계획하신 것입니까?

명현은 잔을 들어 술을 단번에 마셨다.

"내의령께서는 충분히 스스로 황위에 욕심을 부리실 수도 있으실 텐데요. 시중이라는 자리로 만족하시는 것입니까?"

조상국은 옅은 미소를 지우지 않은 채 술병을 들어 명현의 잔을 채워 주었다.

"어차피 늙어 빠진 이 몸, 황제가 되어 봤자 몇 년이나 만세를 누리겠나. 아들이 있어 그 자리를 물려줄 수도 없는데 말이야."

그때였다. 문밖에서 인기척이 들리더니 이내 문이 열렸다. 명현은 비록 그 마음이 거짓이었다 하나 한때 자신의 정인이었던 여인과 눈이 마주쳤다.

"허나 내 여식이 황위를 이을 자네와 혼인을 하고, 내 여식이 낳은 아들이 또 그 황위를 잇는다면 나와 우리 집안의 만세는 대대로 이어질 게 아닌가."

28

술이 과했다. 위수와 마주하기도, 조상국와 함께한 자리도 불편하여 묵묵히 술잔만 기울였던 게 화근이었다.

"참으로 우스운 인연이지 않습니까, 공자님."

불어오는 바람을 따라 누각에 올라 정원을 내려다보고 있던 명현은 등 뒤에서 들려오는 영회의 목소리에 주먹을 꽉 쥐었다. 자신을 붙잡던 그녀의 손길을 뿌리치고 은복에게 달려갔던 그날, 정지후의 집에서 만난 이후 두 사람이 대면한 것은 처음이었다.

"제 마음을 그리 쓰리게 배신하고 가시어 다시는 공자님을 웃는 낯으로 뵐 일이 없을 거라 생각했는데. 이제 아버님께서는 정윤 연이 아니라 공자님과 혼례를 치르라 하십니다."

재미있다는 듯 영회가 까르르 웃음을 터트렸다.

"이 태자든, 저 태자든 상관없이 저는 태자비로 타고났나 봅니다."

명현은 천천히 몸을 돌려 영회를 바라보았다. 욕심과 속물이 열정으로 포장될 때는 더할 나위 없이 아름다운 여인이었다. 하지만 비밀 정인을 자처하며 그녀를 곁에서 지켜보았던 명현은 그녀의 열정을 한 꺼풀 벗겨 놓으면 그 탐욕과 광기가 몸서리쳐질 만큼 독살스러움을 알고 있었다.

"저와 혼례를 치르시면 그 아이는 어쩌실 생각이십니까? 후궁으로 들이시려 한다면 제가 아랫것들에게 그리 너그럽지 않다는 것을 아셔야 할 것입니다. 특히 저는 제 것을 누군가와 나누어 본 적이 없지요."

그녀는 명현 앞에서 더 이상 자신의 성정을 꾸미고 포장하려는 노력 따위 하지 않았다.

"나는 위 대인께 그대와 혼인하겠다 답한 적 없어."

영회의 입에서 은복이 오르내리는 것이 불쾌하여 명현의 얼굴에 취기와 노기가 뒤섞였다.

"그 아이를 후궁으로 들이는 일 따위는 더더욱 없을 것이고."

하지만 영회는 명현의 말을 무시하고 자신의 말을 이었다.

"아, 정윤이 도망갔다 들었는데 그 아이도 함께 갔겠군요. 다시 잡혀온다 한들, 그 아이가 공자님 곁에서 후궁 노릇하며 살려 들까 모르겠습니다."

누각을 내려가려던 명현의 걸음이 그 자리에 멈추었다.

"제아무리 후궁 자리가 탐이 난다 해도, 지금껏 거둬 준 황제와 정윤이 자기 때문에 그 꼴이 났는데 혼자 부귀영화를 누리려 한다면 그것이 어찌 사람이겠습니까. 금수지요."

돌아서서 영회에게 향하는 명현의 눈빛이 날카로웠다.

"무슨 짓을 한 거야?"

"짓이라니요? 저는 그저 내 아버님이 왜 황제가 내민 구원의 손길을 모른 체했는지 그 연유를 그 아이에게 설명해 주었을 뿐이랍니다."

꽈앙, 명현의 주먹이 영회의 뺨을 아슬아슬하게 스쳐 지나 누각 기둥을 내리쳤다.

"저를 탓하십니까?"

영회는 눈썹 하나 까딱하지 않고 명현을 지그시 바라보며 미소 지었다.

"스스로를 탓하셔야지요. 이렇게 될 줄 모르고 필담을 그 아이에게서 가져와 내 아버님께 드린 것입니까?"

영회의 말이 맞다. 이대로 그녀의 목을 조르고 싶은 살기, 그 분노는 사실 스스로에게 향한 것이나 다름없었다.

"정윤에게 없는 것이 주 공자에게 있어, 저는 저의 새로운 혼처가 참으로 마음에 듭니다."

영회는 명현의 마음을 찢어 놓고 싶었다. 자신을 버리고 그 깟 무사 계집에게 달려갔던 그때의 능욕을 앙갚음하고 싶었다.

"탐욕입니다. 이 고려 땅 최고의 것을 모두 누려야 한다는 저의 욕심도 탐욕이고, 뜻한 바 앞에서는 사랑하는 여인을 배신하고서라도 꼭 이루고 말겠다는 욕심도 탐욕과 매한가지지요."

하지만 명현을 향한 진심도 영회의 마음에 뒤섞여 있었다.

"장차 제법 잘 어울리는 황제와 황후가 될 것 같지 않사옵니까?"

명현은 영회의 웃음소리를 뒤로하고 누각을 내려왔다. 다리에 힘이 풀려 자꾸만 걸음을 헛디디는 것은 비단 취기 때문만은 아니었다. 좌춘궁 앞을 가로막고 서 있던 은복의 얼굴이 머릿속에서 떠나지 않았다. 그녀는 이미 자신이 저지른 짓을 알고 있었다. 얼마나 증오하는 마음이 가득했을까. 얼마나 자책하는 마음에 괴로웠을까. 가슴이 찢어지는 고통 때문에 온몸이 욱신거렸다.

"차라리 너를 만나지 않았더라면."

명현은 그 자리에 멈추어 서서 품 안의 향낭을 꺼내 들었다.

"차라리 좌춘궁 앞을 지키는 정윤의 호위 무사로 어제 너를 처음 보았다면!"

그때 명현의 귓가에 지후의 목소리가 산울림처럼 맴돌았다.

'네가 덕물산에서 은복에게 활을 쏘지 못한 이유도, 네가 네 목숨을 걸고 불타는 배에 뛰어들었던 이유도 모두 그 말로는 설명하기 어렵고 들어도 믿기 어려운 일들 중 하나지. 허나 궁금하다면 거사가 끝나고 나를 찾아와. 내 수고스럽지만 네게 그 연유를 말해 주지.'

'정윤 전하께서는 보은사에 계십니다. 오늘 밤 보은사로 가서 전하를 뫼시고 나리 댁으로 가겠습니다. 배를 준비해 주시

어요. 약속한 그 밤을 치르고 날이 밝기 전에 등주로 떠날 것입니다.'

탁 트인 정원의 정자에서 홀로 술잔을 기울이던 지후는 상단 가노를 불러들였다. 방맹이는 은복을 돕도록 청하관에 남겨 둔 터였다.

"내일 새벽 출항할 수 있도록 배를 준비하고 충분한 은자를 실어 놓아라. 나랏일로 어수선한 상황이니 눈에 띄지 않게 조용하고 은밀히 움직여야 할 것이다."

"네, 나리. 그런데 나리."

잔을 들어 입으로 가져가던 지후의 손길이 허공에서 멈췄다.

"손님이 찾아오셨습니다."

지후는 방문객이 누구인지 알고 있다는 듯 묻지 않고 술을 마셔 잔을 비웠다.

"뫼시어라."

정원을 가로질러 성큼성큼 걸어오는 명현을 바라보며 지후는 자신의 빈 잔에 술을 채웠다.

"그렇지 않아도 혼자 술 마시기 적적했는데 와서 한잔 받게."

달빛에 비친 명현의 얼굴은 취기와 분노로 붉게 달아올라 있었다.

"베어도 피 한 방울 비치지 않는 요물 따위와 마주 앉아 술잔을 나눌 일 따윈 없어."

"요물이라."

지후가 키득거리며 웃었다.

"우리는 최소한 천지신명이 내린 목숨은 귀히 여긴다. 그것이 이 한 손아귀에 쥐고 부러뜨릴 수 있는 나약한 인간의 목이라도 말이야. 허나 너희 인간들은 한낱 욕심 때문에 서로를 베고 찌르고, 피를 보고 죽이지 않느냐. 너희들이 정말 요물보다 잘났다 말할 수 있더냐?"

지후는 술잔을 들다 말고 다시 명현을 비웃음 가득한 얼굴로 바라보았다.

"그래 요물이다. 허나 나는 최소한 나를 믿어 주는 사람을 배신하지는 않아."

지후는 술잔을 손안에 넣고 빙글빙글 돌렸다.

"너처럼 가슴 찢어지게는 안 해."

명현의 가슴 깊은 곳, 가장 아리고 아픈 곳을 건드린 지후는 만족스러운 얼굴로 술을 마셨다.

"내가 잘못 찾아왔군."

"답은 듣고 가야지."

주먹을 꽉 쥔 채로 명현은 그대로 돌아섰다.

"듣고 싶은 것이 있어서 온 거잖나. 아주 재밌는 이야기라 듣지 않으면 후회할 텐데 말이야."

은복을 향한 그 마음이 본디 스스로 만들어 낸 것이 아닌 걸 알고 나면 네놈 마음이 편안해질까. 부러진 팔로 식음을 전폐하며 배신의 상처를 홀로 핥던 그 아이를 두고 너 혼자 편안해지는 것이 과연 정당한 일인가.

"청하관 백녀의 방에서 눈을 떴을 때 눈앞에 뜬금없이 은복이가 잠들어 있던 그날 이야기일세."

아니면 은복이를 향한 그 마음이 본디 스스로 만들어 낸 것이 아닌 걸 알고 나면 네놈 마음이 괴로워질까. 사실을 알았다 한들 그녀를 향한 마음은 바뀌지 않으니 혼란스러워 더욱 갈피를 잡지 못할까.

"아마 자네는 그때 그 아이에게서 눈을 떼지 못했을 거야. 그렇지 않나?"

명현이 천천히 고개를 돌려 지후를 바라보았다.

"피가 끓었겠지."

명현의 뺨 근육이 꿈틀거렸다.

"심장이 뛰고 손발이 저리듯 떨리기도 했을 게야."

은복을 향한 명현의 집착이 사라져야 이 모든 일이 끝날 수 있음을 지후는 알고 있었다.

"허나 그 모든 것은 환각이며 착각이다."

"도대체 지금 무슨 말을 하려는 거야?"

명현의 목소리가 떨렸다.

"그 방에 은복이를 데려다 놓은 것도, 그 아이가 세상에서 가장 귀하고 어여쁘게 보이도록 네 눈에 요사스러운 장난질을 쳐 놓은 것도 바로 나란 말이다."

지후가 잔을 입으로 가져가는데 명현이 성큼 다가와 그 술잔을 낚아챘다.

"그걸 지금 나더러 믿으라 하는 말이야?"

"내 이미 말하지 않았나. 말로는 설명하기 어렵고 들어도 믿기 어려운 일이라고. 믿고 믿지 않고는 나와 상관없어."

신음과 비슷한 비명을 내지르며 명현은 식탁을 엎어 버렸다. 쿠당탕탕, 요란한 소란에 가노들이 뛰어왔지만 지후는 손을 들어 제지한 뒤 명현을 내버려 두었다. 한참을 날뛰는 명현이 지쳐 정자 위에 풀썩 쓰러졌을 때 지후가 의자에서 몸을 일으켰다.

"돌이킬 수 있는 방법이 있다. 만약 내 말을 믿겠다, 그리 판단을 내리면 내 그 방법을 일러 주지."

지후는 명현을 남겨 두고 천천히 정자에서 내려왔다. 이 모든 것이 내 실수로부터 일어난 일이니, 내 너와 은복이의 과거 악연에 대해서는 입을 다물 것이다. 하지만 지금부터 일어날 모든 고통은 주명현, 너의 몫이다.

"뒤쫓는 자가 있소."

방맹이의 말에 은복은 걸음을 살짝 늦추었다. 움직일 때마다 느껴지는 팔의 통증 때문에 주위를 제대로 경계하지 못한 것이 탈이었다.

"필시 저를 쫓는 자일 것입니다."

주변을 살피며 은복은 방맹이에게 낮은 목소리로 말했다.

"제가 유인하겠습니다. 보은사에 가서서 정윤 전하를 상단주 나리 댁으로 모셔 주십시오. 부탁드립니다."

"혼자 괜찮겠수? 무슨 일이라도 생기면 상단주가 나를 죽이려 들 텐데."

"걱정하지 마십시오."

은복을 향하는 방맹이의 표정은 마땅찮았지만 어차피 그녀는 정윤을 지키기 위해 목숨 따위 개의치 않고 물불을 가리지 않을 것이 뻔했다. 어떤 말로도 그녀를 설득시킬 수 없음을 방맹이는 알고 있었다.

"저자를 따돌린 뒤 상단주 나리 댁으로 가겠습니다."

자신과 길을 달리하여 걸음을 옮기는 방맹이를 바라보다 은복은 보은사가 있는 용수산과 반대 방향인 덕물산 쪽으로 향했다. 저잣거리를 벗어나 인적이 드문 곳에 발을 들여놓자 뒤쫓는 자의 인기척이 비로소 은복에게도 감지가 되었다. 그가 보은사로 향한 방맹이가 아닌 자신을 쫓은 것에 안도하며 은복은 팔의 고통을 무시하고 덕물산으로 뛰어오르기 시작했다.

나라 변고에 몸을 사리는 것인지, 아니면 여전히 돗가비 소문이 채 가시지 않아 밤 목욕을 하러 오는 이가 전처럼 발길을 끊은 것인지 해가 진 계곡은 고요하기만 했다.

계곡으로 내려가 한 손으로 물을 마시는 척 엎드렸던 은복은 뒤따라오던 자의 위치를 가늠한 뒤 품에서 단도를 꺼냈다. 그리고 몸을 일으키는 순간 어둠 속으로 단도를 날렸다. 칼을 피하기 위해 어쩔 수 없이 모습을 드러낸 국과 은복이 달빛 아래 마주하고 섰다.

"주 공자가 보냈소?"

국은 말없이 은복을 바라보았다.

"나를 통해 정윤 전하를 찾으려는 속셈이겠지."

은복은 왼손으로 검을 빼 들었다.

"또 나를 통해 그분을 위태롭게 하려는 비겁한 수겠지."

은복은 기합 소리와 함께 국을 향해 달려들었다. 물줄기 소리만이 고요하게 흐르던 골짜기에 째앵하고 검이 부딪치는 소리가 귀 따갑게 울렸다. 그녀가 부상을 입지 않았다 하더라도 만만치 않은 상대인 국이었다. 왼손을 쓸 수밖에 없는 은복의 공격이 치명적이지도 않고 정확하지도 않았지만 승부는 간단하지 않았다. 국이 방어만 할 뿐 차마 자신을 향해 공격을 하지 못한다는 사실을 은복은 눈치챘다.

"내 사정을 보아주는 것이오? 그럴 것 없어. 나는 내 뒤를, 아니 정윤 전하를 쫓지 못하도록 그대를 죽일 테니까."

은복은 오른팔에 대어 놓았던 부목을 풀어 바닥에 내던졌다.

"이곳에서 내가 죽든, 그대가 죽든 둘 중 하나가 될 것이오."

은복은 비명 같은 기합과 함께 국을 향해 검을 치켜들었다.

29

"복이는? 복이는 어디 있느냐?"

이틀 동안 눈에 띄게 수척해진 연이 방맹이와 함께 나타났지만 은복은 함께 있지 않았다. 되레 자신에게 은복의 행방을 묻는 연의 말에 지후의 의아한 시선이 방맹이에게 향했다.

"뒤쫓는 자가 있었어."

방맹이가 우물쭈물 하며 말을 이었다.

"유인해서 처리한 뒤에 이쪽으로 온다고 했는데……."

지후의 눈빛에 스치는 노기에 방맹이는 얼른 연의 등 뒤로 숨었다.

"그 고집을 내가 어떻게 꺾겠수!"

하지만 방맹이의 멱살을 움켜쥔 것은 지후가 아니라 연이었다.

"그게 무슨 말이야? 복이가 상단주 집에서 기다리고 있다 했 잖아!"

"고정하시지요, 전하."

지후는 흥분한 연을 말렸다.

"제가 나가서 그 아이를 찾아오겠습니다."

"나도 함께 가겠다."

"반란군 군사들이 정윤 전하를 찾기 위해 도성을 이 잡듯이 뒤지고 있습니다. 보은사에서 여기까지 들키지 않고 오신 것도 천운으로 여기셔야 합니다. 자칫 나가셨다 위험에 빠지시면 그 아이가 감수한 모든 것이 헛수고가 돼 버립니다, 전하."

지후의 말투는 공손했으나 목소리는 차가웠다.

"방을 준비해 두었습니다. 내일 새벽 등주로 떠나셔야 하니 쉬고 계시지요."

"함께 가겠다 하지 않았느냐!"

"무엇하느냐, 전하를 뫼시어라."

연의 의견을 묵살한 무엄한 행동이었지만 지후는 연의 마음 따위 헤아릴 아량이 남아 있지 않았다. 방맹이와 연을 그 자리에 남겨 두고 은복을 찾아 나서기 위해 집을 나섰을 때였다. 말에 오르려던 지후의 귓가에 어둠을 뚫고 달려오는 말발굽 소리가 들려왔다.

"은복아!"

말고삐를 제대로 쥘 힘이 없어 말 등에 쓰러지듯 앉아 있는 은복의 모습에 지후가 황급히 달려갔다. 그리고 그녀를 말에서 끌어내린 뒤 안아들고 곧장 저택 안으로 들어갔다. 가노들에게 문을 단단히 걸어 잠그라 이른 뒤 지후는 자신의 방으로 은복을 데리고 갔다.

"전하께서는요?"

이 와중에도 연의 안위를 걱정하는 은복의 말에 지후는 화가 머리끝까지 치밀었다.

"전하는 무사히 오셨습니까?"

"무사히 와서 쉬고 있으니 걱정 마라."

"뵈어야겠습니다."

지후는 침상에서 일어나려는 은복의 어깨를 움켜잡았다. 은복은 비명을 지르며 다시 쓰러졌다.

"도대체 이 팔로 무슨 짓을 한 거야? 너를 뒤쫓았다는 그자는 누구냐?"

"주 공자의 사람입니다."

지후가 그녀의 오른팔을 살피는 동안 은복은 이를 악물고 있다 다시 내뱉었다.

"제가 그를 베었습니다."

"잘했다."

지후는 여종을 불러 뜨거운 물과 천, 부목 따위를 가져오라 시켰다.

"죽었을지도 모릅니다."

"잘했대도."

"그는 차마 저를 베지 못하는데, 저는 그를 사정없이 베었습니다."

팔에 부목을 대던 지후의 분주한 손놀림이 갑자기 멈추었다.

"주 공자의 사람을 벤 것이 마음 아프냐?"

눈물을 참는 은복의 눈이 벌겋게 달아올랐다.

"그자가 저를 베지 못하는 것이······."

목이 메어 잠시 말을 멈추어야 했다.

"아팠습니다."

그렇게 참고 참았음에도 은복의 눈에서 눈물이 뚝 하고 지후의 팔등 위로 떨어졌다.

"주 공자가 저를 좌춘궁에서 놓아준 것이."

지후는 자신의 살갗으로 스며드는 그 뜨거운 눈물을 지켜보았다.

"아픕니다."

지후는 은복을 품 안에 안았다. 깜짝 놀란 은복이 몸을 비틀어 그에게서 빠져나오려 했지만 단단한 그의 팔은 꿈쩍도 하지 않았다.

"오늘 밤 너는 내 것이지 않느냐."

지후는 자신의 말에 은복의 몸이 딱딱하게 굳는 것을 느꼈다.

"오늘 밤 너는 내 것이다. 내가 시키는 대로 해야 해. 내가 원하는 것을 해야 해."

은복은 잠시 눈을 감았다가 체념한 듯 천천히 떴다.

"잠시나마 상단주 나리를 원망한 저를 용서하십시오. 지금껏 얼마나 많은 도움을 주셨는데, 지금도 목숨을 걸고 저와 정

윤 전하를 도와주시는데 이 몸뚱이 하나 무엇이 대수라고 겁을
집어 먹었는지 모르겠습니다."

은복은 지후의 품에서 빠져나왔다. 그리고 움직일 수 있는
한쪽 손으로 철릭의 앞섶을 풀었다. 그 손길의 떨림을 지후는
그저 바라만 보았다.

"오늘 밤 저는 상단주 나리의 것입니다. 시키는 것은 무엇이
든 할 것입니다. 원하시는 모든 것을 할 것입니다."

"내가 원하는 것은 네가 내 곁에서……."

지후는 은복을 향해 천천히 손을 뻗었다.

"잠을 자는 것이다."

은복은 자신의 벗은 어깨 위로 비단 이불을 끌어당겨 덮어
주는 지후를 바라보았다.

"좌춘궁에서 나온 뒤로 너는 잠자지 않고 먹지도 않았다. 내
가 바라는 것은 네가 머릿속에서 주명현도, 정윤도 잠시 잊고
잠을 자는 것이다. 꿈도 꾸지 않는 깊고 다디단 잠 말이다."

긴장이 풀린 은복은 더 이상 참지 못하고 거센 울음을 토해
냈다. 그칠 줄 모르고 한참 동안 이어지는 그녀의 울음소리에
지후의 얼굴은 하얗게 질렸다.

온통 어둠뿐이던 산속에서 어리고 작던 몸이 부서질 것처럼
울던 그 아이가 또다시 내 앞에서 이렇게 세상이 무너진 것처
럼 통곡하고 있구나.

얼마나 울었을까. 마치 까무러치듯 은복은 기절했다. 며칠
동안 먹지 않고 자지 않았던 그녀였다. 부상을 입은 몸으로 국

과 일전까지 치르고 여기까지 성한 정신으로 찾아온 것이 용할 정도였다.

"자고 일어나면 모든 것이 괜찮아질 거야."

청하관에 자객이 들어 명현이 다쳐 누워 있던 그때, 은복과 명현의 인연을 끊어 놓으려 했던 모든 시도들이 헛수고였음을 깨달았던 그때 불현듯 떠올랐던 그 방법.

"더 이상 마음 아파 울지 마라."

지후는 탁자 위에 꺼내 두었던 큼지막한 함으로 손을 뻗었다.

"마음껏 미워만 할 수 있도록 해 주마."

함 속의 청자기를 꺼내기도 전에 영혹한 향기가 벌써부터 방 안 가득 진동했다.

"내가 너의 미련을 베어 주마."

꽁꽁 싸매어 놓았던 덮개를 열자 순간 숨이 막힐 듯 달콤한 향이 지후의 감각을 마비시키며 사위를 에워쌌다. 깨끗한 천에 꽃물을 적시는 지후의 손가락 사이로 그 산뜻한 물방울이 흘러내렸다.

지후는 꽃물 적신 천으로 은복의 얼굴을 조심스레 닦기 시작했다. 은복의 감은 두 눈 위로 천을 가져가던 지후의 손길이 잠시 망설이는 듯 멈추었지만, 이내 눈물로 얼룩진 두 눈을 정성스럽게 닦아냈다.

경건한 의식을 치르듯 고요히 일을 끝낸 지후는 그녀가 깨지 않도록 조심스럽게 안아 올렸다. 연이 들어 있는 방으로 향하는 지후의 걸음은 느릿했다. 깊은 밤 끝도 없이 이어질 것 같은 길고 조용한 복도에 지후의 옷자락 스치는 소리만이 가만가만 들려왔다.

마침내 방문 앞에 다다랐을 때 지후는 품 안의 은복을 내려다보았다.

"고려 땅을 떠나 이 모든 것을 잊고 연모하는 이와 즐거이 살아라."

작은 목소리로 속삭이던 지후는 은복을 향해 천천히 고개를 숙였다. 지후의 얼음장처럼 차가운 입술이 은복의 이마에 닿았을 때였다. 온몸으로 뻗어 나가는 한기에 잠들었던 은복의 몸이 부르르 떨리더니, 그녀의 눈꺼풀이 천천히 움직이기 시작했다. 당황한 지후는 그 자리에서 굳어 버렸다. 깜빡, 깜빡 무거운 눈꺼풀을 힘겹게 움직이던 은복이 어느새 큰 눈으로 지후의 얼굴을 응시하고 있었다.

"상단주 나리?"

칠흑 같던 어둠이 푸르게 번지며 새벽이 다가오고 있었다. 취기가 물러가고 정신은 맑아 오는데 마음을 어지럽히는 지후의 목소리는 귓가에서 그칠 줄 몰랐다.

'청하관 백녀의 방에서 눈을 떴을 때 눈앞에 뜬금없이 은복이가 잠들어 있던 그날 이야기일세. 아마 자네는 그때 그 아이에게서 눈을 떼지 못했을 거야. 그렇지 않나? 피가 끓었겠지. 심장이 뛰고 손발이 저리듯 떨리기도 했을 게야. 허나 그 모든 것은 환각이며 착각이다. 그 방에 은복이를 데려다 놓은 것도,

그 아이가 세상에서 가장 귀하고 어여쁘게 보이도록 네 눈에 요사스러운 장난질을 쳐 놓은 것도 바로 나란 말이다.'

명현은 고개를 흔들었다. 말도 안 돼. 그저 간사한 요물이 인간의 마음을 어지럽히고 현혹시키려는 것이다. 설사 그자의 말이 사실이라 해도 변하는 것은 아무것도 없어.

"허나."

'돌이킬 수 있는 방법이 있다. 만약 내 말을 믿겠다, 그리 판단을 내리면 내 그 방법을 일러 주지.'

그것은 무슨 뜻일까. 돌이킨다 함은, 마음을 다시 주워 담을 수라도 있단 말인가.

"도련님!"

문밖에서 행랑아범이 명현을 불렀다.

"국이, 국이가!"

목소리에서 느껴지는 다급함에 침상에 쓰러지듯 누워 있던 명현이 자리에서 벌떡 일어났다.

"국이가 다 죽어 가는 채로 돌아왔습니다, 도련님."

명현은 집안 가노들이 국을 옮겨 놓은 방으로 달려갔다. 피비린내가 방 안에 진동했다.

"의원을 불러라, 어서!"

온몸이 피투성이인 국은 집까지 기어오기라도 한 듯 뽀얀 흙먼지를 뒤집어쓰고 있었다.

"국아! 정신 차려!"

침상에 축 늘어진 국의 몸은 금방이라도 숨이 끊길 듯 떨리고 있었다.

"누가 이렇게 만든 거야!"

더운 숨을 토해 내며 국은 천천히 눈을 떴다.

"의원, 의원을 빨리 불러와!"

"도련님."

국이 힘겹게 입을 열었다.

"무사님이 저를 유인하고…… 다른 자는…… 북하 상단 의……."

왈칵하고 국의 어깨에서 피가 다시 뿜어 나오기 시작했다.

"정윤은 북하 상단에 있을……."

국은 은복의 뒤를 쫓고 있었다. 누가 그랬냐고 물을 필요도, 답을 들을 필요도 없었다. 은복, 그녀가 국을 이리 처참한 꼴로 만들었다.

"말하지 마라. 곧 의원이 올 것이다. 조금만 참아, 국아."

국이 은복의 검술에 견줘 하등 모자랄 것이 없음에도 이 지경이 된 것은, 차마 은복을 향해 칼을 내리치지 못했기 때문이었으리라. 내 마음을 헤아리기 위해서였을 것이다. 움켜쥔 명현의 주먹이 부들부들 떨렸다. 그는 가노를 불렀다.

"이 행수에게 사람을 보내라."

명현은 눈을 질끈 감았다가 떴다. 견딜 수 없는 분노와 고통이 명현을 숨 막히게 만들었다.

"정윤의 행방을 알아냈으니 군사들을 몰아 예성강으로 오라고 전해."

은복을 보호하고 싶었던 자신의 욕심에 대한 분노였다. 영회의 말이 맞았다. 두 가지 모두를 잃지 않으려 함은 욕심을 넘어 탐욕에 불과했다. 탐욕이 형제나 마찬가지인 국을 결국 사지로 몰았다.

"지금 당장."

30

아직 어스름한 달빛이 남아 있는 새벽길을 따라 부지런히 포구로 향하는 사내들이 있었다. 노립을 쓴 연과 은복, 지후와 방맹이 그리고 북하 상단에 적을 두고 있는 뱃사람들이었다. 혹여 말소리와 발걸음이 바람을 타고 소란을 만들까 싶어 그들은 조용히 움직였다.

"바닷길에 능숙한 사람들입니다. 부러 속력을 내기 좋은 작은 배를 준비했습니다. 조금 불편하실지는 모르나 순풍을 맞으면 이틀이면 등주에 당도할 것입니다."

출항 준비를 하는 뱃사람들을 지켜보던 연이 지후를 향해 돌아섰다.

"내 모든 일이 잘 풀리면 자네에게 이 은혜를 반드시 갚을 것이네."

지후는 대답 대신 고개를 숙여 보였다. 연이 은복을 남겨 두고 먼저 배에 올랐다.

"상단주 나리."

자신에게 향하는 은복의 시선을 차마 마주하기 어려워 포구까지 오는 내내 그녀를 향해 고개조차 돌리지 않던 지후였지만 마지막 인사까지 피할 수는 없었다. 천천히 마주한 그 눈빛에서 이전에는 찾아볼 수 없었던 미묘한 감정을 발견한 지후는 자신도 모르게 눈을 질끈 감았다.

그 망할 놈의 꽃물을 사지 말았어야 해! 마음을 단단히 먹어야 한다. 절대로 다른 생각을 해서는 아니 돼.

"나와 했던 약속……."

드디어 지후는 눈을 뜨고 은복과 마주했다.

"잊지 마라. 다시는 이 고려 땅에 발을 붙이지 마."

"상단주 나리……."

잠시 망설이던 은복은 품 안에서 두루마리 하나를 꺼내어 지후에게 내밀었다.

"이것은 정윤 전하께서 찾아주신 제 아비의 죽음에 관한 기록입니다. 보은사에 가서 그 명복을 직접 빌어 드릴 수 있는 평안한 날을 되찾으면 그때 보려 했습니다. 하지만 이제 다시 이 고려 땅에 돌아오지 못할 테니, 이것을 상단주 나리께서 간직해 주십시오."

그자의 기록이라니, 그날의 기록이라니. 그럴 리는 만무하지만, 자신의 이름 석 자가 새겨져 있을지도 모른다는 생각에 두루마리를 받아 드는 지후의 손길이 가늘게 떨렸다.

"왜, 이것을 나에게……."

잠시 말없이 지후를 바라보는 은복의 눈이 젖어 들었다.

"저도 모르겠습니다. 그저, 보은하는 마음이 이토록 깊다는 것을 상단주 나리께 보여 드리고 싶나 봅니다. 이상합니다. 나리를 다시는 뵐 수 없을 것이란 생각을 하니 자꾸 눈물이 납니다, 상단주 나리."

지후는 그 자리에서 도망치고 싶은 충동과 싸워야 했다.

"아마도 상단주 나리께 너무 많은 신세를 지고, 너무 많은 도움을 받아서 그런가 봅니다. 상단주 나리께서는……."

하지만 반대로 그녀의 발목이라도 붙잡고 싶은 충동과도 싸워야 했다.

"저에게 너무나 감사하고 좋은 분이셨습니다."

눈물이 흐르고 목소리가 떨리는 것이 스스로도 민망한지 은복은 억지로 미소를 지어 보였다.

"왜 이렇게 심장이 뛰고 마음이 아픈 것인지 그 연유를 저도 모르겠습니다, 상단주 나리."

돗가비에게도 심장이라는 것이 있었던가. 없다면 이리 무너지는 마음은 무엇인가. 차디찬 한기와 냉기로 가득하여 손에 닿는 것은 무엇이든 소름 돋게 만드는 것이 돗가비라는 존재였다. 오죽했으면 요물 백녀마저도 그 한기에 혀를 내두르며 손을 내젓지 않았던가. 그런 돗가비에게 따뜻하다니, 어불성설이다. 그래. 꽃물, 꽃물이다. 그 신묘한 꽃물 덕분이지.

"한없이 따뜻한 분이셨습니다."

지후는 흔들리는 자신의 눈빛을 숨기기 위해 은복을 남겨두고 돌아섰다. 상단주 나리, 자신을 부르는 그 목소리를 외면하고 한 걸음 내디뎠다.

"아니, 왜 이리 야박하게 굴어?"

돛을 올리는 데도 여전히 배에 오르지 못하는 은복을 힐끔돌아보며 방맹이는 지후에게 구시렁거렸다.

"구해 내겠다고 그 지랄을 할 땐 언제고."

묵묵히 무거운 걸음을 옮기던 지후는 한참 후에야 어렵사리고개를 돌려 포구를 바라보았다. 뱃사람이 선창에 묶어 놓은 밧줄을 풀고 있었고, 은복은 배에 올랐지만 여전히 지후를 향해 서 있었다.

"하마터면⋯⋯."

"뭐?"

방맹이가 되물었지만 지후는 차마 뒷말을 잇지 못했다. 하마터면 붙잡을 뻔했다. 이제 주명현을 마음껏 미워할 수 있으니 괴로운 마음 털고, 내가 지켜줄 테니 내 곁에 있으라고 말할 뻔했다.

"아니 저게 뭐야, 저게!"

방맹이가 손가락으로 가리킨 낮은 산등 너머로 뽀얀 모래바람이 일었다.

"군사여! 군사라고!"

이내 포구를 향해 내달리는 군사들의 말이 산등을 넘어 댔다. 지후는 은복을 돌아보았다.

"이를 어쩌우! 이를 어째!"

"방맹아."

은복과 연을 태운 배는 이제 막 선창을 떠나고 있었다.

"포구에 매여 있는 모든 배에 불을 질러라."

"뭐?"

"빨리!"

"고마운 자다. 모든 일이 해결되면 웃는 얼굴로 다시 만나게 될 것이니 너무 서운해 마."

다시는 고려 땅에 돌아오지 않겠다고 은복이 지후에게 약속한 사실을 꿈에도 모르는 연이 말했다. 은복은 그 약속을 지켜야 한다고 굳게 다짐했고, 등주에서 연을 도운 뒤 고려 땅으로 돌아가지 않고 중원을 떠돌 생각이었다.

한번 돌아보지 않던 지후가 마침내 떠나는 배를 향해 돌아선 것을 발견했다. 손을 들어 인사를 보내려던 은복은 이내 그만두었다.

아주 짧았던 단잠, 지후의 말대로 꿈조차 없었던 다디단 그 잠에서 깨어났을 때 마주했던 지후의 눈빛이 머릿속에 내내 맴돌았다. 그 애틋함은 어떠한 구실로도 부정할 수 없는 듯한데, 어째서 그는 다시는 고려 땅에 돌아오지 말라는 조건을 내걸었을까. 헤아릴 수 없는 그의 마음에 가슴이 무너지듯 서운하면서도 여전히 고맙고, 애틋했다.

은복은 마침내 손바닥으로 눈물을 훔치며 어렵사리 지후에게서 돌아섰다. 연의 걱정 어린 시선이 부목에 감긴 은복의 오른팔로 향했다.

"좀 어떠하냐?"

"괜찮습니다, 전하."

연의 깊은 한숨에 은복은 차마 그를 똑바로 바라보지 못하고 발끝으로 시선을 던졌다.

"아바마마께서 어찌 지내고 계실지 내 감히 짐작조차 하지 못하겠다."

"폐하께서는 강인한 분이시니 잘 버티실 것입니다. 그런데 폐하께서 말씀하신 그 후주의 장군이라는 자가 정말로 군대를 내어줄까요?"

연은 고개를 끄덕였다.

"아바마마께서는 서찰로 장차 그가 세울 왕조를 인정하고 그의 새로운 나라와 우호적인 외교 관계를 맺겠다 약조하셨다."

"새로운 나라라니요?"

"후주 황제의 병세가 날로 악화되나 그의 뒤를 이를 양왕은 고작 예닐곱이다. 후주 왕조가 들어선 지 7, 8년, 어린 황제를 후원할 황실 기반이 약해. 아바마마께서는 조광윤이 양왕을 밀어내고 그 자리를 꿰어 찰 것이라 보신 것이다. 만약 아바마마의 말씀대로 그가 그러한 훗날의 그림을 그리고 있다면 새 나라의 정당성을 확보하기 위해 주변국과의 외교가 중요한 만큼,

아바마마의 약조를 믿고 군대를 내어줄 것이다."

유일한 희망이었다. 만약 조광윤이 도와주지 않는다면 다른 해결책이 보이지 않았다. 그래서 지금 이 자리에서 포기하고 좌절하지 않기 위해서는 그가 반드시 도와줄 것이라 믿는 수밖에 없었다.

"아니, 저게 무슨 일이래!"

곁에 있던 뱃사람이 손가락으로 포구를 가리키자 연과 은복이 동시에 돌아보았다. 포구에 정박 중이던 배들이 불타고 있었다. 은복은 뱃머리 끝으로 달려갔다. 포구에 정렬한 군사들이 눈에 들어왔다. 배들이 불타 버려 당장 연을 쫓을 수 없는 반란군들이 도열하여 활을 꺼내들고 있었다.

"전하!"

순간 강풍이 불어 돛이 팽팽해지면서 배가 기우뚱거리자, 은복은 연을 향해 갑판을 가로질러 달리기 시작했다.

군사들이 배를 향해 활을 쏘기 시작했다. 지후는 군사들 사이로 뛰어들어 명현을 가로막고 섰다.

"저 아이에 대한 자네 마음이 내 장난질이라는 말이 믿기던가?"

명현은 지후를 노려보았다. 분노에 찬 두 사내의 칼날 같은 눈빛이 서로에게 향했다.

"그래서 저 아이가 죽든 말든 이리 활을 쏘아 대는 거야?"

"지금 내 마음 같아서는……."

명현의 목소리가 갈라져 나왔다.

"네놈 심장에 활을 쏘고 싶다."

명현의 입꼬리가 비틀어지며 자조적인 미소가 그의 얼굴에 떠올랐다.

"물론 헛수고겠지만."

"정윤이 떠나는 것이야. 다신 안 돌아온다고 했어. 내버려 두란 말이야! 군사를 일으켜 황궁을 뒤집어 놓고서 뭐가 그렇게 복잡해. 옥새 따위 없어도 황제 목을 베어 버리면 그만이잖아!"

"지금 내가……."

지후는 명현의 눈빛에 가득한 혼란과 분노에 눈살을 찌푸렸다.

"고작 정윤을 잡으려고 하는 것 같아?"

명현은 고개를 저었다.

"아니. 나는 저 아이를 잡으려 하는 거야."

지후는 탄식을 목 안으로 삼켰다. 일을 이렇게 만든 자가 누구던가. 자신이었다. 탓하고 후회해 보았자 아무리 돗가비라 한들 지나간 시간을 주워 담거나 되돌릴 능력 따위는 가지고 있지 않았다.

"상단주우우우우!"

팽팽한 두 사람의 신경전을 깨뜨리며 방맹이가 다급한 목소리로 고함을 내질렀다. 방맹이가 손가락으로 가리킨 곳으로 시선을 던진 지후와 명현은 동시에 숨을 멈추었다. 어깨에 활을 맞은 은복이 배에서 추락하고 있었다.

순식간에 벌어진 일이었다. 하지만 명현의 눈에는 그 모습이 느릿하고 또렷하게 보였다. 눈앞의 이 요물이 또다시 어떤 기막힌 장난질이라도 한 것이 아닐까 하는 생각이 순간 머릿속에 스칠 정도였다.

"복아……."

은복의 몸이 허공을 가로질러 강물에 부딪치는 순간, 물보라가 거세게 일었다. 연이 탄 배가 어느새 저만치 멀어져 활이 닿을 사정거리에서 벗어나자 군사들의 활 공격은 멈추었다. 하지만 은복은 강물 위로 떠오르지 않았다.

새벽녘의 강물은 심장을 얼어붙게 할 만큼 차디찼다. 살기 위해서는 눈을 뜨고 팔을 내저어 물 위로 떠올라야 한다는 사실을 알고 있었다. 하지만 눈을 뜰 수도, 몸을 움직일 수도 없었다. 이리 죽으면 정윤 전하가 혼자 후주로 가셔야 한다. 그분 곁을 지켜야 하는데, 지켜야 하는데.

상단주 나리, 나리께 너무 많은 은혜를 입었나 봅니다. 죽어가는 이때에 왜 상단주 나리가 생각날까요.

'내가 바라는 것은 네가 머릿속에서 주명현도, 정윤도 잠시 잊고 잠을 자는 것이다. 꿈도 꾸지 않는 깊고 다디단 잠 말이다.'

미천한 이 한 몸, 스스로도 원망스러워 돌볼 가치조차 없다 생각하였던 저는 그 말씀을 듣고 감읍하지 않을 수 없었습니다. 그렇게 모든 것을 잊고 상단주 나리 곁에서 짧지만 다디단 잠을 잤습니다. 그것이 저의 마지막 평온의 시간이었나 봅니다. 은혜를 갚겠다 하였는데, 이 고려 땅에 돌아오지 않겠다고 약조하였는데, 은혜도 갚지 못하고 약조도 지키지 못한 채 이 고려 강물 속에서 소인 눈 감습니다. 강녕하십시오, 상단주 나리. 강녕하십시오, 정윤 전하. 아, 전하, 나의 오라비. 부디 몸 성히 황좌에 오르셔야 합니다. 그러지 못하시면 이 몸 혹 극락에 간다 한들 지옥 불에 떨어진 것처럼 지낼 것입니다.

부러진 팔의 통증도, 어깨에 박혀 있는 화살촉도 느껴지지 않았다. 더 이상 숨이 막히지도 않았다. 강물이 차갑게 느껴지지도 않았다. 죽음이 이런 것이로구나. 이리 고통스럽지 않은 것인 줄 알았다면 진작에 스스로 이 길을 택했을 텐데.

그때 누군가 깊은 강물 바닥으로 가라앉던 그녀의 몸을 감싸 안았다. 이상한 일이었다. 그 손끝이 닿는 순간, 그리 무거웠던 눈꺼풀이 천천히 열렸다. 마주한 명현의 눈빛에 은복은 자신도 모르게 진저리를 치며 그 손길을 떼어 내기 위해 몸부림쳤다. 당신 손에 목숨을 부지하느니 이리 강물 속에서 숨 막혀 죽겠소. 내버려 두라는 듯 물속에서 몸부림치는 은복이었지만 명현은 아랑곳하지 않고 그녀를 붙들었다. 은복의 몸에서 다시 힘이 빠지기 시작했다. 눈을 뜰 수 없었다.

31

"이러면 아니 되십니다."

은복을 안고 방으로 향하는 명현의 뒤를 따르며 이 행수가 말을 이었다.

"정윤의 행방을 알고 있는 자입니다."

이 행수의 말이 들리지 않는 듯 명현은 침상 위에 은복을 뉘었다. 그리고 가노들에게 당장 의원을 불러오라 일렀다.

"추국하여 정윤이 어디로 향했는지 알아내야⋯⋯."

명현은 검을 빼 들어 이 행수의 목에 겨누었다. 한 치의 망설임도 없이 칼끝이 살갗을 찌르자 금방 핏방울이 투두둑 바닥으로 떨어졌다.

"한마디만 더 한다면 더 깊이 들어갈 것이다."

명현의 말이 단순한 위협이 아님을 깨달은 이 행수는 입을 다물었다.

"썩 꺼져. 내 눈앞에 보이지 마라."

명현이 검을 거두자마자 이 행수는 도망치듯 자리를 피했다. 검을 바닥에 내던진 명현은 다시 은복에게 고개를 돌렸다. 창백한 그녀의 안색에 순간 심장이 덜컥 내려앉았다. 고개를 숙여 가느다란 숨소리를 확인한 다음에도 서늘했던 기분은 사라지지 않았다.

"네놈의 미련이 이 아이를 사지로 몰아낼 줄 알았다."

등 뒤에서 들려오는 지후의 목소리에도 은복에게만 향한 명현의 시선은 꿈쩍도 하지 않았다.

"그 미련을 버리게 하려고 내 말했잖아. 내 장난질이라고, 돗가비에게 홀린 것뿐이라고!"

처참한 꼴로 스러져 가는 은복의 숨소리가 지후의 분노를 부채질했다. 어떤 마음으로 이 아이를 배에 태워 보냈는데, 결국 이 꼴로 죽어 가는구나. 주명현이 아니다. 이것은 나의 탓이다. 치우천황이시여, 그대가 내린 벌을 제대로 받고 있습니다. 이 인간 세상이 당신의 나라와 같은 극락이 아닌 줄은 알았지만, 이리 지독한 지옥 불구덩이인 줄은 몰랐소.

"손대지 마."

지후의 손길이 은복에게 향하던 순간, 내내 넋이 나간 채 말이 없던 명현이 입을 열었다.

"네놈 장난질이었든, 돗가비에게 홀린 것이었든 아무래도 상관없어."

"은복이 깨어난다 해도 더 이상 네놈 따위에게 마음 주지 않아."

"그것도……."

명현은 중얼거리듯 대답했다.

"상관없어."

그때 불려 온 의원이 방 안으로 들어왔다. 의원이 은복의 맥을 짚는 동안 명현과 지후는 숨조차 제대로 쉬지 못하고 기다렸다. 고개를 가만히 내저은 의원은 아무런 치료도 하지 못한 채 침상에서 몸을 일으켰다.

"왜 아무것도 하지 않는 것이냐!"

"아무것도 할 수 있는 것이 없습니다, 나리. 숨은 붙어 있으나 이미 산 사람 몸이 아닙니다."

실로 은복의 상태는 처참했다. 팔은 부러졌고 어깨에는 여전히 화살촉이 박혀 있었다. 몸은 얼음장처럼 차가웠고 숨소리는 이내 끊길 듯 가늘었다.

"어깨에 박힌 화살촉을 빼내고 지혈을 해야 하는데 촉을 빼내는 순간 피가 사방으로 터질 것입니다. 출혈을 막지 못하면 간신히 흐르는 맥이 곧장 끊어질 것입니다."

"살리거나, 곧장 숨이 멎거나 둘 중 하나란 말이냐?"

"출혈을 막는다 해도 살 수 있을 거란 보장은 없습니다, 나리."

명현은 잠시 아무 말 없이 은복을 바라보았다. 하지만 이내 그는 방을 나가려는 의원을 붙잡았다.

"화살촉을 빼내."

지후가 명현과 의원 사이에 끼어들었다.

"그럼 당장 죽는다잖아!"

"살아."

명현은 이를 악물었다.

"살 거야. 이대로 죽게 내버려 두지 않을 거야."

십 수 년의 목표가 탐욕으로 바뀌는 것도 모른 채 살았다. 국이를 잃을 뻔하고, 은복이가 사경을 헤매는 지금에서야 모든 것이 부질없음을 깨달았다. 이미 죽은 자들을 위한 탐욕이 살아 숨 쉬는 사람들, 내가 아끼고 연모하는 이들을 잃게 만든 그 어리석음이 뼈에 사무친다.

"화살촉을 빼내."

명현은 의원을 다그쳤다.

"나는 이 아이를 살려야겠다."

어쩔 수 없이 의원이 가노에게 불에 달군 단도를 가져오라 일렀다.

"어깨가 심장보다 위쪽에 있어야 합니다."

의원의 말에 명현은 침상 위에 올라앉아 은복을 일으켜 품 안에 안았다. 차디찬 그 몸에 명현은 눈을 질끈 감았다. 의원이 단도로 살갗을 찢어 화살촉을 빼내는 순간 명현의 얼굴로 은복의 피가 왈칵 튀었다.

뜨거운 피다, 은복아. 네 몸은 차지만 네 피는 아직 뜨겁다. 살아 있다. 그 숨을 결코 놓지 마라. 살아나서 나를 미워한다

해도, 너는 살아야 한다. 내가 반드시 너를 살게 할 것이다.

"아직 그 무사 숨이 붙어 있다면서 대낮부터 왜 이리 술을 퍼마시누?"

지후가 술병째로 입으로 가져가 발칵발칵 마셔 대자 방맹이가 눈살을 찌푸렸다.

"마셔 봤자 취하지도 않으면서."

입가에 흐르는 술 방울을 손등으로 스윽 닦아 내며 지후는 피시식 웃음을 터트렸다.

"그래. 이 몸은 술에 취할 수도 없는 참으로 구차한 몸이다."

"구차하다니. 저기 중원의 첫 황제는 그 불사의 몸 하나 가지겠다고 온갖 패악 짓을 다 했다는데. 인간들한테 한번 물어봐. 백에 아흔아홉은 그 몸 부럽다 할걸, 아마."

지후는 비웃음 가득한 눈빛으로 술병을 바라보았다.

"그래서 인간들이 어리석다 하는 것이다."

아직 해가 지지 않은 청하관 뜰은 발칙한 밤과는 달리 청아하고 고요했다.

"이런 구차한 몸으로."

혼잣말처럼 중얼거리듯 말을 이었다.

"욕심내면 아니 되지."

방뱅이가 혀를 찼다.

"이미 냈잖수. 지금이라도 발 빼. 인간사에 깊이 관여해 봤자 좋을 게 하나 없다니까."

어쩌면 시작은 오래전이었는지 몰라. 발을 빼려면 14년 전 그랬어야 한다. 그랬다면 나는 그저 밤마다 인간 세상에 내기 장기를 두러 마실 나오는 돗가비에 불과했을 것이고, 은복이는 아버지 밑에서 무사가 아닌 소녀로 자라 여인이 되어 지아비를 만나고, 지금쯤 아이 둘쯤 낳은 평범한 아낙으로 살고 있겠지.

"꽃물을 은복이에게 썼다."

"뭐, 뭐?"

"꽃물을 써서 정윤을 연모하게 되면 은복이의 마음이 편안 해질 거라 생각했어. 주명현을 연모하면서도 미워해야 하는 그 괴로움에서 벗어나게 해 주고 싶었다. 그런데……."

"그런데?"

되묻는 방맹이의 얼굴에 불안한 기색이 스며들었다.

"나를 보았어."

방맹이의 입이 떡하니 벌어졌다.

"나를 보았다."

지후는 다시 술병을 집어 들고 꿀꺽꿀꺽 마셨다. 마셔도 취하지 않는 이 몸, 칼끝이 살갗을 파고들어도 피 한 방울 나지 않는 이 몸, 늙지도 않고 병들지도 않는 이 몸, 그리하여 영원을 사는 이 몸. 술을 마시면 취하고, 칼에 찔리면 피가 나고, 나이를 먹으면 늙고 병드는 인간의 마음을 욕심내서는 안 되는 이 몸.

"허나 욕심이 난다, 방맹아."

"정윤의 행방을 알고 있는 자를 네가 돌보고 있다 들었다."

주인을 잃은 회경전의 옥좌에 위수가 앉아 있었다. 명현은 위수를 물끄러미 바라보았다. 꼬박 사흘을 꼼짝도 하지 않고 은복의 곁을 지켰던 명현의 안색은 어둡고 지쳐 있었다.

"북하 상단 정지후를 심문하십시오. 그자가 정윤의 도강을 도왔습니다. 포구의 배에 불을 질러 뒤쫓으려던 것을 방해했습니다. 정지후는 정윤의 행방을 알고 있을 것입니다."

"그는 건드려서는 안 되는 자다, 명현아."

위수에게 향하는 명현의 눈빛이 날카로웠다.

"그래서 죄 없는 아이를, 죽음과 싸우고 있는 아이를 대신 추국하시려는 것입니까? 지금 제 집에서 사경을 헤매고 있는 아이는 그저 자신의 주인을 섬기는 신념을 지킨 것뿐입니다. 그것을 죄라 여기신다면 위 대인께서는 자신의 황권을 위해 죄 없는 자들의 피를 본 황제와 다를 바 없습니다."

위수의 굳은 뺨이 순간 꿈틀거렸다.

"억울함과 분노를 풀어 달라는 아버님의 유지에 제 모든 것을 걸었습니다. 어렸던 저는 그 방법을 알지 못해 위 대인께서 하라는 대로, 시키는 대로 살아왔습니다. 전 재산을 위 대인의 대동 상단에 내드렸고 응당 저를 따랐어야 할 집안의 가신들을 위 대인께 일임하였습니다. 마음이라는 것 없이, 그저 황제를 끌어내려야 한다는 위 대인의 말을 따르며 그리 14년을 살았습니다."

은복의 곁을 떠나고 싶지 않았지만 위수의 부름에 응한 이유는 십 수 년 그를 속박해 온 과거를 청산하기 위해서였다.

"그리하여 저는 더 이상 내줄 것이 없습니다. 황제는 황권을 잃었고 위 대인께서 내의령과 손을 잡고 개경 호족들을 감싸 안는다 하셨으니 저는 이만 모든 거사에서 손을 떼겠습니다. 위 대인께서 황좌에 오르시든 아니든 이제 저와는 상관없는 일입니다."

"명현아!"

명현의 목소리는 단호했다.

"저는 대인의 양자도, 이 나라 태자도, 내의령의 사위도 될 생각이 없습니다. 그러니 이제 저를 찾지 마십시오."

명현은 노기에 찬 얼굴의 위수를 뒤로하고 회경전을 가로질러 나왔다. 회경전을 나와 금원에 이르렀을 때 명현은 하늘을 한번 올려다보았다. 여름 뙤약볕이 머리 위로 쏟아졌다. 이것으로 되었다. 과거를 청산한들 있었던 일이 없어지지는 않는다. 하지만 적어도 앞으로는 복수라는 탐욕에 얽매여 살지는 않을 것이다.

황궁을 나와 저택으로 돌아왔을 때 명현은 자신을 기다리고 있는 국의 모습에 반색했다.

"몸은 좀 어떠하냐."

"참을 만합니다, 도련님."

"그 말을 하는 것 보니, 정말 살 만한가 보구나."

아주 흐릿한 미소였지만 명현은 국을 향해 웃어 보였다.

"그렇게 웃으시는 모습이 어쩐지 아주 오랜만인 것 같습니다."

그때 명현은 자신이 자리를 비울 동안 은복의 곁을 지키라 일렀던 여종이 황급히 방에서 달려 나오는 것을 발견했다.

"도련님, 무사님께서!"

잠시 머물렀던 미소가 사라지고 명현의 얼굴이 하얗게 질렸다.

"무슨 일이냐? 무슨 일이야!"

여종의 얼굴에 도는 화색을 발견하고서야 명현은 밀려드는 안도감에 다리 힘이 쭉 풀리는 것을 느꼈다.

"무사님께서 눈을 뜨셨습니다!"

명현은 방으로 달려 들어갔다. 그가 항시 피워 놓으라 했던 흰초 향이 방 안 가득했다. 명현은 떨리는 발걸음으로 침상으로 가까이 다가갔다.

"이제 살았다."

명현은 침상 아래 무릎을 꿇고 앉았다.

"너도 살았고."

여전히 안색은 창백했고 깜빡이는 눈꺼풀도 힘없이 느릿했지만, 은복은 눈을 뜨고 그를 바라보고 있었다.

"나도 살았다."

"선양을 포기하십시오, 대인."

이 행수는 수심이 깊은 얼굴로 옥좌에 앉은 위수 가까이 다가갔다.

"중앙군은 개경 호족들의 이해관계로 얽혀 있습니다. 개경 호족들의 도움을 받아 가짜 명분을 세우고 황제의 목을 베십시오. 회군한 중앙군이 돌아온다 해도 불초하여 쫓겨나 이미 그 목이 베어진 황제를 위해 싸울 이유가 없습니다."

이 행수의 목소리가 은근히 낮아졌다.

"다만 황제가 대인께 황좌를 양보한다는 선양의 절차를 거치지 않게 되면 황위를 노리는 세력들이 속내를 드러낼 것이니 경계하시고 내의령과의 야합을 더욱 돈독히 하셔야 합니다."

이런 상황에 명현이 더 이상 관여치 않고 물러나겠다니, 위수로서는 다급하지 않을 수 없었다. 조상국이 자신과 손을 잡겠다 마음먹은 가장 큰 이유가 그의 딸과 명현의 혼약이지 않았던가.

"아직 명현이가 필요해."

그토록 염원하던 황좌가 드디어 그의 손아귀에 들어올 참이었다. 이미 주인이 원하는 바를 해결할 수를 생각해 온 이 행수는 거침없이 입을 열었다.

"주 공자가 데리고 있는 정윤의 호위 무사를 추포하십시오, 대인."

이 행수는 이성을 잃은 눈빛으로 자신에게 검을 겨누던 명현의 모습을 떠올렸다. 그의 목 언저리에는 지워지지 않는 흉터가 남았다.

"주 공자는 그 호위 무사를 위해서 무엇이든 할 것입니다."

32

"탕약을 드셔야 합니다, 무사님."

입을 꾹 다문 은복이 답답한지 여종이 간절히 말했다.

"미음도 아니 드시고, 탕약도 안 드시면 어찌 기운을 차리실 수 있겠습니까?"

은복으로 인해 명현이 달라졌다 말하며, 고맙다 했던 그 여종이었다. 곤혹스러워하는 그녀에게 미안한 마음이 들었지만 은복은 끝끝내 입을 열지 않았다. 비록 스스로 운신이 어려워 명현의 집에 누워 있지만 그가 내어준 음식과 탕약으로 연명하느니 죽는 게 낫다 생각한 은복이었다.

은복의 고집에 지고 만 여종이 결국 탕약 그릇을 내려놓고 방을 나갔다. 잠시 후 성큼성큼 거칠고 빠른 발소리가 점점 가까워져 오더니, 문이 발칵 열리고 명현이 안으로 들어섰다.

"내가 주면 네가 먹지 않을 게 뻔하여 여종에게 시킨 것인데, 왜 너를 도우려는 아이를 곤란하게 만드는 것이냐."

명현은 탕약 그릇을 집어 들고 침상에 걸터앉았다. 탕약을 한 숟가락 떠서 은복의 입가에 가져가지만 그녀는 입을 열지 않았다. 애꿎은 탕약만이 입가에 흐르다 옷과 이불을 적셨다.

"이대로 죽을 거야?"

은복의 눈썹이 꿈틀거렸다.

"죽는 게 낫소."

순간 명현의 눈에 분노가 번뜩였다. 그릇을 입으로 가져가 탕약을 한껏 머금은 명현은 은복의 턱을 움켜쥐었다. 몸을 비틀어 빠져나오려 애를 쓰는 은복을 단단히 부여잡고 그녀의 입술 사이로 탕약을 흘려보냈다. 이내 힘이 빠진 은복의 반항이 잦아들자 거칠었던 명현의 입술도 부드러워졌다. 입에 머금었던 순간 아찔할 만큼 쓰디썼던 탕약 맛이 달았다. 명현은 천천히 입술을 떼고 은복의 눈을 바라보았다.

"네가 미음도, 탕약도 먹지 않겠다 고집을 부리면 나는 이렇게라도 너에게 음식을 먹일 것이다."

분노와 당혹감으로 은복의 얼굴은 터질 듯 붉게 달아올랐다.

"네가 나를 미워한다 해도, 나는 이렇게 해서라도 너를 살릴 테니까."

명현은 침상에서 몸을 일으켰다.

"또다시 여종의 도움을 거절한다면 나에게 먹여 달라는 뜻으로 알아들을 테니 그리 알아라."

명현이 미소를 지어 보이자, 은복은 그의 뻔뻔스러움에 기가 막혔다.

"나는 아주 기꺼운 마음으로 달려올 거야."

명현은 다시 여종을 불러들였다. 탕약을 숟가락으로 떠 입으로 가져오는 여종의 손길을 노려보다 은복은 곁에 서서 지켜보는 명현에게로 시선을 돌렸다. 명현이 어깨를 으쓱거리며 한걸음 침상을 향해 내닫자 은복은 어쩔 수 없이 여종의 탕약을 받아먹을 수밖에 없었다.

그래. 이유가 무엇이든 좋다. 나를 미워하는 그 분노로 네 몸에 기운이 솟는다면, 살아 나가려는 의지가 생겨난다면 얼마든지 분개하고 증오해라. 거친 숨소리를 내며 탕약을 먹는 은복을 지켜보는 명현의 얼굴에는 만족감이 떠올랐다.

지후는 잠이 든 은복을 물끄러미 내려다보았다.

'혹시 부러 그런 것 아니오? 부러 했다 해도 지금이라도 돌려 놔. 인간과 돗가비라니, 그게 어디 말이 돼?'

방맹이의 목소리가 귓가에 아른거렸다. 사실 인간과 돗가비라서만은 아니었다. 명현과 은복을 그리 갈라놓으려 했던 그 이유로, 자신 역시 감히 은복의 마음을 탐내서는 아니 되는 것이다. 지후는 마음을 단호히 먹었다.

마른침을 삼키며 침상 가까이 다가서는 지후의 손에는 청자 기가 들려 있었다. 은복이 갑자기 몸을 뒤척이자 한 걸음, 한 걸음 조용히 내딛던 지후가 화들짝 놀라며 돌아섰다.

"상단주 나리?"

도망치듯 방을 나가려던 지후의 몸이 그 자리에서 굳어 버렸다.

"상단주 나리!"

지후는 주저하다 어색하게 돌아서서 은복을 마주했다.

"다시는 살아서 뵙지 못할 줄 알았습니다."

그녀 얼굴에 반가움이 가득했다. 지후는 절로 입가에 비죽하게 걸리는 웃음을 고개를 흔들어 지워 버렸다. 하지만 안도감까지 숨길 수는 없었다. 다행이었다. 마치 죽은 사람처럼 파랬던 그녀의 얼굴에 한결 핏기가 돌았다.

"포구에서도 눈물이 났는데, 이리 다시 뵈니 또 눈물이 납니다. 이상합니다. 왜 자꾸 상단주 나리만 뵈면 이러는지……. 아마도 나리를 뵈면 안심이 되어 그런가 봅니다."

자신과 눈을 마주치길 꺼리는 듯한 지후의 태도에 은복은 눈물을 애써 감추었다.

"송구합니다. 다시 돌아오지 않겠다던 약조를 지키지 못했습니다."

"돌아오지 말라 했지, 누가 죽으라 했어?"

볼멘 말을 내뱉자마자 지후는 후회하며 얼굴을 찌푸렸다. 숨을 가볍게 고른 뒤 천천히 그녀와 눈을 맞추었다. 열렬히 자신을 응시하는 그녀의 눈빛에 지후는 순간 머릿속이 텅 비어 한동안 아무런 말도 잇지 못했다.

"나리, 전하께서는……."

내내 궁금하였지만 물을 수 있는 사람이 없었다. 은복은 말문을 열었지만 혹시나 듣는 귀가 있을까 싶어 조심스러웠다.

"아직까지 반란군이 전하를 추포하였다는 소식은 듣지 못했으니 가시고자 하신 곳에 무사히 가셨을 게다."

안도도 잠시 은복은 다시 물었다.

"황제 폐하께서는요? 혹 들은 신 바가 있으십니까?"

생사를 넘나들고 나서도 여전히 정윤과 황제를 걱정하는 은복이 한심하기 짝이 없는 듯 지후는 콧방귀를 뀌었다.

"묻지 마라. 더 이상 나는 너를 돕지 않을 게다. 도와줬으면 어여쁜 모습이나 웃는 얼굴로 흐뭇하게 해 줘야지, 기껏 도와봤자 팔이 부러지거나 죽다 살아나는 것밖에 볼 수 없으니 도울 흥이 나지 않아, 흥이."

삐죽삐죽거리는 지후의 모습에 은복은 그제야 눈물을 거두고 그를 향해 작은 미소를 지어 보였다.

"상단주 나리, 만약 이 모든 상황들이 끝나면 말입니다. 저 상단주 나리께 가도 되겠습니까?"

지후는 등 뒤로 감추어 든 청자기를 힘주어 움켜잡았다.

"뭐?"

"북하 상단 가노로 받아주십시오. 상단주 나리 곁에서, 나리에게 받은 은혜를 갚으며 그리 살고 싶습니다."

순간 지후의 손에서 떨어져 나간 청자기가 바닥으로 떨어지며 요란한 파열음이 방 안을 가득 메웠다. 깜짝 놀란 은복의 눈이 커졌다.

"나리, 괜찮으십니까? 다치지 않으셨어요?"

짙고 달콤한 향기가 방 안에 은은하게 스며 있던 횃초 향을 사납게 잡아먹었다. 지후는 산산조각 난 청자기를 물끄러미 내려다보았다.

'부러 그런 것이 아니오?'

방맹이의 목소리가 귓가에 아른거렸다. 아니야. 그때도 지금도, 부러 그런 것이 아니란 말이야.

"내 당신에게 내 집에 들어오라 허락한 적 없는 것 같은데."

어느새 방 안으로 들어선 명현이 침상의 은복, 당황한 채 서 있는 지후 그리고 바닥에 깨진 청자기를 번갈아 바라보며 얼굴을 찌푸렸다.

"은복이가 정신을 차렸다 하여 보러 왔지."

당혹감을 감추려 지후는 일부러 짓궂은 표정을 지어 보였다.

"내가 오는 게 싫으면 은복이를 내게 내어주든가."

"그럴 일은 없을 거야."

명현은 한 걸음 지후를 향해 가까이 다가섰다.

"너 같은 요물에게 은복이를 내어주는 일 따위는 결단코 없을 것이다."

명현의 입에서 나온 요물이라는 말에 지후의 안색은 파리해졌고 은복은 얼굴을 잔뜩 찌푸렸다.

"요물이라니요! 무슨 그리 심한 말을 하십니까?"

무턱대고 지후의 편을 들고 보는 은복의 모습에 명현 역시 짙고 까만 눈썹을 치켜 올렸다.

"이자가 어떤 자인지 아느냐?"

기가 막힌다는 듯 은복은 명현을 노려보았다.

"알지요. 제가 알고 있는 사람 중에 가장 신의가 두텁고 마음이 따뜻한 분입니다."

"사람?"

"내 눈에는 당신 같은 사람이 요물로 보입니다."

검이라도 빼 들어 지후의 본모습을 보여 주려던 명현은 그 자리에서 몸이 굳어 버렸다.

"지금껏 정윤 전하께 일어났던 모든 위험했던 순간들이 모두 공자와 반란군의 짓이지 않습니까? 그런 짓을 하고서도 제 앞에서는 웃으셨지요. 검은 속내를 가졌지만 겉으로는 아닌 척하셨습니다. 진심을 배신하는 자가 어찌 사람입니까. 그것은 요물입니다."

차라리 자신의 말에 명현이 분노했다면 더 심한 욕지거리라도 할 수 있을 것 같은 은복이었다.

"그래."

하지만 자신에게 향하는 명현의 쓸쓸한 눈빛에 은복은 입을 다물었다.

"맞다. 네 말이 맞아."

어느새 명현의 쓸쓸한 눈빛은 사라지고 단호해졌다.

"허나 그래도 나는 너를 이자에게 못 보낸다."

명현은 그대로 은복에게서 돌아섰다. 지후는 쓰라린 감정을 감추기 위해서 도망치듯 자리를 피하는 명현의 뒷모습을 지켜보았다.

"우리 집 가노로 오겠다 했지?"

지후는 다시 은복에게로 시선을 돌렸다.

"오지 마라."

"상단주 나리……."

오지 말라는 그 말이 그렇게도 서운한지, 상처 받은 듯한 은복의 얼굴을 차마 바라보지 못하고 지후는 말을 이었다.

"몸이 낫거든, 나와 했던 약조를 지키거라."

바닥의 청자기 조각들을 지켜보던 지후는 문득 방 안을 가득 메웠던 꽃물의 영혹한 향기가 사라지고 없음을 깨달았다.

"고려 땅을 떠나서 영영 돌아오지 마."

얼마나 잠이 들었을까. 시간은 또 얼마나 흘렀을까. 은복은 어렴풋이 느껴지는 부드러운 손길에 천천히 눈을 떴다. 곁에 앉아 있는 명현을 발견하자 은복은 다시 차갑게 눈을 감아 버렸다.

"나를 보지 않아도 괜찮아."

웃음 섞인 그 말이 기가 막히고 어이가 없어 은복은 눈을 떠 명현을 노려보았다. 그는 젖은 천으로 은복의 손을 닦아 주었다. 은복은 손가락을 꿈틀거려 보았지만 그에게서 손을 빼내기엔 역부족이었다. 한참 동안 정성스레 손을 닦아 낸 명현은 은복의 얼굴을 가만히 바라보았다. 그와 눈을 마주치고 싶지 않은지 은복은 벽을 향해 고개를 돌려 버렸다.

"아무 말도 하지 않아도 괜찮아."

그녀가 최선을 다해 자신을 거부하고 있음을 알면서도 명현의 얼굴에서는 미소가 사라지지 않았다.

"그저 숨만 쉬어도 나는 고맙다."

마음을 닫아도, 미워하고 욕을 해도 괜찮다. 아무래도 나는 상관없어.

"내 손길이 닿는 게 싫으면 빨리 나아."

명현은 은복의 고개를 자신에게 향하도록 붙잡고, 부드러운 손길로 얼굴을 닦아 주었다.

"네 팔이 나아서 스스로 먹고 마실 수 있게 되면 붙잡지 않겠다. 이 집에서 정 나가고 싶으면 얼른 기운을 차려서 네 발로 이 집을 나가란 말이다."

두 사람의 눈이 마주쳤다. 여전히 자신을 향한 분노가 가득한 그 눈빛에서 도망치고 싶은 충동이 명현을 괴롭혔다. 괜찮다 말은 했지만 그녀의 원망 어린 눈빛에 마음이 동요하지 않는다면 거짓이었다. 또다시 도망치듯 방을 나가려던 명현의 등 뒤로 은복의 힘없는 목소리가 들려왔다.

"부러······."

괜히 입을 열었다는 듯 후회의 빛이 은복의 눈에 스쳐 지나갔지만, 이내 다시 말을 이었다.

"부러 제게 잘해 주셨던 것입니까?"

"아니라는 것을 너도 알고 있잖아."

그는 품 안에서 은복의 향낭을 꺼냈다.

"이 향낭을 주워 훤초 향으로 나의 근심을 다스릴 수 있게 되었을 때, 나는 항상 내게 이 향낭을 떨어뜨려 준 황궁의 이름 모를 소녀가 궁금했었다. 가까이 다가갔을 때 얼굴을 붉히고, 수줍게 말을 더듬던 그 아이가 어느 댁 소저인지 궁금했다. 보은사에 갈 때마다 시주를 하러 온 처녀들이 있으면 그 속에 향낭의 소녀가 있지는 않은지 나도 모르게 찾고는 했었지."

명현은 침상 가까이 다가가 가만히 그녀의 손에 향낭을 쥐여 주었다.

"내가 이 향낭을 주웠을 때는, 네가 정윤의 사람인 것을 알기 전이었다."

그리고 정지후가 너를 잠든 내 눈앞에 데려 놓고 분탕질을 쳐 놓았다던 청하관의 그 밤보다도 앞선 일이다. 정지후 그자는, 이 모든 것이 자신의 장난질이라 한다. 내가 그저 돗가비에게 홀린 것이라고도 했다. 그의 말이 맞을지도 모른다. 하지만 분명한 것은 정지후의 말이 사실이라 해도 나는 되돌릴 마음 따위 없다는 것.

"나를 미워하는 것은 괜찮아. 허나 내 마음이 거짓이라고 믿지는 마라."

명현이 방을 나가자 은복은 참고 있던 한숨을 깊이 토해 냈다. 힘겹게 손을 들어 향낭을 얼굴 가까이 가져왔다.

'훤초. 근심을 잊게 한다는 꽃이다. 아무 근심 없이 살자, 함께.'

"내게 돌아왔네, 다시."

33

아직 부러진 뼈가 붙지 않아 오른팔을 움직이는 게 힘들었지만, 침상에서 일어나 몇 걸음을 뗄 수 있을 정도로 다리에는 힘이 들어갔다.

"아직 무리하면 안 되십니다, 무사님."

방 안을 걸어 다니던 은복의 발걸음이 문지방을 넘자 여종이 걱정스럽게 그녀의 뒤를 따랐다.

"무사님께 무슨 일이라도 생기면 도련님께서 저를 혼내실 거예요."

"너무 답답해서 견딜 수가 없습니다. 잠시 정원에라도 나가 앉아 있고 싶어요."

은복의 고집에 어쩔 수 없이 여종은 그녀를 정원까지 부축했다. 볕은 뜨거웠지만 불어오는 바람은 시원했다.

"어째 이제는 바람이 마냥 후덥지근하지만은 않은 것 같습니다, 무사님."

여종의 말이 맞았다. 아마 수일이 지나면 이 바람이 머물고 간 나뭇잎이 붉고 누르게 변하겠지. 끈질긴 더위라 생각하였는데, 그것도 어쩔 수 없이 한철이다. 얼마 걷지도 못하고 은복은 힘에 부쳐 정원의 정자에 자리를 잡고 앉았다.

"목이 마르시지요? 얼른 가서 차를 내오겠습니다."

은복이 말릴 새도 없이 부지런한 여종은 집 안으로 총총히 사라졌다. 은복은 낮은 담장을 물끄러미 바라보았다. 아무리 몸이 쇠한 상태라 하더라도 저 정도 담을 못 넘을까. 하지만 스스로 건사하지 못하는 이런 몸으로 이 집을 빠져나간다 한들 얼마나 갈 것이며, 어디로 갈 것인가. 갈 곳이 없다는 사실은 은복을 더없이 쓸쓸하게 만들었다. 은복은 어쩔 수 없이 낮은 담장에서 시선을 거두고 정원으로 돌렸다.

'너에게서 나는 내 고향 땅 들꽃 냄새가 좋았다.'

그날도 볕이 이리 뜨거웠지. 바람은 지금과 다르게 습했지만 불쾌하지 않은 청량함이 있었다. 바로 이 자리에 앉은 사람은 명현이었고 그를 위로하기 위해 먼저 입맞춤을 했던 것은 자신이었다. 불과 얼마 전인데 이리도 오래된 이야기 같다니.

은복은 자신도 모르게 떠오른 지난 기억에 고개를 흔들어 서둘러 지워 버렸다. 그것은 그리워하는 추억이 아니었다. 쓰라린 과오를 되새기며 어리석었던 자신을 매질하는 편태에 불과했다.

"금수로구나."

등 뒤에서 들려오는 목소리에 은복은 흠칫 놀라 고개를 들었다. 다시는 마주치고 싶지 않은 사람, 영회와 또 이 집에서 맞닥뜨렸다.

"아니지. 네 몸 하나 살고자 네 주인의 원수 같은 자에게 의탁하는 것은 그동안의 은혜를 모르는 것이니, 금수보다 못한 것이지."

은복은 자신을 향한 비난에 그녀를 노려보았다.

"한때나마 정혼하여 가례를 앞두고 있던 분이 죽었는지, 살았는지도 모르는 이 상황에 예전 정인의 집을 찾아오시는 분도 그리 사람다워 보이지 않습니다."

가늘고 길게 그린 영회의 눈썹이 높이 치켜 올라갔다.

"네년 건방은 여전하구나."

영회는 정자 주위로 가지를 뻗은 나무의 꽃으로 손을 뻗었다.

"그런데 이걸 어쩌나."

아무런 망설임도 없이 영회의 손길은 가지에서 꽃송이를 꺾어 냈다. 코끝으로 꽃을 가져가 감미로운 향기를 맡는 영회의 얼굴은 한껏 즐거워 보였다.

"그 예전 정인이 다시 나의 정혼 상대가 되었으니 말이야."

은복의 눈빛이 순간 흔들렸다.

"설마 그것도 모른 채 공자님 곁에 머물고 있었던 게냐? 그렇담 너를 후궁으로 들인다면 내 성심 성의껏 너를 괴롭혀 주겠다 공자님께 드린 말씀도 못 들었겠구나."

"후……궁이라니요?"

놀라 묻는 은복의 말에 대꾸도 없이 영회는 자신의 말을 이어 했다.

"황제와 정윤의 자리가 비었으니, 그 자리를 채워야 할 것이 아니냐. 예전 정윤도 너를 아꼈고, 새 태자도 그리한데 그때도 지금도 나는 태자비 신분이고 너는 그저 무사나 후궁이구나. 날 때부터 정해진 신분이라는 것은 정말로 하늘이 내린 것이 맞나 보아, 그렇지?"

향기가 금방 싫증 나자 영회는 거침없이 꽃송이를 툭 떨어뜨려 바닥에 버렸다. 그녀의 비단신 아래로 꽃잎이 짓밟혔다.

"그때도 태자비, 지금도 태자비이신데 저처럼 한미한 신분의 무사도 받는 그 아낌을 두 분 중 그 어느 분에게서도 받지 못하시니 참으로 안타까운 태자비십니다."

철썩 영회의 매서운 손길이 은복의 뺨을 내리쳤다. 약이 바싹 오른 영회의 얼굴이 붉게 달아올랐다.

"감히, 감히 네가."

은복은 눈 한 번 깜빡하지 않고 영회의 시선을 맞받아쳤다. 분이 풀리지 않은 영회가 다시 한 번 팔을 들어 올려 은복의 뺨을 내리치려 할 때였다. 누군가 거칠게 그녀의 팔을 낚아챘다. 명현이었다.

"내 집에서 이게 무슨 짓이오?"

"감히 저년이 저를 농락하였습니다. 윗사람으로서 벌을 내리는 것은 마땅한 일입니다."

명현은 무슨 말을 하려다 말고 은복의 눈치를 살피며 입을 다물었다.

"따라오시오."

은복은 두 사람이 집 안으로 사라질 때까지 영회의 팔을 붙잡은 명현의 손길을 물끄러미 바라보았다. 찻상을 든 여종이 황급히 은복을 향해 다가왔다.

"무사님, 괜찮으세요? 내의령 댁 아씨께서 오신 것을 보고 도련님께 달려갔는데 한 발 늦었습니다."

어찌나 손이 매웠던지 은복의 뺨이 어느새 붓기 시작했다.

"어쩜, 모질기도 하셔라. 몸도 성치 않은 분한테 손찌검이라니."

마치 모든 것이 걸음이 느렸던 자신의 탓인 양 속상해하는 여종을 안심시켜 주고 싶었지만, 은복은 웃을 수가 없었다. 치밀어 오르는 분노는 자신을 때린 영회를 향한 것이 아니었다. 감히 당신이 태자라니요. 정윤 전하를 끌어내리시는 것도 모자라 기어코 그 자리를 꿰어 차시려는 겁니까.

"몇 번이고 뵙자 서신을 보내도 답이 없으시기에 소녀 이리 찾아왔다 저 천한 것에게 봉변을 당합니다."

봉변을 당한 사람이 도대체 누구인데! 명현은 뺨을 얻어맞은 은복을 떠올리며 영회의 팔을 거칠게 놓았다.

"나는 태자 자리도, 당신과의 혼례에도 관심이 없다 했잖아. 그대가 내 집에 찾아올 이유가 없단 말이오."

그녀가 돕지 않더라도 충분히 은복에게 미움 받고 있었다. 굳이 찾아와 거드는 영회의 행동에 명현은 화가 났다.

"그것이 공자님의 뜻대로 되겠습니까? 오늘도 위 대인과 내 아버님이 저희의 혼례에 관한 이야기를 나누시는 것을 보고 나오는 길입니다."

"위 대인께서 내게 아버님과 같은 분이기는 하지만 그렇다 해서 내 형편을 모두 그분이 좌지우지할 수는 없어."

은복이 이 집에 머물고 있는 것만으로도 충분히 약이 올라 있던 영회였다. 연도, 명현도 자신을 아끼지 않는다는 그녀의 말에 도사리던 울분이 폭발했다. 그런 데다 명현은 자신과 혼례를 치르지 않겠다 더욱 단호해졌다. 영회의 눈빛에 독기가 뿜어 나왔다.

"정윤이 옥새를 가지고 사라지는 바람에 어쩔 수 없이 반란군이 황제의 목을 벨 거라 하던데, 내 아버님을 위시하여 개경 호족들이 그것을 문제 삼으면 위 대인께서 황위에 오르시긴 힘드실 겝니다."

영회의 위협에도 명현은 한 치의 흔들림이 없었다.

"더 이상 나와는 무관한 일이오. 혼례는 물론이며, 이 모든 거사에서 손을 떼겠다 위 대인께 말했으니 더 이상 나를 찾지 마시오."

명현은 행랑아범을 불러 영회의 가는 길을 보살피라 한 뒤, 돌아보지도 않고 방을 나가 버렸다. 그 거침없는 무례함에 영회의 분노는 극에 달했다. 집으로 돌아와 가마에서 내리자마자 영회는 아버지 조상국의 처소로 향했다. 아직 위수는 황궁으로 돌아가지 않고 머물러 있었다.

"아버님!"

뛰어 들어와 다짜고짜 흐느껴 우는 영회의 모습에 조상국과 위수 모두 놀라 자리에서 벌떡 일어났다.

"무슨 일이냐, 무슨 일이야!"

조상국은 딸을 안아 일으켰다.

"여러 차례 연통을 보냈으나 답이 없으셔서 소녀, 소녀 부끄러움을 무릅쓰고 주 공자 댁에 다녀오는 길입니다. 그런데 그곳에서……."

영회는 옷소매로 눈물을 찍어 냈다.

"주 공자님의 총애를 받는 다른 여인에게 말할 수 없는 수모를 당하고 오는 길입니다."

"수모라니! 감히 나 내의령의 딸인 너에게 수모를 줄 수 있는 여인이 이 고려 땅에 뉘 있단 말이냐!"

"자신은 주 공자의 총애를 받으나 소녀는 그렇지 못하다 하며……. 그런데 그런 수모를 받고 있는 저를 주 공자께서 도와주시지는 못할망정 그 계집의 편을 드시며 저와 혼인치 않겠다고 하셨습니다."

"뭐라?"

조상국의 날카로운 시선이 위수에게 향했다.

"이게 도대체 무슨 일입니까!"

아무 말도 하지 못하는 위수에게 조상국의 목소리가 더 높아졌다.

"말씀을 좀 해 보시지요, 위 대인!"

위수의 뺨 근육이 꿈틀거렸다.

"심려치 마십시오."

그 아이다. 정윤의 도강을 돕다 붙잡힌 그 아이야. 명현이가 끝끝내 내놓지 않았던 그 아이! 명현이가 모든 것을 내려놓게 만든 아이가 결국 이 사달을 불러일으켰구나.

"제가 모두 해결하겠습니다, 내의령."

침상 곁에서 여종이 코를 골며 잠든 것을 확인한 뒤 은복은 소리 없이 몸을 일으켰다. 불편한 팔 때문에 옷을 제대로 추슬러 입지도 못했다. 고단한 것인지 잠귀가 어두운 것인지 은복이 방을 나가 문을 닫을 때까지도 여종은 잠에서 깨지 않았다.

어둠에 휩싸인 복도를 오로지 달빛에 의지하며 벽을 더듬어 한 걸음, 한 걸음 조심스럽게 떼었다. 모퉁이를 보지 못하고 다친 팔이 벽에 부딪치는 순간 은복의 몸이 휘청거렸다. 바닥으로 넘어지려는 찰나, 누군가가 은복의 허리를 감쌌다. 그녀의 몸을 지탱해 주는 단단한 손길, 은복은 본능적으로 그 손길에서 벗어나려고 발버둥 쳤다.

"놔, 놓으란 말이야!"

"놓으면!"

명현의 목소리는 전에 없이 차가웠다.

"어디 갈 곳이라도 있단 말이야?"

"당신이 상관할 바가 아니오."

은복의 거센 반항에도 뒤에서 그녀를 끌어안은 명현은 꿈쩍도 하지 않았다.

"태자가 되신다고요."

은복의 조소 어린 목소리에 명현의 몸이 움찔했다.

"태자 자리, 영회 아씨와의 혼례, 그로 인해 가지게 될 내의 령의 힘. 그리고 마지막엔 정윤이 되시어 황위를 이어받으시겠지요."

"은복아."

"공자께서 빼앗고 있는 정윤 전하의 모든 것들 중에!"

자신을 향한 그녀의 미움 같은 것은 얼마든지 참을 수 있을 것이라 자신했고 다짐했다. 하지만 자신의 손길에 진저리를 치는 은복의 모습에 명현의 팔에서 점점 힘이 빠지기 시작했다.

"결코 저는 없을 것입니다."

은복은 명현의 팔을 완전히 뿌리친 뒤 한 걸음 뒤로 물러났다.

"공자님과 저는 만나지 않았으면 좋을 뻔한 인연이었습니다."

한마디 한마디가 명현의 명치끝을 치고 지나갔다.

"죽을 때까지 다시는 만나는 일이 없었으면 합니다."

정지후 그자가 그랬다. 이 아이를 향한 자신의 마음은 그의 장난으로 시작된 것이라고, 그것을 되돌릴 수 있다고. 하지만 이유가 무엇이든, 시작이 무엇 때문이든 그 마음을 되돌리고 싶지 않았다. 하지만 지금은 그 방법을 물을걸, 쓰라린 후회가 밀려온다. 은복에게서 이런 말을 들어도 가슴이 아프지 않을 수 있다면 무슨 짓이든 할 수 있을 것만 같았다.

은복은 어둠 속의 복도를 저벅저벅 걸어 나가기 시작했다. 차마 그녀를 붙잡을 수 없어 멀어지는 뒷모습을 멍하니 지켜보다 명현은 문득 정신을 차렸다.

내 아픈 가슴 따위 애처롭게 여기며 동정할 시기가 아니다. 그녀의 날카로운 말 한마디 한마디가 비수가 되어 심장을 할퀸다 하여도 지금 은복을 밖에 내보낼 수 없었다. 여전히 정윤의 행방은 오리무중이었고 그 행방을 알고 있을 법한 은복이 자신의 집 밖을 나선다면 위 대인과 이 행수가 그녀를 가만히 내버려 둘 리 없었다. 게다가 은복은 여전히 심각한 부상에서 회복되지 못한 몸이었다.

완력을 써서 그녀를 침상에 묶어 놓는 한이 있더라도 붙잡아야 했다. 명현이 황급히 은복의 뒤를 쫓아 앞마당을 가로지르던 찰나였다. 대문이 부서지듯 나가 떨어지고 횃불을 든 군사들이 명현의 집 안으로 들이닥치기 시작했다. 그 소란스러움에 잠들어 있던 가노들이 놀라 뛰쳐나왔다. 물밀듯이 밀고 들어온 군사들은 은복과 명현을 에워쌌다. 명현은 은복에게 달려가 그녀 앞을 막고 섰다.

"이게 뭣들 하는 짓인가!"

군사들 앞으로 나선 것은 이 행수였다.

"비켜서시지요, 공자님."

"지금 자네가 하는 짓을 위 대인께서도 아시는가?"

이 행수는 명현의 말에 대답을 하지 않고 군사들을 향해 검을 치켜들었다.

"주 공자를 안으로 뫼시고, 죄인을 포박하라. 가로막는 자가 있다면 모조리 베어도 좋다!"

이 행수의 말이 떨어지기가 무섭게 군사들은 우우우 달려들어 명현의 사지를 꼼짝도 할 수 없도록 붙들었다. 군사들이 은복을 발로 차 바닥에 쓰러뜨리는 것을 본 명현은 발버둥을 쳤다.

"놔! 놓으란 말이다!"

국이 집 안에서 뛰쳐나와 명현을 향해 달려왔다. 하지만 아직 성치 않은 몸으로는 군사 수십이 달려드는 데 당해 낼 재간이 없었다. 주인을 구하려고 뛰어드는 가노들 역시 거침없는 군사들의 칼날 아래에서 속수무책으로 쓰러졌다.

"은복아!"

오랏줄에 묶이는 은복의 모습에 명현은 더욱 날뛰었다. 하지만 명현의 몸을 짓누르며 막아 내는 군사들이 켜켜이 시야를 가려 이내 그녀의 모습을 볼 수 없었다.

34

"어찌 되었습니까, 도련님."

"순군부에는 없었어."

명현은 손바닥으로 얼굴을 쓸었다.

"황궁 안이다. 아마 황제를 가둔 궁내 감옥에 은복이도 가두었을 거야."

땀으로 범벅이 된 옷을 갈아입을 새도 없이 명현은 다시 집을 나설 채비를 했다.

"황궁으로 가서 위 대인을 만나야겠다."

"저도 함께 가겠습니다."

그때 방문 밖이 소란스러웠다.

"아직 도련님께 아뢰지 못……."

꽝 하고 명현의 방문이 부서지며 나가 떨어졌다. 지후를 가로막으려던 가노 역시 그의 거친 손짓 한 번에 바닥으로 나뒹굴었다. 명현 앞으로 성큼성큼 다가서는 지후의 눈빛은 소름 끼치도록 차가웠다.

"지키지도 못할 거면서 왜 붙잡아 뒀어!"

국이 자신을 보호하듯 막아서려 하자 명현은 그를 제지했다.

"나가 있거라."

지후가 마음만 먹는다면 어차피 국의 능력으로 그를 막기엔 역부족임을 명현은 알고 있었다.

"하지만 도련님."

"나가 있으란 말이야!"

명현과 지후를 번갈아 바라보던 국은 어쩔 수 없이 방을 나갔다. 명현에게 가까이 다가가려던 지후가 가로막고 있는 탁자를 뒤집어 내동댕이쳤다.

"도대체 언제까지 그 아이가 너희 인간들 권력 싸움에 다쳐야 하는 거야!"

육중한 탁자가 허공에서 산산이 부서졌다.

"털끝하나 다치지 않게 도로 데려다 놔. 넌 그렇게 해 놔야 해. 왜 그래야 하는지 말해 줘?"

머리 위로 떨어지는 탁자의 잔해를 무시하고 지후는 명현에게 다가가 그의 멱살을 움켜잡았다.

"아비를 잃지만 않았어도 그 아이가 황궁에서 살았을 리 없으니까. 황궁에 살지 않았으면 이런 일 따위 겪지 않았을 테니까!"

지후에게서 뿜어져 나오는 한기가 명현의 온몸으로 파고들

었다. 얼굴이 하얗게 질리는 명현의 모습에 지후의 입꼬리가
비틀렸다.

"그게 무슨 말이야?"

명현의 집을 살펴보라 일렀던 방맹이가 달려와 군사들이 은
복을 끌어갔다는 말을 한 순간, 지후는 곧장 황궁으로 향했다.
영원토록 치우천황의 자비란 받을 수 없는 곳으로 쫓겨 가는 것
도 개의치 않고, 인간을 닥치는 대로 해하며 황궁과 이 고려 땅
을 뒤집어 놓는 일이 있더라도 은복이를 데리고 나올 참이었다.

그의 이성을 붙잡아 준 것은, 우습게도 은복에게만은 자신의
정체를 숨기고 싶은 욕심이었다. 좋은 사람이라 말하며 자신을
바라보던 그 눈빛이 변하는 것을 원하지 않았기 때문이었다.

"은복의 아비는 용호군 별장이었지."

지후는 품 안에서 두루마리를 꺼내어 명현의 발치에 내던
졌다.

"주재복, 네 아비를 빼내려 위수가 보낸 자에게 개죽음을 당
하기 전까지 말이다."

명현이 그것을 읽어 내려가는 동안 지후는 두 눈을 질끈 감
았다.

치우천황의 나라에서도 허세와 치기 어리기로는 둘째가라
면 서러울 돗가비, 바둑 장기 씨름을 좋아하고 내기에 환장하
는 성정이라 음기 울연한 밤이면 언제나 인간 세상으로 어슬렁
거리고 나와 인간들과의 유희를 즐기는 돗가비, 씨름 한 판 이
긴 농사꾼 천금 부자로 만들어 주고 장기 한판 진 지체 높은 귀

족 머리카락 잘라 가는 악동 같은 돗가비, 한번 한 약속은 지켰으나 심술 났을 땐 대문간 뽑아 가는 것은 예사였고, 술을 좋아해 살살 달래 주면 또 유순한 공자처럼 여종들에게 꽃 미소와 옥가락지를 남겨 두고 사라지기 일쑤였던 그가 바로 정지후였다. 장기로 서경에서 이길 자 없기로 유명하다는 위수와 그 친우들에게 찾아가길 여러 밤, 일곱 판 중 네 판을 먼저 이긴 위수가 훗날 그 빚을 묻겠노라 했을 때만 하더라도 이 천지 분간 못하는 돗가비는 자신이 고작 이 내기 장기 일곱 판으로 인해 치우천황의 나라에서 내쫓기게 될 줄은 꿈에도 생각하지 못했었다.

'개경으로 가서 죄인이 된 주재복을 빼내 달라?'

'당신이 가진 신묘한 괴력이라면 해 줄 수 있지 않소. 재복이 그 사람까지 고신을 이기지 못하고 거짓 자백을 하게 되면 우리 서경 땅은 되돌릴 수 없는 벼락을 맞게 될 것이오.'

차라리 금은보화를 요구했다면 그보다 덜 고역스러웠을 터였지만, 못할 일도 아니었다. 인간사에 개입한 것에 치우천황께 크게 꾸지람이야 듣겠지만 인간을 해하지 않는다면 큰 문제는 생기지 않을 것이었다. 더욱이 약속을 지키지 않는다면 다시는 그 어떤 인간도 돗가비 정지후와 내기를 하지 않으려 들 터였다.

그길로 한 달음에 개경으로 향했던 지후였다. 병부령 조상국의 집에 붙들려 있는 주재복을 꺼내는 것은 사실 그리 어렵지 않은 일이었다. 가장 쉬운 일은 전형轉形술이었나. 오래된 집물에게 깃든 잡신의 기운을 불러내고 인간의 모습으로 바꿔 조상국의 집을 공격하는 일이었다. 하지만 오래된 잡신들은 저마다 고약하고 잡스러운 성격이라 통제하기가 어려웠다. 혹여 그들이 인간을 해하기라도 한다면 그것은 고스란히 자신이 감당해야 할 벌이었다.

지후는 직접 나서기로 했다. 그것이 두 번째로 쉬운 방법이었던 것이다.

맞서는 조상국의 사병들에게 지후는 고스란히 몸을 내주었다. 대다수의 병사들은 검날이 들지 않는 지후의 정체에 이미 기가 질려 감히 맞설 엄두도 내지 못했다. 아마 날이 밝으면 이 개경 바닥은 돗가비에게 홀린 한 무리의 사내들에 관한 괴담이 퍼져 나가겠지만 언제나 그렇듯 시간이 지나면 아이들이나 무서워하는 옛적 이야기가 될 터였다.

주재복을 들쳐 업고 거드름을 피우던 지후 앞에 그가 나타났다. 6척이 훌쩍 넘는 거구로 도망치는 무사들을 꾸짖고 지후를 향해서 주재복을 내려놓고 투항하라며 벼락같이 소리치던 기백 넘치던 사내, 황궁에서 온 용호군 별장이었다.

'네놈은.'

수십 번 검으로 베어도 핏방울 하나 비치지 않는 소름 끼치는 돗가비와의 일방적인 일전에 육중한 몸을 놀리던 그 사내가 머릿속으로 이 돗가비를 이길 수 있는 유일한 방법을 떠올려 내지만 않았더라면 이 모든 인연이 시작되지 않았을까.

'공격을 하지 못하는구나.'

사내의 검이 주재복에게 향했다. 주재복이 죽는다면 약속을 지키지 못하는 지후로서는 그냥 두고 볼 수 없었던 일이었다. 별장의 검을 빼앗아 들었던 그때, 그는 스스로 지후의 손에 들린 검으로 망설임도 없이 몸을 내던졌다.

그는 공격은커녕 일말의 방어도 하지 않는 지후의 행동에서 그가 자신을 해할 수 없다는 사실을 눈치챘던 것이다.

조상국이 사사로이 국문을 행한다는 사실을 알게 된 황제에게서 주재복을 황궁으로 온전히 데려오라는 황명을 받은 용호군 별장의 두꺼운 몸을 지후의 손에 들린 검이 완전히 관통했다.

손끝으로 전해져 오던 그 미묘한 촉감과 떨림, 전율, 온몸의 한기가 명치로 응집되었다가 폭발하는 듯한 기운에 지후의 입에서 알 수 없는 기이한 괴성이 터져 나왔다. 천상 생겨 먹길 돗가비였다. 깨어진 금기 앞에서 흥분하여 붉은 눈을 빛내고, 입술에 튄 새빨간 피를 혀로 핥으며 지후는 검을 휘둘렀다.

이성을 잃은 명현은 중광전을 가로질러 위수 앞에 섰다. 호위 무사들이 검을 꺼내 들어 그를 막아섰다.

"왜!"

핏발이 선 명현의 눈동자에 분노가 흘렀다.

"왜 거짓을 말하셨습니까!"

"명현아."

"황제가 황권을 지키기 위하여 꾸민 일이라 제게 그리 말씀하셨습니다. 황제가 친국을 행하였다고 그 입으로 그리 말씀하셨습니다! 자격이 없는 군주라 하셨습니다. 그러니 무슨 일이 있더라도 그자를 황좌에서 끌어내려야 한다고, 아무것도 모르는 어린아이였던 제게 말하고, 말하고 또 말씀하셨습니다."

명현은 위수를 향해 두루마리를 집어던졌다. 두루마리는 위수의 발끝 언저리로 데구루루 굴렀다.

"내의령이었습니다. 조상국의 짓이었습니다. 황제가 아니라 내의령이 거짓으로 역모 죄를 꾸며 낸 것이었습니다. 서경 세력을 짓밟으려던 개경 호족들의 간계였습니다! 그대가 원하는 것은 복수가 아니었지요. 당신은 그저 황제가 되고 싶어 나를 이용한 것뿐입니다."

"명현아."

"당신은 처음부터 내의령과 손을 잡자 했었지요. 아무리 황제가 되고 싶다 해도, 어찌 그러실 수 있으셨습니까! 당신의 친우들이 목숨을 잃었고 그 자식이 죽고, 서경 땅이 짓밟혔습니다. 그런 짓을 저지른 자와 어찌 손을 잡으십니까! 당신이, 정말 제가 알던, 제가 따르던 그분이 맞으십니까?"

위수는 침상에서 몸을 일으켰다.

"지금은 네가 나를 원망할지도 모른다. 허나 명현아, 훗날을 생각하거라. 너는 내 뒤를 이어 황제가 될 수 있다. 너를 이용한 것이 아니라, 너를 황제로 만들어 준 것이다. 황제 말이다, 황제! 이 고려국의 황제!"

"그깟 황제 자리 눈곱만큼도 탐나지 않습니다! 당장 그 아이를 풀어 주세요. 그 아이를 풀어 달란 말입니다! 정윤의 행방은 정지후 그자에게 물으라 하지 않았습니까!"

"회군한 중앙군이 모레 아침이면 도성에 당도한다. 그 전에 황제의 목을 벨 것이니, 더 이상 정윤의 행방은 중요하지 않아."

궁녀가 곤복을 가져와 위수의 어깨 위에 걸쳐 주었다. 선양을 받는 절차를 밟지 않았을 뿐, 황궁 내에서 위수는 이미 황제의 권력과 위세를 누리고 있었다.

"그럼 왜!"

당장이라도 검을 들어 위수의 목을 베고 싶었다. 하지만 명현은 주먹을 꽉 쥐어 충동을 억눌렀다. 지금 은복의 목숨 줄을 쥐고 있는 사람은 위수였다. 위수의 말 한마디에 은복의 작은 몸이 갈가리 찢겨 나갈 것이다.

"힘없는 그 아이를 잡아 가두시는 것입니까?"

"그 아이 하나만 없으면 중앙군과의 불필요한 싸움도 없을 테니까."

명현의 짙은 눈썹이 꿈틀거렸다.

"황제의 목을 베는 명분을 인정하는 것도 호족들이고, 회군하여 돌아오는 중앙군 삼위를 통솔하는 자들 역시 이 개경 호족들이다. 그들의 우두머리가 내의령이지. 이 모든 일을 끝내기 위해서는 그가 필요해. 그리고 그는 자신의 손자가 황위를 잇기를 바라지. 바로 너와 그의 여식 사이에서 태어날 아들 말이다."

위수는 침상의 높은 단에서 내려와 명현의 가까이에 섰다.

"명현아, 내 아들 명현아. 네가 그 아이를 포기하고 태자 자리를 받아들이면 된다. 그리고 내의령의 여식과 혼례를 치른다면, 그 아이를 살리는 것은 물론이며 더 이상 누구도 피를 흘리지 않고 이 모든 일을 끝낼 수 있다."

위수의 자애로운 목소리가 소름이 끼치고 신물이 올라와 명현의 턱 끝이 단단히 굳었다. 어릴 적 종종 명현을 아들이라 부르던 그 목소리와 같았지만 이미 위수의 눈빛은 권력을 향한 탐욕으로 가득했다. 명현의 얼굴에 비웃음이 떠올랐다.

"지금 당장 위 대인께서는 황제가 되시겠지요. 하지만 그게 누가 만들어 준 황제 자리입니까? 호족입니다. 자신들이 황제로 만들어 준 위 대인을 호족들은 그저 꼭두각시처럼 생각할 것이 분명하지요."

명현이 위수 가까이 서자 그것을 위협으로 느낀 호위 무사들이 다시 검을 빼 들어 명현의 목에 겨누었다.

"당신 역시, 당신처럼 황좌를 탐하는 호족들에게 내쳐질 것입니다. 허나……."

명현은 목을 짓누르는 날카로운 칼날에도 아랑곳하지 않고 한 걸음 더 위수를 향해 내디뎠다. 명현의 목에서 흘러나온 핏방울이 중광전 바닥으로 뚝뚝 떨어졌다.

"태자가 되기 위해 황궁으로 들어오지요. 그렇게라도 나는 그 아이를 살려야 하니까요."

벽과 바닥에서 올라오는 습기로 은복의 온몸이 젖었다. 여전히 그녀는 온몸이 포박당한 채 옆으로 쓰러져 있었다. 군사들에게 끌려온 지 얼마나 되었을까. 해가 떴을까. 아니면 졌을까. 빛 한 줌 들어오지 않는 것을 보니 황궁 지하 감옥이구나. 황궁, 내 집 같은 이곳에 이런 꼴로 누워 있다니. 내가 밥을 먹고 잠을 자고 키를 키우고 살을 찌웠던 이곳이 내 무덤이 되겠구나. 피시식, 눈도 뜰 수 없는데 어이없게도 웃음이 비집고 나왔다. 이것도 나쁘지 않구나.

"웃음이 나오는 것을 보니 아직은 살 만한가 보구나."

영회의 목소리였다.

"귀하신 몸으로."

입안이 바싹 말라 은복은 잠시 말을 멈추어야 했다.

"예까지 어인 일이십니까."

"그 기세등등하던 네가 내 발밑에 기는 것 하나 보려고 이렇게 더럽고 냄새나는 곳까지 나를 내려오게 만들었으니 네가 난 년은 난 년이다."

옷자락이 바스락거리는 소리가 들려왔다. 영회의 목소리도 더욱 가까이에서 들려왔다.

"그래. 죽지 마라. 아직은 때가 아니야. 구경거리가 아주 많이 남아 있거든."

내가 지금 이 꼴로 황궁 지하 감옥 바닥에 묶여 쓰러져 있지만, 오로지 단 하나 안도되는 것이 있다면 당신 같은 악독한 여인이 정윤 전하의 태자비가 되지 않았다는 것이오.

"황제의 목이 달아나는 것도, 주 공자와 나의 혼례도 모두 보고 가야지."

"잘 어울리는 한 쌍이 되실 것이오. 내 그 혼례를 보며 기꺼이 박수를 쳐 드리지요."

그때 또 다른 발걸음이 가까이 다가오는 것을 은복은 감지했다.

"그럴 필요 없다."

이내 코끝을 맴도는 휜초 향기에 은복은 입술을 깨물었다.

"나와 영회 소저의 혼례를 볼 필요도, 박수를 쳐 줄 필요도 없단 말이다."

명현은 지키고 서 있던 병사에게 감옥 문을 열라 명령했다.

"하오나, 도련님."

"저리 묶인 채 눈도 뜨지 못하는 아이가 도망이라도 칠 것 같으냐."

주저하던 병사가 마침내 문을 열어 주자 명현은 천천히 옥사 안으로 들어섰다. 그는 오랫동안 아무 말 없이 바닥에 쓰러진 은복을 내려다보다 이내 그녀를 안아 일으켰다. 싸늘하게 두 사람을 내려다보던 영회는 휙 돌아서 감옥을 나가 버렸다.

몸을 비틀어대는 은복의 반항에도 아랑곳하지 않고 명현은 품 안에서 물병을 꺼내 들었다.

"마셔라. 마시지 않으면 죽는다."

"어차피 국문을 받다가 죽을 몸이오. 나는 정윤 전하에 대하여 한마디도 하지 않을 것이니."

"국문은 없다."

은복의 몸이 움찔거렸다.

"네가 그랬지. 죽을 때까지 다시는 만나는 일이 없었으면 좋 겠다고."

자신의 몸이 떨리는 것인지, 자신을 붙들고 있는 명현의 손 이 떨리는 것인지 은복은 알 수 없었다.

"네 소원대로 해 주마. 살아서 너와 내가 마주하는 것은……."

은복은 몸 안에 남아 있는 마지막 힘까지 모두 짜내어 눈을 떴다. 그와 동시에 그녀의 뺨 위로 툭, 하고 명현의 눈물이 떨 어졌다.

"지금 이 순간이 마지막이다."

"상단주 나리."

가노의 부름에도 정자에 누워 있던 지후는 눈을 뜨지 않았다.

"귀찮게 하지 마."

"저기 손님이……."

"귀찮게 하지 말라고 했잖아!"

짜증 섞인 목소리로 눈을 떴던 지후는 자신을 향하여 곤혹 스러운 표정을 짓고 있는 가노와 그 앞에 서서 꿈쩍도 하지 않 고 있는 명현을 발견했다. 지후는 천천히 몸을 일으켰다.

"네놈 얼굴 보고 싶지 않아. 꺼져."

하지만 명현은 미동도 없이 지후와 마주했다.

"군사가 필요해."

"뭐?"

명현은 단호한 목소리로 다시 말했다.

"북하 상단의 사병이 필요해."

지후는 콧방귀를 뀌었다.

"겨우 수십의 상단 사병을 데리고 반란군과 싸우겠다는 거야? 반란군뿐인가? 위수와 손잡은 내의령과 호족들이 사병을 보내기라도 한다면 수천이 넘는 군사다. 그건 그냥 죽겠다 생각하고 사지로 뛰어드는 것이지."

"목숨,"

명현의 얼굴은 태연했다.

"내놓을 것이다."

위수의 뜻대로 움직인다면 당장 은복의 목숨은 살릴 수 있을지도 모른다. 하지만 이미 나의 약점이 은복임을 알고 있는 위수는 나를 움직이기 위하여 언제든, 몇 번이고 그 아이를 이용할 것이 분명했다. 진정 은복이를 살릴 수 있는 방법은 위수의 목을 베는 것뿐이었다.

"나는 사가를 정리하고 황궁으로 들어가겠다 약조했다. 사병을 가노들과 짐꾼들로 위장하여 입궁 행렬에 포함시키면 승평문을 넘을 수 있어. 나는 중광전으로 가서 위수를 벨 것이고, 너의 사병들은 은복을 탈출시키도록 해 줘."

수천의 군사들에 맞서겠다는 것은 스스로 그곳에서 살아 나가지 않겠다는 뜻이었다.

"내가 왜 당연히 너에게 군사를 내어줄 것이라 생각하는 거야?"

지후를 바라보는 명현의 눈길은 간절하면서도 싸늘했다.

"위수 그자가 내의령의 집에서 내 아버지를 구해 달라 보낸 이가 너니까."

마치 그 눈빛이 은복의 것을 대신한 것 같아 지후는 숨을 거칠게 몰아쉬었다.

"나처럼 너도, 그 아이를 살려야 하니까."

35

"곧 황제 목을 벨 거라 하더구먼."

방맹이는 포구가 훤히 내려다보이는 예성강 주점의 높은 누
각에 올라앉았다.

"황제를 폐위하고 목을 베야 하는 죄목을 나열한 장계의 길
이가 스무 자가 넘는다 하더라고."

빈 술병을 냅다 집어던지고 새로운 술병을 집어 드는 지후
를 바라보며 혀를 끌끌 찬 방맹이가 다시 말을 이었다.

"그러고 나면 횡포를 일삼았다는 그 황제를 엄벌한 위수가
즉위 조서를 발표하겠지. 그림이 그려지는구먼, 그림이."

"이리 마셔도 취하지 않을 때는."

방맹이의 말을 듣지 않고 있었던 모양인지 지후는 전혀 엉
뚱한 말로 대꾸했다.

"나약한 인간들의 몸이 부럽다."

"아니, 취하지도 않는 걸 왜 그리 마셔 대는 거유?"

지후는 입가에 흐르는 술 방울을 손등으로 대충 훑었다.

"왜 인간들은 취기에 해선 안 되는 일도 종종 저지르잖아."

"상단주는 취하지 않고서도 해선 안 되는 일을 수십 가지도 저지르잖수. 뭘 새삼스럽게……."

갑자기 자신에게로 날아오는 술병에 방맹이는 얼른 몸을 숙여 피하며 콧방귀를 뀌었다.

"그 난리를 다 피워 놓고 이제 와 무슨. 앞뒤 생각 안 하고 무턱대고 질러 놓고 뒤늦게 후회하면 무얼 해."

방맹이 말이 맞다. 이러고 있으면 무엇이 달라지나.

"그래. 지금 하고 싶은 일이 무엇인데 그러오?"

지후는 대답을 하지 않았지만 방맹이는 전에 없이 고심하는 그의 표정이 심상치 않음을 깨달았다.

"방맹아, 우리 이 개경 땅도 싫증났는데 이참에 상단이고 뭐고 정리해서 중원에나 가 볼까?"

"중원? 중원 좋지. 중원 좋긴 한데……."

기세 좋던 목소리와는 달리 방맹이가 멈칫하며 말을 쉽게 잇지 못하자 지후가 비시실 웃었다.

"왜, 정분난 백여우가 마음에 걸리는 게야? 어차피 꽃물로부터 시작된 거짓 연애 놀음인데 무어 그리 심각해?"

무슨 미련이 남는다고, 중얼거리며 지후는 포구로 시선을 던졌다.

'포구에서도 눈물이 났는데, 이리 다시 뵈니 또 눈물이 납니다. 이상합니다. 왜 자꾸 상단주 나리만 뵈면 이러는지……. 아마도 나리를 뵈면 안심이 되어 그런가 봅니다.'

그것이 어찌 참이냐.

'상단주 나리, 만약 이 모든 상황들이 끝나면 말입니다. 저 상단주 나리께 가도 되겠습니까?'

자꾸만 머릿속에 맴도는 은복의 목소리 때문에 지후는 머리를 마구 흔들었다. 신묘한 꽃물이 아니라면 고려 최고 미색 백녀가 너 따위 썩은 방망이를, 은복이가 나 따위 돗가비를 마음에 가까이 둘 리 없잖아. 그래, 좋다. 지금 하는 그 말도 안 되는 생각 따위 집어치우고, 주명현의 말 따위 무시해 버리고, 황궁 안에서 죽어 가는 그 아이 따위 머릿속에서 지워 버리고, 저 넓은 중원에나 나가 한 100년 살다 오자.

"정분나는 데 거짓이 어딨고 참이 어딨어."

술병을 입으로 가져가던 지후의 손길이 움찔했다.

"좋거나 싫거나, 둘뿐이지."

허공에서 멈춘 지후의 술병을 방맹이가 대신 빼앗아 벌컥벌컥 마셨다. 그리고 카악, 감탄사를 내뱉었다.

"취하지 않으면 어때, 이리 좋은걸."

방맹이는 입가에 흐르는 술을 손등으로 호탕하게 닦아 냈다.

"이봐, 상단주. 이대로 모든 걸 모른 척하고 멀리 떠나 버리면 상단주 마음이 편할 것 같소?"

"왜 이래? 내가 허튼짓할 것 같으면 넌 내 바짓가랑이 붙잡고 말려야 할 거 아니야?"

"내가 붙잡고 말린다고 들을 상단주도 아니지만, 난 이번에는 어째 그것이 허튼짓 같지 않구먼."

방맹이는 술병을 탁자 위에 내려놓았다.

"상단주는 생각해 본 적 없어? 상단주가 불사의 몸으로 인간 세상으로 쫓겨 나온 것이 어찌하여 벌인가 하고 말이야. 나는 이제야 알겠구먼. 늙지 않고 죽지 않는 몸으로 영원을 인간 세상에서 보내야 하는 것이 왜 그분께서 내리신 벌인지 말이야."

초연한 방맹이의 목소리에 섞인 연민은 지후뿐만 아니라 스스로에게 향한 것이기도 했다.

"그 젊고 아름다운 얼굴을 숨기기 위해 이리저리 떠돌아다녀야 하는 요물도 인간도 아닌 상단주에게 인연에 대한 갈증은 독이 아니겠소? 그 독을 안고 끝도 없이 살아가야 하니 그것이 벌이지. 그것도 지독한 벌."

고작 썩은 방망이 따위에게 받는 저 안쓰러운 눈길이라니, 지후는 힘없이 빈 웃음을 터트렸다.

"그동안 쌓은 공덕의 탑이 무너질까 두렵소? 아니면 그 아이가 잘못된 것을 영원토록 후회하며 사는 것이 두렵소?"

지후의 눈빛이 가늘게 떨렸다.

"왜 말리지 않냐고? 답은 이미 정해져 있으니까 그렇지."

"주인아씨, 방 대인께서 아씨를 뵙자 하십니다."

얼굴에 새하얀 분가루를 바르던 백녀의 손길이 멈칫했다.

"지금은 내 용무가 바쁘니 기다리라고 해."

흥, 몇 번 상대해 주니 아무 때고 찾아오면 이 백녀를 만날 수 있다고 생각하는 거야? 개경 최고의 귀족 공자들도 내 얼굴 한 번 보려면 이 청하관 문밖으로 줄을 서야 한단 말이다. 썩은 방망이 주제에 건방지긴.

느릿느릿하게 몸단장을 하며 한참이나 뜸을 들인 뒤에야 백녀는 다시 여종을 불렀다.

"이제 방 대인을 안으로 뫼시거라."

"저, 방 대인께서는 조금 전에 돌아가셨는데요?"

"뭐?"

"더 이상 기다릴 시간이 없으시다면서……."

이 망할 놈의 썩은 방망이 자식이! 분노로 씨근거리던 백녀는 분첩을 내던진 뒤 방문을 박차고 나갔다.

"거기 서!"

청하관 대문간 앞에 다다랐던 방맹이가 백녀의 앙칼진 목소리에 돌아보았다. 방맹이에게 다가가는 빠르고 거친 걸음에 화려한 붉은 포와 그녀의 긴 머리칼이 뒤엉켜 날렸다.

"왜 마음대로 찾아왔다가 마음대로 가 버리는 거야!"

"바쁘다 하기에……. 나도 잠깐 틈을 봐서 마지막으로 얼굴이라도 보러 온 거라."

백녀가 왜 이렇게 화를 내는지 몰라 방맹이는 머리를 긁적거렸다.

"하는 일이라곤 돗가비 몸종 노릇뿐이면서 기다릴 시간이 왜 없……. 뭐? 마지막?"

"나 지금 궁에 들어가우."

분노로 희번덕거리던 백녀의 눈빛이 순간 힘을 잃고 흔들렸다.

"구, 궁이라니?"

"상단주랑 같이 주 공자를 도와 무사 계집 구하러 가오."

백녀는 붉은 입술을 잘근 깨물었다.

"죽고 다치는 인간이 허다할 것인데, 다시 인간사에 끼어들게 된 상단주는 그나마 되찾았던 신통력도 도로 잃게 될 것이고, 그리하면……."

방맹이는 말을 잇지 않았지만 백녀는 알고 있었다. 지후의 전형술이 아니라면 방맹이는 인간의 모습으로 보고, 말하고, 느낄 수 없었다.

"그래도 쌓아 온 정이 있는데 마지막으로 인사는 건네고 싶어 왔지."

"정은 개뿔!"

샐쭉한 백녀의 타박에도 아랑곳하지 않고 방맹이는 흰 이를 드러내며 히죽 웃어 보였다.

"얼굴 보았으니 난 이제 그만 가 봐야겠어."

방맹이가 돌아서자 백녀는 몸을 움찔했다. 바람이 불자 빳빳한 모시옷이 방맹이의 두툼한 등짝 위로 팔랑거렸다. 달싹달싹거리던 입술 사이로 백녀 자신도 모르게 비명 같은 목소리가 터져 나왔다.

"가지 마!"

방맹이의 걸음이 멈추었다.

"내가 가든 안 가든."

목소리에는 여전히 웃음기가 섞여 있었지만, 차마 돌아볼 수 없는 방맹이의 어깨가 힘없이 축 늘어져 있었다.

"상단주가 신통력을 잃으면 나는 그냥 썩은 나무 작대기일 뿐일세."

또다시 바람이 한 줌 불어와 백녀가 어깨에 걸치고 있던 붉은 포를 바닥에 떨어뜨렸다. 눈부시게 흰 어깨를 고스란히 드러낸 백녀는 터벅터벅 멀어지는 방맹이의 뒷모습에서 시선을 떼지 못했다.

"가지 말라고, 이 망할……."

망할, 울컥하고 치밀어 오르는 울음을 삼키느라 백녀의 벌어진 입술이 파르르 떨렸다.

"썩은……. 썩은 방……."

순간 다리에 힘이 풀린 백녀가 제자리에 주저앉았다. 놀란 여종이 달려 나와 백녀의 어깨에 포를 둘러주고 부축했다.

사내들에게는 더할 나위 없이 교태 어린 논다니였으나, 가노들에게는 언제나 등골을 서늘하게 만들었던 음산하고 앙칼졌던 청하관의 주인 백녀였다. 주인의 얼굴 위로 후드득 떨어지는 눈물을 발견한 여종의 눈에 놀라움이 번져 나갔다.

"굳이 함께 가지 않아도 괜찮다, 국아."

친형제와도 같은 국이었다. 명현은 사지로 그를 이끌고 싶지 않았다.

"도련님, 기억하십니까?"

국은 대답 대신 물었다.

"도련님께서 서경을 떠나시던 날 말입니다. 저도 데려가 달라고 도련님의 바짓가랑이를 잡고 매달렸지요."

국은 곽한귀의 땅을 경작하는 소작농의 아들이었다. 곽한귀의 모든 재산이 나라에 몰수되자 일굴 땅을 잃은 국의 가족들은 끼니를 해결하는 날보다 굶는 날이 더 많았다. 명현이 땅을 내주지 않았다면 국의 어린 동생들은 굶주림을 이기지 못하고 목숨을 잃었을 것이 분명했다.

"은혜를 받았으나 가난한 소작농의 어리고 무지렁한 아들이 그것을 갚을 수 있는 방법은 오로지 도련님 곁을 따라다니는 일밖에 없었습니다. 도련님이 아니었다면 제 목숨은 물론이거니와 부모와 동생들이 모두 굶어 죽었을 텐데, 지금에 와서 어찌 혼자 살고자 몸을 사리겠습니까?"

자신이 어떤 말을 한다 해도 국이 고집을 꺾지 않으리란 사실을 알고 있는 명현은 더 이상 그를 설득하지 못했다.

"도련님, 입궁 채비를 끝냈습니다."

행랑아범의 말에 명현은 뒤를 돌아보았다. 가집이 실린 수레들 옆으로 보따리를 품에 안은 여종들 몇이 명현의 명을 기다리고 있었다.

"여종들은 함께 입궁하지 않는다."

"하지만 도련님의 수발을 들던⋯⋯."

명현은 행랑아범의 말을 잘랐다.

"사가를 지키거라."

국이 명현의 곁에 다가섰다.

"정지후는 오지 않을 생각인가 봅니다, 도련님."

국의 목소리에는 아쉬움이 없었다. 정지후가 평범한 인간이 아니라는 말을 명현에게서 들어 알고는 있지만, 사실 국으로서는 완벽하게 믿기 힘든 일이었다.

"입궁한 뒤 중광전에는 나 혼자 들어가겠다."

정지후가 돕지 않는다 해도 명현은 계획을 바꿀 생각은 없었다.

"너는 그사이 은복이를 찾아서⋯⋯."

국을 향해 돌아보던 명현은 저만치 걸어오는 지후를 발견했다. 반가운 기색도 잠시 명현의 얼굴에는 의아함이 번졌다. 상단의 사병들 없이 지후 곁엔 수레를 끌고 오는 방맹이가 전부였다.

"사병들은?"

"궁 안에서 개죽음당하는 인간은, 위수 편에 섰단 이유로 내 손에 죽게 될 재수 없는 반란군 병사들과 너희 둘만으로 족해."

명현은 자신의 날카로운 검 날에도 피 한 방울 보이지 않던 지후의 기괴한 모습을 기억하고 있었다. 지후는 은복을 무사히 구해 낼 수 있을 것이다. 그것으로 충분했다. 하지만 이어지는 지후의 말에 명현이 흠칫 놀랐다.

"위수에게는 내가 갈 거야. 그 아이를 구하는 것은 너의 몫이다."

"뭐?"

"그리고……."

지후는 잠시 말을 멈추었다. 모든 것을 잃게 될 것을 알고 있지만, 오로지 하나 포기하고 싶지 않은 것이 있었다.

"일이 끝난 뒤에도 그 아이가 나에 대하여 알아서는 안 돼."

꽃물 때문이라 해도 이미 은복이의 마음은 인간 사내 정지후를 바라고 있었다. 명현으로 인해 너덜너덜해진 그 고운 마음에 또다시 생채기를 내고 싶지 않았다.

지후의 입가에 비틀린 미소가 떠올랐다. 정말 그뿐이냐. 사실 오로지 하나 버릴 수 없는 것은, 은복에게만은 천지 분간 못하고 쫓겨난 요물이 아니라 은혜로운 상단주, 평범한 인간 사내로 남고 싶은 욕심이잖아. 검에 찔려도 피 한 방울 나지 않는 요물의 모습 따위 그 아이 앞에서 들키고 싶지 않은 거잖아.

지후는 자신의 생각을 꿰뚫어 보는 듯한 명현의 시선을 싸늘하게 무시했다.

"이게 내가 너를 돕는 조건이다."

명현의 입궁 행렬은 단출했다. 말을 탄 명현의 뒤로 수레 하나와 사내 가노 셋이 전부였다. 궁문을 지키는 병사들은 앞으로 태자가 될 신분의 명현에게 깍듯했고 짐을 실은 수레와 명현과 함께 입궁하는 가노들의 수검에도 깐깐하게 굴지 않았다.

승평문을 어렵지 않게 통과했지만 궁 안은 위수의 반란군 병사들이 수십씩 도열하여 곳곳을 지키고 있었다.

내관은 명현의 처소로 쓰이게 될 좌춘궁으로 그들을 인도했다. 좌춘궁 뜰에 수레가 멈추자 내관이 다소곳이 허리를 숙였다.

"궁녀들을 불러 사가의 짐을 정리하라 이르겠습니다."

"그럴 것 없다. 나의 수발은 이들로 족하다."

내관은 못마땅한 얼굴로 지후와 국, 방맹이를 훑어보았다.

"하오나 황궁의 법도가……."

명현은 손을 들어 그 말을 막았다.

"내게 법도를 들이대지 마라. 나는 아직 태자가 아니다."

어쩔 수 없다는 표정으로 내관이 좌춘궁에서 물러간 후에도 명현과 국은 움직임 없이 주위를 경계했다. 혹시라도 궁 안에서 위수나 이 행수를 마주치게 될까 봐 노립을 쓰고 내내 몸을 사리고 있던 지후와 방맹이는 이제야 살 것 같다는 듯 좌춘궁 뜰을 여기저기 누비고 다녔다.

"아무리 네가 혼자서 많은 병사들을 상대할 수 있다 해도, 그 숫자가 너무 많아."

명현의 말에 지후는 히죽 웃어 보였다. 그리고 어슬렁어슬렁 수레로 다가갔다. 명현의 것 대신 방맹이가 끌고 왔던 수레였다. 지후는 수레의 덮개를 확 열어젖혔다.

"이 몸은 중광전에서 황제 놀이하고 있는 위수를 상대해야 하니, 졸병들 상대는 이쪽이지."

평범한 세간과 서책들 사이로 이가 깨진 그릇들, 부지깽이, 짚신, 빗자루, 때가 탄 방석들처럼 귀족 사내의 짐이라기에는 초라하기까지 한 낡은 물건들이 가득했다.

"병사들은 이 허깨비들과 싸우게 될 게야."

36

돌벽에서 생겨난 물방울이 은복의 뺨 위로 뚝, 뚝 떨어졌다.

"황제의 목을 베고 나면 곧장 위 대인께서 새 황제로 즉위하실 거라는군."

"그럼 우린 공신이 되는 것인가?"

"일등 공신은 못 되더라도 떵떵거리고 살 만한 은자나 전답 정도는 떨어지겠지?"

들뜬 군사들이 떠들어 대며 웃는 소리가 습하고 무거운 공기를 뚫고 감옥 안을 메웠다.

이렇게 모든 것이 끝나는구나. 정윤 전하는 어찌 되셨을까. 이 일을 아시면 억장이 무너지시겠지. 혹여 살아 이 감옥을 나가게 된다 하더라도 내 어찌 감히 정윤 전하의 얼굴을 다시 뵐 수 있을까.

그때 은복은 눈을 떴다. 둥둥둥둥둥, 희미했지만 분명한 북소리였다. 지하 깊숙한 곳에서도 감지되는 험악한 소란에 감옥을 지키고 있던 군사들도 우왕좌왕하기 시작했다. 급습이다아! 고함과 병장기의 거친 소음이 점점 커졌다. 은복은 있는 힘을 다해 몸을 비틀었다. 하지만 그럴수록 그녀를 꽁꽁 묶어 놓은 포승은 몸을 더욱 옭아맬 뿐이었다. 두껍고 거친 붉은 오랏줄이 살갗을 파고들었다. 더 이상 움직이지 못하고 은복은 다시 고통 속에 눈을 감았다.

"웬 놈이냐!"

밖에서 섬뜩하게 들려오는 아비규환과는 달리 감옥 안으로 달려 들어온 침입자는 달랑 두 사람이었다.

"옥사 자물쇠를 부숴라."

명현을 알아본 군사 몇은 순간 머뭇거렸지만 무장한 그가 검을 치켜들며 국을 향해 명령을 내리자 험악한 형세로 일전이 시작됐다.

"막아라!"

감옥 안을 지키는 군사들의 숫자가 많은 것은 은복이 아니라 황제 때문이었다. 제아무리 주인이 시키는 대로 움직이는 무지렁이 하급 군사들이었으나, 황제를 빼앗기는 것이 무엇을 의미하는지 아는 자들이었다. 황제를 뺏겨 반란이 실패로 돌아갈 경우 어차피 그 목숨을 보전하기 어렵기에, 그들은 죽기 살기로 싸웠다.

하지만 이미 황궁을 사지라 여기고 들어온 명현이었다. 그들은 살기 위해 싸웠지만 명현은 죽기 위해 싸웠으므로 눈앞에 휘몰아치는 칼날 앞에서도 두려움이 없었다. 검술로는 누구에게도 지지 않을 명현과 국이었지만 수적으로 열세한 탓에 판가름은 쉽게 나지 않았다. 상대의 검을 놓칠 때면 칼끝이 살갗을 스치기도 했지만 마치 고통을 느낄 수 없는 사람처럼 명현은 주춤하는 기색조차 없었다.

드디어 군사들 틈으로 빈 공간이 열리고 명현은 은복이 갇힌 옥사로 달려가 검을 내리치며 자물쇠를 부수었다. 문을 열려는 순간 칼끝이 그의 어깨를 관통했다. 하악, 숨을 들이켜며 신음을 삼킨 명현은 돌아서서 자신을 공격한 병사를 단숨에 베었다. 명현이 이를 악물고 어깨에서 검을 빼낸 순간 피가 사방으로 터졌다.

그때 우우우, 음울한 함성과 함께 방맹이가 한 무리의 사내들을 데리고 나타났다. 낡고 해진 옷, 혹은 그마저도 없이 벌거숭이 몸으로 짐승처럼 눈을 번뜩이는 사내들의 기괴한 모습에 반란군은 아연실색하며 도망치기에 급급했다. 풀어진 금기 덕분에 신명 나게 날뛰는 사내들의 걸신스러움이 악독을 넘어 되레 천진하기까지 했다.

"도련님!"

국이 달려와 명현을 부축했다.

"괜찮아."

명현은 국의 손길을 내치고 감옥 안으로 들어섰다.

"복아."

그녀를 부르며 명현은 은복의 몸에 휘감긴 포승을 풀기 시작했다. 손아귀에 잡힌 뻣뻣한 포승줄은 14년 전 송이의 목에 감겨 있던 동아줄처럼 굵고 거칠었다. 명현은 이를 악물고 울컥 치민 울음을 참았다.

"복아."

은복이를 안고 일어난 명현의 어깻죽지가 피로 물들었다. 명현은 은복의 얼굴을 말없이 내려다보았다. 작은 점 하나 놓치지 않고 빈틈없이 꼼꼼하게 그 얼굴을 눈에 새긴 뒤에야 명현은 조심스러운 손길로 그녀를 국의 품 안으로 옮겼다.

"믿을 사람은 너밖에 없다. 곧장 의원을 찾아라."

"어디 가십니까? 도련님, 제가……."

"내가 가야 한다."

명현은 다시 검을 집어 들었다.

"이 모든 것을 매듭지어야 할 사람은 정지후 그자가 아니라 나야."

호위 무사들이 위수 앞을 켜켜이 막아섰다. 지후는 한숨을 폭 내쉬었다. 황궁 안을 날뛰고 있는 잡신들의 파계만으로도 족히 수백 년은 인간 세상을 신통력 없이 떠돌아야 하는 마당에 자신의 손으로 직접 인간의 피를 보아야 하는 상황이 마뜩찮았던 것이다.

"나를 돕는다 하지 않았소!"

호위 무사들 뒤로 옥좌에 앉은 위수가 소리쳤다.

"마음이 바뀌었소."

"원하는 것은 무엇이든 들어줄 테니."

위수의 목소리에는 분노와 두려움이 섞여 있었다.

"다시 그 마음을 바꾸시오. 어차피 당신은 이 세상 일이 모두 심심풀이며 한낱 장난거리지 않소? 나의 거사를 망쳐 놓는다 해서 당신에게 이로울 것이 무어 있소!"

"그대의 친우를 빼내려다 내 모든 힘을 잃고 치우천황의 세상에서 내쫓겼을 때에도 나는 당신에게 화가 나지도, 당신을 원망하지도 않았어."

지후는 손톱 위의 먼지를 후 불어 내며 거드름을 피웠다.

"그건 그대 때문이 아니라, 내가 한 내기 장기 때문에 벌어진 일이었으니까."

지후가 한 걸음 내딛자 무사들이 빼들고 있던 검을 치켜세웠다.

"허나 지금은 달라. 겨우 되찾은 내 몇 가지 잡기를 잃게 생겼는데, 이게 온전히 그대 때문이거든."

지후는 또다시 한 걸음 내디뎠다.

"그대의 그릇된 욕심 때문에."

심드렁했던 눈빛 속에 살기가 번뜩이자, 마주하고 있던 무사들이 움찔거리며 물러섰다.

"그 아이가 몇 번이고, 몇 번이고 죽을 뻔했어. 그대도 이제 그 욕심 값을 치러야 하지 않겠소?"

호위 무사 하나가 기합과 함께 지후에게 달려들었다. 몸을 두 동강이 낼 듯 무사의 검이 날카롭게 지후의 가슴팍을 가로질렀다. 예리하게 찢겨 나간 옷자락 사이로 상처 없는 흰 살결이 드러났다. 눈앞에 선 정체의 괴교함에, 기세 좋던 무사의 검이 바닥으로 툭 떨어졌다.

"막, 막아! 저자를 막아라!"

겁에 질린 위수의 목소리가 중광전을 가득 메웠다. 호위 무사들이 지후를 향해 한꺼번에 달려들었다. 마지막 망설임 때문에 차마 그들을 해하지 못하고 하릴없이 검 날을 받아내던 지후의 눈에 중광전에서 도망치는 위수의 뒷모습이 들어왔다. 지후는 자신에게 덤벼든 무사의 목을 움켜쥐었다. 손아귀에 힘을 주면 나약하기 그지없는 인간의 목이 단번에 부러질 터였다. 그때였다. 위수의 날카로운 비명 소리가 중광전을 메웠다.

"명, 명현아."

명현이 중광전에 한 걸음 한 걸음 내딛을 때마다 위수는 뒷걸음질 쳤다. 걸음을 멈춘 명현의 발 아래로 피가 쏟아져 웅덩이지는 것을 보고 지후는 눈살을 찌푸렸다. 지후가 잠시 한눈을 판 사이 호위 무사들이 위수에게 달려가 그를 에워쌌다.

"네 어찌 내게 이럴 수가 있느냐."

명현의 뺨이 꿈틀거렸다.

"지금껏 나는 너를 내 아들로 생각하고 살았다. 옛정을 생각해서라도 네 어찌 내게 검을 들이댄단 말이야!"

가슴에 새겨 온 은복의 얼굴이 명현의 눈앞에 스치고 지나갔다.

"그 어떤 아비가 아들을 이토록 철저하게 이용한단 말입니까."

그녀를 국에게 넘겨 주고 이곳으로 달려와야 했던 그 마음은 이미 발기발기 찢겨져 있었다.

"의심치 마라. 정녕 너를 아들로 생각하지 않고서는 내 어찌 네게 태자와 정윤의 자리를 주려 했겠느냐. 명현아, 지금도 늦지 않았다. 지금 그 검을 거둔다면 내 너의 과오를 묻을 것이다."

"과오?"

숨이 거칠어진 명현이 말을 이었다.

"내게 과오가 있다면, 그것을 묻어 줄 수 있는 사람은 당신이 아니야."

명현은 검을 쥔 손에 힘을 주었다. 위수를 둘러싼 무사들도 검을 치켜들었다.

"칼을 내려놓아라, 명현아. 나는 네가 죽는 것을 보고 싶지 않다."

"복수를 위해서라면 목숨을 잃는 것 따위 두렵지 않게 키워 준 사람이 당신이라오."

핏발이 선 명현의 눈동자가 떨렸다.

"고맙습니다."

입술이 일그러지더니, 이내 명현의 얼굴 위로 비틀린 웃음이 번졌다.

"그 아이를 위해 죽는 게 두렵지 않은 것이 고작 당신 덕분이라니."

호위 무사들이 기합을 넣으며 명현을 향해 달려들었다. 그때 지후는 손아귀에 사로잡고 있던 무사를 내던져 그들을 막았다.

"나 원 참, 보자 보자 하니까 끝이 없구먼. 인간들이 비장하게 구는 것만큼이나 꼴 보기 싫은 게 없다니까."

지후는 빙그레 웃으며 호위 무사들에게 손가락을 까딱해 보였다.

"너희들 상대는 이쪽이다."

두 갈래로 나뉜 호위 무사들의 검이 일제히 명현과 지후에게 향했다. 힘을 쓰는 데 거리낌이 없는 돗가비와 인간의 싸움은 시작부터 판가름이 난 것이니, 돌아가는 형세를 파악한 위수가 호위 무사 하나를 방패삼아 전각을 빠져나가려 했다. 명현은 도망치는 그를 쫓았고 호위 무사의 칼날이 명현의 옷깃을 스쳤다. 어깨의 깊은 자상 때문에 운신이 가볍지 않았지만 여전히 명현의 검끝은 맹렬했다.

"명, 명현아."

하나 남은 호위 무사까지 명현의 발아래 무너지고, 지후에게 막혀 자신을 구하러 올 수 없는 다른 무사들의 무력함을 깨달은 위수의 얼굴은 새하얗게 질렸다. 턱 끝에 아슬아슬하게 닿은 명현의 칼날에 위수는 중광전 바닥에 털썩 주저앉았다.

"내, 내의령이 사병을 보내 올 것이야."

"아직도 모르겠소? 이곳이 당신이 죽을 자리라는 것을."

"명현아, 명현아 부디 그 검을 내려놓아라."

"죽는 것이 두렵습니까?"

"사, 살려다오."

"두렵겠지. 역모 죄를 뒤집어쓰고 죽은 것도 억울한데 그 죽음마저 당신에게 이용당한 사람들이 저세상에서 기다리고 있을 테니."

"살려다오, 명현아. 명현아."

공포와 두려움으로 핏발이 서린 위수의 눈동자를 바라보며 명현은 깊은 숨을 들이마셨다.

"안녕히 가십시오."

명현의 검이 바람을 가르며 내리치는 순간 위수는 외마디 비명과 함께 검붉은 피를 토해 내며 쓰러졌다. 중광전 바닥으로 흥건한 피가 퍼져 나갔다.

"내의령 그자도 곧 위 대인을 따를 것이니, 저세상 가서 그토록 바라던 황제 자리를 그자와 함께 누리시오."

그때 명현은 다급하게 자신을 부르는 지후의 목소리에 흠칫 놀랐다. 명현이 고개를 완전히 돌리기도 전에, 지후가 놓친 호위 무사가 어느새 바로 등 뒤로 달려와 그를 향해 칼을 치켜들고 있었다.

이곳은 어디일까. 더 이상 통증이 느껴지지 않는다. 나는 죽은 것일까. 황천길로 가는 길은 이리도 어두운 것일까. 이 어둠 끝에는 무엇이 있을까. 아버지, 나 아버지를 만날 수 있을까요. 아버지, 내가 얼굴도 모르는 어머니와 함께 계신가요. 죽는 것이 나쁘지 않다고 생각한 지 오래지만, 이제는 오히려 좋소. 그리운 아버지 얼굴을 볼 수 있잖아요. 어머니는 내가 어찌 생긴 것을 모르니 아버지가 나를 어머니에게 이끌어 주어요. 우리 세 식구 이제 헤어지지 말고 저승에서나마 한집에서 한 밥 먹으며 그리 살아요.

'내가 알고 싶은 것은, 너의 이름이다.'

어둠 속의 길을 더듬어 걷던 은복의 걸음을 멈추게 한 목소리였다. 아무리 주위를 둘러보아도 여전히 한 줄기 빛조차 없는 어둠이었다. 하필 왜 그의 목소리일까. 보고 싶은 정윤 전하의 목소리도, 한없이 고맙고 은혜로운 상단주 나리의 목소리도 아닌 왜 그자의 목소리가 내 걸음을 붙들까.

마지막으로 보았던 그의 얼굴, 은복은 그의 눈물이 남아 있는 것 같아 손바닥으로 가볍게 뺨을 쓸었다. 그 눈물의 의미는 무엇이었을까. 배신하고 또 배신한 그가 흘리는 그것이 정말로 눈물이었을까. 그는 왜 향낭을 가져갔을까. 태자 자리에 오를 참에, 영회와 혼인하여 오래오래 천수를 누리며 살 텐데, 이제 내 얼굴 따위는 볼 일이 없을 거라 말했으면서 왜 그는 내 향낭을 기어코 가져갔을까. 나에게만 의미가 있을 뿐, 어차피 그에게는 오래되어 낡은 향낭일 뿐인 것을.

'소저, 향낭을 쓰십니까.'

황궁 금원에서 그를 처음 만났던 그날, 그가 가까이 다가왔던 이유도 그 향낭 때문이었지. 사내와 그리 가까이 서 본 것이 태어나 처음이라 심장이 터질 것 같았던 그 밤, 우리 두 사람을 맴돌았던 향기도 역시 흰초였다.

'아무 근심 없이 살자, 함께.'

근심을 잊게 하는 흰초라 하였지요. 네, 내 그대에게 나의 흰초 향낭을 드리겠습니다. 어차피 나는 나의 아비와 어미를 만나서 이승에서 쌓은 근심을 풀고 살게 될 테니 내 기꺼이 당신에게 나의 향낭을 드리겠습니다. 그러니 나의 향낭을 가져간 그대는 이제 무거운 근심 버리고 사십시오.

'나를 미워하는 것은 괜찮아. 허나 내 마음이 거짓이라고 믿지는 마라.'

당신을 더 이상 미워하지도 않겠습니다. 증오하지도, 탓하지도 않을 것입니다. 어차피 당신이 아니었으면 일찌감치 이 황천길에 들어섰을 나인데, 저승길 가는 마당에 내 무슨 원망이 남아 있겠습니까.

'네가 그랬지. 죽을 때까지 다시는 만나는 일이 없었으면 좋겠다고. 네 소원대로 해 주마. 살아서 너와 내가 마주하는 것은. 지금 이 순간이 마지막이다.'

내 향낭을 가지고 근심 없이 사시기를 바라오나, 혹여 말입니다. 제가 걸음걸음 떼고 있는 이 길이 정녕 황천길이고 제가 가는 곳이 저승이라면 말입니다. 오랜 시간 지나면 그대도 그곳에 오겠지요. 그때는 우리 서로에게 검을 겨누지 않았으면 합니다. 그때는 미움도 원망도 눈물도 없이 얼굴을 마주하며 그대에게서 나의 흰초 향낭을 건네받겠습니다.

까마득하게 어둡기만 했던 그 길 위에 한 줄기 빛이 비치기 시작했다. 마치 누군가가 그녀를 부르기라도 하는 듯, 은복은 더욱 걸음을 빨리 하여 그 길로 향했다. 이상한 일이었다. 빛이 점점 가까워 오는 동안 사라졌던 통증이 다시금 그녀를 찾아왔다. 한 걸음 떼니 칼에 베인 자상의 따끔함이, 또 한 걸음 떼니 부러진 오른팔의 둔탁한 고통이 엄습했다. 빨랐던 걸음은 절로 느려졌다. 한 걸음만 더 떼면 그 빛 속에 몸을 완전히 던져 넣을 수 있을 것 같았다. 숨이 턱까지 차올랐다. 마침내 한 걸음, 으으음 비명 같은 신음이 은복의 입 밖으로 터졌다.

"복아, 은복아."

눈을 떴지만 여전히 눈앞은 깜깜했다.

"복아."

천천히 눈을 깜빡이자 그제야 아득했던 눈앞으로 천천히 빛이 쏟아졌다.

"정신이 들어?"

"정운…… 전하?"

가물가물 흐릿하던 연의 얼굴이 점점 또렷하게 보이기 시작했다.

"꼬박 열흘이다."

연은 은복의 손을 꼭 움켜쥔 채 기쁨에 찬 목소리로 말을 이었다.

"열흘 만에 눈을 뜬 것이야. 정말 이대로 네가 세상을 저버리는 줄 알았다."

은복의 시선이 연의 곁에 선 내관들과 궁녀들에게로 향했다. 이내 은복은 자신이 누워 있는 곳이 바로 그녀가 자란 자신의 방, 자신의 침상임을 깨달았다. 황궁이다. 좌춘궁 가까이에 자리한 작은 그녀의 방, 그곳에 자신이, 그리고 돌아온 정윤 전하가, 그리고 그 곁에 의관을 갖춘 내관들이 있었다.

　모든 것은 한낱 여름밤의 꿈이었던 것일까. 하지만 팔에서 전해져 오는 통증은 지금까지의 모든 일들이 꿈이 아님을 증명했다.

　"되었다. 이제 살았어."

　"전하. 황제 폐하께서는……."

　"아바마마께서는 무탈하시다. 걱정하지 마라. 이제 끝났어."

　연은 식은땀에 젖은 은복의 머리칼을 뺨에서 떼어 주었다.

　"다 제자리로 돌아왔어."

　"그, 그러면……."

　은복이 거친 숨을 몰아쉬었다. 연이 놀라 다시 은복의 손을 움켜잡았다.

　"힘들면 말하지 마. 되었어. 살았으면 되었다."

　은복은 연의 말대로 입을 다시 다물고 눈을 감았다. 아직 연에게 묻고 싶은 것이 너무나 많았지만 감히 눈을 뜰 수 없었다. 눈을 뜰 기운이 없어서도, 말할 힘이 없어서도 아니었다. 지금 자신이 가장 알고 싶은 것을 그에게 물었을 때, 연에게서 듣게 될 말들이 두려웠기 때문이었다.

37

그 모든 것은 꿈이 아니었다. 열흘 만에 깨어난 세상은 뒤집혀져 있었다. 반란군을 몰고 왔던 위수는 황궁을 급습한 토평討平군에 의해 그 자리에서 단죄되었고 황제는 토평군의 옹위를 받으며 그간의 난리를 수습했다. 한때나마 반란군의 편에 섰던 궁인들은 모두 내쳐졌다.

고려 최고 권력가에서 역적의 무리로 전락하여 위기감을 느낀 내의령 조상국이 사병을 모으고 회군한 중앙군을 통솔하는 호족과 결탁하여 또다시 반란군을 일으키려 했으나 때마침 도착한 연과 후주의 군사들로 인해 실패하였다.

"토평군······."

저무는 해를 뒤로하고 금원 정자에 올라서 있던 은복은 입 안으로 중얼거렸다.

토평군은 서경 출신 호족 주명현과 북하 상단 상단주 정지후의 사병들이라 했다. 살아남은 반란군의 병사들은 갑의와 병장기도 없이 금수처럼 날뛰던 토평군의 무리가 마치 한 떼의 요사스러운 돗가비들 같았다고 헛소리를 지껄였다고 한다.

"무얼 그리 생각하고 있어?"

등 뒤에서 조용히 부른다고 했건만 은복은 소스라치게 놀라며 돌아섰다.

"아, 아무것도 아닙니다."

연은 천천히 정자 위에 올랐다.

"회경전에 다녀오는 길이다."

금원에서도 가장 높은 정자에 오르니 회경전 넓은 뜰이 한눈에 들어왔다.

"역모의 일당들을 모두 멸족에 이르게 하고 토평군을 이끌었던 주명현과 정지후를 위사전망공신衛社戰亡功臣에 봉한다는 폐하의 왕지가 내려졌다."

연의 입에서 흘러나오는 이름에 은복의 눈빛이 흔들렸다.

"복아……."

"영회 아씨는 어찌 되었습니까?"

은복은 서둘러 화제를 돌렸다. 잠시 은복을 물끄러미 바라보던 연이 천천히 입을 열었다.

"폐하께서는 역모에 가담한 집안의 여인들을 이번에 공신으로 책봉된 주명현과 정지후에게 노비로 주려 하셨으나 그들이 거절하였다. 아마 조영회는 나주 호족의 노비로 가게 될 것

이다.”

은복은 한숨을 내쉬었다.

“소인은 이해할 수가 없습니다. 일평생을 개경 최고의 여인으로 살아오다 하루아침에 노비의 신분이 되어 그리 먼 곳으로 쫓겨 가다니, 권력이라는 것이 이토록 허무한 것인데.”

은복은 조상국이 승평문 앞에서 참수되던 모습을 잊을 수 없었다.

“어찌하여 그것을 가지려 이토록 기구하게 싸웠답니까.”

황권과 신권, 그리고 그들의 대립으로 인하여 벌어지는 숱한 정치 싸움과 칼부림으로 인해 얼마나 많은 피가 쏟아졌는가. 이 허무한 싸움이 아니었다면, 저는 제 아비를 잃지도 않았겠지요. 궁에 들어오지도 않았겠지요. 이 모든 일을 겪지 않아도 되었겠지요.

“소인은 그만 처소로 돌아가 보겠습니다, 전하.”

돌아서는 은복을 연이 다시 불러 세웠다.

“폐하의 왕지를 받기 위해 주명현과 정지후가 회경전에 들어 있다.”

은복은 순간 입안이 바싹 마르는 것을 느꼈다.

“그를 만나 보지 않아도 되겠느냐? 네가 원한다면 주명현을 좌춘궁으로 따로 불러 주마.”

은복은 고개를 떨어뜨렸다.

“제가 만나 뵙고 싶은 분은 주 공자가 아니라.”

자신의 발끝을 지그시 바라보던 은복이 천천히 고개를 흔들었다.

"상단주 나리십니다."

"다 잃고 고작 건진 것이……."

회경전 전각을 나서며 지후는 손에 들고 있던 황제의 왕지를 빙글빙글 돌렸다.

"공신이라니, 이 정지후가 고작 고려국 황제의 신하가 되다니."

이 어처구니없는 상황이 이해가 돼? 지후는 어깨를 들먹이며 명현을 바라보았다. 하지만 명현의 시선은 좌춘궁이 있는 동쪽으로 하염없이 향하고 있었다. 지후의 시선도 명현의 것을 따라갔다. 마치 금방이라도 좌춘궁으로 통하는 춘덕문 너머로 은복이 나타날 것만 같았다.

"은복이 자리보전을 털고 일어났다더군."

명현의 의아한 시선이 지후에게로 향했다. 지후는 어깨를 으쓱해 보였다.

"태의 집에 사람을 보내 물어봤지."

안도감에 명현의 입에서 깊은 한숨이 터져 나왔다.

"자기도 죽다 살아난 주제에 남 걱정은."

명현의 한쪽 눈썹이 치켜 올라갔다.

"남?"

"그 아이를 향한 네 마음이 내 장난질로부터 시작되었다는 말, 기억해?"

명현은 가슴에 품은 향낭을 가볍게 움켜잡았다.

"상관없어."

"내가 그 장난질을⋯⋯."

잠시 말을 멈춘 지후의 얼굴 위로 담담한 회한과 약간의 설렘이 섞여 떠올랐다. 묘한 정적도 잠시 지후는 이내 빙긋 웃어 보였다.

"그 아이에게도 했다."

"뭐?"

그때 좌춘궁의 내관이 두 사람에게로 다가와 다소곳하게 허리를 숙였다.

"정윤 전하께서 상단주 나리를 좌춘궁으로 뫼시라 명하셨습니다."

명현의 날카로운 시선이 지후에게로 향했다.

"은복이가 상단주 나리를 만나 뵐 수 있길 전하께 청하였습니다."

말을 전한 내관이 앞장서서 먼저 걸음을 옮겼다. 지후는 여전히 굳어 있는 명현의 어깨를 위로하듯 툭툭 쳐 주었다. 아직 상처가 낫지 않은 어깨의 통증이 전신으로 퍼져 나갔지만 명현은 동요 없이 내관이 향하는 좌춘궁에서 시선을 떼지 않았다.

"그 아이의 마음은 이제 너를 품고 있지 않아."

명현의 짙은 눈썹이 꿈틀거렸다.

"개경 안에서 자네를 흠모하지 않는 처녀가 없다 들었는데, 이제 온갖 부귀영화를 누릴 수 있는 공신까지 되었으니 이 고려 땅에서 그대를 마다할 여인이 어디 있겠어? 그러니 더 이상 허튼 미련 두지 말고 다른 여인을 찾아보거라."

한껏 거들먹거린 지후는 부채를 부치며 내관을 뒤따랐다.

은복은 좌춘궁 뜰 가운데 서서 지후를 기다리고 있었다. 황궁 감옥에서 구출된 후 사경을 헤매던 은복의 모습을 마지막으로 보았던 지후는 한결 편안해 보이는 그녀 얼굴에 안도했다.

"상단주 나리."

반가운 것은 은복도 마찬가지였다.

"공신이 되셨다는 소식을 들었습니다."

지후는 황제의 왕지를 은복 앞에서 가볍게 흔들어 보였다.

"사실 그리 충심이 깊은 것은 아니었는데, 어찌하다 보니."

장난스러운 지후의 말에 은복이 웃음을 터트렸다.

"상단주 나리의 농을 들으니 이제야⋯⋯."

무엇인가 울컥하고 치밀어 올라 목구멍을 꽉 틀어막는 것 같았다. 은복은 겨우 그것을 삼키며 말을 이었다.

"이제야 정말로 모든 것이 평안해진 것 같아 안심이 됩니다."

"몸은 좀 어떠냐? 팔은?"

"괜찮습니다. 저, 상단주 나리."

은복은 지후를 보고자 했던 이유를 어렵사리 털어놓을 참이었다.

"곧 궁을 나가려 합니다."

이미 내직에서 이름이 지워졌으니 출궁은 언제든지 가능한 일이었다.

"궁을 나가서 상단주 나리 댁으로 가도 되겠습니까?"

순간 지후의 손에 들려 있던 왕지가 바닥에 툭 떨어졌다.

"상단의 호위 무사도 좋고, 잡일을 하는 가노도 괜찮습니다."

그 꽃물 참, 신묘하다. 또 감탄을 자아내 보지만, 답을 기다리고 있는 은복 앞에서 태연한 척하는 것은 어려웠다.

"궁을 나가서 다시 시작하고 싶습니다, 상단주 나리."

지금 그 시작을 나와 함께하겠다고, 이 아이가 그리 말하고 있다. 즐거운 마음이 기어코 죄책감을 마음 깊은 구석으로 몰아내고 말았다. 더운 콧바람이 지후의 콧구멍 사이로 뿜어 나왔다.

"좋, 좋다."

그때 지후의 몸을 밀치며 명현이 두 사람 사이에 끼어들었다. 갑작스러운 명현의 등장에 은복이 놀라 몸을 흠칫 떨었다.

"정말로 궁을 나와 이자에게로 가겠다고?"

지후는 명현에게 향하는 은복의 눈길을 유심히 지켜보았다. 무엇인가 번뜩이며 그녀의 눈빛을 스치고 지나갔지만, 이내 담담해졌다.

"어찌하여 궁 안을 함부로 출입하십니까?"

명현은 등 뒤의 좌춘궁 전각을 손가락으로 가리켰다.

"너를 구하려 들지 않았다면 내 궁이 될 뻔한 곳이다."

명현은 은복의 어깨를 움켜잡고, 그녀의 얼굴을 가까이 들여다보았다.

"지금 저를 구하려고 태자 자리를 포기했으니 저를 이용하여 정윤 전하와 황제 폐하를 위험에 빠뜨렸던 것을 모두 잊으라고 공치사를 하시는 겁니까?"

은복은 조용한 몸짓으로 명현의 손을 뿌리쳤다.

"폐하께서는 너그럽게 용서하시고 공신 자리까지 내리셨는지 몰라도 저는 아직 아닙니다."

당황한 명현이 몸을 움찔했지만 이내 다시 은복을 붙잡았다.

"정신 차려라. 이자가 요망한 술수를 부려서……."

"흠!"

지후가 냉큼 두 사람 사이에 끼어들어 은복의 어깨에서 명현의 손을 떼어 냈다.

"이 사람이 아무리 투기로 눈이 멀었기로서니, 요망이라니. 공신으로서 체통을 지키시오, 주 공자."

매섭게 서로를 노려보는 명현과 지후의 모습에 은복은 슬그머니 한 걸음 뒤로 물러났다.

"좌춘궁이 소란스러워 정윤 전하께 송구스럽습니다. 이만들 물러가시지요."

은복은 지후에게만 공손히 덧붙여 말했다.

"그럼 출궁하여 상단주 나리 댁으로 가겠습니다."

은복은 한번 뒤돌아보는 일 없이 좌춘궁 전각 안으로 사라졌다. 그녀의 뒷모습을 지켜보던 명현과 지후는 내관이 무언으로 주는 압박에 못 이겨 하는 수없이 걸음을 뗐다.

"나와의 약조를 어길 셈이냐? 내 존재에 대해서는 함구하기로 했잖아."

"그럼 네놈이 부린 술수에 은복이의 마음이 어지러워진 걸 보고만 있으란 말이야?"

명현의 언성이 절로 높아졌다.

"흥! 제놈한테 부린 술수는 상관없다 하더니, 은복이가 나를 좋아하게 된 것만 요망하게 여기는 건 무슨 심보야!"

"소란스러웠습니다. 송구합니다, 전하."

"돌아들 갔느냐?"

연의 목소리에 웃음기가 섞여 있었다.

"출궁하면 정말로 북하 상단으로 갈 생각이냐. 의탁할 곳이 걱정되어 그런 것이야? 내 너를 출궁시키면서 빈손으로 내보낼 생각은 없다."

은복은 고개를 저었다.

"그런 것이 아닙니다. 상단주 나리께 너무나 많은 신세를 지어 그 은혜를 갚고자 합니다."

"아직……."

명현을 대하는 은복의 차가웠던 목소리가 전각 안까지 들려왔었다.

"주명현이 원망스러우냐?"

"아닙니다."

그의 손길이 여전히 그 자리에 머물고 있는 것 같아 은복은 자신의 어깨를 가만히 만져 보았다.

"정말로 이것이 제 삶의 끝이구나 싶었을 때 제 마음속에 주 공자에 대한 원망이 더 이상 남아 있지 않음을 깨달았습니다."

"헌데 그를 대하는 것이 어찌 전 같지 않아? 주명현이 위수에게서 돌아서지 않았다면 내 아무리 후주의 군사들을 몰고 왔다고 하나 때가 이미 늦었을 것이다. 폐하께서도 그것을 아시고 또 조상국이 그 아비에게 저질렀던 지난날의 일을 안타깝게 여기시어 그가 반란군에 몸담았던 것을 용서하셨다."

연은 명현을 돕고자 하는 것은 아니었다.

"주명현은 오로지 너를 위해서 돌아선 것이다."

다만 은복이 정지후에 대한 고마움을 연모하는 것으로 착각하여 스스로의 마음을 가늠하지 못하는 것은 아닌가 걱정스러운 것이었다.

"알고 있습니다."

은복의 얼굴에 은은하게 퍼지는 미소를 발견하자 그제야 연은 자신의 걱정이 기우였음을 깨달았다.

"하지만 제 마음을 그리도 아프게 하셨으니 저도 이 정도 벌은 드려도 되지 않을까요?"

연이 웃음을 터트렸다.

"제법 평범한 여인처럼 구는구나."

잠시 망설이던 은복이 천천히 팔을 들어 머리에 쓰고 있던 두건을 벗었다. 까맣고 탐스러운 머리칼이 어깨를 타고 허리춤까지 흘러내렸다.

"제 처소에 작은 장이 하나 있습니다. 평범한 여인이 되는 것이 너무 큰 욕심이라 감히 꺼내어 만져 보지도 못한 여인의 옷이 몇 벌 들어 있지요. 이제 이 철릭을 벗어 버리고 그 옷을 꺼내 입어 보려 합니다, 전하.”

철모르던 시절, 함께 손잡고 궁 곳곳을 누비던 작은 계집아이. 하나밖에 없는 친구이자, 남매이자, 한때 풋풋한 설렘으로 밤잠을 설치게 만들었던 나의 작은 누이.

“그래. 복아.”

궁녀로 살게 하고 싶지 않아서, 늘 곁에 두고 싶어서 호위무사로 살게 했던 내 욕심이 너를 아프게 만들었으니, 지금 내 곁을 떠나는 너 때문에 이리도 쓸쓸한 것쯤은 기꺼이 참으마.

“모두 다 잊고…….”

비록 돌아 돌아 되찾은 삶이긴 하지만, 뜻대로 살 수 있는 네가 부럽구나.

“새로운 삶을 살거라, 복아.”

38

'궁을 나가서 다시 시작하고 싶습니다, 상단주 나리.'

저잣거리를 가로질러 가던 지후의 걸음이 제자리에 우뚝 멈추었다. 연방 부쳐 대던 부채질도 그만두었다.

"우리 잘생긴 공자님! 여기 노리개들 한번 보고 가시우!"

그것을 좌판에 늘어놓은 물건에 대한 관심이라 생각한 난전의 장사치가 그를 불러 대자, 그제야 지후는 머릿속에서 떠나지 않는 은복의 목소리를 간신히 떨쳐 냈다. 지후는 좌판의 노리개들을 둘러보았다. 그리고 그중에서 단연 눈에 띄는 파란색 옥으로 만든 노리개를 집어 들었다.

"우리 잘생긴 공자님께서 보는 눈이 있으시네. 이게 서역에서 들여온 청옥으로 만든 노리개라우. 이거 하나 처녀 저고리에 딱 달아 주면 이 고려 땅에서 안 넘어올 여인네가 없을 거라니까."

장사치의 달콤한 꾐에 넘어간 것인지 지후는 망설임도, 에누리도 없이 그 값을 치렀다.

"나 모르게 정인이라도 생겼수?"

지후는 황급히 곁을 돌아보았다. 하지만 그곳에 방맹이는 없었다.

"이 썩은 방망이."

후주의 군사들과 함께 정윤이 돌아오던 순간, 지후는 몸 안 깊숙한 곳에서 얼음덩어리처럼 차가웠던 기운이 뿌리째 뽑혀 나가는 고통을 느꼈다. 14년 전, 이미 한 번 겪어 보았기에 마냥 낯설지만은 않은 상실감이었다. 황궁을 지키던 집물의 잡신들은 인간의 모습을 잃고 스러졌다. 지후는 한참 후에야 황궁의 구석진 한편에 떨어져 있는 썩은 방망이를 찾을 수 있었다.

"있다 없으니 되게 허전하네."

괜히 머쓱해진 지후는 노리개를 품 안에 넣은 뒤 부채를 부치며 어슬렁어슬렁 다시 저잣거리를 거닐었다. 어느새 발걸음이 닿은 곳이 청하관인 것을 깨달은 지후의 찡그린 얼굴이 따사로운 볕에 더욱 해사해졌다.

밤마다 흥겨운 풍악이 끊이지 않던 청하관은 언젠가부터 장사를 하지 않았고, 낮이고 밤이고 문이 굳게 닫혀 있었다. 지후는 내키지 않는 걸음으로 청하관 안으로 발을 들여놓았다.

"대낮부터 웬 청승이야?"

한때 개경에서 내로라하는 주색잡이들과 탕아들이 눌러앉

아 걸쭉한 유희를 즐기던 정자 위에 백녀가 홀로 앉아 있었다. 그녀는 숲처럼 풀이 무성하게 자란 뜰을 무심히 내려다보고 있었다.

"장사 안 해. 나가."

백녀의 시선을 따라가던 지후는 풀숲에 덩그러니 쓰러져 있는 방망이를 발견했다. 황궁에서 나와 상단으로 돌아왔을 때, 기다리고 있던 백녀는 한마디 말 없이 그 방망이를 지후에게서 건네받아 돌아가 버렸다.

"그런다고 안 돌아와."

지후는 두 손을 번쩍 들고 흔들었다.

"나는 다시 아무 힘도 쓸 수 없는, 그저 죽지 못하는 미물이다."

백녀는 말을 잃은 사람처럼 대답이 없었다. 지후는 코끝을 찡그렸다.

"네가 인간 사내들의 기를 빨아먹는 요망한 짓만 안 했다면 내 그 꽃물 장난질을 네게 써먹진 않았을 거란 말이야! 그 망할 꽃물 더럽게 신통하고 지랄이야!"

미안함을 인정하고 싶지 않은 지후가 끝내 입안으로 욕설을 중얼거렸다.

"이게 다 내 장난질 때문이잖아. 아니었으면 백녀 네가 저 썩은 방망이 따위 때문에 이리 청승을 떨고 있을 리도 없잖아. 그러니 내게 걸쭉한 욕지거리 한번 하고 털란 말이다."

"나 네놈 원망 안 해. 네놈 장난질 때문이라고도 생각 안 해.

이 백녀 마음이 고작 돗가비 놈 장난 따위에 이리 쓸쓸해질 리 없어. 그렇지만……."

그제야 백녀가 천천히 지후에게로 시선을 던졌다

"공덕 쌓아라. 공덕 쌓아서 돌려받았던 신통력이라며. 다시 쌓아서 내 눈앞에 저치 데려와."

"기다리지 마. 황궁 안에서 인간들이 수없이 죽었어. 얼마나 오래 걸릴지 나도 몰라."

잠시 말이 없던 백녀가 이내 고개를 저었다.

"상관없어."

손바닥 위에 올려놓은 옥 노리개를 물끄러미 바라보는 지후의 머릿속에는 여전히 은복의 얼굴이 맴돌았다. 변한 것은 아무것도 없었다. 은복의 아비는 자신 때문에 목숨을 잃었으며, 자신은 그 죄로 치우천황의 세상에서 쫓겨난 돗가비일 뿐이었다.

내일이면 출궁을 하는 은복이 내게로 온다.

"이만하면 나도 그만 악연을 모른 체해도 되지 않겠소?"

실제로 치우천황께서 이 물음을 들으셨다면 네놈 아직 정신을 못 차린 게로구나, 하고 불호령을 내렸겠지.

그때 누군가가 다가와 지후의 상념을 깨트렸다.

"무슨 생각을 그리 하느라 하선이 끝났는데도 포구로 한번 내려오질 않누."

지후는 포구에서 돌아서서 양양수를 바라보았다.

"오랜만이구먼. 무엇하느라 그동안 한 번을 오질 않아?"

여전히 날카롭게 솟은 귀를 쫑긋거리며 양양수가 빙그레 미소를 지었다.

"내게 협잡짓으로 물건을 판 놈이 있어 그놈 잡느라 정신이 없었지."

지후가 낄낄거리며 웃었다.

"천하의 양양수에게 협잡짓이라니, 그것 참 간 큰 인간이로세."

"인간이 아니야. 양쪽 눈깔이 다른 서역 요물이네. 거참, 들어 본 적 있나? 인간 피를 먹고 산다더군."

품 안에 노리개를 다시 넣던 지후의 손끝이 멈추었다.

"그동안 어찌나 요리조리 도망을 잘 다니던지, 겨우 붙잡아 묶어 놓고 경을 치는데 해가 뜨자마자 그 자리에서 재로 변해 버리지 뭔가."

"그 협잡꾼에게서……."

지후의 목소리가 가볍게 떨렸다.

"산 물건이 무엇인가?"

"꽃물일세. 황제 시영의 후궁이 어디서 소문을 들었는지 마음을 유혹할 수 있는 영혹한 꽃물을 구해 달라 해서 내 그 서역 요물하고 거래를 했지."

"그래서?"

"그 꽃물은 대진국에서만 꼭 10년에 한 번 사흘 밤낮으로만 만개하는 꽃으로 만든 것인데, 그 효능도 꼭 사흘 밤낮만 간다더군. 그것을 모르고 꽃물만 믿고 오만방자하게 굴던 후궁을 황제가 단칼에 목을 벤 게 아닌가. 난 그 후궁에게서 잔금도 채 받지 못했는데 말이야. 내 어찌나 약이 올랐던지…….”

갑자기 일그러지는 지후의 얼굴에 양양수가 의아한 표정으로 말을 멈추었다.

“이봐, 왜 그러나?”

푸른 섬광이 눈빛에 일렁이는 것도 잠시 푸흐흡흡, 바람이 빠지는 듯한 허탈한 웃음이 지후의 입술 사이로 터져 나왔다.

일평생 궁에서 살았건만, 승평문을 나서는 은복의 짐은 품 안에 끌어안은 큼지막한 보따리 하나가 전부였다. 은복은 그녀를 내뱉고 다시 굳게 잠긴 승평문의 높은 기와를 올려다보다, 이내 돌아섰다.

“정말로 정지후에게 가려는 거야?”

등 뒤에서 들려오는 목소리에 은복의 걸음이 멈추었다. 명현을 마주하기 전 은복은 슬쩍 떠오른 자신의 미소를 숨겼다.

“어찌 제 앞에 이리도 자주 나타나십니까?”

명현의 눈썹이 치켜 올라갔다.

“비록 생사를 오가던 혼몽한 상태였지만, 다시는 살아서 얼굴을 마주하지 말자던 공자님의 목소리를 저는 똑똑히 기억하고 있습니다.”

“그, 그건…….”

당황하여 말을 잇지 못하는 명현을 향해 어깨를 으쓱거린 은복은 그에게서 돌아섰다.

"그땐 내가 살고자 하지 않았기 때문이다."

순간 은복은 품고 있던 보따리 꾸러미를 꽉 끌어안았다.

"내 목숨 따위 중요하지 않았기 때문에. 나를 버리고 너를 살릴 수 있으면 그것으로 족했기 때문에."

명현의 목소리가 가볍게 떨렸다.

"나는 살아서 너를 보지 않으려 했다."

여전히 돌아서지 않는 은복 때문에 애가 탄 명현이 성큼성큼 다가와 그녀 앞에 섰다.

"지금 정지후 때문에 혼란한 네 마음은 그놈이……."

명현은 차마 지후와의 약조를 저버리지 못하고 말을 멈추었다.

"또 상단주 나리를 음해하시는 겁니까?"

"그런 게 아니라……."

"하십시오, 계속."

명현의 얼굴에 의아함이 스쳤다.

"제가 예전에 그러지 않았습니까? 공자님의 투기가 저를 즐겁게 하니 계속 하셨으면 좋겠다고."

여전히 차가운 목소리였지만, 명현은 자신을 올려다보는 은복의 눈빛 속에 스며 있는 장난기를 알아차렸다.

"혹시 압니까? 제 기분이 좋아져서, 공자님께서 저를 이용했던 것은 모두 잊고 저를 위해 목숨을 버리려 했던 것만 기억하게 될지도 모르지요."

명현은 얼떨떨하여 그 말뜻을 완전히 이해하기 전까지 오랜 시간이 걸렸다.

"복아."

기쁨에 차서 그녀를 불렀지만 이미 은복은 그에게서 저만치 멀어져서 부지런히 걸음을 옮기고 있었다.

은복이의 옷자락이 바람에 나부꼈다. 후주 사신의 배에 불이 나서 부상을 당해 자신의 집에 머물렀던 그때에도 그녀는 바로 정원의 저 자리에 서 있었고, 자신 역시 지금처럼 그녀를 몰래 지켜보고 있었다.

"그때 네 앞에 나타나지 말았어야 했다."

아무것도 하지 말았어야 했다. 아무것도.

"상단주 나리."

어느새 돌아서서 자신을 바라보고 있는 은복을 향해 지후는 한 걸음 내디뎌 다가갔다.

"제게 할 일을 주십시오. 상단주 나리께 은혜를 갚고 싶습니다. 어떤 일이든 하명하시는 것은 성심을 다해 보필할 것입니다."

대답 없이 그녀를 물끄러미 바라보기만 하는 지후였다. 은복의 눈에 의아함이 스쳤다.

"상단주 나리?"

"왜."

유난히 따스한 볕이 그녀의 해사하고 맑은 얼굴 위로 쏟아져 내렸다.

"주명현이 아니라 내게 온 것이냐? 정말로 은혜를 갚기 위해서였다면, 그자에게도 갚을 빚이 있잖아. 그자가 너를 구했다. 그자가 아니었으면 너는 지금 그 자리에 서 있을 수 없어."

당혹감에 휩싸인 은복의 눈빛과 씁쓸한 지후의 눈빛이 마주쳤다.

"지금 입고 있는 이 옷은 말입니다. 제가 그분을 처음 만났을 때 입고 있던 옷입니다."

한참 시간이 지난 후에야 은복은 천천히 입을 열었다.

"무사의 철릭이 아니라 이 여인의 옷을 입고 그분을 처음 만났습니다."

지후는 손바닥을 들어 가슴팍의 노리개를 움켜잡았다.

"상단주 나리, 저는 처음부터 다시 시작하고 싶습니다."

웃음과 눈물이 뒤섞인 얼굴로 은복은 말을 이었다.

"그분께 빚을 갚아야 하는 정윤 전하의 호위 무사가 아니라."

지후는 천천히 은복에게 다가가 섰다.

"궁 밖의 평범한 여인으로 그분께 웃어 주고, 화를 내고, 투정을 부리는 그런 정인이 되고 싶습니다."

지후는 손을 들어 은복의 뺨에 흐르는 눈물을 닦아 주었다.

"그럼 나는 네게 사내가 아니라 빚쟁이로구나."

지후의 장난스러운 타박에 은복 역시 웃음을 지어 보였다.

"울지 마라."

울지 마라, 은복아. 나는 본성이 선하지 않은 돗가비로 생겨먹어서 우는 네 얼굴을 보면 화가 난다. 허나 그 어떤 인간에게라도, 티끌 같은 공덕이라도 쌓아야 하는 것이 내 처지이니 나는 이제 누구에게 화를 낼 수도, 보잘것없는 장난질을 칠 수도 없다.

"그것이 무어 그리 어려운 일이라고 울기까지 해?"

네 아비로 인해 받고 있는 벌이다. 너를 위해 쌓아야 하는 공덕이 태산과도 같이 높은데, 막상 네가 원하는 것을 도와주려고 하니.

"나만 믿거라."

이제야 14년 전 그분이 내리신 벌이 이것임을 알겠구나.

39

"그러니까."

지후는 뺨을 실룩거리며 말을 이었다.

"북하 상단에 출자를 하겠다?"

"공신에 책록 되면서 하사 받은 은전을 고이 모셔 두느니 어
디든 출자를 하여 불리는 것이 좋은 생각 같아서 말이야."

건성으로 대답하는 명현의 시선은 은복을 찾느라 바빴다.

"고고한 유자께서 언제 이런 장사꾼이 되셨을까?"

그때 다상을 든 은복이 전각 모퉁이를 돌아 정원으로 들어
섰다.

"하긴 지난번에도 출자 운운하며 나를 찾아오긴 했었지. 속
셈은 따로 있으면서 말이야."

곱게 빗어 내린 검은 머리칼과 귀와 목에 걸린 옥색 장신구

들, 붉은빛이 영롱한 비단 치맛자락을 날리며 검 대신 다상을 들고 정자에 오른 은복은 완연한 여인의 모습이었다.

"차를 올리겠습니다, 상단주 나리."

명현의 눈길이 은복에게서 떨어질 줄 몰랐다.

"인사하시게, 주 공자."

무엇이 그리도 마음에 들지 않는지, 명현을 흘겨보던 지후가 다시 입을 열었다.

"방맹이 녀석이 돌아오기 전까지 앞으로 우리 상단 일을 도와줄 새 행수네."

이건 무슨 수작인가. 은복은 태연히 차를 따르고 지후는 히죽 웃고만 있어 명현은 어리둥절했다.

"행수라니?"

찻잔을 명현 앞에 내려놓는 은복의 손길이 다소곳하고 정갈했다. 차를 따르고 난 은복은 두 사람 곁에 앉았다.

"정말 이 북하 상단에 적을 두고 머물겠다는 뜻이야?"

"지금까진 황궁에서 굶을 걱정 없이 살았으나 이제 출궁을 하였으니 먹고살 방법이 있어야 하지 않겠습니까."

자신의 투기가 즐겁다던 은복의 말에 내심 기대했던 명현의 얼굴 위로 실망감이 번졌다. 어쩌면 오늘은 은복의 마음을 온전히 풀어 주고, 그녀를 이 북하 상단에서 데리고 나갈 수 있을지도 모른다 생각했었다.

"너의 정윤은 너를 누이라 생각한다면서 먹고살 재물조차 내어주지 않고 쫓아 보냈단 말이야?"

"말은 똑바로 하십시오. 전하께서 쫓아내신 것이 아니라 제 발로 궁을 나온 것입니다. 상단주 나리, 차가 식습니다. 드시 지요."

은복이 이리 고운 자태로, 저리 다정한 목소리로 정지후 곁에 있는 꼴을 보고 있자니 명현은 절로 욕지거리가 입안에 맴돌았다.

"참."

약이 바싹 오른 명현 앞에서 지후는 한 술 더 떠 품 안에서 청옥 노리개를 꺼내 들었다.

"은복이 네 출궁 선물이다."

"와, 무슨 노리개 빛깔이 이리도 곱습니까?"

보다 못한 명현이 자리를 박차고 일어났다.

"벌써 가시려고?"

지후는 천연덕스럽게 명현을 올려다보았다.

"그럼 가 보시오. 출자에 관해서는 내 조만간 댁으로 서신을 보내리다."

희희낙락하는 은복과 지후를 남겨 두고 명현은 정자를 내려왔다. 성큼성큼 정원을 가로질러 가던 명현의 걸음이 어느새 느려지더니, 은복의 고운 웃음소리에 천천히 정자를 돌아보았다.

"웃으니, 좋다."

네가 그리 웃고 있는 얼굴만 볼 수 있다면 나는 질투에 눈이 멀어 강짜를 부리는 소인배가 되어도 좋고, 서운함에 가슴이 시려 잠 못 이루어도 좋다.

"무사님은 만나 보셨습니까?"

문밖에서 기다리고 있던 국이 명현의 말을 가져오며 물었다.

"이제 무사가 아니다. 행수라고 불러야 한단다."

"네?"

명현은 깊은 한숨을 내쉬었지만, 이내 얼굴에는 미소가 떠올랐다.

더운 날이었다. 하지만 은복은 이 더위가 여름의 끝임을 감지했다. 끝나지 않는 폭염 같았던 시간이 이렇게 흘러가 버렸다.

마지막 여름 볕을 기껍게 마주하며 걸음을 옮기던 은복은 명현의 저택 대문간 앞에 멈추어 섰다. 청동 거울을 품에서 꺼내 얼굴을 살펴보고, 옷매무새도 다시 한 번 고쳤다. 숨을 고르고 문을 두드리려던 찰나, 육중한 대문이 끼이익 소리를 내며 열렸다. 문을 열고 나서던 국이 되레 그녀의 모습에 움찔 놀랐다.

"오셨습니까?"

무슨 말을 해야 할지 몰라 은복은 입술을 달싹이다 황급히 고개를 숙였다.

"왜 이러십니까, 무사 아니 행수님."

당황한 국이 한 걸음 뒤로 물러났다.

"이렇게 강녕한 모습을 뵈니 다행입니다."

그제야 국은 그녀와 덕물산에서 치러야 했던 마지막 일전을 떠올렸다.

"괘념치 마십시오. 피차 겨누고 싶지 않았던 검이 아니었습니까."

주인이 연모하는 여인을 차마 벨 수 없었던 국이었고, 그런 국에게 눈물을 삼키며 검을 휘둘렀던 은복이었다.

"저도 행수님의 무탈한 모습을 뵈니 반갑습니다."

국의 부드러운 목소리에 그제야 은복은 천천히 고개를 들었다.

"도련님을 뵈러 오셨지요?"

"상단주 나리께서 서신을 전하라 명하셨습니다."

은복은 비단보에 가지런히 감싼 서신을 내놓아 보였지만, 국도 은복도 그리고 서신을 전해 받을 명현도 그것이 그저 핑계임을 알 터였다. 국의 입가에 가벼운 미소가 번졌다.

"따라오시지요. 제가 뫼시겠습니다."

처음 오는 곳도 아닌데, 명현의 드넓은 저택이 새삼스럽게 느껴져 은복은 걸음을 떼는 곳마다 시선을 거두지 못했다. 오랏줄에 묶여 위수의 군사에게 끌려가던 앞마당, 그가 울부짖던 목소리가 귀에 선했다. 저만치 보이는 높다란 누각, 서책 냄새를 가득 머금은 볕이 좋던 그의 공간. 그리고 이제 이 모퉁이를 돌아서면, 그와 입을 맞추었던 정원이다.

"아⋯⋯."

정원을 가득 메우고 있는 향기에 은복은 잠시 숨을 멈추었다.

"훤초."

그녀의 중얼거림을 들었는지 앞장서서 걷던 국이 돌아보

았다.

"정원에 심을 이 들꽃을 찾으려고 온 집안 가노들이 더운 여름날 땀깨나 흘렸습니다."

은은하고 달콤한 향기가 바람을 타고 어느 한곳 부족함 없이 사방에 머물렀다.

"도련님께서는 정자에 계십니다. 가 보시지요."

국이 조용히 물러난 뒤에도 은복은 쉽게 걸음을 옮길 수 없었다. 한참 동안 정원 가득히 핀 훤초를 바라볼 뿐이었다.

'너에게서 나는 내 고향 땅 들꽃 냄새가 좋았다.'

그의 목소리가 귓가에 맴도는 순간 참아 왔던 눈물이 터졌다.

은복은 천천히 정원을 가로질러 연못 너머 정자로 향했다. 우리가 처음 만났던 금원에서의 그날, 그때도 당신은 저렇게 내게서 등을 돌리고 정원의 정자 위에 서 있었지요. 내가 그때 당신을 정윤 전하로 착각하여 다가가지만 않았더라면, 그랬다면 지금 우리는 어떤 모습이었을까요.

"오늘따라 훤초 향이 진하구나, 국아."

훤초 향기보다 더욱 달콤하고 부드러운 그의 목소리였다. 은복은 울음을 참으려고 손바닥으로 입을 막았다.

"이 꽃들이 지기 전에 그 아이를 데려올 수 있을까?"

다가서는 인기척에도 명현은 국이라 생각하였는지 그녀를 돌아보지 않았다. 한참을 기다려도 국이 대답하지 않자 명현은 천천히 돌아섰다. 눈앞에 서 있는 은복의 모습에 놀라움도 잠시, 그의 얼굴에 기쁨이 어렸다.

"복아."

"전해 드릴······."

은복은 치밀어 오르는 울음을 삼키느라 잠시 말을 멈추어야
했다.

"상단주 나리 명으로 전해 드릴 것이 있어 찾아왔습니다."

하지만 결국 참지 못하고 은복의 입 밖으로 서러운 울음이
터졌다. 동시에 다리에 힘이 쭉 풀렸다. 무릎이 꺾이고 바닥에
쓰러지려는 찰나, 명현의 단단한 팔이 그녀를 감싸 안았다. 따
스한 온기가 그의 넓은 가슴을 통해 그녀에게 전해졌다.

"내 전해 받을 것은 없으나."

장난스러운 명현의 목소리가 이어졌다.

"돌려줄 것은 있다. 내 선물은 정지후 그자가 준 청옥 노리
개보다 낡고 볼품없는 것이니 큰 기대는 하지 마라."

명현은 분신처럼 간직하고 있던 그녀의 향낭을 꺼내 들었
다. 목숨을 버리려 했을 때, 다시는 살아서 사랑하는 이를 마주
할 수 없을 것이라는 두려움을 잊게 해 주었던 위안의 향낭이
었다.

"근심을 잊게 하는 향이다."

은복은 고개를 끄덕였다.

"알고 있습니다."

명현은 향낭을 은복의 손에 쥐여 주었다.

"이것은 반칙입니다. 평범한 여인처럼, 화가 난 여느 정인처
럼, 조금 더 공자님을 애타게 만들고 싶었는데."

자신을 향해 발칙하게 눈을 흘기는 은복이 그저 좋아서, 명현은 얼굴에 웃음이 만개했다.

은복은 잠시 숨을 골랐다. 도대체 무슨 말을 하려고 저리 비장한 것인지 명현도 덩달아 긴장했다.

"정말 죽는구나 하는 순간이 여러 번 있었습니다."

명현은 쓴웃음을 지었다.

"그랬지."

"그때마다 뼈아프게 후회한 것이 있습니다."

언젠가 명현은 오늘이 마지막인 것처럼 후회 없이 원하는 것을 취하며 즐거이 사는 사람들이 부럽지 않냐 물었었다.

"그것이 무엇이냐?"

그때는 대답하지 못했지만 사실 은복은 그들이 뼈아프게 부러웠다. 그래서 그녀는 이제 여생의 남은 하루하루를 모두 후회 없이 살고자 했다.

"오래전 한 사내가 근심 없이 함께 살자고 했던 그 말에 그러마 하고 대답하지 못했던 것입니다."

분노도 원망도, 이 여름의 폭염처럼 지나가 버렸으니.

"다시 죽음의 문턱에 섰을 때, 같은 후회를 하고 싶지 않습니다."

이제 그만 그대를 향한 온전한 마음을 취하며 후회 없이 살아도 되겠지요.

"근심 없이 살아 주시겠습니까, 함께?"

고백하는 목소리는 달큼하고 여운이 깊었다.

"그리하자."

명현은 은복의 얼굴을 두 손으로 감싸며 그녀를 더욱 깊이 끌어안았다.

"그렇게 살자."

이 여름의 마지막 볕이 흰초향을 머금고 두 사람의 머리 위로 쏟아졌다.

"그리 살자, 함께."

에필로그

성광成光 17년, 개경.

"개봉?"

명현은 서책을 내려놓고 얼굴을 찌푸렸다.

"어째서 네가 개봉까지 가야 한단 말이야?"

"어째서라니요."

여종이 냉차를 가져와 이제 막 상단에서 돌아온 은복에게 건네주었다. 예성강에서 말을 달려 집으로 돌아오는 길에 목이 말랐던지 은복은 단번에 냉차를 비워냈다. 여종이 서고에서 물러나자 은복은 다시 입을 열었다.

"정말 몰라서 물으시는 건 아니시지요? 저는 북하 상단의 행수입니다. 이것은 진교의 변으로 인해 중단되었던 중원과의 무역을 사신단과 함께 바다를 건너가 재개할 수 있는 절호의 기회예요. 이런 중차대한 일에 어찌 제가 직접 가지 않을 수 있겠어요?"

이미 얼굴에 못마땅함이 가득한 명현을 지나쳐 은복은 창가까이에 섰다. 기분 좋은 청량한 밤바람이 창 안으로 밀고 들어왔다.

"게다가 이번 사행선에 북하 상단이 동행할 수 있게 된 것은 순전히 정윤 전하 덕분입니다. 제가 함께 가서 전하를 보필해야지요."

연이 그녀의 입에 오르자 명현의 뺨이 꿈틀거렸다.

"너는 정윤 전하의 호위 무사도 아니고."

명현은 의자에서 몸을 일으켰다.

"또 북하 상단의 행수이기 전에."

창가에 선 은복의 등 뒤로 다가간 명현은 가만히 그녀의 허리를 감싸고 안았다. 고작 한나절 떨어져 있었지만 어느새 그녀의 향기가 애틋하게 다가왔다.

"나의 부……."

"배를 타고 등주로, 등주로 가서 또 육로를 통해 개봉으로 이동해야 합니다. 게다가 사신단과 함께 움직이니 아마 아주 오랜 여정이 될 듯싶습니다."

혼례를 치른 뒤에도 북하 상단의 일을 그만두지 않고 매일같이 정지후 그 작자와 붙어 지내는 것도 속에서 열불이 날 지경인데, 이제는 좌 정윤 우 지후로 그 먼 길을 다녀오겠다 하니 명현은 기가 막혀 할 말을 잃었다.

"나와 한 약조는 까맣게 잊은 게로구나."

"약조요?"

돌아서서 명현과 마주 바라보는 은복의 얼굴에는 의아함이 가득했다. 그녀가 정말로 기억하지 못하자 실망한 명현이 은복에게서 한 걸음 뒤로 물러났다.

"이번 여름이 가기 전에 함께……."

얼마나 깊은 고심 끝에 내린 결정이며, 그 결정에 얼마나 많은 용기가 필요했는지 그녀도 충분히 이해하고 있을 줄 알았던 명현이었다. 그런데 은복은 이해는 고사하고 그것을 잊고 있었다.

"됐다."

노여운 기색이 역력한 얼굴로 명현은 돌아섰다. 영문을 모르겠다는 듯 등 뒤에서 그를 부르는 은복의 목소리에도 명현은 대답 없이 서고를 훌쩍 나가 버렸다. 그 뒷모습을 지켜보던 은복의 얼굴에 어느새 장난기 어린 미소가 어렸다.

예성항에 사행선들이 도열했다. 유례없는 대규모 사신단의 수장은 정윤 연이었다. 상단의 배에 선적 중인 물품들 중 빠진 것이 없는지 꼼꼼하게 살피던 은복은 사신단의 행차를 구경하려고 운집한 사람들을 둘러보았다. 구름 떼 같은 인파로 인해 포구는 소란스럽고 흥겨웠다.

"무슨 생각을 그리 하고 있어?"

"전하."

은복은 자신에게 다가오는 연을 발견하고 황급히 허리를 숙였다. 연은 내관들과 호위 무사들을 곁에서 물리고 예성강을 마주하며 은복과 나란히 섰다.

"어찌하여 주명현이 보이지 않는 것이냐?"

은복은 자신이 집을 떠날 준비를 마쳤음에도 나와 보지 않던 명현을 떠올렸다.

"부아가 단단히 나셨습니다."

다만 그는 몸 성히 다녀오라는 말을 국을 통해 전했을 뿐이었다.

"예까지 나와 배웅할 마음이 없으신가 봅니다."

"고려국에서 가장 잘났다는 귀공자를 잡아채 혼례를 치른 것도 모자라 목석이라던 그자를 손안에 쥐락펴락하며 그토록 치기 어리게 만드는 것을 보니, 내 누이가 보통내기가 아니구나. 내 너 같은 부인을 얻을까 걱정이 될 정도다."

은복이 빙그레 미소 지었다.

"요즘도 청하관을 그리 뻔질나게 드나드신다지요? 그 탕아 노릇을 휘어잡을 수 있는 딱 저 같은 태자비 전하를 얻으셔야 할 텐데."

"어허, 내 주색잡기를 위해 청하관을 드나드는 것이 아니라 그저 백성들의 삶을 직접 눈으로 보고 귀로 듣기 위해……."

변명을 늘어놓던 연은 이내 은복과 친근한 눈빛을 주고받고는 웃음을 터트렸다.

"긴 여정이 되실 것이옵니다."

황제의 선견은 맞아떨어졌다. 후주 황제 시영이 승하하고 그의 아들 양왕이 황좌에 올랐지만 오래지 않아 군권을 쥐고 있던 조광윤에게 황위를 내주어야 했다. 선양이라는 겉치레를 거치긴 했지만 어린 황제에게 황권을 강탈해 온 것이나 다름없었던 조광윤은 새 왕조의 정당성을 위해 고려의 황제에게 이태전의 빚을 갚으라 요구했다.

"옥체 성히 다녀오셔야 합니다."

"너도 항시 조심하거라. 내 개봉에 다녀오면……."

연의 시선이 자신의 배꼽 언저리에 머물자 은복은 수줍은 마음이 들어 손바닥으로 가볍게 복부를 감쌌다.

"꽤 불러 있겠구나. 주명현에게는 아직 알리지 않았다 했지?"

"그분 속에 남아 있는 슬픔의 앙금마저 모두 사라졌을 때, 그리하여 온전히 기뻐하실 수 있으실 때 말씀 드릴 것입니다."

그는 용기를 내었고, 그날은 멀지 않았다. 은복은 놀라고 기뻐할 명현의 얼굴을 떠올리며 가슴이 저리도록 뿌듯했다.

멀리 떨어져 기다리던 내관이 두 사람 가까이 다가왔다.

"전하, 이제 배에 오르셔야 합니다."

연은 잠시 은복을 말없이 내려다보았다. 두 사람 사이에는 더 이상 오가는 말은 없었지만 그저 따스한 눈길만으로도 서로에 대한 염려와 호운을 비는 마음이 고스란히 전해졌다. 연이 돌아서서 멀어지는 뒷모습을 은복은 끝까지 지켜보았다.

다시 상단의 배로 돌아온 은복은 선적을 마무리하는 일꾼들을 지켜보는 지후 곁에 다가가 섰다.

"상단주 나리."

"곧 출항 시각이야."

"함께 가지 못해 송구합니다."

지후는 미간을 찌푸렸다.

"지금이라도 늦지 않았다. 그리 송구하면 함께 배에 오르자꾸나."

"네? 농이시지요?"

"진심인데?"

당황하는 은복의 모습에 그제야 지후는 찌푸린 얼굴을 풀고 키득 웃었다.

"농이다."

그제야 은복의 어깨에서도 긴장이 풀렸다.

"안녕히 다녀오십시오, 상단주 나리."

어찌 된 일인지 지후는 대답을 하지 않았다.

"복아."

대신 지후는 그답지 않은 진지한 목소리로 그녀를 나직하게 불렀다.

"지금처럼 그렇게 웃으며 행복해야 한다."

"상단주 나리, 왜 꼭 다시는 볼 수 없는 것처럼 그런 말씀을 하세요?"

"돌아오기까지."

북하 상단을 사들여 개경에 머무른 지 6년이 지났다. 적을 옮겨야 할 시기가 이미 지났음에도 불구하고 떠나지 못했던 이유는 오로지 하나였다. 하지만 더 이상 머무른다면 그 욕심은 감당할 수 없을 만큼 커질 것이 분명했다.

"긴 여정이 될 테니까."

"엄살이십니다. 동절기가 시작되기 전에는 돌아오실 텐데요, 뭐."

"그만 배에 올라야겠다."

살아생전 그를 다시는 못 볼 것이라는 사실을 알지 못하는 은복에게는 이 순간의 아쉬움이 깊지 않았다. 하지만 배에 오르는 지후의 발걸음은 그 한 걸음, 한 걸음이 모두 미련으로 남아 무겁고 느렸다.

갑판에 오른 지후는 선창 끝에 서서 그를 배웅하는 은복을 바라보았다. 팔을 번쩍 들어 흔드는 은복의 모습에 웃음이 터졌다.

"이보시오. 거 내 말 듣고 있소?"

지후의 목소리에는 회한을 느낄 수 없는 웃음이 섞여 있었다.

"이곳에 사는 게 벌이라 했소?"

강바람이 시기적절하게 불어와 선창을 떠나는 배에 속력을 붙여 주었다.

"무슨 벌이 이토록……."

은복의 모습이 점점 작아지더니, 이내 아주 작은 점이 되어 사라졌다. 돛은 팽팽해졌고 배는 깊은 바다를 향해 빠르게 뻗어나갔다.

"달단 말이오."

"곧 서경입니다."

국의 말에 명현은 말고삐를 잡아채어 가던 길을 늦추었다.

분노는 해소되고 슬픔은 옅어졌다. 은복이를 만나기 이전까지 고질적으로 그를 괴롭혔던 외로움도 더 이상 남아 있지 않았다. 그럼에도 고향 땅에 돌아오는 것이 쉽지 않았던 것은 마음 끝에 남아 있는, 세상을 떠난 사람들에 대한 그리움 때문이었다.

"그래. 서경이구나."

본가에 이르면 연달아 부모를 잃은 상실감이 떠오를 것이며, 송이와 함께 뛰놀던 동산에 오르면 혼자 살아남아 즐거이 인생을 누리고 있다는 죄의식도 있을 것이다. 고향 땅 곳곳에 여전히 남아 있는 과거의 고통과 마주해야 할 터였다.

"그래서 함께 오고 싶었는데."

그녀가 개봉으로 떠나던 날, 포구까지 나가 은복을 배웅하지 않았던 것을 그녀가 떠나고 한 시진도 되지 않아 후회했다. 곧장 포구로 말을 달렸으나, 사행선들은 이미 수평선 언저리로 나아간 뒤였다.

부아가 나서 소인배처럼 굴었던 것이 부끄럽고, 돌아서자마자 그리울 지경이면서 차갑게 굴었던 것을 자책했다. 지금도 이리 눈앞에 아른거리는데 앞으로 족히 수개월은 만나지 못할 생각을 하니 가슴이 갑갑했다.

"서경에서 하루만 머물고 곧장 개봉으로 가야겠다, 국아."

국이 작게 웃음을 터트렸다.

"이러실 거면서 어찌하여 떠나는 분을 한 번 내다보지도 않으셨습니까?"

명현이 작은 신음을 내뱉었다.

"이미 자책하고 후회하고 있으니 아픈 곳을 더 할퀴지 마라."

그러고 보니, 국 역시 자신 때문에 16년 동안 찾지 못한 고향 땅이었다. 내색하지 않았지만 얼마나 그리웠을까.

"가서 부모님을 먼저 찾아뵈어라."

마을에 다다랐을 때 명현은 국에게 말했다.

"아닙니다. 뫼시고 본가로 먼저……."

"나는 앞서 들를 곳이 있다."

잠시 망설이던 국이 이내 말머리를 돌렸다. 감정을 잘 드러내지 않는 그였지만, 서두르는 그 몸짓만으로도 명현은 국이 가족을 만날 생각에 설레고 있음을 눈치챘다.

"내가 너에게도 갚을 빚이 많구나, 국아."

명현은 말에서 내렸다. 사실 국을 가족에게 먼저 보내기 위해 핑계를 댄 것이었지만, 명현은 남겨진 가노들 이외에는 반길 사람이 없는 그의 고향 집을 미루고 발걸음을 돌렸다.

산이 변할 리 없는 것은 당연한데, 그 자리에 그대로인 풍광이 마치 오래전 그의 기억을 고스란히 그려 놓은 것 같아 신기했다. 낮은 언덕을 오르는 명현의 걸음이 느릿해졌다. 애틋한 기억마저도 고통으로 바꾸어 놓은 것은 서경 땅을 피로 물들게 했던 내의령도, 황제가 되기 위해 명현의 분노를 이용했던 위수도 아닌, 자신이라는 사실을 명현은 코끝에 맴도는 풀꽃 냄새를 맡으며 깨달았다.

무성하게 자란 들꽃 사이로 아른거리는 여인이 있었다. 처음 그녀를 발견했을 때, 명현은 자신의 그리움이 순간적으로 만들어 낸 허상이라 생각했다. 하지만 노랗게 군락을 이룬 훤초 사이로 드러난 그녀의 모습은 허깨비가 아니었다. 분명 살아 움직이는 은복이었다.

명현의 걸음이 멈추었다. 꽃을 따던 은복도 인기척을 느끼고 돌아섰다. 명현은 놀라고 감복한 마음을 숨기려 일부러 목소리를 드높였다.

"이곳이 개봉이냐?"

"제가 이곳에 있는 것이 마음에 들지 않으시면……."

은복의 눈빛이 짓궂었다.

"지금이라도 개봉으로 가겠습니다."

정말로 당장 떠날 수 있다는 듯 은복이 치맛자락을 부여잡고 명현을 지나치려 했다.

"가지 마라."

명현은 은복의 팔을 낚아채 잡았다.

"보내지 않을 것이다."

무려 열흘이나 그녀를 그리워하며 후회한 것이 조금 억울하기는 했지만, 눈앞에 은복이 서 있는 기쁨이 그 억울함을 지워 주었다.

"아무 데도 가지 말고."

곳곳 구멍 난 마음을 온전하게 채워 준 사람이 서로의 눈앞에서 미소 짓고 있었다.

"그저 내 곁에만 있어라."

은복은 천천히 고개를 끄덕였다. 자신이 느끼고 있는 더할 나위 없이 오롯한 기쁨이 그에게도, 또한 복중 아기에게도 전해지길 바라며 은복은 명현의 품 안으로 파고들었다.

"그리하겠습니다."

외전

조선 선조宣祖 25년, 개성.

꽃잎이 날리는 바람결에 향기도 덩달아 진하게 퍼지는 춘삼
월의 밤이었다. 조선 팔도에서 다섯 손가락 안에 드는 기방인
청석관에는 오늘도 방탕의 밤을 보내려는 양반가 한량들이 꾸
역꾸역 밀려 들어왔다.

청석관 주인 옥녀는 순시하듯 방방마다 돌며 화객을 챙기고
접대했다. 어느 방문 앞에 선 그녀는 난봉기 가득한 취객들이
든 방에서 난감해하는 기녀들을 발견했다.

"나리들, 오늘 기분 좋은 일이라도 있으신 겝니까?"

옥녀는 기녀의 두 손을 묶어 놓고 입에 술을 들이붓던 사내
에게 다가가 가볍게 눈을 흘겼다.

"초저녁부터 약주들이 과하십니다."

묶여 있던 아이의 손을 풀어 준 옥녀는 사내들의 음탕하고 악질적인 손길에 진절머리 내고 있던 또 다른 기녀를 살며시 밀어내고 자연스럽게 손님들 곁에 앉았다.

"나리들이 과하실수록 술 파는 이년의 줌치가 두둑해지니 반가운 일이나 나리들께서 탈이라도 나실까 염려됩니다."

하늘에서 내려온 선녀처럼 천하절색이라 그 이름도 옥녀인 그녀였다. 콧바람이 섞인 목소리로 아양을 떨자 방 안의 사내들이 너도 나도 할 것 없이 침을 흘리며 그녀 곁에 다가섰다.

"개성 최고 기방 청석관의 날고 긴다 하는 기녀들도 우리 옥녀 앞에서는 박색이로구나."

"네가 따르는 술은 아무리 마셔도 취하지 않아 술값으로 그 가산을 탕진한다더니, 과연 정말 그리한지 어서 술 한잔 따라 보거라."

술병을 쥔 새하얀 손가락과 술잔에 넘치게 술을 따르며 가볍게 눈을 흘기는 옥녀의 자태는 인간이 아닌 듯 요염하고 매혹적이었다.

"네년 문지방을 넘는 것이 과거에 급제하는 것보다도 어렵다지? 얼마냐. 얼마면 넘을 수 있는 게야?"

옥녀가 까르르 웃음을 터트렸다.

"여기 계신 나리들 가산을 모두 합친다 해도 그 가격을 매길 수 없으니, 이를 어쩐답니까?"

그때 옥녀 곁에 앉아 있던 사내가 미간을 찌푸리며 거칠게 그녀의 팔을 낚아챘다. 옥녀의 손에서 술병이 떨어졌다.

"네년 미색이 조선 제일이라고는 해도 결국 천하디 천한 기녀 아닌가?"

술병은 방바닥에 산산이 부서져 조각났다.

"건방진 것. 내 동전 한 닢 치르고 네 몸을 취한다 해도 조선 하늘 아래 저어할 것이 무엇이냐?"

내 오늘 밤 이년 건방을 고쳐주겠다, 킬킬거리는 친우들에게 허세 가득히 소리치며 사내는 옥녀를 잡아 일으켰다. 술에 취한 사내에게 끌려가면서도 옥녀의 얼굴은 한 점 당혹감도 없이 태연했다. 사내가 방문 앞에 섰을 때, 발칵 문이 열리며 땅딸막한 체구에 곰보 자국이 있는 투실투실한 얼굴의 사내가 방 안에 들어섰다.

"뭐냐, 네놈은!"

스스로 종이라 자청하고 실제로 청석관의 잡일을 도맡아 했지만, 주인인 옥녀의 침소를 함께 쓰고 있어 청석관 하인들은 다 아는 옥녀의 기둥서방 강새였다. 호기로운 등장이었지만 이내 강새의 얼굴에는 비굴한 웃음이 흘렀다.

"나리, 많이 취하신 듯한데 쇤네가 댁으로 뫼시겠습니다."

몸을 낮추고 굽실거리긴 했지만 강새는 문 앞에서 비켜서지 않았다.

"감히 뉘 앞을 막는 게냐! 너 내가 누군지 몰라?"

난봉꾼이 강새의 멱살을 움켜잡았다. 난봉꾼의 얼굴과 가까워지자 강새는 틈을 놓치지 않고 재빨리 그에게 속삭였다.

"이게 다 나리를 위한 일입니다. 아직 소문을 듣지 못하셨습니까?"

"뭐?"

"옥녀와 밤을 보내면."

강새의 표정이 어찌나 진지했던지 난봉꾼마저도 숨을 멈추고 다음 말을 기다렸다.

"음기 가득한 살을 맞아 그날부터 시름시름 앓다가……."

흥, 옥녀가 콧방귀를 뀌는 소리에도 아랑곳하지 않고 강새는 말을 이었다.

"결국 절명한다는 소문 말입니다."

"드, 들은 바 없다!"

"왜 얼마 전에 장사 지낸 전 현감 나리께서도 이 청석관을 찾으셨다가 그 살을 맞고 그리 되신 것 아닙니까."

여전히 미심쩍은 얼굴이었지만 강새의 멱살을 잡고 있던 손에서는 힘이 빠졌다.

"다행히 그 살을 비껴간 분도 한동안 기가 쇠하여 자리보전하며 저승길 왔다 갔다 한 분들이 있으시니, 정 믿기 힘드시면 그분들한테 가서 여쭤보시던가요."

이제는 오히려 으름장을 놓는 강새였다. 잠시 등 뒤의 친우들과 옥녀의 눈치를 살피던 난봉꾼 사내가 흠, 괜한 헛기침을 해 보이며 한 걸음 뒤로 물러났다. 때를 놓치지 않고 강새는 옥녀를 데리고 방을 나갔다.

"내 탓 아니다."

봄 냄새가 완연한 뜰로 나온 옥녀가 등을 보이고 선 강새를 향해 말했다.

"내가 꼬인 것이 아니라 음욕에 눈먼 사내들이 스스로 보시하겠다고 나서는 것을 어찌해?"

돌아선 강새에게서 깊은 한숨 소리가 들리자 장난기 어리던 옥녀의 얼굴에서 웃음기가 사라졌다. 머쓱해져 강새에게 다가간 옥녀가 콧소리를 내며 교태를 부렸다.

"왜 한숨이야? 내 배가 고파 순간 혹한 것은 사실이지만 우리 서방 두고 어찌 딴생각을 하겠어?"

"그래서 한숨이다. 내 각시는 곯고 주리는데 다 썩어빠진 나무 방망이 서방은 할 수 있는 게 아무것도 없어서."

옥녀는 강새를 돌아 세웠다.

"허기 따위, 내 너를 기다린 백 년 세월의 외로움과 비교하면 아무것도 아니야."

그녀는 자신보다 한 뼘 키가 작은 강새의 얼굴을 감싸 쥔 채 물끄러미 바라보았다.

"허기 따위, 내 굶주림을 안쓰럽게 여겨 주는 네 마음이 채워 주는 포만감에 비하면 아무것도 아니란 말이다."

옥녀의 말에 감복한 강새가 뺨을 실룩거리며 당장이라도 눈물을 한 방울 떨어뜨리려는데, 어디선가 낯설지 않은 웃음소리가 뜰을 메웠다. 호탕하지만 어딘지 모르게 밉살스럽고, 장난기 가득하지만 한편으로는 섬뜩한 낮은 웃음소리였다.

"백여우와 썩은 나무 방망이 주제에 인간처럼 연애 놀음 하는 건 세월이 지나도 똑같네."

"사, 상단주!"

화려한 옥색 비단 도포 차림에 갓을 쓴 영락없는 조선 선비였으나, 그 해사한 얼굴과 거드름을 피우는 표정은 수백 년이 흘러도 변함이 없었다.

"아이고, 이게 얼마 만이오. 얼마 만이야."

지후는 반가움에 달려간 강새의 이마를 부채로 탁 쳐서 막았다.

"방맹이 네놈, 산도야지같이 생긴 주제에 맵시 모르는 것도 여전하고."

"우리 이름 바꿨수. 요즘 너도 나도 언문으로 글을 남기니 혹여 종이 한 귀퉁이에라도 이름이 남겨졌을까 봐. 나는 이제 강새고, 우리 백녀는 옥녀로 불리오."

"100년 만에 나타나 우리 서방 인간으로 살려 놓고."

지후의 한기라 하면 질색을 하던 옥녀마저도 반가움을 숨길 수 없었다.

"그 호위 무사와 주명현을 합장한 묘에 한번 들렀다가 그대로 고려 땅에서 사라졌기에 다시는 못 볼 줄 알았다."

오래전 일들이었지만, 여전히 지후에게 있어 어젯밤 일처럼 또렷한 기억들이었다. 감상에 젖기도 전에 지후는 키득 웃어 버렸다.

"우리 백녀, 아니 옥녀 고운 것도 여전하구면."

"이러지 말고 우리 들어갑시다, 응? 들어가서 술이나 걸쭉하게 걸치며 이야기하자고."

강새가 등을 떠밀었지만 지후는 꿈쩍도 하지 않았다.

"그럴 시간이 없어. 나는 곧장 남쪽으로 내려갈 거야."

"뭐? 남쪽?"

지후는 촤락, 부채를 펴서 부쳤다.

"내가 제일 재밌어 하는 게 뭐?"

강새가 뺨을 긁적거렸다.

"뭐긴 뭐야. 장난질이지."

"그거 말고."

"그거 말고……. 싸움 구경?"

"옳거니! 이래서 내 너를 찾아왔다니까. 내 수백 년 동안 잡놈 몇을 곁에 두어 봤지만 너만 한 물건이 없더라."

"남쪽에서 곧 싸움이 벌어진단 말이오?"

지후는 손을 가만히 들어 불어오는 바람을 가늠해 보았다.

"불어오는 전운의 기세로 보아 남쪽에서 시작될 것이지만 아마 이 조선 땅이 피바다가 될 게야. 이 좋은 구경거리를 놓치면 쓰나."

강새가 고개를 내저었다.

"아직도 정신을 못 차렸어, 정신을."

"함께 가자."

옥녀가 지후 앞에 나서서 두 팔을 뻗어 강새를 가로막고 섰다.

"어딜 가자는 게야? 또 나를 방망이만 안고 사는 생과부로 만들 셈이야? 못 가! 절대 못 데려가!"

팽팽한 신경전이었다. 눈을 치켜뜬 옥녀는 독기를 내뿜으며 맞섰고 못마땅한 얼굴의 지후는 부챗살로 뺨을 긁었다. 한참 동안 이어지던 말없이 살벌한 대거리 뒤에 숨어 있던 강새가 한숨을 폭 내쉬었다.

"가야지."

"뭐?"

되묻는 옥녀의 목소리가 가늘게 떨렸다.

"아직도 몰라? 내가 가든 안 가든 상단주가 인간사에 끼어들어 또 신통력을 잃기라도 하면 임자 또 생과부 되오."

옥녀의 두 팔이 허공에서 툭 떨어졌다.

"차라리 내가 따라 나서서 쓸데없는 짓 못 하게 옆에서 지켜보는 게 나아."

강새의 말 어느 한곳 반박하지 못한 옥녀가 붉은 입술을 잘근 깨물었다.

서방을 잡을 수도 보낼 수도 없는 괴로움과, 천지 분간 못하는 돗가비를 죽일 수도 살릴 수도 없는 애증 때문에 끝내 옥녀는 떠나는 지후와 강새를 배웅하지 않았다. 그 마음을 이해하면서도 강새는 청석관을 몇 번이고 돌아보며 미련을 버리지 못했다.

"진짜 구경만 하는 거요."

강새는 옥녀를 두고 떠나는 자신의 찢어지는 마음을 모른 체하고 콧노래를 흥얼거리는 지후를 흘겨보았다.

"돕고 거들고 인간사에 개입하기 없는 거야!"

"내가 왜 도와?"

강새가 빽 소리를 질렀다.

"아, 그럼 600년 전에는 왜 도와서 그 난리를 피웠어?"

"많이 컸다, 너."

지후는 손가락을 강새 눈앞에서 빙글빙글 돌려 보았다.

"확 그냥 다시 나무 방망이로 만들어 불쏘시개로 써 버린다."

"흥, 그랬다가는 우리 각시가 세상 천지 다 돌아서라도 상단주 찾아 앙갚음 할걸."

가만히 눈을 돌리며 생각하던 지후가 고개를 끄덕였다.

"그래. 여인이 한을 품는 것만큼이나 무서운 게 없지. 그것도 700년 묵은 여우가 여인의 마음으로 품은 한이니 오죽할까."

지후는 장난스럽게 진저리를 쳤다.

"걱정 마라."

여전히 지후는 빙긋이 여유롭게 웃고 있었지만 강새는 어쩐지 불안한 기색을 숨기지 못했다.

"이번에는 얌전하게 구경만 하고, 절대 인간사에 끼어들 일 없으니."

다시 한 번 청석관을 돌아보던 강새는 이내 지후와 발걸음을 맞춰 걷기 시작했다. 남쪽으로 향하는 지후와 강새를 따라 청량한 봄바람이 불기 시작했다.

《꽃길, 꿈길》끝

후기

비행기로 열 시간은 족히 날아가야 하는 먼 나라, 이민자들이 많은 대도시에 어마어마한 규모의 공공 도서관이 있었다. 나는 거의 매일 오후, 콜로세움을 연상시키는 그 도서관에 갔다. 공부를 하기도 했고, 친구들과 도서관 광장의 카페에서 커피를 마시기도 했다. 도서관의 광활한 1층에는 각종 언어로 출간된 세계의 도서들이 구비되어 있었는데, 나는 한동안 한국 책들이 모여 있는 책장에 가까이 가지 못했다. 책을 읽고 싶을 것 같았고, 책을 읽으면 소설이 쓰고 싶을 것 같았다.

내 20대를 한 단어로 정의하자면 오로지 '글쓰기'였다. 좋아하는 일을, 꿈이었던 일을 어린 나이에 직업으로 가질 수 있는 것이 행운이라고 생각했었다. 돈을 못 벌어도, 작가로서 이름을 떨치지 못해도 만족했던 마음이 조금씩 변하기 시작한 것은 서른을 앞에 두고서였다. 차곡차곡 스펙을 쌓은 친구들은 하나둘씩 제 자리에서 빛을 발하는데 나만 도태되는 것 같았다. 나태한 생활, 불안정한 경제력, 출간작 혹은 연재 글 아래 달리는 날 선 댓글들, 소설을 불법으로 공유하는 사람들만이 내가 가는 길 앞에 놓여 있다고 생각했다. 그래서 나는 글쓰기를 그만두었고 다른 길을 찾기 위해 바로 그 도시에 머물며 공부하고 있던 차였다.

한참을 망설이던 어느 날, 한국 책 섹션 앞에 섰을 때 나는 내가 쓴 소설책 두 권을 발견했다. 다시는 소설을 쓰지 않을지도 모른다, 생각하던 마음이 순식간에 허물어졌다. 그리고 내가 왜 더 이상 소설을 쓰고 싶지 않았는지 그 이유를 정확하게 알게 되었다. 나는 내 20대를 잃어버렸다고 생각했고 그 상실감과 비교해서 내가 이루어 놓은 것들이 너무 하찮게 느껴졌던 것 같다. 그런데 내가 스스로 하찮다고 괴로워한 책들이 지구반 바퀴를 건너 이국 땅 도서관 책장에 꽂혀 있는 것을 보고, 부끄럽지만 눈물이 나올 만큼 기뻤다.

그곳에 내 책이 있었던 것은 그 두 권의 책이 작품성이 있어서도, 내가 유명한 소설가라서도 아니라는 걸 내가 가장 잘 알고 있다. 하지만 그날 나는 마음껏 자만하고, 자랑했다. 내가 좋아하는 일을 하며 보낸 그 시간들과 결과물이 결코 보잘것없는 것이 아니었다고 나는 스스로 다독일 수 있었다. 그리고 한국에 돌아가면 꼭 다시 소설을 써야지, 다짐도 했다.

그 다짐에도 불구하고 꽤 오랜 시간 동안 글을 쓰지 못했다. 《애프터 웨딩》 이후 4년이 훌쩍 흘렀다. 길어진 공백만큼 잘 쓰고 싶다는 욕심이 있었다. 어떤 글을 써도 어차피 이 욕심을 채울 수 없다면, 언젠가 꼭 한 번은 쓰고 싶었던 시대물을 써 보고 싶었다. 그리고 우연찮게 셰익스피어 희곡집을 뒤적거리다 《한여름 밤의 꿈》에서 모티브를 얻었다. 어차피 다시 글을 쓰는 것 자체가 내게는 큰 부담이었으니 오히려 시대물이라든가, 판타지적인 요소라든가 하는 자잘한 모험들을 감행할 수 있었던 것 같다.

《꽃길, 꿈길》은 고려가 배경이다. 고려 초 역사의 일반적인 상식 정도만 가지고 있어도 특정 황제의 시기를 짐작할 수 있을 것이다. 조금 더 역사에 관심을 가지고 있는 독자라면 연도까지도 어렵지 않게 특정 지을 수 있다. 그럼에도 불구하고 가상의 황제와 인물들을 내세우고 정확한 연도 대신 가상의 연호로 표기한 것이 소설을 읽으면서 불편하게 느껴진다면 팩션 안에서 좀 더 자유롭게 글을 쓰고 싶었던 내 욕심 탓이니 죄송할 따름이다.

초고를 쓰면서 겨울을 보냈고, 수정 작업을 하면서 여름을 보냈다. 《꽃길, 꿈길》 수정 작업 도중에 《콘판나 외전》을 쓰기도 했다. 출간을 앞두고 가을을 맞이한 지금 돌이켜보니 올 한 해는 제법 소설가답게 보낸 것 같아 뿌듯하다.

가끔 내가 쓴 소설을 인터넷에서 검색해보고는 한다. 내가 글을 쓰고 있지 않을 때에도 많은 분들이 책을 읽어주고 계셨다. 소설은 누군가에게 읽힐 때에만 의미가 있다고 생각한다. 앞으로도 계속 글을 쓸 수 있다면 오로지 읽어주시는 분들 덕분일 것이다. 그래서 이렇게라도 인사를 전할 수 있어서 기쁘다.

감사합니다. 고맙습니다.

새로운 소설을 쓰기 시작했다. 많은 사람에게 읽히는 재미있는 소설이 되었으면 좋겠다.

2016년 가을, 진양.